Livia oder Die Reise

© 1996 Residenz Verlag, Salzburg und Wien
Alle Rechte, insbesondere das des auszugsweisen Abdrucks
und das der photomechanischen Wiedergabe, vorbehalten
Satz: Fotosatz Rizner, Salzburg
Printed in Austria by Wiener Verlag, Himberg
ISBN-3-7017-0958-0

MICHAEL DONHAUSER
Livia oder Die Reise

Roman

Residenz Verlag

Urs und Livia sind an einem Tisch gesessen, in der Verlängerung von der Theke an der Wand, ich habe sie gesehen und bin auf den Abort gegangen, dort habe ich das Handtuch aus dem Apparat gezogen, bis zum Anschlag, zweimal, dann habe ich mich gebückt, habe ich mir die Haare trockengerieben, es ist ein verregneter Sommer gewesen und das Tal oft von Wolken verhangen, ich habe mich umgedreht, habe mich im Spiegel gesehen, zerzaust und die dunkelnassen Schultern meiner Wildlederjacke, es hat nach Pisse gerochen, nach Parfümkugeln und Zigarettenrauch. Das Gasthaus ist eine Imitation von einem englischen Pub gewesen, die Gäste an der Theke sind wie anverwandelt von der Theke an ihr gesessen und gelehnt und in einer zweiten Reihe gestanden, ich bin ihnen entlang gegangen, entlang den Stimmen und zwischen den Tischen durch, Urs hat mich gesehen, hat seine linke Hand leicht gehoben, hat fast gewunken, ob es schon wieder regne, hat er gefragt, und ich habe gelacht, ja, ziemlich, habe ich gesagt, und er ist auf der Sitzbank gegen die Wand gerückt, wir haben uns gegrüßt, Livia und ich, wie beiläufig und lächelnd, ich habe mich neben Urs an den Tisch gesetzt, wir haben über das Wetter gesprochen. Daß ich mit meinen Schwimmschülern nicht ein einziges Mal ins Freibad hätte gehen können, die ganzen zwei Wochen nicht, habe ich gesagt, und Urs hat zugestimmt, ja, das sei ein schöner Seich, hat er gesagt, Livia hat geraucht, sie hat einen Espresso getrunken gehabt, ist vor der leeren Tasse gesessen und hat vor sich hin geschaut, als hörte sie zu, hat gezögert, als wollte sie etwas sagen, einen Augenblick lang, Urs hat sich eine Zigarette gedreht, hat einen schmalen Streifen Tabak auf das Papier gelegt, er hat fast runzlige Hände gehabt, ob ich auch eine wolle, hat er mich gefragt, und ich habe gedankt, nachher zum Bier, habe ich gesagt. Ich habe dann vom Schwimmkurs erzählt, daß heute der letzte Kurstag gewesen sei und daß es einen Schüler gegeben habe, einen von den kleineren, der sei immer bis zum Hals im Wasser gestanden, anstatt die Übungen mitzumachen, heute habe er mir ein Photo von sich gebracht, er habe es aus dem Familienalbum herausgerissen und mir geschenkt, ich habe das Photo dabeigehabt, in meiner Jackeninnentasche, meinem Paß, habe es aus meinem Paß gezogen und Urs gezeigt oder habe dann bestellt, ich habe ein Bier und Livia hat ein Mineralwasser bestellt, Urs hat das Photo angeschaut, der sei gut, hat er gesagt und hat geblinzelt, hat geraucht. Der Bub hat eine Brille getragen, er ist in einem Gewächshaus gestanden und hat eine Topfpflanze vor sich hin ins Bild gehalten, ihre Blätter haben sein Lächeln umspielt, es ist fast alles unscharf gewesen, bis auf eine Reihe Setzlinge und zwei Heizungsrohre im Hintergrund, Urs hat das Photo Livia über den Tisch gegeben, sie hat es angeschaut, mit einem Lachen, und hat ihre Zigarette ausgedämpft, sie hat eine Schachtel Marlboro und ein Feuerzeug vor sich auf dem Tisch liegen gehabt, später haben wir über das Land gesprochen, haben wir Bier getrunken, und Livia hat sich Mineralwasser eingeschenkt, wenn man keinen Abschluß habe, könne man bei uns sowieso alles vergessen, hat sie einmal gesagt. Urs hat bei einem Fahrradhändler und in einem Obstgeschäft gearbeitet gehabt, dann bei einer Spedition als Möbelschlepper, er hat eine kräftige Nase gehabt und ein schmales Gesicht, die Ränder seiner Lippen sind wie aufgelöst gewesen und die Lippen blaß, er würde da schon etwas anfangen, im Land, hat Urs gesagt und hat gezögert, hat gelacht, als hätte er einen Blödsinn gesagt, ob ich mir jetzt eine Zigarette drehen könne, habe ich ihn gefragt und habe dann eine gedreht, habe zu viel Tabak genommen, es ist ein Prügel von einer Zigarette geworden, Urs hat mir Feuer gegeben, und wir haben geraucht. Ich habe den Rauch gegen die Tischlampe hinaufgeblasen, mir sei oft, als wäre das Land von einem Zwang besetzt, und ich damit, habe ich gesagt, schon nach ein paar Tagen, wenn ich hier sei, es sei, als hätte alles immer schon eine Bedeutung, dabei würde mir das Land gefallen, hätte ich manchmal Sehnsucht, vor allem nach den Bergen, ich habe nicht weitergewußt, habe einen Schluck Bier genommen und gelacht, wie das Heidi, habe ich dann gesagt, und daß ich einfach immer wieder verreise, daß ich nächste Woche nach Frankreich fahren würde, bis zum Atlantik, und ich habe erzählt, daß der Atlantik ganz anders sei, viel wilder als das Mittelmeer. Sie würde auch gerne wegfahren, hat Livia nach einer Weile gesagt, und daß sie zwei Wochen Ferien habe, daß sie nur noch nicht wisse, wohin, sie hat die Asche am Aschenbecherrand abgestreift, und ich habe ihre Hand gesehen, schmal, fast zart, wie sie die Zigarette gehalten und zwischen den Fingern leicht gedreht hat, ob sie mit mir mitfahren wolle, habe ich sie gefragt, fast plötzlich, und Livia hat gelacht, als könnte es mir nicht ernst sein, ich bin von meiner eigenen Frage überrascht gewesen, ja, fahr doch mit, habe ich fast wie begeistert gesagt, Livia hat gezögert, sie könne es jetzt nicht sagen, hat sie gesagt, und sie werde mich anrufen. Urs und ich haben dann noch ein Bier bestellt, Urs hat über Arthur Rimbaud gesprochen, er hat *Eine Zeit in der Hölle* gelesen gehabt, das sei das Wildeste, hat er gesagt, der habe alles versucht und alles hinter sich gelassen, ich habe an die Reise gedacht und ob Livia mitkommen würde, habe fast befürchtet, daß sie absagen könnte, gleichzeitig ist mir mein Vorschlag selber nicht geheuer gewesen, Livia hat Urs wie ungläubig zugehört, als dürfte es einen, der alles versucht hat, nicht geben, als würde dieser Anspruch etwas verkennen, vielleicht hat auch die Kellnerin die beiden Bier gebracht, und Livia hat dann gezahlt, den Kaffee und das Mineral, ich habe Arthur Rimbaud nur als Namen gekannt. Ich habe nicht an das Wilde im Anderen geglaubt, oder es hat den Anderen für mich fast nur in mir gegeben, dumpf als eine Ahnung, man müsse aber alles selber versuchen, habe ich zu Urs wieder nach einer Weile gesagt, und Urs hat gelacht, das sowieso, hat er gesagt, und sein Lachen hat etwas Unverwüstliches gehabt, als könnte es den Tod überleben, ich habe gelacht, wegen Urs, und es ist ein Echo von jenem Anderen in unserem Lachen gewesen als das Echo einer Unendlichkeit, wir haben uns wie nach einer langen Zeit wiedererkannt, und ich habe auf den Tisch, auf das Bier mit dem Schaumrand geschaut. Livia ist dann aufgestanden, sie hat die Marlboroschachtel und das Feuerzeug in die Brusttasche ihrer Jeansjacke gesteckt, ob sie schon anrufe, habe ich sie gefragt, und sie hat gelächelt, ja, sie rufe an, hat sie gesagt, und wann ich denn fahren würde, das ist an einem Freitagabend gewesen, der Freitagabend ist als ein dichteres Gewebe von Stimmen in der verrauchten Luft über den Tischen gelegen, und ich habe mich dann Urs gegenüber auf Livias Platz gesetzt, habe das Bier über den Tisch her zu mir genommen und Livia noch gesehen, hinter den Leuten an der Theke vorbei hinausgehen, ihre schmalen Schultern, ich habe Urs von Wien erzählt.

Am Sonntagabend bin ich daheim im Bett gelegen, ich habe zur Zimmerdecke hinaufgeschaut, sie ist fast quadratisch und in einem blassen Halbkreis von der Nachttischlampe beleuchtet gewesen, die Deckenlampe ist lichtlos über der Zimmermitte gehangen als ein Zylinderschirm aus Bast, Livia würde mitkommen, sie hat mich angerufen, sie fahre morgen mit, hat sie gesagt, wenn es mir recht sei, und ich habe gezögert, habe an der Wand gegenüber den Schrank gesehen, niedrig und aus hellem Holz, ich habe an Nelly gedacht, daß ich allein sein möchte, habe ich Nelly gesagt gehabt, und daß ich auch nicht wisse, was ich in London soll, Nelly hat einen Sprachkurs in London gemacht, und dann würde sie arbeiten, hat sie gesagt. Nelly hat sich ihr Studium mit der Arbeit als Sekretärin finanziert, ich habe das Wort *Arbeit* nicht mehr hören können, es hat Rastlosigkeit geheißen, ein ewiges Nicht-zur-Ruhe-Kommen, ich habe zur Balkontür geschaut, die Vorhänge von der Balkontür sind mit Ovalen wie von Flußsteinen in verschiedenen Grautönen gemustert gewesen, das Muster hat sich über die Wellen der Vorhänge gelegt, und ein leichter Luftzug hat es in ein sanftes Schwanken versetzt, ich würde Livia morgen anrufen und sagen, daß ich doch allein fahren möchte, habe ich dann wieder gedacht, und daß es mir leid tue, daß ich es vorher nicht gewußt hätte. Ich habe das Taschenbuch vom Nachttisch genommen, wie unwillig so ratlos, Franz Kafkas *Prozeß*, ich habe das Buch aufgeblättert, habe ein paar Seiten schon gelesen gehabt, habe ein paar Zeilen gelesen und die Stelle gesucht, wo ich zu lesen aufgehört gehabt habe, doch ich würde Livia jetzt nicht mehr absagen können, habe ich mir gesagt, K. ist mir fremd gewesen, ich habe ihn gesehen als einen jener Zimmerherren, welche bei meiner Großmutter in Miete gewohnt gehabt haben, er hat seine Verhaftung ernst genommen, indem er vorgegeben hat, sie nicht ernst zu nehmen, und hat doch eine Bestätigung für deren Nichtigkeit von außen gesucht. Ich habe K.s Unruhe als Bedürftigkeit gekannt, habe den Kopf leicht zur Seite gedreht und das Taschenbuch in den Schein der Nachttischlampe gehalten, habe gelesen, wie K. auf Fräulein Bürstner wartet, K. hat sich Satz für Satz verfangen, jeder Satz hat seine Zwanghaftigkeit als ein Begründen und Erwägen in sich getragen, das hat etwas Beklemmendes gehabt, hat mich nicht losgelassen, es war Fräulein Bürstner, die gekommen war, hat es dann geheißen, und erst dieser Satz ist in seiner verkreuzten Gradlinigkeit wie eine Erlösung gewesen, als befreite er durch eine geheime Redundanz von einem Sinn als Ziel, ich habe wieder an Livia gedacht. Ich würde es ihr einfach sagen, wenn ich allein sein wollte, oder würde sie an einem schönen Ort, einem Dorf an einem Fluß, zurücklassen, habe ich gedacht, und daß wir ja nicht ausgemacht hätten, daß wir zusammen die Ferien verbrächten, ich habe wieder zur Balkontür hingeschaut, wie zur Vergewisserung, oder habe dann wieder gelesen, ich habe Livia kaum gekannt, habe sie erst ein paarmal bei Enio gesehen gehabt, ihrem Bruder, wenn ich mit meinem Bruder bei Enio auf Besuch gewesen bin, und früher, einmal, sind wir uns begegnet, ist Livia von den Parkplätzen hinter dem Pub gekommen, mit einer Freundin, haben wir einander in die Augen geschaut, kurz, und gegrüßt, im Aneinandervorbeigehen, doch ich habe damals selbst ihren Namen nicht gekannt. Am Ende des ersten Kapitels habe ich das Taschenbuch, die Hand mit dem Buch, auf die Bettdecke gelegt, K. hat mich überrascht, daß er Fräulein Bürstner geküßt hat, auf den Mund und dann über das ganze Gesicht und auf den Hals, wo die Gurgel ist, wie es geheißen hat, das hat zu seinen sonstigen Berechnungen nicht gepaßt, auch der Vergleich nicht mit dem durstigen Tier, das mit der Zunge über das endlich gefundene Quellwasser hinjagt, ich habe den Kopf gedreht und die Zimmerwand gesehen, die Rauhfasertapete mit den kleineren und größeren Körnern, ich hätte Livia nicht fragen sollen, ob sie mitfahre, habe ich mir fast entschieden gesagt. Ich habe geblättert und weitergelesen, das zweite Kapitel, wie K. telefonisch verständigt wird, daß am nächsten Sonntag eine kleine Untersuchung in seiner Angelegenheit stattfinden würde, wie er deswegen eine Einladung des Direktor-Stellvertreters ausschlagen muß, wie er in die Vorstadt läuft, und die Vorstadt ist mir dann wie bekannt gewesen, als würde ich sie kennen, mit den Männern in den Fenstern, die dort geraucht haben, den Kindern, den Rufen, dem Lachen, nur hat es in dem Buch *Gelächter* geheißen, ich habe gelesen und bin müde geworden, bin manchmal hängengeblieben, an einem Wort, oder habe einen Satz gelesen, ohne ihn zu lesen, habe ihn noch einmal gelesen, von unten habe ich die Abortspülung gehört, dann haben die Holzstufen geknackt. Es ist mein Bruder gewesen, er ist hereingekommen, und ich habe ins Buch gegrüßt, am Buch vorbei, mein Bruder hat sich ausgezogen, hat die Kleider über den Stuhl auf seiner Zimmerseite gelegt und ist in seinen Pyjama gestiegen, ist dann hinaus und ins Badezimmer gegangen, und ich habe gelesen, wie das Haus in der Vorstadt und der Hof und die Toreinfahrt beschrieben werden, wie K. gegen seine sonstige Gewohnheit sich mit allen diesen Äußerlichkeiten genauer befaßt, wie er ein wenig im Eingang des Hofes stehenbleibt, wie in seiner Nähe auf einer Kiste ein bloßfüßiger Mann sitzt und Zeitung liest, wie zwei

Jungen auf einem Handkarren schaukeln, so gegenwärtig, als bewegte sich K. für ein Mal in einer fast unverstellten Welt. Mein Bruder ist zurück ins Zimmer gekommen, und ich habe ihn sich ins Bett legen gehört, ob Livia jetzt morgen mitfahre, hat er zu mir herüber ins Zimmer gefragt, ich habe ja gesagt und weitergelesen, ob ich meine, daß das gut sei, habe ich ihn dann fragen gehört, er hat seine Nachttischlampe angeknipst gehabt, warum nicht, habe ich ins Taschenbuch hinein zurückgefragt und habe gelesen, wie K. den erfundenen Tischler Lanz sucht, wie er in die Wohnungen der Leute sieht, in kleine einfenstrige Zimmer, in denen auch gekocht wurde, wie es geheißen hat, mein Bruder hat nichts mehr gesagt. Ich habe zu ihm hinübergeschaut, warum es nicht gut sein solle, habe ich ihn gefragt, er hat einen Comic gelesen, ich solle keinen Blödsinn machen, mit Livia, hat er gesagt, und daß sie nicht so locker sei, wie ich vielleicht meinte, ich habe gezögert, ich würde genau das Erwartete nicht tun, habe ich gedacht, und es ist mir unsere Reise wie plötzlich als eine Reise in eine größere Freiheit erschienen, ich wisse schon, was ich tue, habe ich dann gesagt und gewußt, daß wir morgen fahren würden, dann sei es ja gut, habe ich meinen Bruder wieder sagen gehört, ich habe, ohne weiterzulesen, ins Buch geschaut.

Es ist ein trüber Vormittag gewesen, ich habe Livia abgeholt, es hat nicht mehr geregnet, und die Pfützen haben die Trübnis gespiegelt, die dunkleren Teerflecken haben geglänzt, das Lenkrad ist hart in meinen Händen gelegen, fast kalt, und die Hausgiebel haben etwas Stieres gehabt, wie sie so Giebel um Giebel aufgeragt haben, rechts ist ein Kartoffelacker an der Straße gelegen, krautig hinter einem nassen Bretterzaun, dann eine Wiese, gesäumt von einer Hecke, oder wieder Häuser, regennaß die Büsche, das Wegrandgras, beim vorletzten Haus bin ich stehengeblieben. Vier Kinder sind auf dem Kiesweg zu dem zurückversetzten Haus gestanden, ich habe den Motor abgestellt, habe gezögert, die Kinder haben zu mir her geschaut, dann bin ich ausgestiegen, ob Livia da sei, habe ich über den Volkswagen hin die Kinder gefragt, sie haben mich angeschaut, wie mißtrauisch oder verhalten, ja, hat das älteste, ein Mädchen, gesagt, und die kleinsten zwei sind ins Haus gelaufen, ich habe sie Livia rufen gehört, das Mädchen hat in dichten Strähnen blonde Haare gehabt und hat zu kurze Jeans getragen, hochgeschossen und knöchern, ich bin um den Volkswagen gegangen, Livia ist herausgekommen, hat mir gewunken, sie komme gleich, es ist wie selbstverständlich und seltsam in einem gewesen, Livia so zu einem Haus gehörig zu sehen. Es sei schon gut, habe ich gesagt und habe mich an den Volkswagen gelehnt, habe mit dem Autoschlüssel in der Jackentasche gespielt, das Mädchen am Kiesweg hat mich fast abschätzig gemustert, es hat einen Arm in die Hüfte gestützt gehabt und hat zu dem Kleineren neben sich etwas gesagt, ich habe an den beiden vorbeigeschaut, als beschäftigte mich etwas, ein Stück Hausmauer mit einem verwachsenen Strauch, sein Wildwuchs hat mich angezogen, oder ich habe Livia wieder gesehen, sie hat mit ihrer Mutter geredet, vor der Tür, und ist dann die Stufen vor dem Haus herunter und über den Kiesweg gekommen. Die Mutter ist vor der Haustür stehengeblieben, sie hat her zu mir geschaut, und ich habe gegrüßt, habe sie grüßen gehört, Livia hat einen Seesack unter dem rechten Arm getragen und hat eine Art Handtasche umgehängt gehabt, die Kleinen sind hinter ihr her gelaufen, es sei gut, daß sie mitfahre, habe ich zu

Livia gesagt und habe die Wagentür geöffnet, habe die Lehne vom Beifahrersitz nach vorne geklappt und den Seesack auf den Hintersitz gehoben, neben meinen Lederkoffer, dann bin ich um den Wagen gegangen, habe ich zur Haustür hin auf Wiedersehen gesagt, wir sind eingestiegen. Die Kinder sind an der Beifahrertür gestanden, Livia hat die Türscheibe hinuntergedreht, und ich habe den Motor gestartet, habe den Zündschlüssel gedreht und die Kinder Ciao fast rufen gehört, sie sollen ein wenig weggehen vom Auto, hat Livia gesagt, und wir haben dann auch Ciao gerufen, oder Livia hat gewunken, und ich habe die Kinder im Rückspiegel winken gesehen, wir sind über den Kanal gefahren, über die Brücke mit dem Stahlrohrgeländer, sind abgebogen, und es ist mit dem Abbiegen wie entschieden gewesen, daß wir fahren, ob das alles Geschwister von ihr seien, habe ich Livia gefragt, sie hat die Türscheibe zurück hinaufgedreht. Wir sind den Wiesen unter dem Binnendamm entlang und auf das Kieswerk zu gefahren, sein weißer Qualm ist ins Grau-in-Grau der Wolken gestiegen, und Livia hat dann von ihren Geschwistern erzählt, die älteste von den Kleinen habe ein freches Maul, hat sie gesagt, und ich habe gelacht, wegen des frechen Mauls, daß Livia das so sagt, wie Erwachsene es sagen, mich hätte sie vor allem genau angeschaut, habe ich gesagt und habe jeden Zaun noch einmal gesehen, als sähe ich ihn für immer, ein letztes Mal, jedes Haus, jede Wiese, jeden Stall und dahinter das Haus meiner Eltern, kurz, sein Küchenfenster und das Fenster von meinem früheren Zimmer, dann die Felder, die Wohnblöcke, die Hecken, den Weg meines Vaters, die beiden Fabriken an der Straße. Wir sind gegen Triesen zu gefahren, sind durch Triesen gefahren, und es ist trübselig gewesen, alltäglich, ausgesetzt dem Verkehr mit seinem

Einbiegen und Durchfahren, den Bremslichtern, den Abblendlichtern, den Zebrastreifen in der Nässe, dem Beschleunigen noch im Dorf und durch das Dorf hinaus, die Mittagsspitze hat das Land wie beschwert, breit und wolkenverhangen, wir sind fast stumm dem Bergfuß entlang gefahren, oder Livia hat dann gefragt, ob es mich störe, wenn sie rauche, und ob ich auch eine Zigarette wolle, ich habe gelacht, habe gedankt, sie hat eine Schachtel Marlboro aus ihrer Tasche genommen, hat das Seitenfenster einen Spalt aufgedrückt, und wir haben das Reifenzischen gehört. Über dem Kanal sind dann ein paar Föhren ein verlassener Hain gewesen, oder es sind Wiesen und Weiden von Hecken oder Baumgruppen unterteilt wie entrückt am Bergfuß gelegen, das seien die Foxara, habe ich vielleicht gesagt, und Livia hat geschaut, vielleicht auch habe mich dann wieder fast gewundert, daß sie neben mir gesessen ist, daß wir wirklich zusammen in die Ferien fahren, der Rauch ist über die Windschutzscheibe und zum Seitenfenster hinausgezogen, vor Balzers ist das ROXY an der Straße gelegen, eine Tankstelle als Diskothek, eine Bar, ein leerer Parkplatz, Schotter und Gebüsch, wir sind um Balzers gefahren, den Auwiesen entlang, von Obstbäumen gesäumt, davor Kühe, als stünden sie gegen eine Strömung im nassen Gras, Livia hat die Asche durch den Fensterspalt hinausgekippt. Ein Sattelschlepper ist uns entgegengekommen, in einem Nebel von Spritzern, ich habe die Scheibenwischer eingeschaltet, und Livia hat von Balzers erzählt, daß ihre Großmutter die erste Frau im Dorf gewesen sei, die sich auf ein Fahrrad gesetzt habe, da habe es geheißen, sie sei eine Hure, ich habe Balzers gerne mögen, es sei noch irgendwie dörflich, habe ich gesagt gehabt, wir sind durch ein Stück Erlenmischwald hinauf und dann über den Rhein gefahren, er ist bräunlichgrau unten zwischen den Dämmen gelegen, innig als erinnertes Zeichen der Ankunft auf dem Heimweg von Chur, nach der Brücke sind wir in eine Kurve um eine Böschung abgebogen, auf die Autobahn, ich habe den Motor dröhnen gehört, fast rasseln, habe beschleunigt, habe zuinnerst gelacht.

Es hat leicht zu regnen begonnen, hat leicht geregnet, beim Walensee, der See ist vom Regen wie gestichelt gewesen, bewegt, und die Berge nah, jenseits des Sees, einmal hat uns ein Zug überholt, zwischen Ufer und Straße, haben wir durch die regennassen Waggonscheiben die Konturen der Fahrgäste gesehen, oder dann sind wir zu den Tunells gekommen, habe ich den Lichtknopf herausgezogen, die Entgegenkommenden haben Scheinwerfer für Scheinwerfer geblendet, und die Rücklichtreihe vor uns hat gespiegelt, die Straße entlang dem See hat so etwas von einer Paßstraße gehabt, als überquerten wir einen Paß, die Scheibenwischer haben gleichmäßig geschlagen. So ein Sauwetter, habe ich einmal gesagt oder habe Livia gefragt, ob sie Musik mache, in den Tunells ist der Wischergummi über die Scheibe gestottert, habe ich die Scheibenwischer abgeschaltet, der Rekorder ist hinten gestanden, und Livia hat sich dann auf den Beifahrersitz gekniet, hat den Rekorder vom Hintersitz genommen und die Schachtel mit den Kassetten, sie hat die Kassetten durchgeschaut, was ich hören wolle, hat sie mich gefragt, es ist mir egal gewesen, vielleicht Walter Carlos, habe ich gesagt und habe Livias Hände wieder gesehen, schmal, ihre Finger zwischen den Kassetten oder am Rekorder, sie hat den Knopf zum Öffnen des Kassettenfachs gesucht. Es sei nur so zum Aufklappen, habe ich gesagt, und wir haben dann *Sonic Seasonings* gehört, es ist ein Klimpern wie von Nadeln gewesen, begleitet von einem Synthesizer, von lang gehaltenen Tönen und Wind, eine Hochebene, ein Dösen, fast Dröhnen, raumhaft, Livia hat sich eine Zigarette angezündet, hat den Kassettenrekorder auf ihren Knien stehen gehabt und geraucht, die Musik und die regenenge Landschaft haben sich gegensätzlich ergänzt, ob ihr die Musik gefalle, habe ich Livia einmal gefragt, und sie hat gelächelt, es gehe, hat sie gesagt, wir sind auf die Fortsetzung der Autobahn gekommen, das Dröhnen und Klimpern der Musik ist angeschwollen. Es hat sich verloren oder ist wieder durchdringend gewesen und einmal begleitet von einem Heulen wie von Wölfen, der Regen hat allmählich nachgelassen, allmählich hat es zu regnen aufgehört, ist nur das Zischen noch geblieben, von den Reifen, und die Spritzerwolken, wenn wir einen Bus oder Lastwagen überholt haben, Livia hat den Zigarettenstummel zum Fensterspalt hinausgeworfen, und das Lenkrad hat gleichmäßig vibriert, die Landschaft ist uns entgegengezogen, hügelig, und langgestreckt dann der Zürichsee, eine Stimme wie von einer Irren hat zum Heulen der Musik fast gesungen, und ich habe Livia gefragt, ob es ihr gleich sei, die Musik abzuschalten oder etwas anderes einzulegen. Vielleicht haben wir dann The Beatles gehört oder ein wenig geredet, einmal über Egon, er sei nett, hat Livia gesagt, und ich habe geantwortet, daß ich ihn auch möge, daß ich nur seinen Hang zum Urwüchsigen nicht teilte, und habe Egon gesehen, wie er getanzt hat, barfuß auf dem Rasen, als beschwöre er die Erde, aber sonst sei der Egon schon recht, habe ich gesagt und gewußt, daß er das Mitleid auf sich zieht, er arbeitet mit dem Mitleid, habe ich gedacht und nicht weitergesprochen, es ist wie stumm geworden im Wagen, bis auf die Musik, den Motor, das

Ticken vom Blinker, das Urwüchsige würde sowieso ziemlich einseitig verklärt, habe ich nach einer Weile wieder gesagt. Wir haben über das Land geredet, die Leute würden sich zu sehr um das kümmern, was andere tun, hat Livia gesagt, und wenn sie sich schon kümmerten, sollten sie auch helfen, doch es gebe keinen wirklichen Zusammenhalt, ich habe nicht gewußt, von welcher Erfahrung Livia spricht, und habe sie auch nicht gefragt, habe nur zugestimmt, für mich ist schon das Wort *Leute* ein Unwort gewesen, eigentlich gehe es ihnen vor allem ums Überleben, habe ich gesagt, und so haben wir aneinander vorbeigeredet oder haben es dann wieder gelassen, die Musik hat fast beiläufig rhythmisierend das Vorbeiziehen der besiedelten Landschaft untermalt. Später hat Livia den Rekorder auf den Boden gestellt und hat wieder geraucht, sie hat jede Viertelstunde eine Zigarette geraucht, sonst würde sie die ganze Zeit rauchen, hat sie gesagt, mich hat das beruhigt, daß sie sich jede Viertelstunde eine Zigarette angezündet hat, das hat eine Verläßlichkeit gehabt, einen geräumigeren Rhythmus als jenen der Musik, wir sind durch Zürich, sind dann Richtung Basel gefahren, einmal haben wir getankt, sind wir bei einer Tankstelle mit Raststätte von der Autobahn abgezweigt, ich habe bei den Zapfsäulen angehalten, hinter einem Wagen, und wir haben durch seine Heckscheibe die Hinterköpfe von zwei Frauen gesehen, ihre eingedrehten Haare, die würden einen Ausflug machen, habe ich zu Livia gesagt. Der Fahrer von dem Wagen ist neben dem Tankwart gestanden und hat ihn beaufsichtigt, der Tankwart ist hager gewesen, ein altgewordener Schulbub, in grüner Hose und Jacke, ein Diener aus einem vergessenen Roman, ich habe an der Plastikschlaufe neben meinem Knie gezogen und das Sich-Öffnen vom

Tankverschluß gehört, habe die Türscheibe ein Stück heruntergedreht, füllen bitte, habe ich dann zu dem Tankwart gesagt, Livia hat vor sich hin hinausgeschaut, hat das Portemonnaie aus ihrer Tasche genommen gehabt, und der Tankwart hat die Scheiben rundum schamponiert, ich habe die Türscheibe wieder hinaufgedreht, das Benzin würde ich zahlen, habe ich gesagt, und daß ich die Strecke ja auch allein gefahren wäre. Livia ist nicht einverstanden gewesen, sie würde jetzt zahlen, hat sie gesagt, und daß sie auch allein Ferien gemacht hätte, ich habe gelacht, habe Livia recht geben müssen, ihr Eigensinn hat etwas Logisches gehabt, der Tankwart hat das Seifenwasser von den Scheiben abgezogen und hat dann noch einen Franken dazugetankt, hat den Zapfhahn an die Säule gehängt, den Tank zugeschraubt, seine Handgriffe sind einer dem anderen wie abgezählt gefolgt, und ich habe darin eine verlorene Regelmäßigkeit wie gesucht, erkannt, Livia hat die Türscheibe heruntergedreht, sie hat gezahlt, es hat in allem ein Schwingen, das Anfängliche eines In-Schwingung-Kommens, gegeben.

Wir sind den Einbahnpfeilen auf dem Asphalt entgegen Richtung Raststätte gegangen, die Wolkendecke ist zerrissen gewesen, und durch die Risse haben wir den blauen Himmel gesehen, ich bin neben Livia her gegangen, habe die Beine geschüttelt, wir haben uns fast vorsichtig bewegt, fast aufmerksam, ich habe Livia die Tür aufgehalten, habe sie gefragt, wo sie sitzen wolle, es sei ihr egal, hat sie gesagt, und wir haben uns an den nächsten Fensterplatz gesetzt, die getönten Scheiben haben das Blau des Himmels tief scheinen lassen zwischen den weißen Wolken, das Grün der Wiesen grüner, die Hügel, wir haben einen Kaffee und einen Espresso bestellt. Livia ist dann auf den Abort gegangen, und ich habe das Trockenblumengesteck auf dem Tisch angeschaut oder habe die Speisekarte berührt, als wollte ich mich ihrer vergewissern, von der Decke sind Bilder von Eiscoups auf Kartonscheiben gehangen und haben sich in der Ventilatorenluft kaum gedreht, in der Nähe ist an einem Tisch eine Familie gesessen, der Mann hat breit gekaut, er hat einen Schübling gegessen wie auch ihm gegenüber seine Frau, und ich habe ihre Armbewegung gesehen, wenn sie ein Stück Wurst abgeschnitten hat, als Blusenärmelbewegung, der Sohn hat lange Haare gehabt. Er hat in einen Toast gebissen, über den Tisch gebeugt, als schämte er sich, und die Tochter hat einen gehäkelten Pullover getragen, mit einem Lochmuster, es hat etwas Schwesterliches gehabt als ein Muster aus Schweigen und Befangenheit, oder ich habe den Jackettrücken von einem Geschäftsmann gesehen, ein paar Tische weiter, und das gescheitelte Gesicht seines Gegenübers, bei der Ausschank hat die Serviertochter um sich geschaut, ihre glatten Haare haben mit der Kopfdrehung um ihren Hals geschwankt, akkurat, habe ich gedacht, sie hat gewartet, dann hat sie den Kaffee und den Espresso gebracht, und ich habe gedankt. Ich habe den Rahmbecher geöffnet, mit einer Bergblume auf dem Aluminiumdeckel, habe den Rahm in den Kaffee gegeben, Livia ist zurückgekommen, sie hat sich mir gegenüber gesetzt, und wir haben gelächelt, ich habe einen Schluck Kaffee genommen, und sie hat ihren Würfelzucker aufgerissen, hat ein Stück Zucker in dem Espresso verrührt, mit einem leichten Drehen aus dem Handgelenk, ihre Bewegungen haben etwas Selbstgewisses gehabt, ihre Hand, wie sie so gerührt hat, wie sie dann eine Zigarette angezündet hat, ob ich

auch eine haben könne, habe ich Livia gefragt, und sie
hat mir die Marlboroschachtel geöffnet entgegengehalten, hat mir Feuer gegeben, ich habe mich über den
Tisch zu der Flamme gebeugt. Ob es gehe, hat Livia
gefragt, und ich habe genickt, wir haben dann
geraucht, ich habe vorsichtig inhaliert, in kleinen
Zügen, oder habe gehustet, die seien ziemlich stark,
und daß ich selten rauchen würde, habe ich gesagt
und Livia lachen gesehen, sie hat dunkle, dichte
Augenbrauen gehabt, ich habe hinausgeschaut, die
Sonne ist in Flecken auf den bewaldeten Hügelzügen
gegenüber gelegen und auf den Wiesen, den Feldern,
ich habe an Nelly gedacht, wie ich sie zum ersten Mal
besucht habe, wie es dicht geschneit hat und die
Ortschaften entfernt im Schneetreiben gelegen sind
als Hallen und Dächer, das ist meine erste Fahrt allein
durch die Schweiz gewesen. Nellys Brief mit den
Angaben, wie ich fahren müsse, ist damals offen auf
dem Beifahrersitz gelegen, ich habe ihre Schrift noch
gesehen und habe gelächelt, habe Livia angeschaut
oder die Asche in den Aschenbecher geklopft, wenn
wir Glück hätten, werde es schön bis zum Abend, habe
ich gesagt und habe dann die Serviertochter gerufen,
zum Zahlen, habe die Zigarette ausgedämpft und den
Rauchgeschmack mit dem Rest Kaffee hinuntergespült, wir haben gezahlt, sind aufgestanden, ich habe
den Autoschlüssel in der Tasche von meiner Wildlederjacke gesucht, habe ihn berührt, ich müsse noch
auf den Abort, habe ich beim Ausgang wieder gesagt
und bin zu den Toiletten hinuntergestiegen, aus den
Muscheln an der Wand hat es leise geplätschert. Ich
habe gepinkelt und gegen die weißen Kacheln geschaut, habe die Fugen fast beobachtet, ihre Gleichmäßigkeit, oder habe die Seifenstücke in der Muschel
sich bewegen gesehen, wie angeschwemmt, habe ich

gedacht, ich habe beim Waschbecken meinen Mund ausgespült, meine Wangen sind von der Zigarette gerötet gewesen, und vom Kaffee, zurück hinauf habe ich zwei Stufen auf einmal genommen oder habe dann draußen die frische Luft tief eingeatmet, von der Autobahn her hat es gedröhnt, Livia ist bei einer Rasenfläche gestanden, sie hat zu den Hügeln hinübergeschaut. Wir sind zurück zu den Parkplätzen gegangen, zum Volkswagen, er ist als ein zuinnerst Zugehöriges, als abfallende Heckform und beige Farbe in der Reihe der geparkten Wagen gestanden, und ich habe Livia gefragt, ob sie auch ein Fleischkäsbrot wolle, habe dann die Wagentüre aufgesperrt und ein Brot für mich ausgepackt, wir sind eingestiegen, haben die Türen zugezogen, Livias Tür hat gescheppert, sie ist nicht zu gewesen, ich habe meine Türscheibe ein Stück heruntergedreht, und Livia hat die Tür noch einmal ins Schloß gezogen, fest, daß es geknallt hat, wir sind gefahren. Ich habe beschleunigt, habe vom Brot abgebissen und in den Rückspiegel geschaut, habe mich in die Fahrspur eingereiht, der Geschmack vom Fleischkäs hat sich über den rauchigen Geschmack von der Zigarette gelegt, er ist wie ein Stück Heimat gewesen, salzig und fett, und ich habe gekaut, manchmal habe ich einen Schluck Wasser aus meiner Blechflasche genommen, hat Livia mir den Schraubverschluß aufgedreht oder die Flasche zurück zwischen die Sitze gesteckt, sie hat dann wieder geraucht, und die Wolken haben sich allmählich verloren, das Gebüsch vom Mittelstreifen hat sich feinblättrig im Fahrtwind bewegt.

In Frankreich ist die Landschaft vereinsamt, sie ist nach der Grenze fast plötzlich sich selber überlassen gewesen, und die Dörfer und Ortschaften haben sie eher berührt als besetzt, wir sind auf einer Landstraße gefahren, mit Betongußmasten der Straße entlang, manchmal ist die Tafel mit der Warnung vor Rollsplitt am Straßenrand gestanden, der steinchenspuckende Reifen in einem Dreieck mit rotem Rand, oder die Zahlen der Geschwindigkeitstafeln sind klobig und von einem Schild mit der Aufschrift *Rappel* wie unterzeichnet gewesen, was *Rappel* heiße, hat mich Livia gefragt, und ich habe es nicht genau gewußt, *se rappeler* heiße sich erinnern, habe ich gesagt, und daß das Schild ziemlich sinnlos sei, eigentlich völlig sinnlos, wir haben gelacht. Ich habe auf einer Straßenkarte von Frankreich eine Linie von Basel bis ans Meer, nach Mimizan-Plage, gezogen und auf weißen Landstraßen einen Weg der Linie entlang eingezeichnet gehabt, mit einem schwarzen Stift, wir sind Viehweiden entlang gefahren, und Livia hat die Straßenkarte auseinandergefaltet, die Kühe sind bleich oder braunweiß gefleckt am Hang über der Straße gestanden, er ist von höheren Grasbüscheln verstreut bedeckt gewesen, und die Sonne hat die Büschel gestreift, hat sie scheinen lassen, als wäre die Reise in ihnen schon begriffen, als müßte ich anhalten und über die Weide gehen, als könnte ich nur so ankommen, ich habe gezögert. Die Straßenkarte hat dann Livias Beine und die Armaturen auf ihrer Seite bis hinauf über die Windschutzscheibe bedeckt, ich habe ihren Daumen am linken Kartenrand, auf dem Hellblau vom Meer gesehen, da seien wir eine Weile unterwegs, hat Livia gesagt, und ich habe gelacht, wir hätten ja Zeit, habe ich gesagt, oder daß wir uns einfach Zeit ließen, die Straße hat in Kurven manchmal durch ein Stück Wald geführt, dazwischen wieder durch Weideland mit vereinzelten Höfen, hochgemauerten Ställen, sumpfigen Mulden, von Sauerampfer durchsetzt, Livia hat die Karte dann wieder zusammengefaltet, bis auf das Stück bei Basel, und hat sie neben sich auf den Sitz gelegt, manchmal haben wir uns auf etwas aufmerksam gemacht. Es ist ein Taubenschlag oder sind ein paar Pferde, ist eine Stille um sie gewesen, ein Atemanhalten, und ich bin langsamer gefahren, die Pferde haben ihre Hälse ins Gras wie getaucht, haben ein Bein vors andere gesetzt, braunglänzend, daß Jahrtausende sich wiederholt haben, in einem Augenblick als einem Schulterspiel, oder es sind in einer Reihe Bäume von verschiedenem Laub gestanden, licht an den Rändern und mit Untiefen, schattig, wo sie einander nahe sich durchmischt haben, gekrönt vom Himmel, von seinem milden Blau, es sei doch schön, habe ich halb gesagt, halb Livia gefragt, und sie hat genickt, hat gelacht, stumm, in einem Dorf haben wir vor der Dorfbar angehalten. BAR ist auf einem Schild unter der lichtlosen Leuchtreklame von einem Bier wie buchstabiert gewesen, ich habe den Volkswagen hinter einem Kübelwagen an den Straßenrand geparkt, und wir sind ausgestiegen, haben die Verschlußknöpfe gedrückt, haben sie blockiert und die Türen zugeschlagen, ich habe das Nacheinander des Türenschlagens gehört, hell als eine Gewißheit, wir sind unterwegs, habe ich gewußt und bin um den Wagen gegangen, der abgewetzte Randstein hat als ein Echo die Gewißheit gespiegelt, grasgesäumt, staubverweht, die Bar hat eine Haustür mit vier Scheiben als Eingangstür gehabt. An der Theke sind zwei Männer gestanden und bei ihnen, an einem Tisch, ist ein älterer gesessen, schräg zum Tisch, sie haben geredet, haben kurz geschaut, uns angeschaut, von hinter der Theke hat eine Frau in einer geblümten Schürze gegrüßt, sie ist fast dürr gewesen und hat gelächelt, wir haben gegrüßt, haben uns neben die Männer an die Theke gestellt, sie haben aus kleinen Gläsern Rotwein getrunken, was *ein Espresso* auf französisch heiße, hat mich Livia gefragt, und ich habe es nicht gewußt, *un espresso* oder *un petit café noir*, habe ich geraten, dann haben wir bestellt, hat Livia einen Espresso und habe ich ein Glas Rotwein bestellt, *un verre comme ça*, habe ich gesagt und auf die Gläser von den Männern neben mir gezeigt. Die Männer haben von der Arbeit gesprochen, einer hat eine neue Latzhose angehabt, sie ist noch steif gewesen, fast königsblau, und hat sich über seinen Bauch gewölbt, er hat die eine Hand im Hosensack stecken gehabt, hat mit der anderen Hand gesprochen, ich habe zuinnerst gestaunt, wie selbstverständlich er die neue Hose getragen hat, der ältere am Stuhl hat eine Mütze aufgehabt, er hat sich mit einem Arm auf den Tisch gelehnt, und ich habe die abgenützten Borten von seinem dickstoffigen Jackett gesehen, als sähe ich ein Leben entlang den Hügeln dieses Weidelands, ob ich eine Zigarette wolle, hat mich Livia gefragt und hat mir dann Feuer gegeben, ich habe mich über die Flamme gebückt, ihre Wärme ist sanft in mein Gesicht gestiegen. Die Frau hat den Espresso und das Glas Wein auf die Theke gestellt, wir haben gedankt, und Livia hat aus einer kugelförmigen Zuckerdose einen Löffel Zucker in den Espresso gegeben, ich habe einen Schluck Wein genommen, habe dann den struppigen Haarschopf von dem Mann neben mir gesehen, er hat energisch gesprochen, mit einem Zigarrenstummel im Mundwinkel, von irgendwelchen Idioten, die es immer verstehen würden, aus einer Not auch noch Profit zu schlagen, der Wein ist fast sauer gewesen und hat sich mit dem Zigarettenrauch zu einem Gefühl der Geborgenheit in der Fremde gemischt. Ob mir der Wein schmecke, hat mich Livia gefragt, und ich habe genickt, habe inhaliert und den Rauch dann gegen den

Eingang hin geblasen, es sei eine Art Hauswein, ziemlich herb, aber französisch, habe ich gesagt, und daß es immer etwas vom ersten sei, was ich in Frankreich tun würde, ein Glas Wein trinken, später hat Livia auch ein Glas und ich habe ein zweites bestellt, haben wir angestoßen, wie zur Begrüßung, und haben noch eine Zigarette genommen, an der Wand hinter der Theke sind auf Glasregalen die Liköre und Schnäpse gestanden, ein paar Flaschen davor auf dem Kopf und zuoberst ein paar Pokale, dazwischen eine Uhr, wir haben getrunken und geraucht, haben gelacht.

Livia ist es etwas übel gewesen von dem Kaffee und dem Wein auf den nüchternen Magen, sie hat vielleicht den Deckel von dem zweiten Fleischkäsbrot gegessen, das trockene Brot mit ein bißchen Fleischkäs, sie möge keine Butter, hat sie gesagt, und ich habe die belegte Hälfte mit der Butter gegessen, habe mit einer Hand gelenkt und mit der anderen das Brot gehalten und geschaltet, die Sonne ist als eine strahlende Scheibe über den Hügeln gestanden, weit würden wir heute sowieso nicht mehr fahren, habe ich gesagt, oder wir sind dann auf einer Anhöhe in einen Feldweg abgebogen. Der Feldweg hat einem Zaun entlang zu einer Hecke geführt, die Hecke ist nach einem Stück unterbrochen gewesen, und wir haben durch die Lücke als Einfahrt auf eine gemähte Wiese gesehen, ich bin hinein auf die Wiese und dann rückwärts nah an die Hecke gefahren, an ein Haselgebüsch, damit man uns nicht sehe von der Straße aus, habe ich gesagt, das Gebüsch hat die Autotür gestreift, und ich bin auf Livias Seite ausgestiegen, wir sind ein paar Schritte in die Wiese gegangen, auf der gegenüberliegenden Anhöhe sind einige Ställe gelegen, hochgemauert mit Fensterluken, von dort aus würde man uns sehen, und ob wir trotzdem bleiben, habe ich Livia nach einer Weile gefragt. Livia hat geschaut, hinüber zu den Ställen, hat geblinzelt, sie hat sich eine Zigarette angezündet gehabt, von ihr aus schon, hat sie gesagt, und den Rauch mit den Worten ausgeatmet, die Wiese ist weiter vorne fast steil abgefallen, und ich bin dann ein Stück über das stoppelige Gras gegangen, unentschieden, und in einem Bogen zurück, habe ein paar Steine im Gras gesehen, als Haufen, angerußt, es ist eine Feuerstelle gewesen, da sei eine Feuerstelle, habe ich fast gerufen, und Livia hat sich gedreht, hat her zu mir geschaut, sie ist über das Gras gekommen und hat etwas Mädchenhaftes gehabt, etwas Verschlossenes in ihrer Art zu gehen, zu rauchen, als ginge sie vor sich hin, in ihrer Jeansjacke, ihrem blauen T-Shirt, den Jeans, sie hat Ledermokassins getragen. Zwischen den angerußten Steinen sind ein paar verkohlte Prügel gelegen, ich habe die Steine mit dem Schuh an den Rand der Feuerstelle gerollt, schau, habe ich zu Livia gesagt, der Ruß ist in Spuren feucht gewesen, dunkler, fast schwarz, ich habe dann die Blechflasche aus dem Wagen geholt, habe noch einen Schluck Wasser genommen und den Rest ausgeleert, wir sind von der Wiese über den Hang hinuntergestiegen, am Hang ist das Gras in Büscheln hoch gestanden, und das Licht hat in den Spitzen der Baumkronen geflimmert, der Eschen im Tal, Livia ist manchmal gerutscht, ob es schon gehe, habe ich sie einmal gefragt, unten, im Talschatten, hat es zwischen den Eschenstämmen einen Stacheldrahtzaun gegeben. Es hat dort feucht geduftet, und wir sind durch den Zaun geklettert, haben einander geholfen, haben den oberen Stacheldraht gehoben und den unteren gegen den Boden gedrückt, hinter dem Zaun ist die Erde von Kühen zertreten gewesen, sumpfig und von Kuhfladen bedeckt, wir sind von Grasbuckel zu Grasbuckel gestiegen, dann den gegenüberliegenden Hang hinauf, einer Baumgruppe zu, sind in der Nähe der Bäume geblieben, wegen der Kühe, vielleicht sei ein Stier dabei, habe ich gesagt oder habe eine getrocknete Flade über eine Grasstufe hinuntergekippt, wir haben die Würmer im bleichen Gras darunter gesehen, oben sind wir über ein baumloses Stück Weide gegangen. Die Kühe sind dort verteilt gestanden, in Gruppen, oder gelegen im Gras, haben herübergeschaut zu uns, oder eine hat gemuht, daß ihr *Muh* sich weit über den Hang erstreckt hat, als Klang, und es gezwitschert hat, von den Vögeln, ob sie es höre, habe ich Livia gefragt, dann sind wir über ein Gatter auf eine Straße geklettert, der Asphalt hat von den plattgefahrenen Kuhfladen unter der Sonne bräunlich geglänzt, glitzernd mit Mücken und Fliegen, wir sind weiter zu den Ställen gegangen, sind in ein Dorf gekommen, an der ersten Stallmauer ist ein Holunder gestanden, die Dolden, schon rötlich, haben dicht aus seinem Laub geragt, ein paar Hühner sind gackernd vom Straßenrand in ein Kleefeld geflohen. Ein Hund hat gebellt, hinter einem Stall, oder es ist ein Traktor gewesen, und er hat geknattert, es sind die spätnachmittäglichen Geräusche als Stille gewesen, und wir haben uns manchmal angeschaut, Livia und ich, und haben stumm gelacht, am Ende der Straße hat es einen Platz gegeben, haben ein paar Kinder auf dem Platz gespielt, eine Kapelle ist dahinter wie stillgelegen, wie vergessen so stehengelassen, und es sind Mauersegler um ihren schweren Turm gekreist, die Kinder haben Quadrate in die festgetretene Erde gekratzt gehabt, sie haben geschaut, zu uns her, ein Mädchen ist noch von Karo zu Karo gehüpft, und ich habe gegrüßt, habe gefragt, ob es hier einen Brunnen gebe, *un puits*, habe ich gesagt und habe den

Kindern die Blechflasche gezeigt, sie haben durcheinandergeredet. Es hat keinen Brunnen gegeben, doch ein Bub ist uns dann vorausgegangen, oder es sind zwei gewesen, auf der Straße durch das Dorf zurück, der eine hat sein Fahrrad neben sich hergeschoben, und ich habe die Kniekehlen von den beiden gesehen, habe ihre nackten Beine sich beugen und strecken gesehen und habe ihre Unsicherheit wiedererkannt, als wäre es meine, als ginge ich vor zwei Fremden über die mir vertrauten Unebenheiten und Löcher am Asphalt, es sei seltsam, daß es in so einem Dorf keinen Brunnen gebe, habe ich zu Livia gesagt, bei einem Garten hat der eine Bub sein Fahrrad an den Zaun gelehnt, er ist durch den Garten zur Haustür gegangen und der zweite ihm voraus, drinnen habe ich sie rufen und das Schlagen von Kannen gehört. Eine Frau ist in die Tür gekommen, sie hat eine dunkle Schürze eng um ihren vollen Körper gebunden gehabt und hat Stiefel getragen, wir haben gegrüßt, ob sie uns Wasser in die Flasche füllen könne, habe ich die Frau gefragt, ihr Gesicht ist jung gewesen, lächelnd, als hätte das Alter nur ihren Körper schwer gemacht, sie hat die Flasche geholt, ja, gerne, hat sie gesagt, und ich habe den Schraubverschluß von der Flasche gedreht, habe sie in die geröteten Hände der Frau gegeben, sie ist dann ins Haus gegangen, und die beiden Buben haben vor der Tür gewartet, haben uns angeschaut, fast neugierig, ich habe mit dem Flaschendeckel zwischen den Fingern gespielt. Ein Rhabarber hat mit seinen großen, gerippten Blättern ein Gartenseck bedeckt, ich habe seine roten Stiele gesehen und habe ihn Livia gezeigt, schau, ein Rhabarber, habe ich gesagt und habe die Hand mit dem Deckel gehoben oder habe Livia gefragt, ob sie Eier möge, und daß wir von der Frau sicher auch Eier bekommen könnten, vielleicht haben wir von drinnen das Wasser gehört, in den Schüttstein schlagen, hat Livia gezögert, wegen der Eier, dann ist die Frau zurückgekommen, *alors, allez*, hat sie zu den Buben gesagt, und sie haben Platz gemacht, die Flasche ist kalt gewesen und feucht, ich habe gedankt, habe den Verschluß auf den Flaschenhals gedreht, *de rien*, hat die Frau gesagt. Sie hat gelächelt, und die Buben haben *au revoir* fast gerufen, wir sind gegangen, zurück durch das Dorf hinaus, das seien Menschen, habe ich zu Livia gesagt, oder habe ihr von Wien erzählt, wie ich dort am Anfang in jede Suppe ein Ei gegeben hätte, so würde ich genug Eiweiß bekommen, hätte ich mir eingebildet, und wir haben gelacht, die Vögel haben sich in das kleine Tal neben der Straße gestürzt, mit einem hellen Zwitschern, und wieder hinauf in den Himmel, wir haben lange Schatten geworfen, quer über den Asphalt, oder haben dann die Rundung vom Volkswagendach auf der Anhöhe gegenüber fast abendlich scheinen gesehen.

Die Kühe sind beim Gatter gestanden, ich habe mit ihnen gesprochen, um mich zu beruhigen, habe sie im Auge behalten, und wir sind über die Weide hinuntergestiegen, Livia hat ihre Arme manchmal gehoben, wegen des Gleichgewichts, und ihre Jeansjacke hat dann leicht um ihre Hüften geschlenkert, bei den Bäumen haben wir Holz gesammelt, dürres Geäst und Prügel, ich habe die Blechflasche in die Jackentasche gezwängt, wir haben beide Hände mit Holz gefüllt und haben es unten, am Talboden, über den Stacheldrahtzaun geworfen, dann sind wir zwischen dem oberen und dem unteren Stacheldraht durch und zurück auf unsere Talseite gekommen. Wir haben das Holz wieder zusammengelesen, und ich habe Livia sich bücken gesehen, habe mich gebückt, und mir ist gewesen, als wären wir so schon einmal nebeneinander gestanden, als wären wir Nachfahren unserer selbst aus einem anderen Leben, einem verbundeneren, ländlicheren, das Tal ist tief im Schatten gelegen, es hat uns wie vereint, so schattig, ich bin dann geradeaus die Grasstufen hinaufgestiegen, und Livia hat einen weiten Bogen gemacht, ich habe aufgepaßt, daß ich nicht rutsche, habe oben das Holz neben die Feuerstelle geworfen, Livia ist schräg über die Wiese heraufgekommen, sie hat einen Ast hinter sich hergezogen, hat sich gebückt, hat den Ast liegengelassen, ich habe die Blechflasche neben dem Holz ins Gras gestellt. Die Sonne ist noch ein Schein gewesen nahe den Ställen, und Livia hat ihr Holz dann zu meinem gelegt, sie hat sich geärgert, hat sich eine Zigarette angezündet, sie habe noch so einen blöden Ast gefunden und habe wegen des einen Astes das halbe Holz verloren, hat sie gesagt, und ich habe gelacht, bin dann über die Grasstoppeln gelaufen, leicht, und habe gleichzeitig das Gewicht gespürt, meiner Schuhe, die Lust zu laufen, daß ich laufe, und die Sicherheit meiner Schritte, es hat gesungen in mir, der Ast ist an der Grenze der Wiese zum Hang gelegen, fast als ein Gruß, ein Wiedererkennen, ich habe ihn aufgehoben und in die Höhe gehalten, als würde ich Livia mit dem Ast winken. Wir haben ein Feuer gemacht, haben bei der Hecke Steine gesucht und sie zusammen mit den angerußten um die Feuerstelle geschichtet, ich habe eine Zeitung aus dem Wagen geholt, das Kochgeschirr und ein Suppenpäckchen, habe die halbe Zeitung zerknüllt, Seite um Seite, es ist eine Landeszeitung gewesen, oder ich habe sie vergessen, habe nur den Papiersack von den Fleischkäsbroten zum Anzünden gehabt und habe ihn in das Rund der Steine gelegt, wir haben das dünnere Geäst zerkleinert, haben es auf den

Papierknäuel geschichtet und die festeren Prügel entzweigebrochen, über dem Knie, daß das Holz in den Händen gezuckt hat, einige Prügel haben sich nicht brechen lassen, und ich habe sie gegen einen Stein gelehnt. Ich habe sie mit einem Tritt geteilt oder bin auf einen Prügel gesprungen, mit meinem ganzen Gewicht, und er hat nicht nachgegeben, Livia hat mir zugeschaut, ich bin höher gesprungen, wieder auf den Prügel, es hat nichts genutzt, wir haben gelacht oder haben das Papier dann angezündet, und das Holz hat gequalmt, es hat geknistert, und ich habe in die Zweige geblasen, in die anfängliche Glut, habe um das Feuer fast gekämpft, bis es gebrannt hat, Livia hat unsere Schlafsäcke aus dem Wagen geholt, und wir haben uns auf die Schlafsackrollen gesetzt, ich habe die Anweisung für die Zubereitung der Päckchensuppe gelesen, es ist eine Nudelsuppe mit kleinen Leberknödeln gewesen. Wir haben dann gewartet, haben geraucht und dem Leuchten auf den Hügeln zugeschaut, vom Abend, dem Dunklerwerden als Tönung, als Landschaftston, einmal habe ich Holz nachgelegt oder habe Wasser in die Gamelle gegeben und das Suppenpulver im Wasser verrührt, ich habe die Gamelle zugedeckt, habe sie an einen Stecken gehängt und ins Feuer gehalten, es hat manchmal geknackt, daß die Funken aufgestiegen sind, und die Flammen haben um den Gamellenboden gezüngelt, wie rastlos, habe ich gedacht und habe Livia gefragt, ob sie auch schon Hunger habe, sie hat genickt, hat gelächelt, ihr Lächeln hat etwas Besänftigendes gehabt. Es ist dann ein Erlöschen gewesen, am Himmel, aufsteigend aus dem Tal, ein Restleuchten über den Hügeln, und von den Ställen her hat eine Amsel gesungen, die Grillen haben nahe gezirpt, einmal ist die Suppe übergekocht, hat es den Deckel gehoben und geschäumt, und ich habe die Gamelle vom Feuer genommen, habe den Deckel mit einem Zweig ins Gras gekippt, die Suppe hat geduftet, nach Päckchensuppe, ich habe sie ohne Deckel noch ein paar Minuten kochen lassen, wie ich es auf der Anweisung gelesen habe, dann haben wir gegessen. Livia hat mit dem Löffel aus dem Gamellendeckel und ich habe aus der Gamelle gegessen, mit der Gabel, wir haben gewartet, bis die Suppe ein wenig abgekühlt ist, haben die Nudeln in die Höhe gehalten und geblasen, Livia hat nach einem Deckel schon genug gehabt, ob ihr die Suppe nicht schmecke, habe ich sie gefragt, und sie hat gelacht, sie esse sowieso wenig, hat sie gesagt und hat sich eine Zigarette angezündet, ich habe dann den Löffel genommen und die Suppe fast ausgegessen, die kleinen Leberknödel haben salzig geschmeckt, und der Löffel hat auf dem Gamellenboden blechern gekratzt, ob ihr auch wohl sei, habe ich Livia vielleicht noch gefragt oder habe dann wieder etwas Holz nachgelegt, und wir haben geraucht. Wir haben in die Flammen geschaut, wie sie um die Prügel gezüngelt haben, wie die Rinde Feuer gefangen hat, ich habe Zug um Zug von der Zigarette genommen und den Rauch vor mich hin ausgeatmet, ruhig, als gäbe mir das Rauchen ein Gleichmaß als Ruhe, es sei schön, so ein Feuer, hat Livia einmal gesagt, und ich habe stumm gelacht, habe Livia gesehen, ins Feuer schauen, sie hat eine kräftige Nase mit einem schmalen Nasenrücken gehabt, fast hohle Wangen und einen feinen Mund, ihre Haare sind dunkel gewesen, und ihre Augen haben das Feuer gespiegelt, sein Flackern, wir haben gelächelt, die Stille hat sich zirpend um uns gelegt. Livia hat die Zigarette dann ins Feuer geworfen, sie ist aufgestanden und zum Volkswagen gegangen, ihren Pullover holen, hat sie gesagt, und ich habe den Schein vom Feuer über die Grasstoppeln hin gesehen und das Wageninnere blaß dann leuchten vor der fast schwarzen Hecke, unter der noch hellen Nacht, die Fensterluken von den Ställen auf der Anhöhe gegenüber haben gelblich geglost, und es ist in dem Glosen eine Wärme gewesen, eine Nähe zu den warmen Leibern der Kühe, zu den dampfenden Fladen im Stroh, mit dem Zuschlagen der Autotür hat von drüben ein Hund gebellt.

Ich habe meinen Pullover geholt, habe das Kochgeschirr und die Blechflasche im Wagen hinten auf den Boden gestellt und den Pullover aus dem Lederkoffer genommen, er ist violett und bordeauxrot gewesen, der Pullover der Mutter, und ich habe ihn über den Kopf gezogen, habe den Hund wieder bellen gehört, noch vor dem Schlagen der Tür, und dann einen zweiten, Livia ist leicht gebückt am Feuer gesessen, als eine Kontur Mensch, ein Menschenkind, mit einem langen Schatten, er hat mit dem Feuer geflackert, und das Gras hat unter meinen Schuhen fast geknirscht, ich habe mich zurück auf meine Schlafsackrolle gesetzt. Es ist kalt geworden, und wir haben erzählt, haben von früheren Feuern, von den Feuern der Kindheit, erzählt, wie sie einen angezogen haben und wie immer auch etwas Katastrophenhaftes mitgebrannt hat, oder wir haben dann die Schlafsäcke nebeneinander ausgerollt, Livia ihren näher beim Feuer, und ich habe noch einmal Holz nachgelegt, wir sind in den Kleidern in unsere Schlafsäcke gestiegen, ich habe meine Jacke zu einem Kissen gerollt, es ist Neumond gewesen, und wir haben die Sterne hell gesehen und haben geraten, welche Konstellation der Große Bär sein könnte, welche der Wagen, das Viereck mit dem Anhänger sei der Wagen, hat Livia gesagt, und ich habe sie gefragt, ob sie sicher sei. Es hat gezirpt, und das Feuer hat geknackt, hat geknistert, oder einmal haben wir von der Straße her Motorradmotoren und Stimmen gehört, habe ich gehorcht, ob sie näher kommen, ich habe in meinem rechten Schuh die Taschenlampe und daneben, in der Erde, mein Schweizermesser stecken gehabt, habe mich aufgestützt und zum Feldweg hin geschaut, habe vielleicht von der Landstraße her Scheinwerfer gesehen, und die Motoren haben geheult, haben sich heulend entfernt, ob ich auch noch eine Zigarette wolle, hat mich Livia dann gefragt, und wir haben wieder geraucht. Ich habe mich zurück hingelegt, habe den Rauch tief eingeatmet und ihn immer wieder in die Nachtluft steigen lassen, es sei gut, so im Liegen zu rauchen, habe ich zu Livia gesagt, und daß ich noch nie so geraucht hätte, Livia hat gelacht, sie habe schon mit vierzehn angefangen, hat sie gesagt, im Kloster, und hat vom Kloster erzählt, es sei idiotisch gewesen, ich habe die Asche neben mir ins Gras gekippt und habe Livia zugehört, habe in den Nachthimmel geschaut oder habe die Zigarette ausgedämpft, und wir haben uns nach einer Weile noch eine angezündet, haben dann fast nicht mehr geredet, und doch ist die Erzählung weitergegangen als Nachtluft und Knistern und größere Stille. Das Feuer hat seltener noch geknackt, und ich habe wieder tief inhaliert, später, allmählich, ist mir wie fast plötzlich schwindlig geworden, habe ich mich aufgesetzt, es sei, als hätte ich den Boden unter dem Rücken verloren, habe ich zu Livia gesagt, dabei sei das Rauchen so angenehm gewesen, ich habe einen Halt gesucht, habe das Feuer nur als Spur noch gesehen, von einem Leuchten, in sich verschoben, und habe mich dann auf den Bauch gedreht und auf die Ellbogen gestützt, habe gewartet, bis das Schwindeln aufhören würde, ich würde nie mehr im Liegen rauchen, habe ich gesagt, und wir haben gelacht. Ich habe meine Stirn in meine Hände gedrückt oder habe dann Livia im Schein der Glut gesehen, ihr Gesicht als Lichtkanten und Schatten im hellen Blau von ihrem Schlafsack, ob es wieder gehe, hat mich Livia gefragt, und ich habe genickt, habe meine Jacke angezogen und mich zurück auf den Bauch gelegt, es ist kalt gewesen, und der Schlafsack hat nach Mottenkugeln gerochen, nach Wintermänteln und Kellerschrank, langsam bin ich von dem Geruch wie gebettet, getragen, wieder in ein Gleichgewicht gekommen, habe ich den Schlaf sich auf mich legen gespürt, in der Nacht bin ich aufgewacht. Ich habe gefroren, bin tiefer in den Schlafsack geschlüpft und habe Livia frösteln gehört, ihren Atem zittern, habe gewartet, gehorcht oder bin fast wieder eingeschlafen, dann, nach einer Weile, habe ich mich aufgestützt, das Feuer ist ein Rest Glut gewesen, ein stummes Kaum-noch-Scheinen, Livia ist auf dem Bauch gelegen, und ich habe sie leise gerufen, habe sie leise ja sagen gehört, ich habe gezögert, ob ihr kalt sei, habe ich sie dann gefragt, und ob wir gehen sollen, Livia hat den Kopf leicht gedreht, wegen ihr nicht, hat sie gesagt, und ich habe mich wieder hingelegt, habe Livia wieder frösteln gehört, bin wachgelegen, und habe gefroren oder habe die Taschenlampe aus meinem Schuh genommen. Ich habe mein Armbanduhr angeleuchtet, Livia hat ihre Arme eng an ihrem Körper liegen gehabt, es sei noch nicht einmal eins, und mir sei auch kalt, habe ich gesagt, und daß wir besser gehen, es habe so keinen Sinn, wir sind dann aus den Schlafsäcken gekrochen und in unsere Schuhe gestiegen, ich habe über das Gras zum Volkswagen hin geleuchtet, und der Hund von den Ställen drüben hat wieder gebellt, als hätte er uns gehört, und bald auch der zweite, wir haben die Schlafsäcke zum Wagen getragen, sie sind feucht gewesen, und wir haben sie über unser Gepäck und die Rücksitzlehne gebreitet, dann bin ich noch einmal zurück zur Feuerstelle gegangen. Ich habe mein Schweizermesser vergessen gehabt, habe mit der Taschenlampe die Wiese abgeleuchtet, in ihrem Schein ist jede Stelle ein Tatort gewesen und wieder nur stoppliges Gras, der rote Messergriff hat es um die Hälfte überragt, und ich habe das Messer abgewischt, an meiner Jacke, habe es zugeklappt und eingesteckt, dann den Hosenladen geöffnet und auf die Glut gepinkelt, sie hat gefaucht, und die Hunde haben in größeren Intervallen noch gebellt, die Nacht hat etwas von einer großen Ödnis gehabt, ich habe ein paar Steine auf die dampfende Glut gerollt, mit dem Schuh, und bin wieder zurück zum Wagen gegangen, dort habe ich mich an der Hecke vorbei zur Fahrertür gezwängt. Livia ist blaß gewesen, ihr dichtes Haar ist in Strähnen gelegen, und sie hat am ganzen Körper gezittert, ich habe gelacht, sie sei gut, so frieren, aber durchhalten wollen, habe ich gesagt, oder daß wir jetzt einfach bis in den Morgen fahren würden und dann in der Sonne schlafen, ich habe die Tür zugezogen, habe den Motor gestartet, er hat gestottert, hat gerasselt und gedröhnt, die Scheinwerfer haben die Hecke gestreift, haben ihr Licht aufs Gras gelegt und über die Wiese, sind über das Gras gestrichen und der Hecke entlang auf den Weg, ich habe die beiden Heizungshebel zwischen den Sitzen in die Höhe gezogen. Wir sind auf dem Feldweg zurück zur Landstraße gefahren, und Livia hat die Straßenkarte aufgefaltet, ich habe dann, vor dem Einbiegen, angehalten, habe das Innenlicht angeknipst, und wir haben in seinem Schein auf die Karte geschaut, Livia hat mir gezeigt, wo wir ungefähr seien, und ich habe die Namen von den nächsten Dörfern gelesen, von der nächstgrößeren Stadt, ich habe gezögert, in der Nacht könnten wir auch auf einer Nationalstraße fahren, habe ich gesagt, und daß wir vielleicht doch das Zelt aufstellen hätten sollen, Livia hat gelacht, ob ich denn ein Zelt dabei hätte, hat sie gefragt und hat mich angeschaut, ja, vorne im Kofferraum, habe ich gesagt, als wäre es mir selber soeben erst in den Sinn gekommen, wir sind in die Landstraße eingebogen.

Langsam ist die Heizung warm geworden, sie hat nach verbranntem Staub gestunken, hat geheizt, und die Nacht ist nah gewesen, eine nahe, dunkle Landschaft als Nacht, selten ist uns ein Auto entgegengekommen, habe ich die gelben Scheinwerfer auftauchen gesehen und abgeblendet, manchmal sind ein paar Kühe im Streulicht nahe dem Straßenrand gestanden oder sind wir durch ein Dorf gekommen, und es ist fast lichtlos in der Dunkelheit gelegen, dann haben wir einen senkrechten Leuchtbalken mit der Aufschrift PENSION gesehen, schon von weitem, wir sind von einer Anhöhe in einer Geraden auf ein Dorf zugefahren, und ich habe zurückgeschaltet, was sie meine, ob wir da fragen sollten, wegen eines Zimmers, habe ich Livia gefragt. Es ist ein einstöckiges Haus mit einem modern gestalteten Eingang gewesen, wir könnten ja schauen, hat Livia gesagt, und wir sind dann ausgestiegen und über eine Stufe hinauf und durch eine Glastür hineingegangen, in den Empfangsraum mit der Rezeption, neben einer Sitzgruppe hat es einen beleuchteten Stiegenaufgang gegeben, es hat sich niemand gerührt, und ich habe leise *Hallo* gerufen, am Schlüsselbrett ist ein Schlüssel gehangen, die Nummer 4, ich habe noch einmal gerufen, habe Livia angeschaut, und es ist still geblieben, wir haben stumm gelacht. Da hänge ein Schlüssel, hat Livia dann gesagt, und ich habe gezögert, habe den Schlüssel vom Brett genommen, und wir sind über die Stufen hinauf gestiegen, leise, wie Einbrecher, habe ich gedacht, die 4 unter der Plastikscheibe des Schlüsselanhängers ist mit einem Kugelschreiber wie flüchtig hingezeichnet gewesen, oben sind wir in ein fast quadratisches Vorzimmer gekommen, haben wir um uns geschaut, wir haben nichts gehört, haben nur die Türen mit den Messingnummern gesehen, ich habe den Schlüssel bei der Tür 4 ins Schlüsselloch gesteckt und gedreht, habe gehorcht, dann habe ich die Tür geöffnet, der Bettüberwurf ist glattgestrichen im Streulicht vom Leuchtbalken draußen gelegen. Es hat kein Gepäck im Zimmer gegeben, nur das Licht, das Bett, den Schatten, einen Tisch und zwei Stühle, einen Schrank, ob wir es nehmen, hat Livia gefragt, doch mir ist dieser Zufall nicht geheuer gewesen, vielleicht sei es reserviert und die Leute würden erst kommen, oder daß die uns morgen anzeigen könnten, wegen Landstreicherei, habe ich gesagt, und wir sind dann weitergefahren, die Heizung ist schnell wieder warm geworden, Livia hat stumm vor sich hin hinausgeschaut, sie könne ruhig schlafen, wenn sie müde sei, habe ich nach einer Weile gesagt, und sie hat gelächelt, als sagte sie, es gehe schon. Es sei schon recht, hat sie gesagt und hat die Straßenkarte von ihrem Sitz genommen, ich habe das Innenlicht wieder angeknipst, Livia hat die Namen der nächsten Ortschaften gelesen, in einem unsicheren Französisch, und ich habe manchmal einen Namen nachgesprochen, manchmal hat sie mir ein Dorf auf der Karte gezeigt, und wir haben so wie zusammengehalten, wie in einem Kampf durch die Nacht, sind dann auf einer breiteren Straße gefahren, einer gelb eingezeichneten

Route departementale, und Livia hat einmal die Karte gefaltet, um einen Streifen weiter, einmal ist uns ein Sattelschlepper entgegengekommen, er ist mit Lichtern geschmückt an uns vorbeigedonnert, und die Stille ist danach hörbarer, das Dröhnen vom Volkswagenmotor einsamer gewesen, die Hitze von der Heizung hat die Luft im Wagen allmählich erstickt. Ob ihr nicht auch warm sei, habe ich Livia vielleicht gefragt und habe die Heizungshebel ein Stück zurückgedrückt, oder einmal, bei einer Verzweigung, haben wir nicht weitergewußt, sind wir stehengeblieben und haben die angeschriebenen Ortschaften auf der Straßenkarte gesucht, später habe ich mich immer wieder ins Schauen verloren, habe ich den Asphalt im Scheinwerferlicht gesehen, den Mittelstreifen und das Fließen, den Wechsel der Linien, bis ein überfahrener Hase oder Igel mich aufgeschreckt hat, ich sei doch zu müde zum Durchhalten, die ganze Nacht, habe ich einmal zu Livia gesagt, und es sei wohl am besten, wenn wir fahren, bis uns heiß sei, und dann im Auto schlafen würden. Ich habe die Heizungshebel wieder hochgezogen, und wir haben nach einer Weile geglüht, meine Wangen sind gerötet gewesen, wie von einem Erstkommunikanten, habe ich gesagt, und Livia hat gelacht, oder ich habe das Türfenster einen Spalt geöffnet und habe den hereinströmenden Luftzug eingeatmet, die frische Kühle, ich habe immer wieder eine Abzweigung von der Straße versäumt, habe sie noch gesehen, einen Feldweg, und bin weitergefahren, die Straße hat in weiten Kurven einem Talboden entlang geführt, entfernt einer Reihe Kopfweiden entlang als einer Ahnung in Mäandern, von einem Fluß, einem Ufer, einer Ruhe am Wasser, da, hat Livia einmal fast gerufen, ich habe gebremst. Wir sind an einem Feldweg vorbeigerollt, im Bremsen, und ich bin ein Stück dann rückwärts gefahren, bin in den Feldweg abgebogen, er ist leicht angestiegen, und wir haben kaum einen Umriß gesehen von einem Baum oder Haus, nur dunkle Weite als Felder und Stauden am Wegrand und zwischen den Radspuren fast hohes Gras, dann ist der Weg in eine Wiese gemündet, habe ich gewendet, und die Scheinwerfer sind über ein gepflügtes Feld gestreift, haben die Stauden davor bleich scheinen lassen, dicht verästelt und fast kahl, ich habe den Wagen an den Feldwegrand gestellt, und wir haben unser Gepäck auf die Vordersitze gegeben, haben den Hintersitz zu einer Ladefläche umgeklappt. Das sei eine Nacht, habe ich gesagt, und Livia hat gelächelt, oder ein Auto ist in der Ferne aufgetaucht, hat geblendet und ist auf der Straße vorbei fast gerauscht, wir sind in unsere Schlafsäcke geschlüpft, haben uns hintereinander auf die Ladefläche gelegt, sie ist hart gewesen, und ich habe meine Jacke unter dem Kopf zurechtgedrückt, habe Livia vor mir liegen gespürt, ihre Schulter an meinem Arm, ob es gehe, habe ich sie gefragt, habe sie ja, gut sagen gehört und das Benzin noch gluckern im Tank, dann das Knistern vom Motor, manchmal Knacken, oder später ein Auto, vorbeifahren, wie von weit her.

Ich habe die braune Plastikverkleidung mit den imitierten Nähten gesehen, den verchromten Aschenbecher und den grauen Filz der Ladefläche, habe Livia kaum gehört, ihren Atem als ein leises Auf und Ab und von draußen den Verkehr, die Scheiben sind beschlagen gewesen, und ich habe mich aufgestützt, habe ein Stück Scheibe mit dem Handballen freigewischt, draußen ist dicht weißer Nebel gelegen, Livia hat noch geschlafen, ihre Haare sind über ihren Schlafsack auf die Ladefläche gefallen, ihre Schulter in ihrem dunkelblauen Pullover hat sich nicht gerührt, ich bin vorsichtig aus meinem Schlafsack gerutscht. Ich habe die Autotür geöffnet und bin um den Vordersitz in meine Schuhe geklettert, bin hinaus ins nasse Gras gestiegen, habe meine Jacke angezogen und die Schuhe gebunden, dann die Autotür zugedrückt, das Dach vom Volkswagen ist von Tau bedeckt gewesen, und ich habe mich gestreckt, habe die feuchte Luft tief eingeatmet und bin auf dem Feldweg ein Stück gegangen, Richtung Straße, an den Stauden vom Wegrand sind in dichten Reihen Tropfen gehangen, und auf der Straße haben sich die Scheinwerfer im Nebel gekreuzt, ich habe gepinkelt oder bin dann zurück zum Volkswagen gegangen und habe ihn wie verschleiert gesehen, seine Rundform fast kubisch, das Gras hat meine Schuhe befeuchtet, hat sie gestreift. Ich bin am Wagen vorbei und weiter, ein paar Schritte in die Wiese am Ende des Feldwegs gegangen, fast neugierig, fast benommen, in einem, ein Zaunpflock ist im Gras gelegen, und ich bin über den Draht gestiegen, habe im Nebel Körper von dichterem Weiß gesehen und habe geschaut, als müßte ich sie erkennen können, habe gezögert oder habe das Schnarren von Nüstern gehört und dann die Körper als Pferde gesehen, wie sie beisammengestanden sind, ich habe allmählich ihre Umrisse unterschieden, und es ist gewesen, als wäre ich aus mir hinausversetzt, als schwankte ich zwischen mir und dem dichteren Weiß, den Pferden, das komme von den Zigaretten, habe ich gedacht, und bin langsam umgekehrt. Es ist heller geworden, der Nebel hat sich vom Weg gehoben, von den Stauden und Schollen, der Straße, später habe ich die Autotür geöffnet, und Livia hat sich gedreht, hat geschaut, ob ich schon auf sei, hat sie gefragt, ich habe gelacht, ja, schon eine Weile, habe ich gesagt, und ob sie mich nicht gehört habe, sie hat sich aufgesetzt, doch einmal hätte sie etwas gehört, hat sie gesagt und ist aus ihrem Schlafsack gerutscht, wir haben dann unsere Schlafsäcke zusammengerollt, haben die Rücksitzlehne hinaufgeklappt und unser Gepäck zurück auf den Rücksitz gelegt, Livia hat mir zwei Papiertaschentücher gegeben, und ich habe die Scheiben innen abgerieben, sie ist pinkeln gegangen, da hinten gebe es Pferde, habe ich ihr nachgerufen. Wir sind gefahren, sind dann auf der Route departementale weitergefahren, und es ist wie ein erster Morgen gewesen, Livia hat sich gekämmt, hat den Kamm durch ihr leicht gewelltes Haar gezogen, und ein Dorf ist als Ortstafel sichtbar geworden, als Mauern und Brennesselhaufen, als Gehsteig und Engpaß und Platz, als Kriegerdenkmal, als Lieferwagen, als Menschen mit Broten unter den Armen, *Baguettes*, habe ich zu Livia gesagt, die Bar vom Dorf hat noch geschlossen gehabt, ist geschlossen wie für ewig am Platz gelegen, und wir sind wieder in eine schmälere Landstraße abgebogen, der Nebel hat sich in die Höhe verflüchtigt. Er hat die Morgensonne allmählich durchscheinen lassen, und ich habe sie im Rückspiegel gesehen, höher als erwartet, später haben wir bei einem Brunnen angehalten, haben wir die Jacken ausgezogen und ich auch den Pullover, ich habe die Hemdärmel zurückgekrempelt, der Brunnen ist ein länglicher Zementgußtrog gewesen mit einer Säule und einem Rohr, er hat dünn geplätschert, und ich habe die hohlen Hände mit Wasser gefüllt, habe es in mein Gesicht geklatscht und über die Unterarme rinnen lassen, habe gelacht, das tue gut, habe ich gesagt, und Livia hat ihren Toilettbeutel aus ihrem Seesack genommen, hat gelächelt und hat die Zahnbürste befeuchtet, sie hat sich die Zähne geputzt. Ich bin neben dem Volkswagen auf und ab gegangen und habe die Arme geschüttelt oder habe dann auch meinen Toilettbeutel ausgepackt, aus meinem Koffer, Livia hat den Zahncremeschaum ins Gras gespuckt, hat Wasser gegurgelt und sich das Gesicht gewaschen, manchmal ist jemand vorbeigefahren, eine junge Frau mit Augenringen, eine Lehrerin, habe ich gedacht, habe mir die Zähne geputzt, und sie hat im Vorbeifahren geschaut, ich habe uns mit ihren Augen gesehen, fast als Vaganten, habe dann das Kochgeschirr ausgewaschen und die Blechflasche vielleicht mit Wasser gefüllt, ob sie glaube, daß man es trinken könne, habe ich Livia gefragt, und es ist in allem etwas Schwebendes gewesen, eine Fremdheit als ein Nicht-Wissen und Lächeln und Es-Sagen. Oder dann ist die Landschaft allmählich wieder ins Gleiten gekommen, in ein Gleichgewicht aus Erleuchtung und Morgendlichkeit, das Sonnenlicht hat an den Drähten geglitzert, im Tau, an den Blättern und im Gras, die Schatten sind wie frisch am Asphalt gelegen und haben die Fensterläden gestreift, haben noch kühl von der Nacht die Baumkronen bewohnt, doch die Bar in einem nächsten Dorf hat geöffnet gehabt, und wir haben wieder angehalten, wir haben uns bei der Tür von der Bar an einen Tisch gesetzt, und ich habe die Tafel mit den Preisen über der Theke gelesen, *café* ist zuoberst auf der Tafel gestanden, das sei wohl der Espresso, habe ich zu Livia gesagt, und sie hat dann *un café* bestellt. Ich habe einen Milchkaffee genommen und Croissants, ob sie auch eines nehme, habe ich dann Livia gefragt, das seien so Kipfel, Butterkipfel, und sie hat wie ungläubig geschaut, sie esse fast nichts am Morgen und schon gar nicht etwas Buttriges, hat sie gesagt, und ich habe gelacht oder habe an Livia vorbei den Mann hinter der Theke gesehen, er ist von Fähnchen und Pokalen umgeben ein alternder Held gewe-

sen, hat sich flink und müde in einem bewegt, hat die
Milch erhitzt und den Filter eingespannt, hat etwas
Gezeichnetes gehabt, einen Gleichmut, als wäre ein
Leben schon vertan, als wäre es kaum noch seines,
habe ich gedacht. Das Croissant hat fast knusprig
weich, salzig und süß geschmeckt, Livia hat ein Stück
Zucker in ihrem Espresso verrührt, ob es mich störe,
wenn sie rauche, hat sie mich gefragt, und die Sonne
hat dann im Zigarettenrauch bläulich gequalmt, sie ist
in den Plastikbändern der Tür ein vielfarbiges Leuchten gewesen und braunweiß gefleckt als ein Hund am
Gehsteig gelegen, ich habe noch ein Croissant gegess-
en, und seine Rinde ist in Splittern über mein Hemd
und meine Jacke gefallen, wir haben gelächelt, Livia
und ich, wie einverstanden, auf der Tischplatte hat
sich eine Fliege geputzt, sie hat ihre Vorderbeine über
ihren Kopf gezogen, hat ihre Beine umeinander
bewegt.

Wir sind durch Weinberge gefahren, und sie haben in
weiten Zeilen die Hänge bis über die Hügelrücken
hinauf bedeckt, vollblättrig und schimmernd, es ist ein
sanftes Schimmern gewesen, und Livia hat von Italien
erzählt, wie sie einmal einen ihrer Brüder in einem
Dorf im Süden besucht habe, wie sie todmüde angekommen sei und bei einer Familie ein Zimmer bekommen habe, sie habe sich gleich hingelegt und habe
dann im Halbschlaf immer wieder die Zimmertür auf-
gehen gehört, die Familie habe sie den anderen Dorf-
bewohnern gezeigt, später habe die Großmutter ein
Kreuz gebracht und habe sie gefragt, ob sie den Mann
am Kreuz kenne. Es sei unglaublich, habe ich gesagt,
und Livia hat weiter erzählt, wie sich die Großmutter
dann gefreut habe, daß sie denselben Gott hätten, und
wie sie von der Mutter Maria zu reden begonnen habe

als von einer gemeinsamen Bekannten oder wie das ganze Dorf zusammengelaufen sei, wenn der Briefträger für jemanden einen Brief gebracht habe, oft habe einer dann den Brief laut vorgelesen, denn die wenigsten hätten lesen können, ich habe Livia zugehört, habe wie gestaunt oder habe einmal gefragt, was ihr Bruder denn in dem Dorf getan habe, wir sind in ein breiteres Tal gekommen, das Burgund, und haben es kaum gewußt. Ich habe das Krüpplige der Rebstöcke gesehen, es ist zu der Regelmäßigkeit der Zeilen in einem fast harmonischen Gegensatz gestanden, und ich habe immer wieder zu den Stöcken hin geschaut, als wäre ein Ich-weiß-nicht-was in diesem Gegensatz bewahrt, ein Geheimnis oder Gleichnis, oder wir sind auf die Nationalstraße gestoßen, und sie ist stark befahren gewesen, von Sattelschleppern, sie haben den Straßenstaub vorbeidonnernd aufgewirbelt, und zwei Autostopper sind auf der gegenüberliegenden Straßenseite an einer Tafel gelehnt, ich habe mich in ihnen wiedererkannt, auf dem Weg in den Süden, Jahre später, habe mit der Kupplung und dem Gas gespielt, der Motor hat gedröhnt, wir haben die Nationalstraße überquert. Später sind wir auf halber Hügelhöhe zu einem Dorf gekommen, Steinmauern entlang, ob wir eine kleine Pause machen, einen Spaziergang durch das Dorf, habe ich Livia gefragt, und wir haben dann bei einer Art Ausweiche angehalten, ich habe den Volkswagen nahe an eine Steinmauer geparkt, bin wieder über den Beifahrersitz aus dem Wagen geklettert, es ist schon fast Mittag gewesen, und die Sonne ist steil über der Straße gestanden, das Gemäuer hat geduftet von der Wärme und nach Quendel oder feucht vom Moder in den Fugen, Obstbäume haben es manchmal mit grünen Früchten überragt, und aus einem Fenster haben wir das Klopfen von Tellern auf das Holz eines Tisches gehört, Livia hat sich eine Zigarette angezündet. Sie ist fast geschlendert, hat manchmal von einem Mauerfuß in die Höhe geschaut, und ich habe ihr einmal meine Jacke zum Halten gegeben, bin auf einen Eckstein geklettert, oder vielleicht hat Livia auch die Räuberleiter gemacht, hat sie die Zigarette auf den Eckstein gelegt und sich gegen die Mauer gestützt, ich habe mich gescheut, auf ihre ineinanderverschränkten Hände zu steigen, mit meinen groben Schuhen, habe gezögert, sie möge mich schon heben, hat Livia gesagt, und ich bin dann in ihre Hände gestiegen, habe aufgepaßt, auf die Scherben in der Mauerhöhe, und habe nur Baumkronen, habe kaum einen Garten gesehen, viel sehe man nicht, habe ich zu Livia hinunter fast gerufen, als wäre ich schon jenseits, über der Mauer. Oder einmal hat es einen Durchblick gegeben, in einen verwilderten Garten, ist ein Stück Mauer zu einem Steinhaufen verfallen gewesen, und ich bin stehengeblieben, bin vor dem Haufen Steine gestanden wie vor einem Grab, als gedächte ich eines Toten, so formelhaft ergriffen, der Verfall hat mir eine offenere Ordnung versprochen, eine Nähe zum Vergehen als Lassen, Livia hat gewartet, hat geschaut, als fragte sie mich, was ich sehe, die Steine sind von Flechten bedeckt gewesen, gelb, grau und ocker, schwarz, bewachsen von Moos und Gras, Eidechsen, schnell wie ein Zucken, haben sich zwischen den Steinen bewegt, sind in einer Deckung verharrt, so ein Steinhaufen, habe ich vielleicht zu Livia gesagt und habe meine Jacke am Daumen über die Schulter gehängt. Eine Katze ist dann gegen eine Mauer hinauf gesprungen, sie hat sich in die Mauerhöhe gezogen und ist von dort auf ein Dach gewechselt, oder es ist eine Frau in einem dunklen Kleid die Straße heruntergekommen, mit bemessenen Schritten, sie hat blaue Turnschuhe und eine Einkaufstasche getragen, und wir haben gegrüßt, ihr Gruß ist knapp gewesen, als fürchtete sie, sich zu verraten, als hütete sie eine Stille, sie kenne solche Dörfer nur von Italien, hat Livia einmal gesagt, und daß sie sich Frankreich ganz anders vorgestellt habe, weniger südlich, bei einer Verzweigung, einem Mauereck, sind wir umgekehrt. Wir sind eine breitere Straße zurück hinabgegangen, und ich habe mir die Krümmungen und Neigungen der Mauern gemerkt, habe mir einen Vorsprung oder Absatz fast eingeprägt, etwas Schiefes, eine Tür, als könnte ich so ein Leben nachholen, ein tägliches Ein- und Ausgehen, als könnte darin eine Ruhe sein, wie ich sie nie gekannt habe, daß man in so einem Dorf leben sollte, habe ich dann gesagt, und Livia hat vielleicht gelacht, ich bin mir fast sicher gewesen, im Weitergehen, daß ich hierher zurückkehren würde, die Häuser sind als eine Zuflucht für den Schatten an der Straße gelegen, der Volkswagen hat unter der Mittagssonne geglänzt. Ich habe meine Jacke auf unser Gepäck am Rücksitz geworfen und habe die Straßenkarte auf das Wagendach gelegt, habe das Dorf nicht gefunden, auf der Karte, und habe es eingezeichnet, Livia hat mir einen Kugelschreiber gegeben, und ich habe einen kleinen Kreis an die Straße Richtung Cormatin gemalt und daneben den Namen vom Dorf, dann sind wir eingestiegen, bin ich über den Beifahrersitz geklettert, habe ich die Türscheibe ein Stück heruntergedreht, und wir sind weitergefahren, es ist hügelan gegangen, und die Sonne hat auf unsere Arme und Schenkel gebrannt, Livia hat ihre Jeansjacke anbehalten, über ihrem T-Shirt, ob sie immer noch friere, habe ich sie vielleicht gefragt, vielleicht auch haben wir Musik gehört. Es ist das Gejohle vom Publikum gewesen und das sanfte Einsetzen dann, einer Orgel, ein Schlagzeug, monologisierend, immer wieder, bis eine Gitarre mitgespielt hat, bis die Orgel und dann ein Synthesizer sie begleitet haben, ich habe jeden Wechsel vorausgehört, habe die Sanftheit wiedergehört, der Sängerstimme ohne Stimme, und nach einem Zwischenspiel die Konzertgitarre, wie berührbar so nahe, die Musik hat sich selbst geträumt, und das Schlagzeug und der Synthesizer haben den Traum dann wieder vernichtet, mit schnellen Läufen, einem monotonen Schlagen, einem grellen Zerren, später haben wir bei einem Restaurant an der Straße angehalten. Ich hätte die Musik schon eine Weile nicht mehr gehört, habe ich zu Livia gesagt und bin wie benommen neben ihr her gegangen, schlafwandlerisch bei mir, als hätte mich ein Traum wiedergefunden, oder wir sind dann an einem Tisch gesessen, und ich habe die Menüs übersetzt, habe in meinem Taschenwörterbuch geblättert, Livia hat gelächelt, ich habe von der Sichtfolie mit der Menükarte aufgeschaut und habe sie lächeln gesehen, sie hat rechts über ihrer Oberlippe einen kleinen Leberfleck gehabt, er ist mir fremd und vertraut schon in einem gewesen und hat mich noch im Aufschauen wie zurück in Livias Nähe geholt, in die Nähe ihres Lächelns, ich habe stumm gelacht.

Der Fahrtwind hat in unseren Haaren gespielt, wir sind auf einer Schotterstraße gefahren, und sie hat in Kurven aufwärts geführt, ist in bröckliges Gestein gegraben gewesen, und die Böschung blaß vom Staub, wo wir da wohl hinkommen würden, habe ich Livia gefragt, sie hat auf die Straßenkarte geschaut, sie wisse es auch nicht und daß wir eigentlich auf dieser Straße sein müßten, hat sie gesagt, sie hat mir die Straße gezeigt, und ich habe kurz geschaut, ihr Zeigefinger ist nahe einer weiß eingezeichneten Straße auf der Karte gelegen, und der Schotter hat unter den Reifen gekracht, die Hitze geblendet, sie hat die Talschaft links der Straße wie unter einen Bann gelegt. Es hat keinen Vogel gegeben, der aufgestiegen wäre, nur Gestrüpp und lautes Zirpen, vereinzelt Dächer oder Wiesen, die äußersten Zweige der hangseitigen Büsche sind manchmal der Wagenseite entlang gestreift, da seien wir sicher falsch, habe ich einmal gesagt, und wir sind weitergefahren, Livia ist stumm neben mir gesessen, in ihrem T-Shirt, hat hinaus oder wieder auf die Straßenkarte geschaut, auf dem linken Unterarm hat sie ein L eintätowiert gehabt, aus blauschwarzen Punkten, und ich habe gezögert, als dürfte ich es nicht sehen, oder habe sie gefragt, ob sie das L selber eintätowiert habe, und sie hat gelacht, ja, mit einem Zirkel und mit Tinte, hat sie gesagt, manchmal hat eine Tafel mit rotzüngelnden Flammen vor Waldbrand gewarnt. Wir sind auf eine Terrasse gekommen, auf einen weiten Platz mit Bäumen in einer Reihe und einem langen Gebäude, es ist dem Tal zugewandt wie ein Landsitz über dem Platz gelegen, und auf den Stufen vor seinem Eingang sind ein paar Kinder gesessen, ich habe unter den Bäumen angehalten, in ihrem Schatten, habe den Motor abgestellt, es sind Platanen gewesen, und wir sind ausgestiegen, sind neben dem Wagen stehengeblieben, ein fahler Dunst hat die Hügel weitum fast verhüllt, da seien wir am Ende der Welt, habe ich gesagt, und es hat gezirpt, als würde die Hitze zirpen, die Kinder haben zu uns herübergeschaut, dann ist eine junge Frau über den Platz gekommen, und sie haben sie begleitet, wir haben gegrüßt. Die Frau hat helle Pumphosen und ein weites T-Shirt angehabt, es hat sich an ihren vollen Körper geschmiegt, ist leicht auf ihren Brüsten gelegen, ob wir etwas suchten, hat die Frau gefragt und hat Livia angeschaut, sanft und verstört, als sähe sie in eine große Weite, nein, wir hätten nur die Straße verloren, habe ich gesagt und habe gefragt, wo wir hinkämen, wenn wir weiterfahren würden, die Frau hat gezögert, hier würden wir nicht mehr weit kommen, hat sie dann gesagt, zu ein paar Bauernhöfen, und das sei es, die Kinder sind draußen in der Sonne gestanden und haben uns zugehört, als spielten wir ein Theater, Livia hat der Frau eine Zigarette angeboten. Sie hat uns Feuer gegeben, hat sich auch eine Zigarette angezündet, ob sie Französisch spreche, hat die Frau sie gefragt, *un peu*, hat Livia gesagt und hat gelächelt, ein paar Blätter sind wie vorzeitig verdorrt im Staub gelegen, und vielleicht hat eine Katze mit einem Platanenblatt gespielt, haben die Kinder die Katze gerufen, als würde sie unser Spiel stören, vielleicht auch hat uns die Frau dann gefragt, ob wir aus Finnland kämen, wegen des Kennzeichens, und ich habe es übersetzt, habe gesagt, daß es das Kennzeichen von einem kleinen Land sei, dann ist es wieder still gewesen, hat die Stille gezirpt, und haben die Kinder fast getuschelt, wir haben geraucht. Ob das hier eine Herberge sei, habe ich die Frau nach einer Weile gefragt und habe hinüber zu dem langen Gebäude geschaut, sie hat gelacht, nein, es sei ein Ferienheim für Kinder, über den Sommer, hat sie gesagt, doch daß man nicht viel machen könne, auch keine Wanderungen, es sei zu gefährlich, wegen der Schlangen, und ich habe wieder den vollen Körper der Frau gesehen, ihren Blick, den Staub, Livia hat ihre Augen bis auf einen Spalt geschlossen gehabt, hat über die Hügel geschaut, wieviel Kinder es denn seien, habe ich dann wieder die Frau gefragt, und sie hat erzählt, daß das wechseln würde, daß sie zu dritt seien und daß sie für die Küche zuständig sei, ich habe ihr zugehört. Ich habe sie sprechen und rauchen gesehen und habe geraucht, ihre Lippen sind schmal, fast spöttisch gewesen und verletzt, als hätte eine Gewalttat sie geformt, als würde sie so, erzählend, von der Gewalttat sprechen, ich habe die Zigarette in den Staub geworfen oder habe der Frau dann auf der Karte gezeigt, auf welcher Straße wir sein sollten, sie hat die Namen der Ortschaften gelesen und hat uns den Weg zurück beschrieben, hat ihre eine Hand auf der Karte liegen gehabt und hat mit der anderen ihre Beschreibung unterstützt, hat mit beiden Händen eine Verzweigung angedeutet, ich habe ihre Worte kaum gehört, hätte bleiben, die Frau fragen wollen, ob sie ein Zimmer für uns habe, ich habe gezögert. Wir sind eingestiegen, haben *au revoir* gesagt, und die Frau hat wieder gelächelt, hat Livia angelächelt, und hat uns *bonne chance* gewünscht, ich habe einen Schluck Wasser aus der Blechflasche genommen, habe gedankt, und wir haben gewunken, ich bin langsam angefahren, wegen des Staubs, und habe die Frau aus dem Schatten in die Sonne treten gesehen, zu den Kindern, und winken, Livia hat sich im Sitzen gedreht, hat noch gewunken, und es ist wie ein kleiner Abschied, ein Aufbrechen und Losfahren gewesen, fast Weiterziehen, ein Knacken vom Schotter, hat langsam den Wunsch zu bleiben ersetzt, und ist als eine andere Unendlichkeit dann die des Fahrens gewesen, des Vergehens als Dauer, als eroberten wir eine Ewigkeit. Wir sind auf eine Landstraße eingebogen und haben einen Fluß, seine Dunkelheit unter den Weiden, überquert, haben Elstern gesehen, flatternd, oder ein Wiesengrund hat ein Bild für alles Liegen im Vergessenen gegeben, die Landschaft hat sich, Kurve um Kurve, geöffnet, hat sich gezeigt, verklärt als Felder und Baumbestand, Telegraphenmasten, Grassockel und

Wegverlauf, Straßenbett, als läge die Straße gebettet, sanft gesäumt, schau, haben wir manchmal wieder gesagt, und ein Augenblick hat dann geleuchtet als Schuppen oder Gutshof oder alleinstehender Baum, einmal haben wir getankt, ist Livia im Wagen sitzengeblieben und bin ich in der offenen Wagentür gestanden, die Arme auf die Tür und das Dach gestützt, wir haben gewartet. Über der Straße, ein Stück weiter, ist ein Friedhof gelegen, ein paar Grabsteine haben seine Mauer überragt, und noch einmal weiter, fast in einer Ferne, ist die Ortstafel mit dem roten Balken durch den Namen wie ein Denkmal gewesen, von der Nummernbezeichnung der Straße gekrönt, da sei, glaube ich, niemand, habe ich zu Livia hinein gesagt, oder habe seitlich an einer Tanksäule ein Schild entdeckt, *Sonnez s. v. p.*, und darunter einen Klingelknopf, ich habe den Knopf gedrückt und es im Haus bei der Tankstelle klingeln gehört, dann jemanden rufen, *j'arrive*, ich habe niemanden gesehen, es würde jemand kommen, habe ich wieder hinein zu Livia gesagt.

Nach einem Gasthofschild an der Straße sind wir abgebogen, *à 50 m*, nach fünfzig Metern, einer weiten Kurve dem Fuß eines bewaldeten Hügels entlang, eine abfallende Schotterstraße hat in eine Senke und auf einen Parkplatz geführt, der Gasthof ist ein gelbliches, einstöckiges Haus gewesen mit hohen Fenstern und einem flach ansteigenden Rundziegeldach, zwei Gartentische sind davor auf einem Rasen gestanden, das sehe gut aus, habe ich zu Livia gesagt und habe den Volkswagen neben einen Citroën geparkt, an seine bis über die Räder geschlossene Seite, ich habe das Anhalten als ein Leiserwerden in der Landschaft gehört. Ob wir ein Doppelzimmer nehmen, habe ich Livia dann gefragt, falls wir eines bekommen, das sei manchmal nicht einmal so sicher, und daß ich sie notfalls einfach als meine Frau ausgeben würde, habe ich gesagt, und wir haben gelacht, wir sind über den Schotterplatz gegangen, oder ich bin allein zum Gasthof gegangen, und Livia hat sich eine Zigarette angezündet, es ist in der Erwartung eine Ungewißheit als Lust gewesen, ein leises Zittern, und es hat mich wie gelenkt, über den Schotter und den Rasen und in den Flur, dort bin ich dann wie hineingestellt zwischen den Wänden mit den Rosentapeten gestanden, der Flur hat hinten wieder ins Freie geführt, und die Wirtin hat mich durch die Scheibe von der Küchentür gesehen, sie ist zur Tür gekommen. Sie hat gegrüßt und gefragt, was ich wünschte, es ist eine behäbige Frau gewesen mit einer hellen Stimme und in ausgetretenen Schlapfen, *j'aimerais avoir une chambre pour deux personnes*, habe ich gesagt und habe das R gerollt in meinem stolperhaften Französisch, habe mich darin wie gedeckt gefühlt, sicher in meiner Unsicherheit, die Wirtin hat gelächelt, es hat ein Zimmer gegeben, aber es sei ohne Dusche, hat die Wirtin gesagt, so selbstverständlich, als wären alle meine Zweifel nur Hirngespinste, als gäbe es eine Freiheit des Gebens und Nehmens ohne Hinterhalt, es sei gut, habe ich dann zu Livia fast gerufen. Sie ist neben dem Volkswagen gestanden und hat geraucht, wie umgeben, fremd und aufgehoben zwischen den bewaldeten Hängen, Hügeln in der Weite, die Wirtin habe gar nicht lange gefragt, habe ich gesagt, und wir haben uns vom Schotterrand aus dann wie umgeschaut, haben über die Wiesen am Talgrund geschaut, wie am Ufer stehend von einem See, von einer Weile als einem Schweigen, oder haben dann unser Gepäck aus dem Wagen genommen, unsere Jacken, und es ist ein Balancieren in unseren Schritten gewesen, wie wir unser Gepäck über den Schotter getragen haben, leicht zur Seite geneigt, Livia hat ihren Seesack unter den Arm geklemmt gehabt. Das Zimmer sei oben gegenüber von der Stiege und die Toilette rechts, am Ende vom Gang, hat die Wirtin gesagt und hat mir den Schlüssel gegeben, hat Livia gegrüßt, und ich habe Livia *bonsoir madame* sagen gehört, fast leise, wir sind dann über schmale Stufen hinaufgestiegen, und sie haben geknarrt, haben geduftet, nach Holz und Alter, Wachs und Staub, unser Gepäck hat manchmal eine Wand berührt, fast gestreift, die Zimmertür oben ist weiß gestrichen gewesen, eine Holztür, und ich habe sie aufgesperrt, habe den Porzellanknauf gedreht, wir sind vor zwei schweren Betten mit gedrechselten Pfosten gestanden, haben geschaut, haben stumm gelacht. Rechts von jedem Bett hat es einen Nachttisch gegeben, und links von der Tür einen mächtigen Spiegel über einer Konsole, ein Bidet, ein Waschbecken, ein Fenster, wir haben unser Gepäck abgestellt, ob es ihr gefalle, das Zimmer, habe ich Livia vielleicht gefragt und habe das Fenster geöffnet, habe die bewaldeten Hügel ringsum gesehen, im Gegenlicht, späten Nachmittagslicht, und unten, am Rasen, die Gartenstühle und die Tische, ihren stumpfen Glanz, wir haben uns die Hände gewaschen, oder ich bin dann auf den Abort gegangen und habe dort hinunter auf einen zum Teil verwilderten Garten geschaut und hin zu einem in Baumreihen angelegten Wald, ein Weg hat zwischen seine hellen Stämme hineingeführt, und seine Wipfel haben zitternd in den weißlichen Himmel geragt. Es ist ein Sehen als ein Entdecken gewesen, als hätten wir ein Schiff bestiegen, und ich habe die Himmelsrichtungen gesucht oder habe die Stille entlang den Türen gehört, meine Schritte auf dem Kunststoffläufer und seine abgenutzten Stellen wie Türvorleger, vertraut, Livia ist im Fenster gesessen, in ihren Jeans und dem blauen Pullover, an den Fensterstock gelehnt, sie hat wie ins Schauen versunken geraucht, hat die Beine angewinkelt gehabt und den linken Arm dann auf ihr rechtes Knie gelegt, hat die Hand geneigt, mit der Zigarette zwischen den Fingern, das Sonnenlicht hat auf ihrem Handrücken gespiegelt. Später sind wir auf dem Weg hinter dem Haus durch hohes Gras gegangen, vom Garten durch das hohe Gras getrennt, er ist von einem Zaun eingefaßt und der Zaun von Winden überwachsen gewesen, sie haben wie verwunschen geblüht, zartweiß, und dahinter haben Bohnenstangen sich kreuzend ein Spalier gebildet, ich habe im Weitergehen noch einmal zurück zu den Winden geschaut, als könnte mein Blick sie befreien, Livia ist hinter mir her gegangen, und wir sind zwischen die Bäume gekommen, Pappeln, habe ich gesagt, und ihre Blätter haben das Licht gedämpft, oder es hat den Boden manchmal heller berührt, und ein Flecken Gras ist dann dort als eine Lichtung zwischen den Stämmen gelegen, vereinzelt haben kniehohe Farne den Waldboden bedeckt. Sie sind immer dichter gestanden, haben unsere Beine gestreift, und ich habe den Boden unter ihren gefiederten Blättern dann kaum noch gesehen, das sei ein Urwald, habe ich zurück zu Livia gesagt, habe geschwitzt vor Beklemmung und bin weitergegangen, als müßten wir bald ins Offene kommen, nach einer Weile bin ich steckengeblieben, habe ich den Weg weiter nicht gefunden, ob wir umkehren, habe ich Livia gefragt, und sie hat gelacht, wie sie mich so in den Farnen stehen gesehen hat, von ihr aus hätten wir schon früher umkehren können, hat sie gesagt, und ich habe auch lachen müssen, wegen meiner Unbeirrbarkeit, wir sind durch die Farne zurückgegangen. Das Licht hat ihr Grün noch gestreift, und Livia hat manchmal gezögert, hat den Weg gesucht, oder ich habe sie gefragt, ob wir da sicher schon gegangen seien, mir ist gewesen, als kämen wir aus den Farnen nicht mehr heraus, und ich habe zurückgeschaut, habe geschaut, ob ich einen Stamm an seiner Rinde wiedererkenne, oder habe das Licht dann in den Kronen der Pappeln gesehen, an den Blättern flimmern, wir sind im Schatten gegangen, sind zurück zum Gras gekommen, und mir ist leichter geworden, das Gras hat als tieferes Grün die beginnende Rötung am Himmel gespiegelt, und ein Mückenschwarm ist über dem Weg gestanden, er hat in sich getanzt. Es ist ein Wippen und Pendeln gewesen, als lotete der Schwarm die Tiefe des Waldes aus, wir haben ihn durchquert, oder haben einen Bogen durch das Gras gemacht, und es hat still wie Seide, als ein Kleid gerauscht, Livia ist fast langsam vor mir her gegangen, fast ziellos, als würde sie schlendern, ihr Gang hat etwas Nachgebendes gehabt, etwas Beruhigendes, wie ich sie so gesehen habe, vor mir gehen, ihre dunklen Haare haben um ihren Nacken gespielt, haben ihren Pullover gestreift, der Garten ist schattiger noch im Schatten gelegen, die hintere Tür vom Gasthof hat wie vom Sonnenlicht im Flur geleuchtet.

Wir sind an einem der beiden Tische vor dem Gasthof gesessen, im letzten Schein von den Hügeln über die Wiesen und den Parkplatz, den Schotter, wir haben Rotwein bestellt gehabt, es ist ein offener Wein in einer kurzhalsigen Flasche und die Gläser sind sechskantig gewesen mit einem runden Rand, der Wein hat voll und herb in einem geschmeckt, das sei ein Wein, habe ich gesagt, oder Livia hat mir Feuer gegeben, hat sich über den Tisch gebeugt, und ich habe gedankt, zwischen den Wiesen haben die Rispen von einem Maisfeld noch geglitzert, wie Spitzen, und der Volkswagen hat eine tiefe Bucht von einem Schatten auf den Schotter geworfen, wir haben geraucht. Ein Stück weiter am Rasen ist eine Schaukel gestanden, haben zwei Mädchen mit der Schaukel gespielt, das eine hat das andere angetaucht oder hat es gedreht, daß sich die Schaukelseile umeinandergelegt haben, das jüngere auf der Schaukel hat einen vollen Haarschopf gehabt und große Augen, ein fast staunendes Gesicht, es hat schon geschrien, und ich habe es dann wirbeln gesehen, die Seile sich entwinden und das ältere lachen, es hat sich an der Schaukelstange gehalten, ist zart gewesen und blond und hochgewachsen, blaß und wie abgelenkt, als wäre es bei dem Spiel nur noch halb dabei, Livia hat dann gelesen. Ich habe Zug um Zug vorsichtig inhaliert und den Rauch vor mich hin geblasen wie einer, der ohne Gewohnheit raucht, habe nicht rauchen und lesen in einem können, habe Kafkas *Prozeß* vor mir auf dem Tisch liegen gehabt, und die Luft hat gezwitschert, fast grell von den Schwalben unter dem Dachvorsprung, bei den kugelförmigen Nestern und im Flug, manchmal habe ich einen Lastwagen von der Straße her gehört, sein Scheppern oder, beladen, das Brummen, manchmal ein Heulen von einem Motorrad, langanhaltend, fast als würde es mit mir den Abend trinken, Livia hat die Beine barfuß gegen einen zweiten Stuhl gestützt gehabt. Ihre Füße sind schmal gewesen und ihre Zehen fein, wie ihre Finger, habe ich gedacht, und ihre Nacktheit hat mich berührt, Livias Mokassins sind, unter dem Stuhl, schief zueinander im Gras gelegen, wie unbekümmert, und ich habe die Zigarette ausgedämpft, habe den Stummel zum Schotter hin geworfen und einen Schluck Wein genommen oder dann auch gelesen, ich habe mich an den Tischler Lanz erinnert, an seinen Namen, und wie K. nach ihm fragt, wie er so die Untersuchungskommission sucht, oder sich entschließt, die Suche aufzugeben, und dann doch nochmals zurückgeht, wie er glaubt, in eine Versammlung einzutreten, ich habe vom Buch wieder aufgeschaut. Wir sind dann im Schatten gesessen, und ich habe den Flug der Schwalben verfolgt, wie sie in Bögen aufgestiegen sind, in den Himmel über den Wiesen, wie sie Schleifen gezogen oder sich herabgeschwungen haben, über den Parkplatz getaucht sind und hinauf unter den Dachvorsprung, zu dem Geschrei der Jungen, das Taschenbuch ist offen in meiner Hand auf meinem Schenkel gelegen, ich habe das linke Bein zur Seite angewinkelt und quer auf das rechte gelegt gehabt, habe dann wieder zum Maisfeld geschaut, zu einem Streifen Gebüsch, zu den Hügeln, ein leichter Luftzug hat mich um den Hals und über die Hand gestreichelt, hat mein Gesicht wie gebadet, ich habe das Buch auf den Tisch gelegt. Ich habe Wein nachgeschenkt, und die beiden Mädchen sind an uns vorbei und zur Haustür gelaufen, oder einmal hat Livia gelacht, sie hat in ihr Buch geschaut und gelacht und hat mir dann die Geschichte erzählt, die sie gelesen gehabt hat, die Geschichte von einem Mann, der heimgekommen ist und auf dem Stubentisch einen Brief gefunden hat, von seiner Frau, und neben dem Brief, auf dem Tischtuch, einen Tintenfleck, da habe der Mann zuerst das Tischtuch genommen und in der Küche den Fleck mit einer Zitrone entfernt, dann erst habe er den Brief gelesen, hat Livia gesagt, es sei ein Abschiedsbrief gewesen, doch der Mann habe sich vor allem über den Tintenfleck geärgert und gleichzeitig nicht verstanden, warum ihn seine Frau verlassen habe. Ich habe Livia erzählen gesehen, habe auch gelacht, oder habe dann

gesagt, daß ich mir den Typ gut vorstellen könne, und
Livia hat sich eine Zigarette angezündet, ob ich dürfe,
habe ich sie gefragt und habe ihr Buch vom Tisch
genommen, es ist von Alberto Moravia gewesen, *Die
Mädchen vom Tiber*, und auf dem Umschlagbild ist
hinter einem Tisch eine Frau gesessen, vor einem
schlanken Glas Rotwein und einer zu drei Viertel vollen Flasche mit langem Hals, die Frau hat ihre Ellbogen auf den Tisch gestützt, hat ihre rechte Hand
in ihrer linken und ihr Kinn auf den Fingern der linken liegen gehabt, sie hat ein weit ausgeschnittenes
T-Shirt getragen, und ihr rotweinroter Mund hat gelächelt, ihr Blick hat etwas Einladendes und Berechnendes in einem gehabt. Die Augen der Frau sind
mandelförmig, fast schwarz und ihre Brüste rund und
fest gewesen, ihre blauschwarzen Haare seitlich
gescheitelt und schulterlang, ob ich Moravia kenne,
hat mich Livia gefragt oder hat dann gesagt, daß das
lauter so Geschichten seien von einfachen Leuten oder
von Gaunern, und ich habe das Buch aufgeblättert, es
hat die kleinen Abschnitte eines leichten Erzählens
gehabt, das Pausen macht, ich habe Moravia nicht
gekannt, habe ein paar Sätze gelesen und gewußt, daß
ich nicht aufhören würde können weiterzulesen, habe
das Buch zurück auf den Tisch gelegt, das Umschlagbild sei irgendwie gut, habe ich gesagt. Später bin ich
im Flur vom Gasthof gestanden, habe ich aus der
Küche Stimmen, die Mädchen und eine Männerstimme, gehört und an die Küchentür geklopft, leicht an
das Holz, die Wirtin ist zur Tür gekommen, und ich
habe sie gefragt, ob wir nur eine Suppe haben könnten, draußen, sie hat genickt, als hätte sie meinen
Wunsch schon erraten gehabt, ja, selbstverständlich,
hat sie gesagt, und ich bin dann zurück hinaus gegangen, das Tal ist weitum im Schatten gelegen, und der

Himmel hat geleuchtet, violettblau und heller über den Hügeln, Livia ist seitlich am Gartentisch gesessen, hat die Beine angewinkelt und den linken Arm auf den Tisch gestützt gehabt. Ich habe sie so fast von hinten gesehen, und es ist dann alles leichter und dichter in einem gewesen, jeder Schritt, jede Bewegung, als wären wir jetzt erst unterwegs, als hätte unsere Reise erst jetzt begonnen, ja, wir würden eine Suppe kriegen, habe ich gesagt und mich gesetzt oder habe dann geschwärmt, daß man zu solchen Orten nur komme, wenn man auf den Landstraßen fahre, die Schaukel ist wie stillgelegt am Rasen gestanden, und über dem Schotter haben Mücken getanzt, hell vor den schattigen Hügeln und höher, vor dem Leuchten, als ein dunkles Flimmern, eine Amsel hat gesungen, hat heftig fast gepfiffen, Livia ist in ihre Mokassins geschlüpft, hat sie mit ihren Zehen zurechtgestellt und ist hineingeschlüpft, die Schwalben sind tiefer über den Parkplatz getaucht. Der Schotter hat rötlich fast geglost, und die Wirtin hat zwei Teller und einen Korb mit Brot gebracht, mit dicken halben Scheiben und Stoffservietten, obenaufgelegt, wir würden den schönen Abend nützen, hat sie halb gesagt, halb gefragt, und ich habe gesagt, wie schön es hier sei, habe ihre Hände, ihre Sorgfalt gesehen, wie sie die beiden Teller verteilt und die Löffel auf die Servietten gegeben hat, sie hat dann in einer Schüssel mit zwei Henkeln die Suppe herausgetragen und hat sie auf den Tisch gestellt, sie würde uns lassen, wir sollten uns bedienen, hat sie gesagt und hat uns einen guten Appetit gewünscht, wir haben gedankt. Wir haben die Servietten zur Seite geschoben und haben geschöpft, es ist eine Tomatensuppe gewesen, fast wäßrig und doch kräftig, hat geduftet, ich habe das Brot in Brocken gebrochen und in die Suppe gelegt, die sei gut, hat Livia gesagt, und ich habe genickt, habe dann gesagt, daß sie da sicher auch schon ganz andere Tomaten hätten oder daß die Suppe schon besser als die Päckchensuppe von gestern sei, Livia hat den halbvollen Löffel zum Mund geführt und hat gelächelt, manchmal habe ich einen Schluck Wein genommen, habe ich nachgeschenkt, das Stück Rasen vor dem Gasthof hat uns als eine Halbinsel wie ein Schiffsbug der Nacht entgegen getragen.

Wir sind in den Betten fast gesessen, an die Kopfenden gelehnt im fast dunklen Zimmer, solche Betten habe meine Großmutter noch gehabt, habe ich gesagt und erzählt, daß ich oft über die Nacht bei ihr geblieben sei, ich hätte diese hohen Betten mögen, in die man fast hineinklettern habe müssen, und wir hätten immer gebetet, bis ich eingeschlafen sei, selten sei die Großmutter vor mir eingeschlafen, und dann hätte ich sie leise schnarchen gehört, wir haben Wein getrunken, haben geraucht, haben die Flasche und den Aschenbecher auf dem Nachttisch zwischen unseren Betten stehen gehabt und die Gläser in der Hand gehalten. Livia hat dann von ihrer Großmutter erzählt, von der Ahna, wie sie ihre Großmutter genannt hat, daß sie die Ahna gern gehabt habe, und es ist still gewesen im Zimmer, die Stille hat allmählich unser Erzählen geschluckt, und der Spiegel hat sie als Halbdunkel dann dämmernd wiedergegeben, zwei fast nackte Nymphen aus Gußeisen haben sich von seiner Konsole emporgewunden, haben je drei Fassungen für Kerzen getragen, und von draußen habe ich entfernt, manchmal, kaum, ein Vorbeifahren gehört, ein Motorrad, ein Auto, oder später eines näher, seine Reifen auf dem Schotter, den Motor und das Verstummen, das Türenschlagen mit Männerstimmen und Schritte, ich habe abwechselnd einen Schluck Wein und einen Zug von der Zigarette genommen. Ich habe den Rauch langsam über das rubinrote Federbett hin ausgeatmet, habe die Zigarette fast senkrecht gehalten und die Asche sich türmen lassen, habe von unten die Männer wieder gehört, die Stimme der Wirtin und Küchengeräusche, ich habe die Asche in den Aschenbecher gekippt und Livia gesehen, im Bett sitzen, fast liegen, das Helle ihrer Haut, ihren Arm auf dem dunklen Rot des Federbetts, sie hat vor sich hin geschaut, hat geraucht, oder ich habe die Zigarette dann ausgedämpft und Livia gefragt, ob es ihr gleich sei, wenn ich Licht machte, und daß ich noch ein bißchen lesen würde. Livia ist es recht gewesen, und ich bin zum Fenster gegangen, draußen haben Fledermäuse ihre eckigen Bögen in die noch helle Nacht gezogen, und der Volkswagen hat die Abendruhe gespiegelt, als restlicher Glanz, ein weißer Peugeot ist nahe dem Eingang am Schotter gestanden, und ich habe die Fensterläden geschlossen, dann das Fenster, wegen der Mücken, der eine Fensterflügel hat in die traufenähnliche Vertiefung des anderen gepaßt, ich habe den Verschlußhebel gedreht und heruntergefällt, habe die Deckenlampe beim Türstock eingeschaltet und habe nachgeschenkt, habe die Flasche geleert, die Deckenlampe ist über dem Fußende zwischen den Betten gehangen, sie hat einen würfelig geschliffenen Glasreif als Schirm gehabt. Die Birne in ihrer Mitte hat grell geleuchtet, und ihr Licht ist schummrig auf den gelblichen Buchseiten gelegen, sie sind fast randvoll bedruckt gewesen, und ich habe Livia noch gesehen, wie sie ihr Taschenbuch von ihrem Nachttisch genommen hat, habe dann gelesen, wie ein kleiner, rotbäckiger Junge K. durch das Gedränge von Leuten zu einem Podium führt, zu einem kleinen, dicken, schnaufenden Mann, der K. dann sagt, daß er schon vor einer Stunde und fünf Minuten erscheinen hätte sollen, es ist alles fast zu bildhaft gewesen, doch ich bin ins Lesen gekommen, habe manchmal Wein getrunken oder Livia blättern gehört, habe gelesen, wie K. dann redet und habe seiner Überlegenheit mißtraut, sie würde sich rächen, habe ich gedacht, mir ist fast jede Überlegenheit gefährlich erschienen. Einmal, dann, habe ich wieder zu Livia hinüber geschaut, sie hat sich eine Zigarette angezündet gehabt, hat die Beine unter dem Federbett angewinkelt gehabt, und ich habe ihre Brust gesehen, in ihrem blauen T-Shirt, sich senken, wenn Livia den Rauch ausgeatmet hat, das Weiche ihrer Brust, als sanftes Sich-Heben, ich habe weitergelesen, dann wie K. die Versammlung beherrscht, wie er das Gericht mit Worten entlarvt, wie er durch ein Kreischen vom Saalende unterbrochen wird, und wie er entdeckt, daß alle zusammengehören, daß alle Beamte sind, ich habe aufgeschaut, wie empört, und Livia hat die Zigarette ausgedämpft, ob ich auch noch einen Wein trinke, hat sie mich gefragt, sie würde noch eine Flasche holen. Ich habe gelacht, überrascht, habe ja gesagt, daß ich gern noch einen Schluck nehme, und Livia hat dann ihre Jeans angezogen, zwischen ihrem Bett und einem hohen Schrank an der rückwärtigen Wand, sie ist ums Bett zum Nachttisch gekommen, hat die leere Flasche geholt, und ich habe vorgeblättert, eine Seite, zum Kapitelende, und wieder zurück, habe weitergelesen und Livia die Stufen hinuntergehen gehört, von unten die Stimme der Wirtin, die Stimme eines Mannes und dann lautes Lachen, ich habe gezögert, habe das Rosenmuster der Tapete gesehen, es sind Röschen in zueinander verschobenen Reihen gewesen, dann habe ich das Kapitel zu Ende gelesen. Livia ist hereingekommen, sie hat die Tür hinter sich zugedrückt, die hätten ziemlich gelacht, hat sie gesagt und hat eine

volle Flasche dabeigehabt, hat nachgeschenkt und
erzählt, daß sie da unten ein Fest hätten, sie würden in
der Küche sitzen und seien gehörig am Essen, sie hat
die Flasche auf den Nachttisch zwischen unseren
Betten gestellt, was sie denn gesagt hätten, habe ich
gefragt, und Livia hat ihre Jeans ausgezogen, hat sie
über den Stuhl hinter ihrem Bett gelegt, sie habe es
nicht verstanden, etwas wegen des Weins, hat sie
gesagt und ist zurück in ihr Bett gestiegen, ich habe
ihre Schenkel gesehen, sie sind hellweiß gewesen.

Wir haben Wein getrunken und geraucht, ich würde
Livia fragen, ob ich zu ihr hinüberkommen könne,
habe ich gedacht und habe den Rauch tief inhaliert,
habe ihn immer wieder über das Rot vom Federbett
hin ausgeatmet oder habe wieder hinüber zu Livia
geschaut und sie rauchen gesehen, wieder ihre Brust
und das Helle ihrer Haut, ich habe gezögert, habe
dann zur Tür geschaut und wieder zum Spiegel, die
Lampe hat ihn scheinen lassen, und ihr Schein ist in
ihm stellenweise wie von Motten zerfressen gewesen,
der Spiegel sei vielleicht von einem Schloß, habe ich
gesagt, und daß sie in Frankreich viele Schlösser ausgeräumt hätten, das Kinderheim habe früher sicher
auch einmal einem Adligen gehört. Vielleicht haben
wir dann noch über unsere Fahrt geredet, daß wir gut
vorangekommen seien, oder es ist wieder still geworden im Zimmer, und wir haben die Stimmen von der
Küche unten gehört, manchmal laut wieder lachen,
ich habe die Asche in den Aschenbecher gekippt, und
wir sind auf einmal wie zum ersten Mal allein zu zweit
gewesen, wie fernab von den nahen Stimmen, ich
würde es lassen, würde Livia nicht fragen, ob ich zu
ihr hinüberkommen könne, habe ich mir dann gesagt,
und daß ihr Vertrauen zu mir zerstört wäre, zwischen

uns würde nur noch eine große Verlegenheit sein, ich habe die Zigarette ausgedämpft und habe mein Buch vom Nachttisch genommen. Ich habe den Anfang vom dritten Kapitel gelesen, ohne Ruhe, und habe mich geärgert, habe mich zum Lesen gezwungen und gelesen, wie K. sich sonntags wieder zu dem Haus in der Vorstadt begibt, wie der Sitzungssaal leer ist und K. sich mit der Frau vom Gerichtsdiener unterhält, Livia hat auch wieder gelesen, eine Weile, oder hat dann ihr Buch zur Seite gelegt, und ich habe zu ihr hinübergeschaut, habe nachgeschenkt, ob sie auch noch einen Schluck nehme, habe ich sie gefragt, und sie hat ja gesagt, gern, und daß sie nicht mehrere von diesen Geschichten hintereinander lesen könne, ich habe mein Buch offen neben mir auf das Leintuch gelegt, und wir haben noch eine Zigarette geraucht. Das Rauchen hat mich langsam in ein leichtes Taumeln gebracht, und ich habe mich wieder geärgert, wegen meiner Unruhe, ich könnte auch ruhig im Bett liegen und lesen oder schlafen, habe ich gedacht, und daß ich nach der Zigarette Livia fragen würde oder es sein lassen und mich hinlegen, Livia hat das Glas Wein in ihrer linken Hand auf ihrem Bauch stehen gehabt, hat ins Zimmer geschaut, oder dann sind sich unsere Blicke begegnet, hat sie die Asche in den Aschenbecher gekippt und gelächelt, ich hätte Livia gleich fragen sollen, ob ich zu ihr hinüberkommen könne, und daß jetzt der Zeitpunkt vertan sei, habe ich mir dann wieder gesagt oder habe mich zuinnerst schon fragen gehört, und mein Herz hat heftiger geschlagen, das Zimmer hat mir wie zugeschaut. Livia hat ihre Zigarette ausgedämpft, hat sich dann hingelegt, und ich habe gewartet, habe meine Zigarette bis zum Filter hinunterbrennen lassen und das Bidet beobachtet, fast wie ein fremdes Tier, ich habe die Stimmen von unten leiser fast murmeln gehört und habe mein Herz wieder schlagen gespürt, bis in den Hals, habe den Zigarettenstummel in den Aschenbecher gedrückt und Livia wieder gesehen, auf dem Rücken liegen, ich habe noch einen Schluck Wein genommen, habe dann Wein getrunken und ins Zimmer geschaut oder noch einmal nachgeschenkt, ob ich zu ihr hinüberkommen könne, habe ich nach einer Weile gegen die Tür hin Livia gefragt. Es ist still gewesen, ich habe nur mein Herz gehört, die Schläge, dann Livia, es sei ihr egal, hat sie gesagt, und ich habe gezögert, habe das Glas ausgetrunken, und das Herzklopfen hat langsam nachgelassen, dann bin ich aufgestanden, bin ich um Livias Bett gegangen, im T-Shirt und in der Unterhose, und habe mich gehen gespürt, wie von allein, ich habe mich neben Livia unter ihr Federbett gelegt, ihr zugewandt, wie hölzern, fast ratlos, ob ich nicht das Licht ein wenig verdunkeln könne, hat mich Livia gefragt, und ich habe dann beim Waschbecken ein Frotteetuch geholt, es ist orange gewesen, ich habe es über die Lampe geworfen, und es hat den Glasreif gegen Livias Bett hin zugedeckt. Ob es so gehe, habe ich Livia gefragt und bin wieder zu ihr zurück unter das Federbett gestiegen, ich habe meinen Arm um ihre Taille gelegt, habe ihre Wärme gespürt, ihren Körper, und habe gezittert, als würde ich frösteln, habe das Zittern unterdrücken wollen, und es ist stärker geworden, ich hätte mehr trinken sollen, habe ich dann gesagt, und daß ich noch einen Schluck nehmen würde, Livia hat gelächelt, ich habe mich aufgesetzt, und sie hat mein Glas noch einmal gefüllt, hat mir das Glas gegeben, und ich habe getrunken, Schluck um Schluck, und habe zur Tür hin geschaut, habe ihre weiß gestrichene Maserung gesehen, im geriffelten Licht der Lampe, so ein Blödsinn, habe ich gesagt. Allmählich ist das

Zittern besser geworden, habe ich mich auf den Ellbogen gestützt und noch einen Schluck genommen, ich habe das Glas auf den Nachttisch gestellt und mich dann zurück auf den Rücken gedreht, habe wieder gezittert, Livias Nähe, die Wärme ihres Körpers, hat mich zum Zittern gebracht, da hat mich Livia berührt, sie hat ihre Finger an meinen Hals gelegt und hat sie vom Kinn zu meinem Ohr gleiten lassen und zurück, ich habe Livias Schweiß gerochen, den Geruch ihrer Wärme und den Zigarettenrauch, bin ihren Fingern gefolgt, und ihr Streicheln ist zart gewesen, es hat den Rhythmus von etwas Unendlichem gehabt, und ich bin ruhig geworden, habe Livia geatmet, das Fremde ihrer Nähe, so bin ich eingeschlafen. In der Nacht bin ich aufgewacht, habe ich geschwitzt und Livia eng an mir liegen gespürt, das Licht hat noch gebrannt, und ich habe mich erinnert, an mein Zittern, an Livias Finger, ich bin aufgestanden und zum Waschbecken gegangen, habe den Kaltwasserhahn aufgedreht, und das Wasser ist laut ins Becken geklatscht, ich habe mich gebückt, habe Wasser getrunken, dann das Fenster geöffnet, habe das Licht gelöscht und bin durchs Dunkel zurück und zu Livia in die Bettmulde gestiegen, was ist, hat Livia gefragt, wie im Schlaf, und ich habe meine Hand an ihre Schulter gelegt, nichts, ich hätte nur das Licht gelöscht, habe ich gesagt und habe von draußen die ersten Vögel, vereinzelt noch, ihr Zwitschern, gehört.

Der Morgen ist hell gewesen, hat in den Baumkronen der Hügel geblendet und auf dem Volkswagendach, von der Nacht ist nur eine Verzögerung geblieben in den Dingen, als würden sie erst langsam wieder damit beginnen, das Wasserglas, die Steckdose, der Handtuchhalter zu sein, ich habe die Zähne geputzt, und

Livia hat ihren Toilettbeutel in den Seesack gegeben, dann habe ich meine Sachen eingepackt, habe ich den Koffer zugedrückt und meine Jacke angezogen, wir haben das Gepäck im Zimmer gelassen und sind die Stufen hinuntergestiegen, sausteil, habe ich gesagt, die Stiege sei sausteil, der Flur hat noch kühl von der Nacht und warm nach Kaffee geduftet. Die Wirtin hat uns herunterkommen gehört gehabt, ob wir gut geschlafen hätten, hat sie gefragt, und was wir zum Frühstück nehmen würden, sie hat uns in ein größeres Eßzimmer geführt, mit wenigen Tischen und geblümten Vorhängen oder Girlanden, Livia hat nur einen Espresso genommen, und ich habe ein Frühstück mit Kaffee bestellt, wir haben uns an einen Fenstertisch gesetzt, eine Standuhr hat getickt, draußen ist der Schatten vom Haus auf dem Rasen gelegen und der Parkplatz und die Wiesen in der Sonne, ich bin noch schläfrig gewesen und habe Livia gesehen, fast staunend, daß es sie gibt, daß wir einander gegenüber sitzen. Die Wirtin hat dann auf einem Tablett das Frühstück und einen Espresso gebracht, ich habe die henkellose Schale als Tasse wiedererkannt, ihren kleinen Boden, und habe eingeschenkt, Kaffee und Milch, Livia hat ein Stück Zucker in ihrem Espresso verrührt, und es hat alles wieder wie in einem ersten Anfang begonnen, als hätte es die Nacht kaum gegeben, ich habe ein Baguettestück aufgebrochen und habe Butter und Konfitüre hineingestrichen, habe die Kaffeeschale mit beiden Händen am Rand gehalten und getrunken, die Konfitüre ist eine Erdbeerkonfitüre mit Rhabarber gewesen, die sei gut, selbstgemacht, sehr wahrscheinlich, habe ich gesagt, meine Hände haben gezittert. Ob ich immer so zittern würde, hat mich Livia gefragt, und ich habe gelacht, nein, das komme vom Trinken, habe ich gesagt, und daß es früher viel ärger gewesen sei, ich habe Kaffee nachgeschenkt und Milch oder habe noch ein Stück Baguette gegessen, und Livia hat mir zugeschaut, sie hat geraucht, und die Stille über den leeren Tischen hat leise wie geflüstert, als führte sie ein Selbstgespräch, begleitet von dem Ticken, einmal ist die Wirtin fragen gekommen, ob wir noch etwas wünschten, ob sie noch einen Espresso wolle, habe ich Livia gefragt und habe gedankt oder dann um die Rechnung gebeten. Die Wirtin hat sie auf die Rückseite von der Karte des Gasthofs geschrieben, falls wir wieder durch die Region kommen würden, hat sie gesagt, *1 Chambre, 1 Déjeuner, 1 café*, ist auf der Karte gestanden, so geschrieben, und unter einem Strich die Addition, *42,50*, wir haben die Summe geteilt, oder ich habe gezahlt, und Livia hat mir dann zwanzig Francs gegeben, *AUBERGE PAYSANNE „A l'Aigle d'or"*, habe ich auf der Karte gelesen und *Mr et Mme BURNOT*, in blauer Schrift, im Zimmer ist noch die Flasche Wein gestanden, fast leer, und die Gläser, der Aschenbecher, ich habe die Hände gewaschen und habe noch einmal die Hügel gesehen, am Fenster, das Maisfeld und die Wiesen. Das Rubinrot der Federbetten ist zerknäult im schattigen Licht gelegen, und wir sind gegangen, sind wieder die Stiege hinuntergegangen, und die Wirtin hat uns unten eine gute Reise gewünscht, wir haben unser Gepäck über den Schotter zum Volkswagen getragen, haben es auf den Hintersitz gegeben und sind eingestiegen, wie in ein vertrautes Leben, sind gefahren, ich habe noch einmal zu dem Rasen mit der Schaukel und hinauf zu unserem Fenster geschaut oder habe dann wie zum Abschied gesagt, daß wir da Glück gehabt hätten, mit der *Auberge*, Livia ist still neben mir gesessen, hat gelächelt, wir sind auf die Landstraße eingebogen. Es hat wenig Verkehr gegeben, und ich habe beschleunigt, oder Livia

hat auf die Straßenkarte geschaut, hat wieder vor sich
hin geschaut und ist anders still als sonst gewesen, ob
ihr nicht gut sei, habe ich sie nach einer Weile gefragt,
und sie hat gezögert, es gehe schon, sie habe nur das
Stechen in der Leber, hat sie dann gesagt, sie hätte
nicht so viel trinken sollen, sie habe einmal Gelbsucht
gehabt, später, ein Stück nach einer Kurve in einem
Wald, habe ich am Straßenrand angehalten, sind wir
ausgestiegen, die Straße hat als eine Schneise durch
den Wald hinaufgeführt, Livia hat sich an den vorderen Kotflügel gelehnt und hat sich auf ihre Knie
gestützt, hat ins Gras geschaut. Ich bin neben ihr
gestanden, hilflos, ob es schon gehe, habe ich sie gefragt, und sie hat genickt, fast verlegen, es hat gezwitschert in den Baumkronen über der Straße, und ich
habe dann die Vögel, vielleicht Sperlinge oder Meisen,
durch den Streifen Blau vom Himmel hin und her
wechseln gesehn, die Bäume sind herunten fast kahl
gestanden, von Weißdorn gesäumt, von Wildkirschen
oder Haselstauden, es sind vielleicht Buchen gewesen,
ob sie eine Brause wolle, habe ich zu Livia dann gesagt, fast begeistert von meinem Einfall, und sie hat
wieder gezögert, ob ich glaube, daß ihr das gut tue, hat
sie gefragt, ich habe die längliche Dose mit den
Brausetabletten in meinem Toilettbeutel gesucht. Die
Brause sei ungefähr wie Alka Seltzer, und daß sie ihr
sicher nicht schade, habe ich gesagt und habe Wasser
in die Blechtasse von meinem Kochgeschirr gegeben,
habe eine Tablette ausgepackt und darin aufgelöst, es
sind Vitamintabletten mit Orangengeschmack gewesen, und das Wasser hat gesprudelt, oder ein Auto ist
um die Kurve gekommen, und der Fahrer hat im Vorbeifahren herausgeschaut, er hat eine Mütze aufgehabt und hat geschaut, ein anderer hat angehalten und
hat gefragt, ob wir Probleme hätten, mit dem Auto, ich

habe nein gesagt und gedankt, es gehe gut, und er ist weitergefahren, Livia hat Schluck um Schluck von der Brause genommen. Ein Eichelhäher hat die Straßenschneise kreischend gequert, und ich habe wieder in die Baumkronen hinaufgeschaut, sie haben leicht geschwankt, haben sich hell und schattig geformt, Blatt für Blatt, fast leuchtend an den Rändern, ich habe ihr Schwanken in mir gespürt und habe auf den Boden geschaut, ins Gras, habe mich am Volkswagen festgehalten, das Gras hat geschwankt, und ich habe mich seitlich auf den Beifahrersitz gesetzt, habe die Arme auf die Schenkel gestützt, ganz gut sei mir auch nicht, habe ich zu Livia gesagt, oder sie hat die Brause dann zur Hälfte getrunken gehabt, hat mir die Blechtasse gegeben, und ich habe gezögert, habe das orangegelbe Wasser gesehen und es weggeschüttet, ins Gebüsch, wir sind weitergefahren.

Wir sind durch den Wald hinauf und um eine Kurve ins Offene gekommen, dann wieder abwärts, wie über weite Wellen, kaum Hügel, in einem sanften Auf und Ab, Livia hat gerülpst, hat sich entschuldigt, sie hätte doch besser keine Brause getrunken, hat sie nach einer Weile gesagt, sie hat sich die rechte Seite gehalten, und die Brause ist ihr immer wieder aufgestoßen, ob ich noch einmal anhalten könne, hat Livia mich dann gefragt, ihr sei nicht gut, ich bin an den Straßenrand gefahren, bei einem Zaun, und sie ist ausgestiegen, sie hat sich übergeben, hat die Brause ins Gras gespien und gespuckt, hat gespuckt und gelacht, vornübergebeugt, ich habe ihr die Blechflasche mit dem Wasser zum Spülen gebracht. Ich habe auch lachen müssen, wegen Livia, oder habe sie dann gefragt, ob sie nicht sitzen wolle, sie hat sich auf den Zaun gestützt und hat vor sich hin geschaut, hat den Mund mit

Wasser gespült, es gehe schon wieder, hat sie gesagt, und sie hätte schon während des Trinkens gedacht, daß ihr die Brause nicht gut tue, sie ist fast weiß im Gesicht gewesen, hinter dem Zaun hat es eine Weide gegeben, ohne Kühe, nur Kuhfladen und Maulwurfhaufen, eine Badewanne als Tränke und Spatzen, sie haben sich in der Luft gebalgt, sind um die Badewanne geflogen oder haben sich auf ihren Rand gesetzt, wie an ein Ufer, haben gezwitschert, ich habe ihnen wie abgelenkt zugeschaut. Wir sind dann wieder weitergefahren, und Livia hat von ihrer Gelbsucht erzählt, wie ihre Brüder sie im Krankenhaus besucht und immer etwas zum Rauchen mitgebracht hätten, manchmal habe der halbe Saal nach Gras gerochen, es habe aber nie jemand etwas bemerkt, sie habe dort über zwei Wochen fast nur Mehlsuppe bekommen, hat sie gesagt, und ich habe ihre Stimme gehört, den Motor und das Mädchenhafte ihrer Stimme, ich hätte meine Hand auf ihre Hand legen wollen und habe gezögert, habe meine Hand auf dem Schaltknüppel liegen gehabt, er hat leise vibriert. Manchmal sind wir durch ein Dorf gekommen, und Livia hat wieder auf die Straßenkarte geschaut, sie hat den Namen von einem angeschriebenen Ort auf der Karte gesucht, hat die Karte wieder gefaltet, und es hat dort dann einen Markt oder kleinen Supermarkt gegeben, die Früchte haben sich gehäuft, oder es sind Waschmittelschachteln gewesen, gestapelt hinter einem Fenster, die Kirche ist an einem kleinen Platz gelegen, und unter den Platanen, von einer schweren Kette eingefriedet, ist eine Bombe als Denkmal gestanden, bei einer Bar haben wir angehalten, hat Livia einen Tee getrunken, einen Eisenkrauttee, und eine Zigarette dazu geraucht, ich habe an ihr vorbei auf die Straße gesehen. Ich habe mich stehen und manchmal einen Schluck

Mineralwasser nehmen gesehen, oder ein Mann hat vor der Bar gehupt, hat noch einmal gehupt, und die Frau hinter der Theke hat hinausgeschaut, er fahre nach Moringues wegen der Reifen für den Anhänger, hat er über den Gehsteig hereingerufen, und wir haben dann gezahlt, später, einmal, ist am ersten Haus von einem Dorf eine Kartontafel angebracht gewesen, an einer fensterlosen Mauer, *Poterie* ist in Blockbuchstaben auf der Tafel gestanden, *100 m* und ein Pfeil wie um ein Eck, da gebe es eine Töpferei, habe ich zu Livia gesagt, und ob wir sie anschauen sollen, Livia hat gezögert, hat genickt, im Dorf hat ein Kartonpfeil mit der Aufschrift *Poterie 50 m* in eine schmale Straße gezeigt. Wir sind die Straße hinaufgefahren, bis zu einem Zaun und über einem von Gestrüpp überwachsenen Hang zu einem frisch geweißelten Stall, es hat etwas Kolonialistisches gehabt, wie wir dann ausgestiegen sind, wie ich über den Hang hinuntergeschaut habe, zum Gestrüpp, als diente es nur als Bild für eine Wildnis, *Entrée libre,* ist über der Stalltür gestanden, und ich habe mich geduckt, drinnen sind die Mauern auch weiß gekalkt gewesen, und auf Holzregalen sind Töpfe und Teller gestanden, Tassen, Schüsseln und Vasen, verziert mit Figuren oder Ornamenten, ein Holzperlenvorhang in einer Tür hat geklimpert. Eine Frau ist in den Ausstellungsraum gekommen, sie hat gegrüßt, hat ein langes Kleid getragen und ist wie ohne Alter, jung und alt in einem gewesen, ob wir schauen könnten, habe ich gefragt, und die Frau hat uns dann zugeschaut, wie wir das Geschirr angeschaut haben, ich habe nur geschaut, um nicht gleich wieder zu gehen, die Schüsseln seien ganz schön, habe ich zu Livia gesagt, sie sind einfach geformt und kaum bemalt gewesen, Livia hat nichts gesagt, hat stumm geschaut, vor einem Krug bin ich eine Weile stehengeblieben wie vor einer Tatsache, als gäbe es den Krug ohne jede Entsprechung oder Ähnlichkeit. Der Himmel ist leicht bewölkt gewesen, von hellen Fetzen und Wolkenbäuchen, so ein Kitsch, habe ich vielleicht gesagt, oder habe gezögert, habe nur naja gesagt, und wir sind zurück zur Landstraße gefahren, sind nach einem Traktor auf die Straße eingebogen und haben den Rücken vom Traktorfahrer gesehen, seine blaue Arbeitsjacke und seine strähnigen Haare, das Zittern und seinen kurzen Blick, am Dorfende habe ich den Traktor überholt, und Livia hat von Italien erzählt, von einer Töpferei im Süden, dort seien die Sachen wirklich einfach, nicht so künstlerisch, hat sie gesagt, und ich habe genickt, habe die Waschanlage und den Scheibenwischer betätigt, es hat gespritzt und geschmiert, hat die zerquetschten Insekten bis auf ein paar Punkte von der Scheibe gegen ihren Rand gewischt.

Wir sind bei einem Gasthaus zugekehrt, es ist nach Mittag gewesen, ein paar Sattelschlepper sind auf dem Parkplatz gestanden, und die Straße hat in einer fast steilen Geraden den Parkplatz vom Gasthaus getrennt, da esse man sicher gut, habe ich zu Livia gesagt, in den Restaurants von den Fernlastkraftfahrern esse man meistens gut, und Livia hat wie ungläubig geschaut, oder zögernd, sie könne aber nur eine Suppe essen und daß ihr noch nicht ganz wohl sei, hat sie dann gesagt, wir haben die Straße überquert, die Fahrrinnen, Bremsspuren, den verblaßten Mittelstreifen, und sind durch die Eingangstür direkt in den Speiseraum gekommen. Auf den Tischen sind halbleere Weinflaschen, Karaffen und Aschenbecher gestanden, Espressotassen und Teller mit Käserinden und Schokoladegeschmier, sind Brotreste gelegen und zerknüllte Servietten, an einem Tisch sind Männer gesessen, Fernlastkraftfahrer, sie haben geraucht, haben geredet, wir haben gegrüßt, ob man noch essen könne, habe ich die Wirtin gefragt, und sie hat ja gesagt, einen Moment, und hat dann einen Tisch an der Fensterseite abgeräumt, sie hat die Abfälle in das Papiertischtuch gewickelt und ein frisches aufgelegt, hat das Metallgestell für Essig und Öl und Salz und Pfeffer auf das weiße Wabenpapier gestellt, und ich habe gedankt, wir haben uns gesetzt. Die Wirtin hat das Gedeck verteilt, was wir trinken wollten, hat sie gefragt, und ich habe Livia gefragt, was sie trinke, nur Wasser, hat sie gesagt, ich habe ein Glas Wein und Wasser bestellt, und die Wirtin hat eine Flasche Wein, eine Karaffe Wasser und Brot gebracht, dann eine Schüssel Suppe, sie hat die Schüssel auf den Tisch gestellt und einen guten Appetit gewünscht, ich habe ratlos geschaut, habe der Wirtin nachgeschaut, sehr wahrscheinlich gebe es hier nur das Menü, habe ich zu Livia gesagt, und ob wir gehen sollen, die Suppe ist dampfend zwischen uns auf dem Tisch gestanden. Livia hat gelächelt, sie esse schon ein bißchen, hat sie gesagt, und wir haben dann die Servietten auf den Schoß gelegt und Suppe geschöpft, es ist eine Gemüsesuppe mit passiertem Gemüse gewesen, die würde ihr sicher gut tun, besser als die Brause, habe ich zu Livia gesagt, ich habe den Wein mit Wasser gemischt, und die Männer haben gezahlt, wir haben gelächelt, haben gegessen, ich habe Brot zur Suppe gegessen oder habe ein Stück Brot im Mund mit Wein getränkt, die Fernlastkraftfahrer sind dann aufgestanden, und ihre Bewegungen haben etwas Schwerfälliges gehabt, etwas Selbstverständliches, als wäre es lang überliefert, das Zur-Seite-Rücken der Stühle und das Aufsetzen einer Mütze, das Breite ihrer Schritte. *Au revoir messieurs*, hat die Wirtin den Männern fast nachgerufen, und sie haben im Hinausgehen *madame* und *à la prochaine* gesagt, die Wirtin hat die Suppe geholt, ob wir bedient seien, hat sie gefragt, und ich habe gedankt oder habe Livia dann erzählt, wie ich einmal eine Nacht durch mitgefahren sei, mit einem Sattelschlepper, von Paris nach Hause, am frühen Morgen hätten wir bei einer Bar angehalten, und dort seien die Fernlastkraftfahrer an der Theke beisammengestanden, sie hätten uns mit Kumpelschlägen begrüßt, mich auch, als gehörte ich dazu, einer habe mir einen Schlag gegeben, daß mir die Tränen gekommen seien, doch ich hätte nur gelächelt, habe ich gesagt. Livia hat sich eine Zigarette angezündet, und ich habe mir Wein nachgeschenkt, oder die Wirtin hat dann die Hauptspeise gebracht, eine Platte mit Fleisch und Kartoffeln und eine Platte mit grünen Bohnen, sie hat die Suppenteller mitgenommen, und wir haben über die Platten gestaunt, das seien rechte Portionen, hat Livia gesagt und den Rauch gegen das Fenster hin ausgeatmet, ich habe mir angerichtet, habe von draußen die Sattelschlepper brummen gehört und habe Sauce über das Fleisch gelöffelt, es ist ein gerollter Braten gewesen, und Livia hat mir zugeschaut, hat dann die Zigarette ausgedämpft und hat sich auch angerichtet, ein wenig, kaum die Hälfte von ihrer Portion, die Wirtin hat die Tische abgeräumt. Sie hat immer wieder ein Papiertischtuch um Abfälle gewickelt, und wir haben gegessen, es sei köstlich, das Fleisch, habe ich gesagt, und Livia hat genickt, hat zögernd gegessen, ja, es sei wirklich gut, hat sie dann gesagt, aber sie könne nicht mehr, sie hat das Besteck auf den Teller gelegt, und ich habe gelächelt, wie bedauernd, die grünen Bohnen sind zart gewesen, sind fast zergangen auf der Zunge und haben leicht nach Knoblauch oder Liebstöckl geschmeckt, haben eine Spur von etwas Mildsüßem, einem Leben in versteckten Gärten hinterlassen, ich habe einen Teil von Livias Portion angerichtet, habe die Platten dann geleert. Manchmal haben wir draußen ein Auto vorbeifahren, die Straße hinaufdröhnen, oder die Motorbremse von einem Lastwagen gehört, das Pfauchen, und ich habe gegessen, habe Livia sitzen gesehen, mir gegenüber, und schauen, ihr Schauen und das Zarte ihrer Hand, wenn sie einen Schluck Wasser genommen hat, nach dem Essen müsse ich mich hinlegen, habe ich dann gesagt, oder habe noch einmal Wein nachgeschenkt, habe das Glas leicht verfehlt und den dunkelroten Weinrand auf dem Papiertischtuch gesehen, wie ich das Glas gehoben habe, der Rand hat für mich den Inbegriff von Frankreich umkreist, und ich habe es Livia erzählt, ihre Augen sind von einem Leuchten wie untergraben gewesen, haben geleuchtet, und sie hat gelacht.

Bei einem Gatter bin ich an den Straßenrand gefahren, ins Gras vor dem Gatter, wo der Straßengraben eingerohrt gewesen ist, im Graben sind Brennesseln gewachsen, sind Abfälle gelegen, rostige Dosen und wie welk ein blauer Plastiksack, ich habe Pink Floyd, *Atom Heart Mother*, eingelegt, und bin dann über das Gatter gestiegen auf eine Wiese, Livia hat sich zwischen den beiden waagrechten Balken durch gebückt, wir haben die Schlafsäcke mitgenommen und den Kassettenrekorder, sind ein Stück in die Wiese gegangen, sie ist leicht angestiegen, ist von Heu bedeckt gelegen, und es hat geduftet, die Wolken haben sich zu einer fast geschlossenen Decke zusammengezogen gehabt. Wir haben die Reißverschlüsse von den Schlafsäcken geöffnet, haben meinen Schlafsack ausgebreitet und uns gesetzt, manchmal ist die Sonne durchgebrochen, oder wir haben ihre Strahlen fächerförmig auf die Landschaft fallen gesehen, Livia hat geraucht, und ich habe mich dann auf den Bauch gedreht, habe das Tonband eingeschaltet, die Musik ist mir zu theatralisch gewesen, zu getragen das Anschwellen und das Aufsteigen, ich habe gespult, habe das Band durchgespult und während des Spulens im Radio Musik gesucht, es hat gezirpt und gezwitschert, mit Heuschrecken dazwischen, fast träge, ich habe den Senderwahlknopf gedreht. Ich bin immer wieder auf dieselbe Frauenstimme gestoßen, sie hat vom Camping am Bauernhof gesprochen, hat Leute interviewt, Camper und Bauern, oder hat sie unterbrochen, mit Glückwünschen für das Wetter, und hat ein Musikstück angekündigt, einen französischen Schlager, es ist ein wehmütiges Entsagen gewesen, von einem Orchester begleitet, Livia hat ihren Schlafsack über uns gebreitet und hat sich hingelegt, hat im Liegen geraucht, ich habe dann das Tonsignet von dem Sender gehört, ein Chor hat *Europe* gesungen und vielleicht die Zahl *un*, nach dem Signet hat wieder die Frau von den Ferien gesprochen wie von einem Jahrhundertereignis, ihre Stimme hat sich immer wieder überschlagen. Ich habe ihr eine Weile zugehört, bis zum nächsten Interview, habe dann den Rekorder zurück auf TAPE geschaltet und habe die Kassette umgedreht, habe die Starttaste gedrückt, das Tonband hat geknistert, wir haben *More* gehört, und ich habe meinen Kopf auf meinen Unterarm gelegt, habe zu Livia geschaut, habe ihre Haare gesehen, auf den Schlafsack fallen, in Wellen, und ihr Ohr fein, fast groß, ihre Schläfe hell, der Zigarettenrauch ist als ein dünner Schleier von ihren Lippen aufgestiegen, zu der Musik, als begleitete er die Musik, als wäre sie eine Vertonung seiner Flüchtigkeit. Es ist ein Zwitschern, tropisch, laut und leiser, gewesen, in einem Durcheinander, dann die Gitarre, eine Stimme,

wie schwebend, wie klagend so erzählend, und Livia
hat sich aufgestützt, sie hat die Zigarette ausgedämpft,
hat sich zurück auf den Rücken gelegt, oder dann
haben sich lang anhaltende Töne als eine Kuppel über
uns gewölbt, langsam wechselnd, ich habe mit meiner
Hand Livias Hand gesucht, unter dem Schlafsack wie
im Verborgenen, habe ihren Arm gestreift, ihren Pullover, habe gezögert und ihre Hand berührt, Livia hat
ihre Hand liegen lassen, an meiner, ich habe meine
Finger auf ihre gelegt. Ich habe ihre Finger gespürt,
warm und zart unter meinen, verletzbar, oder habe die
Musik leiser gedreht, wie das nächste Stück gedröhnt
hat, und es ist dann weit weg gewesen und nah als
leise Schreie, Livias Hand ist fast als ein Wissen unter
meiner gelegen, von etwas Fremdem, und ich habe sie
wie gesehen so berührt, die Musik ist dann als Stimme
wieder in ein Schweben gekommen, sie hat mich leise
geschaukelt, und ich bin eingeschlafen, später habe
ich Livia meinen Namen wie rufen gehört, ist ihre
Hand noch unter meiner gelegen, ich habe Livia
neben mir gesehen, ihr Haar, was ist, habe ich sie leise
gefragt. Es ist still gewesen auf der Wiese, ich solle
einmal schauen, über uns, hat Livia gesagt, und ich
habe gezögert, habe meine Hand von Livias genommen und mich aufgestützt, mich gedreht, habe mich
gleich wieder hingelegt, ein dichter Schwarm von
Mücken ist wenig über uns in der Luft gestanden, die
Mücken haben sich gekreuzt, dunkel flimmernd, und
der Schwarm hat uns bis zu den Füßen hinunter bedeckt, ich habe noch dumpf vom Schlaf gestaunt, die
seien von unserer Wärme angezogen, habe ich gesagt,
und daß ich noch nie so einen Schwarm gesehen hätte,
der Himmel hat sich dicht bewölkt gehabt. Was wir tun
sollten, hat Livia wie ratlos gefragt, der Schwarm hat
sich trotz allem Tanzen kaum bewegt, und wir haben

dann geraucht, in kurzen Zügen, haben den Rauch tief in den Schwarm hinaufgeblasen, und die Mücken sind ein wenig höher gestiegen, sind leicht aus ihrem Rhythmus geraten, für die kurze Zeit, wo der Rauch sie eingenebelt hat, wir sind unter ihnen wie gefangen gelegen, es nütze nichts, hat Livia gesagt, und der Schwarm hat sich wieder gesenkt, wir haben unsere Flucht besprochen, daß ich mit Livias Schlafsack den Schwarm zerschlagen würde, und Livia würde mit dem Kassettenrekorder voraus zum Wagen laufen, ich habe ihr den Autoschlüssel gegeben, sie hat die Zigarettenschachtel eingesteckt. Wir haben die Zigaretten ausgedämpft, im Gras, und ich habe dann mit Livias Schlafsack um mich geschlagen, Livia ist mit dem Kassettenrekorder über die Wiese gelaufen und ich hinterher, ich habe ihren Schlafsack geschwungen und meinen durchs Heu nachgezogen, taumelnd fast vom Schlaf, beim Gatter ist Livia schnell zwischen den Stangen durchgeklettert, habe ich um mich geschaut und habe vereinzelte Mücken noch gesehen, ich bin über das Gatter gestiegen, wir hätten den Schwarm, glaube ich, abgehängt, habe ich gesagt, und Livia hat die Beifahrertür aufgesperrt. Ich habe die halberschlagenen Mücken aus ihrem Schlafsack geschüttelt, habe sie mit der Hand vom Nylon geklopft, es reiche schon, hat Livia gesagt und hat meinen Schlafsack auf das Gepäck am Hintersitz geworfen, wir sind dann eingestiegen, haben die Türen zugezogen, es ist ein gemeinsames Erleben gewesen, ein Erzählen und Lachen, ich hätte nicht gedacht, daß sie so laufen könne, habe ich zu Livia gesagt, ein paar Mücken sind im Wagen wie verirrt gegen die Scheiben geflogen, und wir sind gefahren, es hat dann getropft, in schweren Tropfen, hat nicht zu regnen begonnen, ich habe von den Gewittern über den großen Ebenen erzählt.

Wir sind weiter auf einer Landstraße gefahren, wieder in Kurven durch Weideland, Livia hat ihre rechte Seite gehalten, sie hat die Straßenkarte auf ihren Schenkeln liegen gehabt, hat die Namen der nächsten Ortschaften gelesen oder hat die Karte wieder auf ihren Sitz gelegt, unter ihren Schenkel, ihre Jeans geklemmt, mir ist gewesen, als würden wir nicht mehr weiterkommen, und ich habe es Livia gesagt, ich könne schon keine Kurve mehr sehen, habe ich gesagt und habe dann bei einer Schütterstelle, einem Vorplatz ohne Dahinter, am Straßenrand angehalten, wir haben die Straßenkarte aufgefaltet, bis zum Meer, haben den nächsten Weg zu einer Nationalstraße gesucht, die uns Richtung Südwesten weiterführen würde. Wir sind in der Nähe von La Courtine gewesen und sind dann zur Nationalstraße Richtung Brive gefahren, wie befreit von dem Zwang, den eingezeichneten Weg zu fahren, da hätten wir auch schon früher draufkommen können, habe ich gesagt und einen Radfahrer überholt, er hat auf seinem beladenen Fahrrad geschwankt, und ich habe ihn im Rückspiegel wieder gesehen, sein Schwanken, habe geschaut, ob ich es nicht aus dem Gleichgewicht gebracht habe, es ist ein Wolkenziehen gewesen, am Himmel, und die Landschaft ist vom Wind kaum berührt, in den Baumspitzen nur gebeugt, im wechselnden Licht gelegen. Einmal ist ein angerostetes Schild, das Dreieck mit dem schaufelnden Arbeiter, am Straßenrand gelehnt, und nach einer Kurve hat es eine Baustelle gegeben, haben ein paar Arbeiter die Straße ausgebessert, mit dampfendem Teer, oder sie haben auch nur den Straßenrand gereinigt, haben Gestrüpp geschnitten, haben Stauden ausgerissen und auf einen kleinen Lastwagen geworfen, sie sind mit den Harken und Schaufeln bei dem Lastwagen gestanden und haben geschaut, haben uns nachgeschaut, als würden sie nur selten einen Volkswagen sehen, und ich habe Livia dann erzählt, vom Bau. Daß ich ein paarmal am Bau gearbeitet hätte, habe ich gesagt, das erste Mal bei einem Telefonbautrupp, ich hätte der Landstraße entlang einen provisorischen Graben geschaufelt, allein, hätte mich wie ein Blöder abgerackert und kaum eine Pause gemacht, hätte eben beweisen wollen, daß auch ein Gymnasiast arbeiten könne, doch am Abend seien meine Hände völlig wund gewesen, und Livia hat gelacht, hat geseufzt, das Lachen hat sie in der Leber gestochen, und ich habe erzählt, wie ich dann zu den anderen vom Telefonbautrupp gekommen sei, da sei es besser geworden, da hätte ich öfter Pause gemacht. Schon schaffen, aber nicht zu viel, habe dort einer der Gastarbeiter zu mir gesagt, meistens sei ich mit den Bauarbeitern gut ausgekommen, nur einmal hätten ein paar vom dritten Stock auf den Bretterhaufen gepinkelt, auf dem ich gearbeitet hätte, ich hätte dort Nägel aus den Brettern gezogen, das seien rechte Säue gewesen, habe ich gesagt, oder einmal habe mich der Vorarbeiter ziemlich angeflucht, er habe ein Kabel geradeziehen wollen, mit dem Jeep, habe das eine Ende vom Kabel am Jeep befestigt und ich das andere an einem Masten, er sei dann eingestiegen und habe Gas gegeben, habe so das Kabel gespannt, da habe sich mein Knoten am Masten gelöst, und der Vorarbeiter sei in ein Maisfeld hineingerast. Livia hat wieder gelacht, es hat sie geschüttelt, und sie hat sich die Seite gehalten, ich solle aufhören, hat sie gesagt, und ich habe weitererzählt, später sind wir auf die Nationalstraße gekommen, es hat viel Verkehr gegeben, und der Motor hat lauter gedröhnt, Livia hat geraucht, manchmal haben wir überholt, hat uns ein Raser überholt, jetzt gehe es endlich vorwärts, habe ich gesagt, oder Livia hat einmal gefragt, ob sie Musik machen könne, sie hat die Kassetten durchgeschaut, und wir haben dann Tangos und Pasos gehört, es ist ein zweiter Rhythmus, ein geerdeter, neben dem Rhythmus gewesen vom Verkehr, ein wiederholtes Aufbrechen und Zurücksinken zum Fließen, dem Sich-Stauen, hat es begleitet, hat es gekreuzt, fremdartig, verwandt, manchmal wie verwaist. Ob sie schon noch fahren möge, habe ich Livia vielleicht einmal gefragt, in die Stille aus Motordröhnen und spanischem Tanz, ja, es gehe schon, hat sie gesagt, und wir sind dem Wolkenziehen entgegengefahren, es ist lichter geworden, sind dann nur einzelne weiße Wolken noch gewesen, und die Sonne hat dazwischen geblendet, wir haben den Sonnenschutz heruntergeklappt, haben wenig geredet oder sind wieder zu einer Autokolonne gekommen, hinter zwei Sattelschleppern, und ich habe die Autos vor uns gezählt, habe sie beobachtet, habe einen überholen und den nächsten zögern, immer wieder zögernde Ansätze zum Überholen machen gesehen. Es ist ein Spiel mit der Straße, mit ihren Kurven und dem Gegenverkehr gewesen, und ich habe es manchmal kommentiert, der traue sich etwas, habe ich gesagt, oder so ein Schläfer, dann sind wir als erste hinter den Sattelschleppern hergefahren, bin ich immer wieder über die Straßenmitte, die Mittellinie gefahren, ich habe Autos entgegenkommen oder habe zu wenig weit gesehen, bin zurück auf die rechte Fahrspur geschwenkt, der Fahrtwind hat in den Planen von dem Sattelschlepper vor uns geflattert, hat an der Verschnürung gerissen, LONG VEHICLE, habe ich auf einer Tafel unter der Ladefläche schwarz auf gelb gelesen, und die vier Hinterreifen haben zu beiden Seiten der Tafel den Asphalt vor uns ausgerollt.

Am späten Nachmittag haben wir die Nationalstraße verlassen, sind wir auf einer schmaleren Straße in ein Tal gekommen, in Kurven einem Fluß entlang, durch Maisfelder, durch Sonnenblumenfelder, oder das Tal hat sich verengt, bei einer kleinen Stadt, sie ist beidseitig des Flusses gelegen, und eine Steinbrücke hat ihre Ortsteile verbunden, wir sind auf der Uferstraße gefahren, die Gehsteige sind von Touristen bevölkert gewesen, in einem Hotel haben wir um ein Zimmer gefragt, für eine Nacht, es sei ein wenig teuer, habe ich zu Livia gesagt, und wir haben gezögert, haben uns angeschaut, als suchten wir beieinander Rat, und haben gelacht, wir haben das Zimmer genommen. Es ist in einem Pavillon gelegen, ebenerdig, in einem Park, und ich bin dann durch ein Tor in den Park gefahren, habe den Volkswagen neben einer Limousine zwischen den äußersten Parkbäumen abgestellt, es sind Kiefern mit einer rissigen, schwärzlichen Borke gewesen, einer gegen oben orangebraunen, schuppigen Rinde, wir haben unser Gepäck zum Pavillon getragen, und ich habe die Zimmertür aufgesperrt, das Sonnenlicht hat, von einer Jalousie gedämpft, das Zimmer mit einem weichen Scheinen gefüllt, ich habe mich aufs Bett gesetzt, habe geschaukelt, es hat ein wenig nachgegeben, ist ein französisches Bett gewesen, das seien oft furchtbare Kutschen, habe ich zu Livia gesagt. Es hat ein Badezimmer gegeben, wir haben die Hände und das Gesicht gewaschen, ich habe den Koffer geöffnet, habe das Fenster aufgemacht, und es ist wie eine vorläufige Ankunft gewesen, hat gesungen in mir, ob wir etwas trinken gehen, habe ich Livia gefragt, und wir sind dann über den Kies zum Tor vom Park gegangen, der Kies hat durchsetzt von blondbraunen Nadeln geknirscht, wir sind zur Brücke, sind durch die Touristen auf dem Gehsteig gegangen und haben in die Auslagen geschaut, auf die Terrinen, die Kastanien, die eingeweckten Pilze, Steinpilze, haben gestaunt und sind geschlendert, als wären wir aus der Einsamkeit im Volkswagen unter die Menschen zurückgekehrt. Oder es sind dann Sportartikel, Anglerausrüstungen und Spielwaren an den Hausmauern gehangen, sind Kartenständer auf dem Gehsteig gestanden, und ich habe im Vorbeigehen die Ansichtskarten gesehen, es sind Karten von der Brücke mit dem Fluß und Reproduktionen von Malereien gewesen, Pferde und Kühe, Hirsche, auch Mammuts, Livia ist vor mir her gegangen, durch die Leute, wie verträumt, oder wir haben die Straßenseite gewechselt und sind der Ufermauer entlang gegangen, der Fluß ist in einem weiten Bett gelegen, mit Kiesbänken, von Sträuchern bewachsen, die Brücke hat in zwei langgezogenen Bögen über den Fluß geführt. Sie hat, in der Mitte von einem Sockel in der Form eines Kiels gestützt, den Strom geteilt, und ihr Stein hat gelblichwarm geleuchtet im spätnachmittäglichen Licht, bei der Brücke hat es eine Bar gegeben, sind ein paar junge Männer, fast Buben, bei ihren Motorrädern gestanden, in Lederjacken, Jeansjacken, Jeans, sie haben geraucht, haben geschaut, haben Livia nachgeschaut, haben mich angeschaut, wie abschätzend, und ich habe ihre Blicke kaum gestreift, habe sie vermieden, wir sind durch einen Plastikstreifenvorhang in die Bar gegangen, es ist ein kleiner Raum gewesen, hell mit einem Muster wie gesprenkelt an den Wänden. Eine Frau ist an einem Tisch gesessen, an eine Wand gelehnt, breitbeinig in einem geblümten Kleid und barfuß in Plastikschlapfen, ihr Sohn, ihr gegenüber, hat ein buntkariertes Hemd getragen und hat geschaut, mit stummen Augen, wir haben uns an die Theke gestellt, die Frau hat dem Sohn sein Glas Cola näher hingeschoben, er solle trinken, hat sie gesagt und hat weitergeredet, mit dem Mann hinter der Theke, hat geraucht, er hat gegrüßt, und wir haben dann bestellt, Livia einen Espresso und ich einen Pastis, der Boden vor der Theke ist von Zigarettenstummeln bedeckt gewesen. Daß er ein Idiot sei, hat die Frau von ihrem Sohn gesagt, und der Mann hat ihr zugehört, ohne zuzuhören, er hat nur wie zum Einverständnis gebrummt, Pastis, das sei so ein Anisgetränk, habe ich zu Livia gesagt, oder sie hat mich gefragt, ob ich auch eine Zigarette wolle, und hat mir dann Feuer gegeben, ich habe mich über die Flamme gebeugt, habe gedankt, der Mann hinter der Theke hat die Kaffeemaschine in Gang gesetzt, und ich habe seine schweren Hände gesehen, seine Unterarme, kräftig und behaart, die Hemdärmel über die Ellbogen zurückgekrempelt, er hat eine Glatze gehabt, dichte Augenbrauen und eine starke Nase, schmale Lippen, seine Wimpern sind lang und sein Blick ist geduldig gewesen, als würde er nicht müde, die Gläser zu sehen und die Tassen, das Abwaschbecken. Der Mann hat den Espresso und den Pastis mit einem Krug Wasser vor uns auf die Theke gestellt, ich habe Wasser auf den Pastis gegossen, er hat sich milchig verfärbt, und Livia hat ein Stück Zucker in ihrem Espresso verrührt, die Frau hat noch geredet, wie vor sich hin, und wir haben von der Fahrt erzählt, daß sie geglaubt habe, daß ich unbedingt den eingezeichneten Weg fahren wollte, hat Livia gesagt, oder ich habe durch die Plastikstreifen die Buben draußen wieder gesehen, ihre Jeans und Jacken, habe gewußt, daß Livia mich jetzt nicht verlassen würde, es ist wie eine Anwandlung von Angst und Vertrauen in einem gewesen, und wir haben stumm gelacht. Die Frau hat dann zu reden aufgehört, hat auch hinausgeschaut, es sei schwer, hat sie gesagt gehabt, und ich

habe es auf ihren Sohn bezogen, er ist vor seinem Glas
Cola gesessen, ich habe seine borstigen Haare gesehen, als wäre seine Verstörung bis in die Haare hinein
erkennbar als anfänglichster Widerstand, als sture
Unbeugsamkeit, manchmal habe ich die Asche abgeklopft, habe ich einen Schluck Pastis genommen, oder
habe dann die Zigarette auf den Boden fallen lassen,
ich habe den glühenden Stummel mit dem Schuh ausgedämpft, eine Fliege hat sich in die Zuckerdose gesetzt. Sie hat mit ihrem Rüssel an einem Stück Zucker
genippt, ein paarmal, und ist wieder aufgeflogen, wie
von meinem Blick verscheucht, der Mann hinter der
Theke hat sich eine Zigarette angezündet, hat die
Flamme mit einer wie vor langem eingeübten Bewegung der Hand geführt, und wir haben geschaut, vor
uns hin und wieder hinaus, sind wie versunken gewesen ins Hiersein als ein fast wortloses Schauen, oder
ich habe gelacht, habe mich in einem Spiegel hinter
Livia stehen gesehen, in der Hüfte gebückt, in meiner
grauen Cordhose, meiner Wildlederjacke, auf die
Theke gestützt und die Beine gekreuzt. Ich würde
schön schief stehen, habe ich gesagt und auf den
Spiegel gezeigt, Livia hat sich zum Spiegel gedreht, hat
auch gelacht, wie ich sie so gebückt noch überragt
habe, und ich habe den Pastis ausgetrunken, oder
Livia hat dann gezahlt, sie hat zwei Schachteln Marlboro gekauft, *deux Marlboro,* hat sie gesagt, und der
Mann hat zwei Schachteln aus dem Zigarettengestell
hinter der Theke genommen, hat gelächelt und hat
alles zusammengerechnet, auf einem Zettel, hat die
Lippen vielleicht bewegt, *onze francs soixante,* hat er
dann gesagt und den Zettel vor Livia auf die Theke
gelegt. Seine Zahlenschrift ist geschwungen gewesen,
fast elegant und die Rechnung zart, ein gemaltes
Gedicht, in Abwandlungen immer wieder geschrieben,

Livia hat ein 5-Franc-Stück und ein 10-Franc-Stück neben den Zettel gelegt, und der Mann hat gedankt, er hat das Retourgeld auf den Zettel gegeben, und Livia hat vierzig Centimes als Trinkgeld liegen lassen, so beiläufig, als wäre ihr diese Sprache seit jeher bekannt, draußen habe ich die jungen Männer wieder gesehen, wie unberührt, oder sie sind schon weggefahren gewesen, und ich habe mich an das Starten erinnert, an das Tuckern und Aufheulen der Motorradmotoren.

Ich bin auf dem Bett gesessen, in der Unterhose und dem T-Shirt, meinem blauen T-Shirt, ich habe den Bettüberwurf zurückgeschlagen und mich beim Kopfende aufs Leintuch gesetzt gehabt, im Schneidersitz, bin vom Duschen noch feucht gewesen, und die Feuchtigkeit hat meinen Körper gekühlt, Livia hat geduscht, ich habe sie duschen gehört, das Brausen vom Wasser und das Klatschen, den Duschschlauch gegen die Fliesen schlagen, dann die Stille, Livias Füße im Fußbecken und wieder das Wasser, durch die Jalousie ist in zögernden Streifen Licht gefallen. Es ist warm gewesen, im Zimmer, hat nach Zimmerwärme gerochen und nach Zigarettenrauch, von draußen habe ich Vogelgezwitscher, nah vorbei, und einmal Stimmen und Schritte gehört, am Kies, einmal das Schlagen von schweren Autotüren, das satte Ins-Schloß-Fallen, und das Leise eines großen Motors, ich habe gewartet, habe gewartet, ohne zu warten, und meine Knie gesehen, meine Beine gekreuzt übereinanderliegen, dann ist Livia aus dem Bad gekommen, sie hat die Haare gewaschen und geradegekämmt gehabt, an der Schläfe haben sie sich leicht gelockt. Sie hat ein weißes T-Shirt und einen Slip angehabt, hat mich schauen gesehen und gelacht, stumm, ist zu ihrem Seesack gegangen und hat die Schmutzwäsche als ein Bündel hineingesteckt, wenn sie sich die Haare nicht auskämmen würde, hätte sie lauter Locken, hat sie gesagt, sie hat geduftet, hat sich dann auf den Bettrand gesetzt und hat die Zigarettenschachtel von ihrem Nachttisch genommen, ob ich auch eine Zigarette haben könne, habe ich sie gefragt und gesagt, daß ich mir jetzt bald eigene kaufen würde, Livia hat sich gedreht, im Sitzen, und hat mir die Schachtel offen entgegengehalten. Sie hat mir Feuer gegeben, hat den Aschenbecher auf die Bettdecke gestellt, und wir haben geraucht, haben geredet, ein wenig, daß es da schön sei, das Zimmer mit dem Park vor der Tür, oder ob wir im Restaurant vom Hotel essen sollen und daß wir sehen würden, Livia ist schräg fast mit dem Rücken zu mir am Bett gesessen und hat zum Fenster hin geschaut, ich habe ihren Rücken gesehen, leicht gebeugt von ihrem Nacken über ihre Schultern, die Tropfen von den Haaren und das lose Fallen des Baumwollstoffs, er hat sich leicht um ihre Hüften gelegt. Manchmal habe ich die Asche in den Aschenbecher geklopft, hat sich Livia gedreht und die Asche abgestreift, der Schatten von einer Kiefernkrone ist allmählich über die Jalousie gestiegen, über ihre Lamellen hinauf, Livias Haare haben als feuchte Strähnen bis zu ihren Schultern gereicht, haben sich eingedreht, ein wenig, und ich habe die Zigarette dann zwischen die Finger meiner linken Hand genommen, habe die rechte Hand gehoben, habe Livias Rücken berührt, ich habe meine Finger über ihr T-Shirt gleiten lassen, dem Rückgrat entlang, habe meinen Arm fast gestreckt und ihn wieder gehoben, langsam, sanft, wir haben geraucht, und ich habe Livia gestreichelt. Livia hat sich dann noch eine Zigarette angezündet, es ist still gewesen im Zimmer, stiller, als wenn nur die Vögel draußen gezwitschert hätten, und ich habe meine Finger gehört, auf dem Stoff, das leise Streicheln und Livia rauchen, habe meine Finger gesehen, über ihren Rücken hinuntergleiten, um ihre Hüften und wieder hinauf, der Schatten der Kiefer hat die Jalousie bald über die Hälfte bedeckt, flimmernd an den Rändern, und ein Hund hat gebellt, eine Stimme hat gerufen, ich habe gezögert, habe mein Herz schlagen gespürt, fast gehört in der Stille, ob sie ins Bett komme, habe ich dann halb gesagt, halb Livia gefragt. Livia hat gezögert, ich habe meine Hand auf ihrem Rücken liegen lassen oder habe sie zurückgezogen, habe Livia rauchen gesehen und den Rauch gegen das Licht strömen, sie hat dann den Aschenbecher auf den Nachttisch gestellt, hat noch einmal inhaliert, und ich habe mich hingelegt, sie hat die Zigarette ausgedämpft und hat sich aufs Bett gesetzt, hat sich ans Kopfende gelehnt, ich habe Livia neben mir sitzen gesehen, ihre angewinkelten Beine, habe ihren Arm berührt und mich hinaufgewünscht, neben sie, bin wie festgelegen, reglos, als läge ich unter einem Bann, die Vögel haben draußen hell gezwitschert, da hat sich Livia zu mir gedreht. Sie hat meine Schläfe gestreichelt, sie ist mir durch die Haare gefahren, mit ihren Fingern zart um mein Ohr, und ich bin wie befreit gewesen, habe mich dann aufgestützt und neben Livia gesetzt, wir haben uns in die Augen geschaut, haben stumm gelacht, haben uns gestreichelt, ich habe meine Hand durch Livias feuchte Haare geschoben, sie sind fast schwer vor Nässe durch meine Finger geglitten, und Livia hat ihre Hand um meinen Nacken gelegt, wir haben uns geküßt, ich habe meine Lippen auf Livias Lippen gelegt, und wir haben unseren Atem geatmet, es ist eine Berührung gewesen, als ginge eine Welt auf. Unsere Lippen haben sich getrennt, haben sich wieder berührt, haben sich geöffnet, unsere Zungen haben um unsere Lippen gespielt, und wir haben uns umarmt, ich habe uns atmen gehört, unseren Atem dann heftiger und unsere Hände in unseren Haaren, um unsere Nacken, unsere Schultern, wir haben uns auf das Bett gedreht, und ich habe Livias Schenkel an meinen gespürt, warm, ihre Haut, weich, ich habe mein linkes Bein zwischen ihre Beine gelegt und meine Hand unter ihre Achsel geschoben, meinen Daumen in ihre Achselhöhle, habe Livia um ihre Schulter gehalten, und wir haben uns geküßt, ich habe Livia fester umklammert, habe meinen Daumen in ihr T-Shirt gedrückt, Livia hat geseufzt. Sie hat ihren Kopf gedreht, und ich habe ihren Hals geküßt, ihre Blöße als Hals, bin mit dem Daumen durch den Ärmel in ihr Achselhaar gefahren, tief, und Livia hat leise gestöhnt, ich bin wie betrunken gewesen, vom Weichen ihrer Haut, ihrem feuchten Haar, und wir haben uns gedreht, haben uns umeinander gedreht, haben geschwitzt, oder ich habe Livia dann auf die Matratze gedrückt, habe mit meinem Schenkel ihre Beine weiter geöffnet, habe meinen Schenkel an ihrem Slip gerieben, an ihrem Geschlecht, und mein Geschlecht in der Unterhose an ihrem Bauch, Livia hat ihre Hüften gehoben, sie hat gestöhnt. Ich habe meinen Daumen tiefer in ihr Achselhaar gedrückt, in die warme Nässe von ihrem Schweiß, und Livia hat sich gewunden, ihr Körper ist ein Sich-Winden, fast Drehen gewesen, hat gezittert, und ich habe ihren Mund gesucht, habe ihr Stöhnen mit meinen Küssen geatmet und die Erregung in mein Geschlecht schießen gespürt, dann meinen Samen strömen, ich bin zwischen Livias Beine hinuntergerutscht, habe mein Geschlecht in die Matratze gedrückt, und es hat gezuckt, ich habe meinen Kopf zwischen Livias Brüsten auf ihr T-Shirt gelegt, wir sind naß von unserem Schweiß gewesen, mein Kopf hat gepocht. Dann habe ich unseren Atem gehört, leiser werden, und wieder die Vögel, von draußen, ich habe meinen Daumen noch in Livias Achselhöhle liegen gehabt, und Livia hat mit meinen Haaren gespielt, später hat sie sich eine Zigarette genommen, und ich habe die Schachtel und das Zwitschen vom Feuerzeug gehört, Livias Brust hat sich leicht gehoben, hat meinen heißen Kopf gehoben und sich wieder gesenkt, ich habe das leichte Heben und Senken verfolgt und bin zuinnerst ruhig geworden, habe Livia geatmet, den Geruch ihres Körpers, ihrer Seife, und den Zigarettenrauch, habe Livias Hand in meinen Haaren liegen gespürt, das Licht hat sich schattig im Zimmer verteilt.

Der Abend ist fast lau gewesen, noch hell und windstill fast, die Kiefern im Park und ihre Nadeln am Boden haben die Sonnenwärme des Tages als Duft verströmt, und in den Baumkronen hat es wie gezirpt so anhaltend gezwitschert, der Himmel ist tief über dem Gezwitscher gelegen als ein Schweben, Schweigen, die Nadeln haben seine Rötung kupferrot gespiegelt, und wir sind dem Park entlang zum Restaurant gegangen, sind nebeneinander her gegangen, am Kies, dem Knirschen vom Kies, den geparkten Autos entlang, ihr Lack hat sanft geglänzt, und ihre Chromleisten haben geleuchtet. Die Autos sind zwischen den Stämmen wie in einem Hafen gelegen, in einem Einklang von Borke und Lack, im Gezwitscher, dem Knirschen, Scheinen, wir sind über wenige Stufen auf die Terrasse von dem Restaurant gestiegen, sie ist von einer Balustrade eingefaßt gewesen, und die Kellner sind in Fracks bei der Terrassentür gestanden, einer ist auf uns zugekommen, er hat uns einen Tisch an der Balustrade ange-

boten, hat Livia den Stuhl bereitgerückt, ob wir einen
Aperitif wollten, hat er gefragt, und wir haben gezögert, Livia hat dann einen Campari und ich habe einen
Cinzano bestellt. Livia hat gelacht, wegen der französischen Aussprache, ich habe das Lachende ihrer
Augen wieder gesehen und ihren Mund, ihre fast
schmalen Lippen, sie hat ihren blauen Pullover über
ihre Schultern gelegt gehabt, und wir haben dann geraucht, im Park sind vereinzelt Paare, ist eine Familie
spaziert, und die Kinder sind um die Kiefernstämme
gelaufen, haben sich um einen Laternenmast gedreht,
die älteren Paare sind fast gestanden im Gehen, der
Kellner hat den Aperitif gebracht, und wir haben
gedankt, haben zum Wohl gesagt und getrunken,
manchmal habe ich Rufe, die Kinder, ihre Stimmen
oder vom Nachbartisch in meinem Rücken das Französische als Sprache gehört. Es ist alles Gegenwart
gewesen und nah, das Rauchen und hier und fremd zu
sein, ich habe Livia angeschaut, habe ihr in die Augen
geschaut, habe stumm gelacht, was ist, hat Livia
gefragt, und ich habe es sagen wollen, es sei wahnsinnig, habe ich gesagt, dann den Kopf geschüttelt, habe
abgewunken oder habe meine Hand zwischen den
Gläsern durchgeschoben, und unsere Hände haben
sich umeinandergelegt, Livia hat gelächelt, es ist ein
Lächeln wie ein Blick in den Abendhimmel gewesen,
dunkel in einem und hell, ich habe die Zigarette ausgedämpft, habe sie in den Aschenbecher gedrückt, es
hat keine Vergangenheit gegeben. Oder dann habe ich
die Menüvorschläge übersetzt, habe ich in meinem
Taschenwörterbuch nachgeschaut und kaum einen
Namen gefunden, ich habe die Namen von den meisten Speisen nicht gekannt, und Livia hat mir zugeschaut, wie ich geblättert habe, oder sie hat in ihre
Karte geschaut, ein wenig ratlos, das sei, glaube ich,

ein Fisch, habe ich einmal gesagt, und daß ich den
Kellner fragen würde, wir haben die Karten zugeklappt, und die Laternen haben dann geleuchtet zwischen den Kiefern, den Stämmen, ihr Schein hat ihr
Nadeldach berührt, und das Violettblau der Nacht hat
sich herunter auf den Park gesenkt. Der Kellner hat
uns beraten, er ist förmlich und freundschaftlich in
einem gewesen, wenig älter als ich und feingliedrig,
dunkelhaarig, fast nachsichtig, fast überlegen, wir
haben Schinken und Melone genommen, Schinken
aus Bayonne und dann einen Fisch, es gebe Fisch aus
dem Fluß oder einen Salzwasserfisch, hat der Kellner
gesagt und hat uns eine Flasche Weißwein empfohlen,
einen Sauvignon, der sei gut, trocken und nicht zu
teuer, ich habe gezögert, ob wir eine Flasche Wein
nehmen, habe ich Livia gefragt, und sie hat gelächelt,
ein Glas würde sie schon trinken, hat sie gesagt. Wir
haben wieder geraucht, und ich habe erzählt, als
erzählte ich die Gegenwart, wie fremd mir alles Luxuriöse lange geblieben sei, und mir ist dann gewesen,
als erreichte es mich durch eine Verwandlung, ein
Oszillieren, das Zeigen, Öffnen der Flasche, das
Trinken und Nicken, Lächeln, das Einschenken und
Anstoßen, die Servietten, das Entfalten, die Melonen
haben geduftet, und wir haben dann gegessen, haben
den Schinken geschnitten und das Fruchtfleisch von
der Schale gelöst, Livia mit einer Sicherheit, als wäre
ihr alles selbstverständlich oder als wäre sie woanders, vielleicht habe ich dann von den Ansichtskarten
erzählt. Daß es hier in der Nähe Höhlenmalereien
geben müsse, habe ich gesagt, oder daß wir morgen
schon bis zum Meer kommen könnten, falls wir nicht
dableiben würden, und ich habe an unser Zimmer
gedacht, am Rand vom Park, als dürften wir es nicht
verlassen, als wäre unser Glück mit jenem Zimmer

verbunden, später hat der Kellner die Hauptspeise serviert, zwei Fische, er hat sie zerlegt und hat das Besteck mit einer ähnlichen Sicherheit geführt wie Livia, wenn auch eingeübt, berufsmäßig, gezielt, es ist der Flußfisch gewesen, sein Fleisch fest und zart, und ich habe dann geschwärmt, es sei ein Genuß, alles, habe ich gesagt. Der Kellner hat mir immer wieder nachgeschenkt, ich habe wie leichthin getrunken, habe als Nachspeise Käse genommen, ein Stück Weichkäs, ein Stück Hartkäs und Brot, Livia hat einen Pfirsich geschält, und ich habe sie gesehen, wie sie mit dem Messer die Haut vom Fruchtfleisch gezogen hat, sie schäle jede Frucht, hat sie gesagt, und es ist wie verfeinert und ebenso einfach gewesen, ein Drehen des Pfirsichs in der Hand, ich habe den Wein gespürt, als leichtes Mich-Verlieren ins Lächeln, Schauen, ich würde den Wein schon spüren, habe ich dann gesagt, und ob wir nach dem Essen ein bißchen spazieren gingen, Livia hat genickt, hat stumm gelacht.

Wir sind zur Brücke gegangen, die Straße ist fast leer gewesen, manchmal geparkte Autos, ein Motorrad, ein Fenster mit Stimmen, über der Straße haben wir Fledermäuse gesehen, im Schein von den Lampen, sie haben Haken geschlagen oder sind in die Dunkelheit im Schatten der Ufermauer getaucht, sind dort als Bewegung in Augenblicken noch sichtbar gewesen, auf italienisch würden sie *pipistrelli* heißen, hat Livia gesagt, und ich habe das Wort nachgesprochen, es hat ein ganz anderes Bild von dem Tier gegeben als das Wort *Fledermaus*, ich habe den französischen Namen nicht gekannt und habe unter einer Straßenlampe in meinem Taschenwörterbuch nachgeschaut. *Chauve-souri* ist dort angegeben gewesen, und ich habe das Wort nicht verstanden, *sourire* heiße lächeln, habe ich zu Livia gesagt, und daß die Fledermäuse vielleicht so ein Maul hätten, als würden sie lächeln, wir sind dann über die Brücke gegangen, und der Fluß hat leise kaum gerauscht, ich habe von dem französischen Wort *papillon* für *Schmetterling* gesprochen, es gebe etwas von dem verwackelten Flug wieder, habe ich gesagt oder habe Livia von einem Bild erzählt, wie ich einmal ein Fledermausskelett gezeichnet hätte, das gegen eine Heuschrecke Schach gespielt habe, und daß ich geglaubt hätte, ein Bild müsse vor allem außergewöhnlich sein. Livia hat mir zugehört, ist neben mir her gegangen und hat vor sich hin auf den Asphalt geschaut, die meisten, die malen, würden sowieso vor allem malen, damit sie Künstler seien, bei uns zumindest, hat sie dann gesagt, wie erzählend und entschieden in einem, und ich habe gezögert, habe ja, sehr wahrscheinlich schon, gesagt, und wir sind dann durch den Stadtteil am anderen Flußufer gegangen, geschlossenen Rolläden entlang und eine Straße hinauf, *Grotte de Lascaux* ist dort auf einer Tafel gestanden, habe ich auf einer Tafel gelesen oder habe über die Straße zu einem Gebüsch geschaut. Livia hat die Zigaretten aus ihrer Umhängetasche genommen, eine neue Schachtel, sie hat das Cellophan entfernt, am Goldfaden aufgerissen und in die Straßenrinne geworfen, wir sind stehengeblieben, die Straße hat, in Abständen von orangegelben Lampen beleuchtet, hügelan geführt, und Livia hat die Zigaretten herausgeklopft, ob ich auch eine wolle, hat sie gefragt und hat mir dann Feuer gegeben, hat sich eine Zigarette angezündet, ich habe ihr Gesicht im Schein von der Flamme gesehen, das Entschiedene als Zug um ihren Mund, als Höhlung der Wangen, wir sind weiter die Straße hinauf fast geschlendert und haben geraucht. Unsere Zigaretten haben geglimmt, und das Gebüsch hat geduftet, bittersüß, lauwarm, wir sind durch den Ort hinaus und zu einer Kurve gekommen, haben kleine Haufen gesehen, einen Haufen nah dem Straßenrand, und haben uns über ihn gebückt, eine Kröte, habe ich gesagt, ihre Augen haben das Streulicht schwach gespiegelt, und sie ist fett in sich gesessen wie in einem Versteck, wir haben dann immer mehr Kröten gesehen, am Asphalt sitzen, sind zur letzten Straßenlampe gekommen, sind stehengeblieben und haben geraucht, sie habe noch nie so viel Kröten gesehen, hat Livia gesagt, und wo die wohl herkämen, die Straße hat in die Dunkelheit geführt. Ich habe es auch nicht gewußt, vielleicht vom Fluß unten, habe ich gesagt, und wir sind umgekehrt, haben aufgepaßt, daß wir auf keine Kröte steigen, ich habe die Zigarette mit dem Schuh ausgedämpft oder habe Livias Zigarettenstummel ein Stück weit vor uns rollen gesehen, holpern, glühen, wir sind die Straße zurück hinuntergegangen, und ich habe Livias Hand in meine genommen, ihre Hand hat sich um meine gelegt, zart und warm, ich habe ihren Körper gespürt, seine Wärme durch ihre Finger, und es ist gewesen, als berührten wir uns zuinnerst, sanft. Im Ort sind wir durch eine Gasse hineingegangen, sie ist von Glühlampen unter Blechtellern schwach beleuchtet fast im Dunkeln gelegen, unterbrochen nur von den Lichtkanten auf den Schwellen, den Rolläden, den Simsen, manchmal hat ein Fenster bläulich geglost, oder wir haben Streitende gehört, das Anschreien und Verstummen wie für immer, der Asphalt ist vielfach ausgebessert, ist eine Erzählung in Flecken und Mulden, Löchern, Rissen gewesen, die Erzählung von der Vergeblichkeit, dem Ausbessern als der endlosen Tat, wir sind dann auf einen Kiesplatz gekommen, zu einem Karussell, seine Farben haben gefunkelt, und dahinter ist eine Schiffchenschaukel gestanden, unsere Hände haben sich voneinander gelöst. Wir haben die Pferde und Schwäne angeschaut, die Motorräder und den Bus, das Feuerwehrauto, sind um das Karussell gegangen, oder Livia ist bei einem Automaten stehengeblieben, und ich habe die Schiffchenschaukel fast beobachtet, wie angezogen von dem Stillgelegtsein, dem Nebeneinander der Schaukelschiffe, dem Leben als Vorstellbarkeit, und habe Livia gehört, Münzen in den Automaten werfen, ob ich noch einen Franc hätte, hat sie mich gefragt, und hat dann an einem Knopf gedreht, zweimal, die Auswurfvorrichtung hat laut gerasselt, das Rasseln hat auf dem Platz fast gehallt. Livia hat einen Papiersack aus dem Automaten genommen, sie hat den Sack aufgerissen und hat etwas Rotweißes aus dem Sack gezogen, ein Bündel aus Plastik und Fäden, hat es ausgerollt, was das wohl sei, habe ich gesagt, es ist eine weiße Figur, ist ein Fallschirmspringer gewesen, und Livia hat ihn an seinem Schirm in die Höhe gehalten, wir haben gelacht, oder sie hat ihn dann in die Höhe geschwungen und losgelassen, der Fallschirm hat geknistert, hat sich kaum entfaltet, der weiße Plastikmann ist abgestürzt und ist in seiner Fallschirmspringerhaltung am Kies gelegen, Livia hat ihn aufgelesen. Sie hat mit ihrer linken Hand ihre Umhängetasche gehalten, hat den Fallschirm mit der rechten noch einmal und höher geworfen, und er ist heruntergeschwebt, ein wenig, der Plastikmann hat an den Fäden geschwankt, oder ich habe ihn dann in seinen Fallschirm gewickelt und das Bündel in die Höhe geworfen, es hat sich zu langsam geöffnet, ist auf den Kies geprallt, das gebe es doch nicht, habe ich gesagt und habe meine Jacke ausgezogen, habe sie Livia zum Halten gegeben, ich habe den Fallschirmspringer locker umwickelt und ihn dann hoch hinaufgeworfen in die Dunkelheit über dem Platz. Der Schirm hat sich geöffnet, und der Plastikmann ist langsam in den Lichtschein der Lampen geschwebt, Livia hat *Bravo* gerufen oder hat über meinen Eifer gelacht, wie ich den Fallschirm noch ein paarmal in die Höhe geworfen habe, manchmal hat er sich geöffnet, manchmal ist er wieder aufgeprallt, dann sind wir zurück zur Brücke gegangen, ich habe vom Fallschirmwerfen warm bekommen, habe die Jacke umgehängt gehabt, und Livia hat den Fallschirm neben sich her geschwenkt, auf der Brücke hat sie die Straßenseite gewechselt, ist sie an der Brückenmauer stehengeblieben, und ich habe mich neben sie gestellt, wir haben uns über die Mauer gelehnt, haben hinuntergeschaut. Das Wasser hat dunkel das Streulicht von der Straße her kaum gespiegelt, da hat Livia den Fallschirm über die Mauer hinausgehalten, ob sie ihn wirklich loslasse, habe ich gefragt, und sie hat ihn losgelassen, er ist langsam hinuntergeschwebt, hat fast geleuchtet, rotweiß über dem Wasser, dann hat es ihn unter den Brückenbogen getrieben, sind wir auf die andere Seite der Brücke gelaufen und haben wieder hinuntergeschaut, die Brückenmauer ist noch warm gewesen von der Sonne, und das Wasser hat gegluckert, wir haben gewartet, vielleicht sei er irgendwo hängengeblieben, hat Livia gesagt. Wir haben geschaut, und ich habe den Schirm dann gesehen, als rotweißen Flecken, und den weißen Plastikmann, schon ein Stück von der Brücke entfernt, ob sie ihn sehe, habe ich Livia gefragt, er ist flußabwärts getrieben, im Streulicht, und wir haben ihm nachgeschaut, ich habe wegen Livias Herzlosigkeit gestaunt, über die Leichtigkeit, mit der sie sich von dem Fallschirm getrennt hat, als hätte er ihr nie gehört, wir sind weitergegangen, und Livia hat dann erzählt, wie sie mit ihren Geschwistern daheim aufs

Dach gestiegen sei, ihre Stimme ist leise fast, wie gebrochen gewesen. Sie hätten ein Leintuch dabeigehabt und seien bis an den Rand vom Dach gerutscht, dort habe sich jedes an einem Zipfel festgehalten, hat Livia gesagt und hat gelacht beim Erzählen, sie seien dann vom Dach gesprungen und hätten gemeint, daß das Leintuch sie wie ein Fallschirm trage, doch sie hätten sich in dem Tuch nur verwickelt und seien abgestürzt, ich habe laut gelacht, habe den Absturz als Bild gesehen und das Durcheinander bei der Landung, wie hoch es denn gewesen sei, habe ich Livia gefragt oder habe dann noch einmal zurück zur Brücke geschaut, sie hat heller als die Dunkelheit durch die Dunkelheit über dem Fluß geführt.

Es ist das Zimmer gewesen, ist die Stille gewesen, sind unsere Worte, unsere Gesten gewesen, unsere Bewegungen, Livias Behutsamkeit, ihre Bestimmtheit und mein Sehen, es ist dann leise, sind die Nachtgeräusche gewesen, die Vogelstimmen, ein Zirpen, ein Klicken, ein Rufen, ein Käuzchen und der Schrank, der Fauteuil, die Nachttischlampe, das Girren vom Bett und wieder die Stille, die Spülung, das Wasserrauschen, Livia ist aus dem Badezimmer gekommen, wir haben gelächelt, und ich bin aufgestanden, bin ins Badezimmer gegangen, ich habe mir die Zähne geputzt, Livias Zahnbürste ist in einem Glas gestanden, und ich habe daneben ihre Zahnpasta gesehen, ihre Nähe als Druckstelle, als Wassertropfen. Es ist ein Sehen wie ein Atmen gewesen, und Livia ist dann auf dem Bett gesessen, ans Kopfende gelehnt, sie hat die Nachttischlampe angeknipst gehabt und hat geraucht, ich habe die Deckenlampe ausgeschaltet, habe mich aufs Bett gesetzt, neben Livia, und wir haben gelacht, vielleicht wegen des Fauteuils, der sehe aus wie eine

Aprikose, habe ich gesagt, habe das Unvertraute unseres Nebeneinandersitzens gespürt, doch wie vertraut, und Livia hat mir eine Zigarette gegeben und Feuer, sie hat den Aschenbecher zwischen uns aufs Leintuch gestellt, und ich habe dann wieder das Käuzchen und die Stille, ein Rieseln wie von Nadeln gehört. Es ist die Stille einer Nähe gewesen zwischen uns und den Parkbäumen und den Tapetenwänden, unserem Sitzen und dem Käuzchenruf, manchmal haben wir die Asche abgestreift, oder Livia hat sich noch eine Zigarette angezündet, manchmal ist die Stille völlig still gewesen, habe ich nur unseren Atem noch gehört, das Inhalieren und Ausatmen, vielleicht habe ich auch erzählt, daß so ein Park immer auch etwas Verlorenes habe, etwas Jenseitiges, und daß das von den Geistergeschichten komme oder weil die Parkbäume meistens sehr alt seien, dann habe ich die Zigarette ausgedämpft, hat Livia noch einmal inhaliert und den Aschenbecher gegen die Zigarette gehoben, wir haben uns unter die Decke mit dem Leintuch gelegt. Wir haben uns gestreichelt, haben uns in die Augen geschaut und die Bewegung unserer Hände in unseren Augen verfolgt, das Streicheln als Schauen, das Festhalten und Drücken als Lächeln, wir haben uns geküßt, wie zögernd, haben dann gekämpft, haben uns im Bett gewälzt oder wieder gelacht, stumm, und gewartet, auf den nächsten Angriff, wir sind fast außer Atem gewesen oder haben uns wieder übereinander gedreht, und ich habe Livia dann auf die Matratze gedrückt, habe ihren einen Arm mit meinem Gewicht und den anderen über ihrem Kopf festgehalten, mit meiner linken Hand, habe Livia geküßt, und unsere Lippen haben gezittert, wir haben uns wieder in die Augen geschaut. Ich habe meine rechte Hand auf Livias Bauch gelegt, habe sie unter ihr T-Shirt geschoben und ihren Bauch sich heben und senken gespürt, das Weiche ihrer Haut, ihrer Hüfte, meine Hand hat ihre Wärme geatmet, ist gekreist, über Livias Bauch hinauf, und hat ihre Brüste gestreift, ich habe gezögert, habe meine Hand dann auf eine Brust gehoben, gelegt, Livia hat geschaut, ich habe gelächelt, ihre Brust ist fest gewesen und weich, sie hat meine Hand gefüllt, und ihre Brustwarze ist weicher und fester in einem unter meiner Hand gelegen, ich habe meine Hand nicht bewegt, als könnte ich so nie aufhören, Livias Brust zu berühren, zum ersten Mal. Es ist ein leichtes Zittern in mir gewesen, und ich habe ihre Brust gestreichelt, habe sie unter meiner Hand bewegt, leicht gedrückt, ich habe mit meinen Fingern ihre Brustwarze berührt, das Sanfte ihres Hofs, habe ihre Brustwarze umkreist, und sie ist steif geworden, ich habe sie zwischen meine Finger genommen, Livia hat ihren Kopf gedreht, und ich habe sie atmen gehört, die Erregung in ihrem Atem, ich habe die steife Brustwarze zwischen meinen Fingern bewegt, in ihrem Hof, oder habe ihre Brust umfaßt, habe sie leicht gehoben und meine Hand auf Livias zweite Brust gelegt. Wir haben uns umarmt, haben dann wieder gekämpft, und ich habe meinen Daumen in Livias feuchte Achselhöhle geschoben, habe ihn in ihr Achselhaar gedrückt, und Livia hat gestöhnt, leise wieder, dann heftig, wir haben uns gewälzt, im Bett, es hat gegirrt, oder Livia hat sich über mich gekniet, mit gespreizten Beinen, hat sich über mich gebeugt und ihr Geschlecht, ihren Slip an meinem gerieben, sie hat laut fast geweint, und ich habe ihre Brüste gestützt, ihr weiches Gewicht hat meine Hände gefüllt, und ihre Warzen sind wie geschwollen zwischen meinen Fingern gelegen, wir haben geschwitzt. Wir sind naß vom Schweiß gewesen, und Livia hat ihr Geschlecht dann gegen meines fast gestoßen, ich habe ihre Schenkel umklammert, sie hat leise geschrien, tief, fast heiser, und ist eingeknickt, ich habe ein Fließen durch meinen Körper gespürt, habe meinen Kopf gedreht und die Wand im Halbschein sich auflösen gesehen, habe Livia zu mir heruntergezogen und ihren Atem gehört, habe ihren Duft geatmet, ihren Schweiß, ihre Haare, den Rauch, ihre Wärme hat mich überströmt, hat sich zitternd auf mich gelegt. Wir sind dann auf dem Bett gesessen, haben uns noch eine Zigarette angezündet gehabt, und unsere Arme haben sich berührt, sind aneinandergelegen, es ist wieder die Stille gewesen, wie geflüstert so rieselnd und von unserem Lächeln bewegt, unseren Blicken, dem Rauchen, es ist noch einmal jene Auflehnung gegen alles Verfügte und wir sind am Rand der Welt in der Welt gewesen, noch warm voneinander, noch feucht und weich, wir haben Schritte gehört, am Kies, und Stimmen, und haben wieder gelächelt, Livia hat tiefbraune Augen gehabt, ihr Hals ist hell und schmal aus dem Weiß ihres T-Shirts gestiegen.

Wir sind vor einer Bar gesessen, haben auf eine Straße gesehen, auf die Uferstraße im Morgenlicht, haben die spiegelnden Kanten und Blätter gesehen und die Leute mit Körben und Taschen, Camper in Trainingshosen, kurzen Hosen, sie haben die Einkäufe für den Tag gemacht, haben Kinder dabeigehabt, sind nah an unserem Tisch vorbeigegangen, und ich habe die Kinder schauen gesehen, ihre Köpfe drehen, als wären unsere Tassen ein Ereignis, habe die deutschen und englischen Sätze gehört, unter den französischen, die Satzstücke, die Zurechtweisungen, Livia hat vor sich hin geschaut, hat geraucht, ich habe ein zweites Croissant gegessen. Ein Bub oder Laufjunge in einer weißen Jacke ist auf einem Fahrrad vorbeigefahren, er hat vorne auf dem Gepäckträger einen Korb voll Broten stehen gehabt, und sie haben fast zur Hälfte über den Korbrand geragt, ein Auto hat ihn überholt oder eines hat rückwärts eingeparkt, ist am Straßenrand stehengeblieben, die Radkappen haben verbeult kaum geglänzt, und ich habe gekaut, habe geschaut, die Straße ist die gestrige als andere gewesen, morgendlich und bewegt, der Himmel klar wie gelichtet, luftig, von Schwalben durchkreuzt, ich habe dann die Rechnungsbons unter den Tassen herausgezogen und habe in der Bar gezahlt. Livia hat gelächelt, gehen wir, habe ich sie gefragt, und wir sind zur Brücke gegangen, haben uns überlegt gehabt, das Zelt aufzuschlagen, eine Pause zu machen, zu bleiben, haben dann von der Brücke flußaufwärts zu einer bewaldeten Halbinsel geschaut, dort hat es einen Campingplatz gegeben, haben wir die Zelte zwischen den Bäumen gesehen, wir haben gezögert, auf die Brückenmauer gestützt, dort sei es sicher friedlich, habe ich gesagt oder habe Livia gefragt, ob sie Lust habe, da zu bleiben, Livia hat wie versunken, wie prüfend geschaut, ihr sei alles recht, hat sie gesagt, die Halbinsel ist von den Hügeln des Tals wie umkränzt im Flußbett gelegen. Es ist eine Idylle gewesen, das Glitzern in den Baumkronen und das noch schattige Wasser, fahren wir, habe ich Livia dann halb noch gefragt, halb gesagt, sie hat genickt, hat gelacht, stumm, hat es vielleicht schon gewußt gehabt, und wir sind einkaufen gegangen, in einen kleinen Supermarkt, haben eine Flasche Wasser, Brot, Käse und Tomaten gekauft, die Verkäuferin hat uns alles in einen blauen Plastiksack gegeben, als wäre es so schon lange ausgemacht, wir sind gefahren, sind weiter durch das Tal gefahren, am Hügelfuß dem Talboden entlang, wieder Sonnenblumenfeldern, Maisfeldern entlang, ein Baumstreifen jenseits der Felder hat eine Ahnung vom Flußlauf gegeben. Allmählich ist die Landschaft wieder in ein Fließen gekommen, hat sie uns begleitet, einmal hat die Straße über einen Hügel geführt, durch Kastanienwald, dann durch ein Dorf, und die Mauern mancher Häuser sind zerfallen, sind bewachsen von Moos noch gestanden, von Gras, wir haben den Fluß überquert, sein langsames Ziehen, als bewegte sich ein Weiher talab, oder haben eine Kapelle gesehen, gemauert, sich weder ducken noch ragen, romanisch, habe ich gesagt, und es ist das Wort für die richtige Größe gewesen, für das gute Verhältnis zu Gott, der Fluß hat manchmal, nah der Straße, durch das Laub der Uferböschung dunkel geflimmert. Später sind wir geparkten Bussen und Autos entlang gefahren, und unter Felsen dann durch ein Gedränge von Touristen, sie haben Kartenständer gedreht oder sind in Gruppen über die Straße gegangen, einzeln, als Familien oder zu zweit, wir sind im Schrittempo gefahren, und ein Auto vor uns, ein Engländer, hat immer wieder gebremst, hat Zeichen gegeben und ist doch weitergefahren, hat einen Parkplatz gesucht, Livia hat sich eine Zigarette angezündet, das sei fast das gleiche Chaos wie bei uns, habe ich gesagt, und wir haben gelacht, ich habe das Türfenster ein Stück heruntergedreht. Bei einem Bus ist eine Gruppe Pensionisten gestanden, mit dem Einsteigen beschäftigt, in Freizeitkleidung oder sonntäglich, Livia hat geraucht, ob sie das Dorf besichtigen wolle, habe ich sie gefragt, und sie hat mich angeschaut, wie fragend, nicht unbedingt, hat sie gesagt und den Rauch lachend ausgeatmet, wir sind dann wieder dem Fluß, dem Talboden mit den Sonnenblumen entlang gefahren, oder an Feldern vorbei mit hohen Stauden, und ich habe die Stauden nicht gekannt, sie glaube, daß es Tabak sei, hat Livia gesagt, und es sind Tabakfelder gewesen, so plötzlich wie noch nie gesehen, großblättrig und in engen Zeilen, wir haben noch einmal den Fluß überquert und sind unter einer Bahnlinie durch und nach einer weiten Kurve in die Hügel gekommen. Livia hat dann den Kassettenrekorder auf ihre Knie gehoben, hat die Kassette im Rekorder umgedreht, und wir haben alte spanische Lieder gehört, Gitarrenspiel und einen Sprechgesang als Klage, langgezogene Rufe, Zwischenrufe und Schläge auf die Saiten, dann wieder den Sprechgesang mit verzweifelter Heftigkeit, einem Schwingenlassen der Vokale, die Musik hat die Landschaft südlicher, härter scheinen lassen, das Gebüsch und die Mauern der Dörfer, ein Schulhaus ist als eine Strafanstalt an der Straße gestanden, und ein Wegverlauf hat einen Totschlag verschwiegen, ein Wiesenrand eine Schändung, ein alleinstehendes Haus ist verflucht gewesen, ich habe die eingeschlagenen Scheiben als Wehgeschrei gehört. Ob es ihr gleich sei, eine andere Kassette einzulegen, habe ich Livia nach einer Weile gefragt, und sie hat die Stoptaste gedrückt, der Motor hat dann als eine Stille gedröhnt, der Fahrtwind hat in unseren Haaren geweht, und es ist wieder eine Leichtigkeit gewesen, ein leichtes Vergehen, später sind wir auf die Straße nach Bergerac gekommen, einem Fluß, der Dordogne, und einem Gleis entlang, manchmal habe ich die Schienen im braunen Schotter gleißen gesehen, manchmal die Böschung, das Bauschen, oder Fasane, fliehen, manchmal den Fluß, fast gleiten, ob ich Cyrano de Bergerac kenne, hat mich Livia einmal gefragt. Ich habe ihn nicht gekannt, und Livia hat mir dann seine Geschichte erzählt, das sei ein Dichter mit einer großen Nase gewesen, hat sie gesagt, und ihr Erzählen hat etwas Vertrauensvolles gehabt, als wäre alles wirklich so geschehen, der

Dichter habe eine schöne Frau geliebt, habe ihr aber seine Liebe nicht gestehen können, denn die Frau hätte ihn wegen seiner Häßlichkeit abgewiesen, da habe er einem Schönling, der um die Frau geworben habe, von einem Versteck aus die Worte eingeflüstert, für welche jener zu dumm gewesen wäre, und so habe er durch dessen Mund der Frau seine Liebe gestanden. Die Geschichte hat mir gefallen, sie habe sie im Fernsehen gesehen, hat Livia gesagt, oder einmal hat uns ein Zug überholt, sind wir einem Zug begegnet, und ich habe die Waggonfenster spiegeln gesehen, das Verschmierte, das Blenden der Scheiben, wir sind durch weite Weinberge, sind dann in die Stadt gekommen, durch Bergerac, es ist hell gewesen, Mittag und leer, manchmal habe ich einen Schluck Wasser aus der Plastikflasche genommen, hat Livia die Flasche geöffnet und sie mir gegeben, sie ist fast voll noch schwer in meiner Hand gelegen, und ich habe ihr Gewicht wie wiedererkannt, einmal haben wir getankt.

Wir haben nach einem Dorf bei einer Tankstelle angehalten, ich habe den Tankverschluß von innen geöffnet, und wir sind ausgestiegen, der Tankwart ist aus einem Ziegelschuppen zu den Tanksäulen gekommen, er hat einen gelben Overall getragen, hat in einem Durcheinander von Locken blondes Haar gehabt, er ist etwa so alt wie ich gewesen, wir haben uns auf einen Blick gehaßt, *super*, hat er gefragt und hat mich gelangweilt angeschaut, *oui plein*, habe ich gesagt und gefragt, ob es hier Toiletten gebe, *derrière*, hat er gesagt, er hat den Tankdeckel aufgeschraubt, und Livia ist dann über den staubigen Asphalt und durch das Gras der angrenzenden Wiese um den Schuppen gegangen. Der Overall von dem Tankwart ist ausgebleicht gewesen und ölverschmiert, der Tankwart hat den Schlauch von der Säule genommen, hat den Zapfhahn in den Tank gesteckt, ich bin neben dem Volkswagen auf und ab fast geschlendert, die Sonne ist warm auf dem Asphalt gelegen, und ich habe die Häuser vom Dorfrand, ihre Mauern, Giebel, Dächer gesehen, wie versteinert über der blassen Wiese, fast Steppe, den Stauden, dann wieder den Tankwart, er hat mich beobachtet gehabt, hat geschaut, mit der Frage, was es zu schauen gebe, ich habe ebenso zurückgeschaut und dann hin zum Schuppen, ob Livia komme, oder bin wieder umgekehrt. Zwischen der Tankstelle und der Straße hat es ein verwildertes Blumenbeet gegeben, es ist von bläulichen Wicken überwuchert und die Einfassung ist gesprengt gewesen, ich bin dem Beet entlang gegangen, habe die Grasbüschel in den Rissen gesehen und wieder das Dorf, habe mich wieder gedreht, jenseits von dem Platz vor der Tankstelle sind ein paar Autowracks gestanden, rostige und ausgehöhlte Karosserien wie in einer Schwebe zwischen den Stauden, Livia ist dann zurück um den Schuppen gekommen, sie hat ihre Tasche umgehängt gehabt, und ich habe gelächelt, wie ich sie so gesehen habe, ihre Art, zu gehen, ob es da hinten Klopapier gebe, habe ich sie gefragt. Dann bin ich um den Schuppen gegangen, über den Staub und durch das Gras, und es hat gezirpt, hat geblendet, eine Brettertür ist einen Spalt offen gestanden, und ich bin hineingegangen, habe den Haken an der Tür in die Öse am Türstock gesteckt und mich auf die gerillten Trittflächen vom Klobecken gestellt, über dem Loch zwischen den Trittflächen sind kleine Fliegen gekreist, ich habe die Hosen bis unter die Knie hinuntergelassen und habe mich niedergekauert, habe der Tür entlang hinaufgeschaut, ihre Bretter sind weiß gestrichen und von Schürfern und Zeichen bedeckt gewesen, von

Schwänzen und Brüsten, Herzen, Worten. Ich habe den schwerelosen Gang einer Fliege verfolgt, über das Weiß der Tür und über ein Gekritzel hinauf, sie ist von dem Gekritzel unberührt ihren Weg gegangen, hat dann wie gezögert und ist aufgeflogen, Livia ist dann im Auto gesessen, und ich habe den Tankwart nicht mehr gesehen, es hat nach Einöde gerochen, nach Hitze, Benzin und Staub, ob sie gezahlt habe, habe ich Livia gefragt und habe noch einmal zu dem Ziegelschuppen geschaut, bin eingestiegen und habe die Tür zugezogen, ich habe den Motor gestartet und gewartet, habe die Nadel von der Benzinanzeige sich über die Skala hinausdrehen gesehen, wir sind gefahren. Wir sind auf die Straße eingebogen, und ich habe das Gaspedal durchgedrückt, der Motor hat geheult, ich habe geschaltet und gelacht, Livia hat gelächelt, sie hat sich eine Zigarette angezündet, und es hat den Rauch durch die Seitenfenster hinausgezogen, die Hitze ist hell über der Straße gestanden, in den Weinbergzeilen und an den Gebüschstreifen, der Tankwart sei widerlich gewesen, habe ich vielleicht gesagt, und daß es Typen gebe, die mich hassen, und ich sie, auf einen Blick, Livia hat geschwiegen, hat geraucht oder dann gesagt, daß der Tankwart sie gefragt habe, ob sie mit hineinkomme in den Schuppen, ich habe gezögert. Ich würde umkehren, habe ich gedacht und den Tankwart gesehen und mich, uns prügeln am Asphalt, wie wir einander das Gesicht in den Staub drücken und in die Hoden treten, oder habe ihn mit einer Hebelstange auf mich loskommen gesehen, und mich mit meinem Schweizermesser, seinen ausgebleichten Overall, die strohblasse Wiese, und wie ich das Messer ins Gras gebohrt habe, ich bin langsamer gefahren oder habe Livia dann gefragt, was sie gesagt habe, habe sie gesehen, in den Schuppen gehen, und wie der Tankwart ihr drinnen die Jeans herunterreißt, ihre weißen Schenkel, nichts habe sie gesagt, habe ich Livia sagen gehört, ich bin am Straßenrand stehengeblieben. Es hat gezirpt, hat gestaubt, was ist, hat Livia gefragt, und ich habe gezögert, ich würde umdrehen, habe ich dann gesagt, Livia hat geschaut, unsicher, hat geraucht oder hat die Zigarette hinausgeworfen, ich solle keinen Blödsinn machen, hat sie gesagt, ich habe einen Schluck Wasser genommen, habe den Verschluß zugedreht und die Flasche zurück zu Livias Beinen gestellt, wir sind weitergefahren, ob sie mir eine Zigarette anzünde, habe ich Livia nach einer Weile gefragt, und sie hat eine Zigarette angezündet, hat sie mir herübergegeben, wir sind Richtung Bordeaux gefahren, und mir ist gewesen, als würde ich Livia mit jedem Kilometer an den Tankwart verlieren. Ich habe den Rauch gegen die Windschutzscheibe hin ausgeatmet, fast geblasen, habe den Aschenbecher herausgezogen, der Typ hätte besser die Scheiben gewaschen, habe ich einmal gesagt und die Asche abgestreift, die Windschutzscheibe hat, von zerquetschten Insekten gesprenkelt, geblendet, Livia hat dann die Straßenkarte aufgefaltet, und ich habe das Blau wiedergesehen, ihren Daumen auf dem Hellblau vom Meer, doch als Vergeblichkeit, es hat mich nicht versöhnen können, ich hätte umkehren sollen, habe ich gedacht, in Sainte-Fôy-la-Grande sind wir auf die D 672 abgebogen, später haben wir bei einem Feldweg angehalten. Wir haben den Proviant aus dem blauen Plastiksack genommen und die Tomaten auf den Papiersack gelegt, ich habe sie gewaschen, habe sie auf dem Volkswagendach mit meinem Schweizermesser viergeteilt, und wir haben vom Brot abgebrochen, haben den Käse in Stücke geschnitten, haben dann gegessen, Livia hat sich seitlich auf den Beifahrersitz gesetzt, in die offene Tür, ich habe mich daneben an den Wagen gelehnt, habe gekaut und die Felder gesehen, die Ähren wiegen, den Weg verlaufen, oder habe wieder einen Schluck Wasser genommen, ein paar Spatzen haben in einer Staubmulde gebadet. Ich habe ihnen zugeschaut, habe mit der Plastikflasche in der Hand auf die Spatzen gezeigt, schau, habe ich zu Livia gesagt, und die Spatzen haben sich in der Mulde gewälzt, haben geflattert, und es hat gestaubt, es ist ein Bild als ein Universum gewesen, in sich bewegt und berührt, manchmal, von einem vorbeifahrenden Auto als Fahrtwind, als Luftzug und Gräsernicken, Livia hat geschaut, hat stumm gelacht, und ihr Lachen hat das Flattern der Spatzen wie gespiegelt, ich habe ihr die Plastikflasche gegeben oder habe sie zurück auf das Wagendach gestellt.

Einmal haben wir über einem Hang ein verlassenes Haus gesehen, seine Fenster sind stumpf gewesen, und eine überwachsene Zufahrt hat einer Baumreihe entlang hinaufgeführt, wir haben auf der Straße einen Bogen gemacht und sind den Weg hinaufgefahren, das hohe Gras und die Schößlinge der Bäume haben an der Unterseite vom Wagen gestreift, daß es geraschelt und gekratzt hat unter unseren Füßen, auf halber Höhe habe ich angehalten, habe ich die Handbremse gezogen, und wir sind ausgestiegen, haben die Autotüren zugeschlagen, es sind zwei kurze Schläge gewesen in der zirpenden Stille, da wohne sicher niemand mehr, habe ich gesagt, wir sind das restliche Stück Weg unter den Bäumen hinaufgegangen, ihre Blätter haben sich kaum bewegt. Wir sind auf einen Vorplatz gekommen, er ist von Gräsern und Kamille überwachsen und das Haus ist einstöckig gewesen, mit einem blaßroten Rundziegeldach, die Mauern bläulich verputzt und die Tür angelehnt, blau und verwittert, ich habe sie vorsichtig aufgedrückt, sie hat am Steinboden geschleift, hat wie gegellt, wir haben in einen Flur gesehen, sind hineingegangen, durch offene und ausgehängte Türen ist aus den Zimmern Licht in den Flur gefallen, es hat nach schattiger Wärme geduftet, nach warmem Moder, jahrelangem Verfall, in einem Zimmer sind Klinkerscherben auf dem Steinboden gelegen und Mörtel, Schutt, ist die Decke eingebrochen gewesen, vom Flur hat eine Wendeltreppe in den oberen Stock geführt. Die Steinstufen haben mit ihren Gelenken eine Säule gebildet, sind gegeneinander verschoben übereinander gelegen, wir sind tiefer in das Haus gegangen, zu den beiden letzten Türen, die eine hat eingeschlagene Scheiben gehabt, und in der Küche dahinter hat es nur den Schüttstein noch gegeben, im anderen Zimmer ist ein Bett gestanden, es ist ein zartes Eisengestell gewesen, die Seitenteile geschwungen, sonst kantig, mit hohen Stäben als Gitter, die Matratze aufgerissen, neben dem Bett haben in einer Vertiefung in der Wand zwei Steinplatten als Ablage gedient, und darüber ist eine Lampe ohne Birne, ein weißer Emailschirm, schräg zur Wand gehangen. Durch zwei Fenster ist ein Widerscheinen vom Nachmittagslicht über den Steinplattenboden geströmt und gegen die Wände, das Bett, es sind gelbliche Wände und die Holzdecke ist weiß getüncht gewesen, die Balken morschbraun gefleckt, ich habe das Zimmer gesehen, das Schiefe und die Fugen, als sähe ich ein Leben, die Nächte, die Schritte, barfuß, das Flüstern und die Schreie, das Leise, die Schatten unter den Fenstern, dem Bett, das Feuchte, das Graue, die Flecken, ich habe Livia gehen gehört, habe gezögert, bin im Zimmer gestanden und habe geschaut, es ist das Zimmer einer Sehnsucht gewesen. Ich bin zurück in den Flur gegangen, Livia ist die Wendeltreppe hinaufgestiegen, ob sie meine, daß die Treppe halte, habe ich sie gefragt und habe ihre Mokassins durch einen Spalt zwischen zwei Stufen gesehen, die halte schon, habe ich Livia sagen gehört, dann von oben ihre Schritte, ich bin ihr nach hinaufgestiegen und habe um die Säule oder auf die Stufen geschaut, oben sind die Wände mit Rosentapeten verkleidet gewesen, die Tapeten in Teilen heruntergerissen oder vergilbt, fast braun und an den Rändern bläulich, im Schatten und an den Stellen, wo früher ein Möbelstück, eine Kommode oder ein Schrank, die Tapete verdeckt hat. Wir haben die Übergänge gesehen, die Rißkanten, die Röschen und den grauen Verputz, sind in den Zimmern herum oder sind auf den Balken gegangen, sind von Balken zu Balken gestiegen, wo der Boden eingebrochen gewesen ist, in zwei Zimmern hat es eine Tür ins Freie gegeben, ist das Nachmittagslicht in den dichten Spinnweben zwischen Tür und Türstock gehangen oder als zwei helle Parallelogramme auf dem Klinker gelegen, auf den Fensterbrettern Staub und Insektenschalen, wir haben hinausgeschaut, haben zwischen Baumstreifen und Gebüsch eine Wiese, einen Acker gesehen, flimmernd, der Staub hat alles gedämpft. Er hat den Hall unserer Schritte gedämpft und unserer Worte, das müsse einmal ein schönes Haus gewesen sein, hat Livia gesagt, oder wir sind dann nacheinander die Treppe hinuntergestiegen und zurück durch den Flur, es hat mich gedrängt, wie plötzlich, hinaus, ich habe die Tür zugezogen, und sie hat wieder fast gegellt, auf dem Vorplatz haben wir uns noch einmal umgedreht, das Haus ist in der Sonne gelegen, und ich habe über dem Eingang die eine Tür ins Freie gesehen, ohne Balkon, habe uns stehen gesehen, als schaute ich uns von der Tür oben zu, irgendwie sei es auch gespenstisch, so ein verlassenes Haus, habe ich zu Livia gesagt. Wir sind zurück hinunter zum Volkswagen gegangen, und unsere Schritte haben im hohen Gras fast gerauscht, haben gestockt, und wir sind eingestiegen, sind gefahren, und Livia hat wieder die Namen der Ortschaften gelesen, auf den Wegweisern, auf der Straßenkarte, manchmal hat sie einen Namen richtig gelesen, oder ich habe gelacht, wenn sie einen fast italienisch ausgesprochen hat, dann hat sie wieder geraucht und die Asche zum Seitenfenster hinausgekippt, es hat etwas Selbstvergessenes gehabt, wie sie so vor sich hin geschaut hat, geblinzelt hat und geraucht, ich habe das eintätowierte L auf ihrem Unterarm wieder gesehen.

Es sind ewige Felder, sind weite Hügelzüge gewesen und das Korn geschnitten, die Stoppeln blaß, die gepflügte Erde weißlich, bräunlich, in der Ferne fast grau mit bleichen Zungen, trockeneren Stellen, dazwischen Wiesen, Grasstreifen, Hecken, Pappeln oder Waldreste, in den Talsohlen und quer über die Hänge hinauf, in Bögen und auf den Hügelrücken, ich habe immer wieder seitlich hinausgeschaut, und die Hügel haben sich gegeneinander verschoben, mit jedem Blick ist die Weite eine andere gewesen, habe ich sie wiedergefunden, und ich habe es Livia gesagt, daß Frankreich für mich immer auch eine Art Unendlichkeit sei. Livia hat die Kassetten durchgeschaut, ob ich etwas Bestimmtes hören möchte, hat sie mich gefragt, und wir haben dann Led Zeppelin gehört, es ist ein kurzes Anspielen, ist ein Schrei über die Hügel gewesen, ein Schreien und Zertrümmern, hat sich mit dem Fahren verbunden zu einem Abheben und Motordröhnen, mit Wechseln und Übergängen, dem Zurückschalten vor den Kurven, dem Beschleunigen wieder und Hinter-uns-Lassen, oder ist in einem rollenden

Rhythmus über einen Hügel hinabgegangen und durch ein Dorf, es ist wie stumm zu beiden Seiten der Straße gestanden, echolos in seiner Stille. Oder dann haben wir *Stairway to heaven* gehört, und die Musik hat sich mit der Landschaft verbunden, als langsames Sich-Verschieben und Ineinanderklingen, als Stimme, die so gesungen wie erzählt hat, ich habe die Landschaft als Musik gehört, habe die Musik als Landschaft gesehen, und mir ist gewesen, als könnten wir ewig so weiterfahren, so getragen, bis der Rhythmus wieder heftiger geworden ist, mit mehreren Verzögerungen, bis die Musik sich dann von der Landschaft wieder gelöst hat, wieder als ein zweiter Motor gedröhnt hat, später hat das Tonband zu eiern begonnen. Es hat die Musik leicht verzogen, ob sie es auch höre, habe ich Livia gefragt, und sie hat genickt, hat gelächelt, die Batterien seien langsam am Ende, hat sie gesagt, sie hat die Stoptaste gedrückt, und die Landschaft hat in ihrem eigenen Rhythmus wie aufgeleuchtet, ist dann gleichbleibend wieder vergangen, wir sind gegen die Sonne gefahren, sind manchmal um eine Kurve in die Sonne getaucht, und sie hat wieder geblendet in den Insektenflecken, ich habe die Scheibe besprizt, habe die Scheibenwischer eingeschaltet, sie haben die Insekten verschmiert, so ein Geschmier, habe ich gesagt und habe den Waschknopf noch einmal gedrückt. Es ist die Zeit des späten Nachmittags gewesen, der Alltäglichkeit des zunehmenden Verkehrs, Livia hat kaum gesprochen, sie hat vor sich hin hinausgeschaut, ob sie schon genug habe, vom Fahren, habe ich sie einmal gefragt und habe mich langsam an ihr Stillsein gewöhnt, sie hat die Straßenkarte auf ihren Knien liegen gehabt oder hat sie unter ihren Schenkel geklemmt, die Sonne ist auf ihrem weißen T-Shirt gelegen, hat ihr Gesicht gestreift, manchmal haben wir uns angeschaut, haben wir stumm gelacht, und vielleicht habe ich einmal meine Hand auf Livias Hand gelegt, und es ist eine über den Tag fast fremd gewordene Zärtlichkeit gewesen. Die Sonne hat allmählich alles Ragen und Stehen, Vereinzelte oder in Zeilen, mit langen Schatten landeinwärts versehen, mit Schattenzungen und Schattengittern und Lichtgespinst, wir sind ihrem Strömen entgegengefahren, und sie hat alles Erinnern für sich eingenommen, wir haben die Garonne überquert, doch ich erinnere mich nicht an ihre versilberten Wellen und nicht an das Dahinschießen in den Abend von den Kolonnen auf der Autobahn, nicht an die Weinberge, an das Glitzern ihrer Drähte, ihrer Blätter, und nicht an die schönen Schlösser, später sind wir durch einen Naturschutzpark gekommen. Ich habe es auf Tafeln bei Abzweigungen und Rastplätzen gelesen, und manchmal haben wir vielleicht Schnepfen auffliegen gesehen oder ein überfahrenes Tier am Straßenrand liegen, einen Hasen, einen Igel, die Straße hat in einer langen Geraden durch einen Wald oder einem Moor entlang geführt, und ich habe im Sitzen mein Gewicht verlagert, ich könne schon kaum mehr sitzen, habe ich gesagt, und Livia hat gelächelt, es sei ihr auch recht, wenn wir ankommen, hat sie gesagt und hat geraucht, hat sich schon öfter als nur jede Viertelstunde eine Zigarette angezündet, und die Insekten sind dann dichter gegen die Windschutzscheibe geplatzt, die Sonne hat in den Baumkronen geflimmert, hat an den Ästen der Kiefern geleuchtet. Wir sind über eine Kreuzung, sind manchmal, selten, durch ein Dorf gefahren, haben dann Männer vor einer Bar sitzen gesehen, auf einem Platz, oder stehen und sich bücken, sie haben Petanque gespielt, und die Kugeln, ihr matter Glanz, ist wie ein kurzer Ruf gewesen, zu bleiben, zu schauen, das sei die französische Variante vom Boccia-Spiel, habe ich zu Livia gesagt und erzählt, wie ich in Saint-Malo Petanque spielen gelernt habe, von den Männern unter der Stadtmauer, wie wir oft noch im Scheinwerferlicht von einem geparkten Auto gespielt hätten, bis tief in die Nacht, und einmal sei ich der Champion gewesen, hätte ich die entscheidende Kugel geworfen, wir haben eine Nationalstraße überquert. Ich habe dann die Kilometer bis zum Meer gezählt oder habe Livia gefragt, ob sie das Meer schon rieche, und habe das Türfenster heruntergedreht, habe den Fahrtwind geatmet, Livia hat gelacht, nein, sie rieche noch nichts, hat sie gesagt, die Straße hat leicht auf und ab geführt, und ich habe immer wieder erwartet, auf der nächsten Kuppe das Meer zu sehen, habe dann wieder nur die Straße durch den Wald hinabführen gesehen und die Sonne, sie hat die Kiefernkronen auf den Kuppen noch berührt, manchmal haben wir ein Bahngleis gekreuzt. Wir sind nach Mimizan gekommen, es sind Häuser, sind Ferienhäuser, ist ein Supermarkt, sind Rufe gewesen und Blicke, ein Zögern, ein Einparkmanöver und Stimmen, Musik, Motorräder und Leuchtreklamen, ich bin wie erschlagen gewesen, stumm, und habe die Richtungstafeln gelesen oder gesagt, daß das ein rechter Jahrmarkt sei, und wir sind Richtung Mimizan-Plage gefahren, einer Plakatwand entlang, an einer Fabrik vorbei, über einen schmalen Fluß und wieder durch Kiefernwald, ich habe das Meer dann fast schon mißtrauisch erwartet, und die Kiefern haben rötlich in den goldblauen Himmel geragt. Mimizan-Plage ist beidseitig der Straße gelegen, mit Abzweigungen, Gehsteigen, Ständern voll Schwimmreifen und Wasserpistolen, Flossen, Brillen, Netzen und Hüten, dazwischen Imbißbuden, eine Töpferei, Statuen, ein Zeitungsstand, die Geschäfte sind von bunten Lampen beleuchtet gewesen, und davor sind Leute spaziert, ich habe geschaut, als könnte das nicht der Ort sein, den ich auf der Straßenkarte als Ziel eingezeichnet gehabt habe, habe Livia angeschaut, habe gelächelt, und die Straße ist dann angestiegen, sie hat durch die letzten Kiefern hinauf in den Himmel geführt, auf einen Parkplatz, die Sonne hat knapp über dem Parkplatz sanft geblendet, wir sind bis an seinen Rand gefahren, wir haben das Meer gesehen.

Das Meer ist weit vor uns gelegen, hat gespiegelt, ich habe den Motor abgestellt, und wir haben es rauschen gehört, sind dann vor dem Volkswagen gestanden und haben über die Düne hinunter auf den Strand geschaut und wieder hinaus, aufs Meer, es hat Welle um Welle gegen den Strand gerollt, hat geschäumt und gerauscht, hat rötlichsilbern geglitzert unter der tiefen Sonne, und ein leichter Wind hat geweht, das Meer, habe ich gesagt, wie getroffen von seinem Anblick, gleichzeitig habe ich gewußt, daß wir nicht angekommen sind, daß wir hier nicht bleiben würden, Livia hat mich angeschaut, wir haben gelächelt, es sei doch gewaltig, habe ich sie dann fast gefragt. Es ist ein endloser Strand, ist das Rauschen und ein Säuseln gewesen im Dünengras, der Wind hat uns gelüftet, ich habe ihn tief eingeatmet, und wir sind nebeneinander gestanden, Livia und ich, und haben geschaut, allmählich ist das Meer dann das Meer gewesen, in dieser Gleichung als Wiederholung, und ich hätte hinunterlaufen wollen ans Wasser, habe es Livia gesagt, oder daß es vielleicht doch besser sei, wenn wir zuerst ein Zimmer suchten, da habe ich einen Volkswagenmotor gehört, habe ich mich umgedreht, ein roter Volkswagen ist in einem Bogen über den Parkplatz gefahren und am waldseitigen Parkplatzrand stehengeblieben.

Ein Mann ist ausgestiegen, er ist über den Platz gekommen, in kurzen Turnhosen, einem T-Shirt, in Tennisschuhen, und hat sich in unsere Nähe gestellt, hat einen Blick aufs Meer geworfen, ich habe dem Strand entlang geschaut, und Livia hat sich eine Zigarette angezündet, sie hat die linke Hand schützend vor die Flamme gehalten, und der Mann hat uns dann angesprochen, er hat unser Kennzeichen gelesen gehabt, hat gefragt, wie lange wir denn gebraucht hätten bis hierher, ich habe ihm die Anzahl der Tage gesagt, und daß wir auf Landstraßen gefahren seien, meine Antwort hat mich geärgert. Es ist wie eine Entschuldigung gewesen, und ich habe wieder hinaus aufs Meer geschaut, der Mann hat dann geredet, er habe im Gebirge Urlaub gemacht, sei gestern noch auf 3.600 Höhenmetern gewesen und heute hier, am Meer, es sei alles eins, hat er gesagt, er würde ein paar Tage noch bleiben, die Küste anschauen, und dann gehe es wieder heim nach Deutschland, Livia hat geraucht, und hat vor sich hin über die Düne hinuntergeschaut, hat den Mann wie nicht gehört, er hat kurz geschnittenes Haar gehabt, ist dunkel gebräunt gewesen und stämmig, ist neben mir gestanden, die Arme verschränkt, und hat schnell gesprochen, seine Augen haben flink wie rastlos den Strand, das Meer, die Düne gestreift. Ob wir campierten, hat er mich gefragt und hat erzählt, daß er unterwegs auf einem Parkplatz übernachtet habe, im Wagen, ich habe weggehört oder habe den Mann wieder kurz strandab und strandauf schauen gesehen, nichts für ungut, hat er dann gesagt, und ich habe ihm eine gute Fahrt gewünscht, er hat im Gehen noch gedankt, mit erhobener Hand, und ist zurück zu seinem Volkswagen gegangen, mit kräftigen Schritten, wie in Eile, er hat mir leid getan, trotz des Ärgers, das sei ein Typ, habe ich zu Livia gesagt, und sie hat stumm gelacht, die Sonne hat ihre Strahlen eingezogen gehabt. Sie hat das Meer als eine helle Scheibe berührt, rötlich scheinend, Livia hat den Zigarettenstummel zur Seite geworfen, und wir sind eingestiegen, sind gefahren, es ist gewesen, als nähme das Fahren kein Ende, der Mann ist in seinem Volkswagen gesessen und hat eine Straßenkarte über dem Lenkrad aufgefaltet gehabt, die Straßenlampe bei der Ausfahrt vom Parkplatz hat orangegelb geleuchtet, oder ein Mädchen hat bei einem Geschäft dann die Plastikwaren hineingeräumt, bei einer Abzweigung hat es eine Crêperie gegeben, ist auf einem Pfeil ein Hotel mit zwei Sternen angeschrieben gewesen, wir sind abgebogen. Ein Ferienhaus ist neben dem anderen gestanden, eingezäunt und überragt von Kiefern, wir sind den Ferienhäusern entlang gefahren, sind zu dem Hotel gekommen, ich würde fragen gehen wegen eines Zimmers, habe ich zu Livia gesagt und bin dann über die Straße und zwei Stufen hinauf gegangen, zum Eingang, überdreht und müde in einem, das Hotel ist ausgebucht gewesen, *complet*, habe ich auf einem Schild gelesen, oder die Dame an der Rezeption hat es mir gesagt, sie hat hochtoupiertes Haar gehabt, einen Haarturm, und hat mir ein anderes Hotel genannt, eine Pension, sie hat mir den Weg beschrieben. Ich habe gedankt und habe draußen, auf den Stufen dann eine Amsel gehört, habe gezögert, sie hat getrillert und gerufen, daß ich stehengeblieben bin, daß ich in den Himmel geschaut habe, er hat dunkelrötlich und lila geleuchtet, und es hat eine zweite gegeben, die geantwortet hat, ich bin zurück zum Wagen gegangen, das Hotel sei voll, habe ich zu Livia gesagt und bin eingestiegen, habe das Türfenster heruntergedreht, ich habe die Amseln hören wollen, den Abend sehen und bleiben, wir sind gefahren, in der Pension haben wir ein Zimmer mit Bad und WC bekommen, im ersten Stock. Wir haben unser Gepäck hinauf und durch einen Gang getragen, an seinem Ende ist unser Zimmer gelegen, ich habe die Tür aufgesperrt, es ist ein eher modernes Zimmer gewesen mit einem Messingbett unter einem vordachähnlichen Verbau, wir haben uns angeschaut, haben gelacht, für eine Nacht gehe es, habe ich gesagt, und Livia ist dann ins Bad gegangen, ich habe das Fenster geöffnet, habe gegen eine grau verputzte Mauer gesehen, zwei Rohre haben der Mauer entlang in die Höhe geführt, und darüber hat der Himmel noch geleuchtet, tief leuchtend, er hat geflötet und gejubelt. Unten hat ein Glasziegelquadrat einen rußgedämpften Schein gegen die Mauer geworfen, hat die Mauer den Schein matt wiedergegeben, oder dann hat nur eine Amsel noch in kurzen Schlägen fast geschnattert, habe ich mich umgedreht und ans Fensterbrett gelehnt, das Zimmer ist im Halbdunkel gelegen, lang und fast schmal, das Bett der Badtür gegenüber, und dahinter unser Gepäck auf den Stühlen, ich habe Livia gehört, das Wasser im Waschbecken und die Geräusche der Stille, durch die Badtür ist ein Schlitz Licht gefallen, und zuhinterst, fast im Dunkeln, ist ein Schrank gestanden. Es ist ein uneingebauter Einbauschrank gewesen, und ich habe meine Hände auf das Fensterbrett gestützt, habe das Zimmer im Amselgesang wie aufgehoben gesehen, wie verwandelt oder verklärt, oder bin zum Bett gegangen und habe mich quer aufs Bett gelegt, es hat gefedert, ich habe mich gestreckt, habe die Beine in den Schuhen auf dem Bettvorleger stehen gehabt und habe der Amsel zugehört, dann ist Livia aus dem Badezimmer gekommen, wie es gehe, habe ich sie gefragt, als hätten wir uns eine Weile nicht gesehen, schon gut, hat Livia gesagt und hat gelächelt, ich bin aufgestanden und habe den Bettvorleger unter das Bett geschoben.

Wir sind essen gegangen, Crêpes, das seien ganz dünne Omletten, habe ich zu Livia gesagt, und daß sie eigentlich aus der Bretagne kämen, wir sind nebeneinander gegangen, im Abendschein, im Schein der Straßenlampen unter den Kiefern, Livia hat ihren blauen Pullover angehabt, über ihrem weißen T-Shirt, und hat dann erzählt, daß sie die Pizzas auch überall machen würden und oft habe eine Pizza nicht mehr viel mit einer neapolitanischen zu tun, ich habe Livia neben mir gehen gesehen, ihr fast blasses Gesicht, ihre dunklen Haare, ihr Vor-sich-hin-Reden und Schauen, ich hätte gar nicht gewußt, daß die Pizza aus Neapel komme, habe ich gesagt. Livia ist schön gewesen, ihre Schönheit hat mich ergriffen, heftig, daß ich vor mich hin geschaut habe, auf den Asphalt oder in den Himmel, wir würden beieinander liegen, in der Nacht, und ich würde Livia streicheln, habe ich gewußt und habe ihre Körperlichkeit wie geahnt, die Kiefern haben ihre Kronen an den Rändern ineinanderbewegt, manchmal sind uns Paare begegnet, Arm in Arm, oder in Gruppen Mädchen, Buben, sie haben Sprüche gemacht, die französischen Floskeln und Gesten, das Halbstarke, ich habe es wiedererkannnt, und das Miteinandergehen der Mädchen, habe sie lachen gehört und noch einmal, nach einer Weile, die Crêperie ist fast leer gewesen. An einem Ecktisch sind zwei Paare gesessen, die Männer in kurzen Hosen, Soldatenbeine, habe ich gedacht, und wir haben uns bei einem Stützbalken an einen Zweiertisch gesetzt, die Wände sind mit Bambus verkleidet und mit Postern geschmückt gewesen, von alten Bretonen und Klippen, Trachten, die Tischtücher rotweiß kariert und die Sitzflächen der Stühle geflochten, aus der Küche habe ich einen Fernseher gehört und durch die Tür eine Schwarze gesehen, ihren Arm, das Verteilen des Teigs auf der Platte, dann ist der Wirt gekommen, breit mit fast abstehenden Armen, wie eine Puppe, als erschiene er noch einmal, nur kleiner, würde man ihn öffnen, er hat uns die Karten gebracht. Livia hat sich eine Zigarette angezündet, und ich habe die Karte übersetzt, *au beurre*, nur mit Butter, das sei etwas für sie, habe ich zu Livia gesagt, und sie hat gelacht, wir haben eine Flasche Cidre bestellt, *brut*, trocken, und zwei Crêpes, eine ohne Butter, nur mit Schinken und Ei, und eine mit Käse, Schinken und Ei, ob ich mir eine Zigarette nehmen könne, habe ich Livia gefragt, und Livia hat mir dann Feuer gegeben, es ist fast ein Ritual schon zwischen uns gewesen, der Wirt hat zu den beiden Paaren am Ecktisch vier Crêpes mit Schlagrahmhauben getragen, hat uns die Flasche Cidre auf den Tisch gestellt, ich habe eingeschenkt, der Cidre hat in den Gläsern geschäumt. Eigentlich trinke man ihn aus Tassen, habe ich gesagt, und wir haben angestoßen, haben getrunken, der Cidre hat im Mund geprickelt, ob er ihr schmecke, habe ich Livia gefragt oder dann, nach einer stummen Weile, ob es ihr gleich wäre, wenn wir morgen weiterfahren würden, Livia hat gelächelt, ihr sei es schon recht, hat sie gesagt, und ich habe wieder geredet, wie von einem Unbehagen befreit, ich hätte mir ein Dorf vorgestellt, nicht unbedingt idyllisch, aber auch nicht so eine Feriensiedlung, habe ich gesagt, und daß wir heute noch die Straßenkarte anschauen würden, ich habe den Rauch gegen die Fischernetze an der Decke hinaufgeblasen oder habe tief inhaliert, fast erregt, ich habe einen anderen Ort wie gesehen so geträumt. Wir haben dann gegessen, die Crêpes sind fast knusprig gewesen, und ich

habe erzählt, wie ich in der Normandie zum ersten
Mal Cidre getrunken hätte, in einem Schloß mit Türmen
wie aus einem Märchen, die Sekretärin von der
Fabrik, in der ich gearbeitet hätte, habe mich dorthin
geführt, ich hätte einmal im Sommer zehn Wochen in
der Nähe von Paris gearbeitet, halbtags, und hätte
dafür ein Zimmer in einem Heim für junge Arbeiter
bekommen, es sei so dreckig gewesen, daß ich zuerst
aus dem Koffer im Auto gelebt hätte, nur gemalt und
geschlafen hätte ich im Heim. Das Zimmer sei zudem
südseitig gelegen und es sei einer der heißesten Sommer
gewesen, der Sommer vor zwei Jahren, doch dann
hätte ich eben die Sekretärin kennengelernt und sei zu
ihr gezogen, sie habe eine ebenerdige Wohnung gehabt,
nur am Wochenende sei manchmal ihr Liebhaber
aufgetaucht, und für die Zeit hätte ich wieder
ins Heim müssen, wir haben gegessen und getrunken,
und ich bin ins Erzählen gekommen, habe nachgeschenkt
und erzählt, wie wir zu Pfingsten nach
Holland gefahren seien, dort hätten wir eine Panne
gehabt und hätten so nicht rechtzeitig zur Arbeit
zurück sein können, da habe die ganze Fabrik gewußt,
daß wir zusammen weggefahren seien, und ich hätte
keine Ruhe mehr gehabt. Die Arbeiter hätten mir
nachgepfiffen und mich gefragt, wie es mit Martine
gewesen sei, doch ich hätte nur von den Dünen und
den Tulpen erzählt, und wir haben gelacht, oder Livia
hat mich gefragt, was ich denn dort gearbeitet hätte,
ich habe gezögert, gerechnet vor allem, habe ich dann
gesagt, in einem Bürohäuschen in der Fabrikhalle, ich
hätte für die Buchhaltung Rechnungen kontrolliert,
und am Nachmittag hätte ich gemalt, für die Aufnahmeprüfung
in Wien, mit Martine sei aber nichts
gewesen, wir seien nur oft auf der Schwelle von ihrer
Balkontür gesessen und hätten Likör getrunken, bis

wir so einen Rausch gehabt hätten, daß wir auf dem
Teppichboden eingeschlafen seien. In der letzten
Woche hätte ich eine Ausstellung von meinen Bildern
in dem Bürohäuschen gemacht, habe ich dann gesagt,
und wie sicher ich gewesen sei, daß ich die Aufnahme-
prüfung in Wien schaffen würde, ich habe mich in jene
Zeit hineingeredet gehabt, und wir haben zwei süße
Crêpes bestellt, mit Konfitüre, und noch ein *Pichet*, ein
Viertel Cidre, wir haben wieder geraucht, und ich
habe die Schwarze in der Küche wieder gesehen, die
Bewegung ihres Arms, sie hat mich erinnert, an ein
Fest von damals, wie ich in einem kreolischen Restaurant getanzt habe, doch ich habe nicht länger erzählt.

Wir sind zum Parkplatz auf der Düne hinaufgegangen,
auf dem Parkplatz sind ein paar Autos gestanden, im
Streulicht von der letzten Straßenlampe und der
Leuchtschrift von der Diskothek, am linken Parkplatzrand hat es eine Diskothek gegeben, einen länglichen
Betonklotz, und von einem Auto her habe ich Musik
gehört, ein Hämmern aus dem Wageninneren, wir
haben den Parkplatz überquert, und das Meer ist dann
eine größere Dunkelheit gewesen, die Brandung hat
weißliche Striche gezogen, ist weiß schäumend dem
Strand entlang gelaufen, es hat gerauscht, und die
Striche sind erloschen oder haben weiter draußen wieder begonnen. Wir haben geschaut und haben die
Wellen brechen gehört, den Aufprall des Wassers auf
dem Wasser, dem Sand, sind still nebeneinander gestanden, und die Luft ist feucht gewesen und frisch,
ein Wehen vom Meer, vielleicht habe ich den Mond
gesucht, habe ich mich gedreht und ihn über den
Kiefern gesehen als einen gebogenen Halm, dünn und
scharf, schau, der Mond, habe ich zu Livia gesagt, und
sie hat sich gedreht, oder wir haben uns eine Zigarette

angezündet, unsere Hände haben geleuchtet im Flammenlicht, und ich habe mich am Bug des Kontinents gefühlt, an seinem äußersten Punkt, fremd und Livia mir nah, ihre Nähe als eine Nähe zu mir, ich habe für das Feuer gedankt. Wir haben geraucht, und ich habe Livia stehen gesehen, neben mir, das Aufglimmen der Zigarette, habe es wiedergesehen und meine Hand auf Livias Schulter gelegt, wir haben uns angeschaut, stumm, haben gelacht oder haben uns umarmt, haben, die Zigaretten zwischen den Fingern, uns umarmt gehalten, eine Weile wie ratlos oder glücklich, dann habe ich mich gebückt, haben wir uns geküßt, unsere Lippen haben sich berührt, und mir ist gewesen, als berührten wir diesen äußersten Punkt als Parkplatz und Streulicht und Rauschen, ich habe Livias Lippen mit meiner Zunge gestreichelt, in einem Entlang wie jenem der Brandung, ihre Lippen haben sich geöffnet. Wir haben uns heftig geküßt, dann sanft, und ich habe die Zigarette fallen lassen, auf den Asphalt, oder ein Auto ist von der Straße herauf über den Parkplatz gekommen, seine Scheinwerfer haben uns gestreift, haben eine helle Bahn in die Nacht gezogen und hin zur Diskothek, das Auto hat gewendet, ist stehengeblieben, ist gestanden, mit laufendem Motor, Livia hat einen Zug an ihrer Zigarette genommen, hat die Zigarette dann in den Sand geworfen, das Auto ist in einem Bogen zurück und mit einem Aufdröhnen die Straße hinuntergefahren, gehen wir, habe ich Livia gefragt, und wir sind Arm in Arm über den Parkplatz gegangen, dann Hand in Hand hinunter, unter den Kiefern und Lampen. Wir sind wie auf Wolken gegangen, auf den Nadeln, dem Sand am Asphalt, dem Zirpen der Nacht, wir haben die Straßenkarte aus dem Volkswagen geholt und sind über Stufen zum Eingang der Pension hinaufgestiegen, die Eingangstür ist aus

Glas, ist geschlossen gewesen, ich habe den Schlüssel dabeigehabt, doch er hat sich nicht drehen lassen, und ich habe an der Tür gezogen und gedrückt, habe den Schlüssel zu drehen versucht, die Rezeption hat leer geleuchtet, ich habe gegen die Tür geklopft, dann härter, gegen ihr Glas, es ist still geblieben, ich habe nur mein Klopfen gehört und wieder die Stille. Ich habe den Schlüssel aus dem Schloß gezogen und wieder ins Schloß gesteckt oder habe Livia gefragt, ob sie einmal probieren wolle, Livia hat mir die Straßenkarte gegeben, und ich habe ihr zugeschaut oder habe die Fassade hinauf geschaut, ob es ein beleuchtetes Fenster gebe, Livia hat den Schlüssel auch nicht drehen können, es gehe einfach nicht, hat sie gesagt, oder ich habe dann den Zimmerschlüssel ins Türschloß zu stecken versucht, habe mit der Faust gegen die Glastür geschlagen, nur weil die nicht aufpassen könnten, habe ich gesagt und das ganze Dorf verwunschen, so ein Saukaff, habe ich gerufen, als könnte mich jemand hören. Jemand würde mich hören, habe ich gedacht oder habe wieder dann ohne Hoffnung geflucht, Livia hat gelacht, ich solle mich nicht so aufregen, hat sie gesagt, und ich habe sie angefahren, ob sie Lust auf noch eine Nacht im Auto habe, habe ich gesagt, habe wieder geflucht, und sie ist dann die Stufen zurück hinunter zur Straße gegangen, wohin sie gehe, habe ich sie gefragt, sie schaue ums Haus, hat sie gesagt, ich bin mit dem Schuh gegen die Glastür getreten und habe mich gewundert, daß mich niemand hört, habe wieder die Fassade hinaufgeschaut und in einem Fenster Licht durch die Jalousie sickern gesehen, ich hätte Livia nicht so anfahren sollen, habe ich gewußt und habe gewartet. Livia ist zurückgekommen, da hinten gebe es eine Tür, hat sie von der Straße herauf zu mir gesagt, und ich bin dann neben ihr um das Haus gegangen, bei einem Anbau hinter der Pension hat eine Stahlgittertreppe zu einer Tür hinaufgeführt, von einer Lampe beleuchtet, ich bin über die Stufen hinaufgestiegen, habe oben den Schlüssel ins Schloß gesteckt, er hat sich drehen lassen, er passe, habe ich fast gerufen und habe die Tür geöffnet, Livia ist die Stahlgittertreppe heraufgekommen, ich habe mich bei ihr entschuldigen wollen, jetzt hätten wir Glück gehabt, daß sie um das Haus geschaut habe, und daß ich uns schon ein zweite Nacht im Auto gesehen hätte, habe ich dann gesagt. Wir sind durch einen Flur hinein und durch einen zweiten gekommen, der Boden ist mit Spannteppich ausgelegt gewesen, und an der Decke haben kleine Bullaugen geleuchtet, Livia ist hinter mir her gegangen, sie hat nichts gesagt, und ich habe gezögert, habe dann auch geschwiegen, links und rechts hat es Zimmer, Türen mit Nummern, gegeben, wir sind zur Rezeption gekommen, ich habe die Glastür von innen wiedergesehen, als einen Vorwurf, ihr spiegelndes Glas, wir sind hinauf in den ersten Stock und zu unserem Zimmer gegangen, es hat alles stumm von meinem Fluchen noch wie gehallt, und ich habe die Zimmertür aufgesperrt.

Ich habe die Straßenkarte auf das Bett gelegt, habe die Jacke und die Schuhe ausgezogen, die Socken, die Hose, habe aus dem Badezimmer die Spülung gehört und die Jalousie heruntergelassen, sie hat leise gerasselt, ich habe die Straßenkarte vom Bett genommen und den Bettüberwurf zurückgeschlagen, habe mich im Schneidersitz aufs Bett gesetzt, habe die Karte aufgefaltet und sie vor mir ausgebreitet, eine gelbe Straße hat von Mimizan um drei Seen herum in den Norden geführt, zu einer großen Bucht, nach Arcachon, gegen Süden ist die Straße in wechselnder Nähe zum Meer der fast schnurgeraden Küste entlang verlaufen, nach Hossegor und Capbreton. Eine Nationalstraße hat weiter nach Bayonne, nach Biarritz und St. Jean-de-Luz geführt, ich habe Livia die Zähne putzen gehört, das Schlürfen und Spucken und das Klimpern der Zahnbürste im Wasserglas, ich hätte nicht so wütend werden sollen, habe ich gedacht und habe aufgeschaut, zur Badtür, oder habe wieder die Straßenkarte gesehen, sie hat etwas Kreuzworträtselhaftes gehabt, als wären alle Namen einmal verschränkt gewesen und erst durch die Weite des Landes auseinandergerückt, das Licht von der Lampe im Wandverbau ist matt auf der Karte gelegen, hat am Messing vom Bett glanzlos gespiegelt. Livia ist ins Zimmer gekommen, sie hat sich eine Zigarette angezündet, hat den Aschenbecher vom Tisch geholt und auf ihren Nachttisch gestellt, hat sich aufs Bett gesetzt, ich habe ihre Bewegung verfolgt, als könnte ich daraus ein Verzeihen lesen, und habe ihr die Straßen gezeigt, in den Norden und in den Süden, die gerade Küste sei sehr wahrscheinlich nur Sandstrand, fast bis hinunter zur spanischen Grenze, habe ich gesagt oder bin dann aufgestanden und ins Badezimmer gegangen, es hat etwas Stummes zwischen Livia und mir gegeben, ich habe die Zähne geputzt, habe das Stumme bis in das Geräusch vom Putzen gehört. Ich habe mich im Spiegel gesehen und gelacht, als könnte ich mich so mit mir versöhnen, mir ist gewesen, als wären wir am Ende unserer Reise, wegen so eines Blödsinns, habe ich gedacht und habe mir das Gesicht gewaschen, im Zimmer hat es dann nach Zigarettenrauch gerochen, nach frischem Rauch und Hotelzimmerwärme, ich habe mich zurück neben Livia aufs Bett gesetzt, was sie meine, habe ich sie gefragt und habe die Straßenkarte aufgehoben, sie wisse auch nicht, hat Livia gesagt, sie müsse nur irgendwie wieder heimkommen, ich habe auf die Karte geschaut, daran habe ich nicht gedacht gehabt. Das sei kein Problem, habe ich gesagt, und daß ich sie auf jeden Fall bis zum nächsten Bahnhof führen würde, doch es ist mir unvorstellbar gewesen, daß Livia allein zurückreisen könnte, daß wir nicht zusammenbleiben, und vielleicht habe ich auch gesagt, daß sie jetzt einmal noch nicht ans Heimfahren denken müsse, oder dann, daß wir im Norden aufgeschmissen seien, wenn die Bucht dort nicht schön sei, müßten wir um die Gironde weit über Bordeaux hinauf, im Süden aber könnten wir immer noch nach Spanien fahren, ohne daß es viel weiter wäre, Livia hat gelächelt, und ich habe sie gefragt, ob sie schon einmal in Spanien gewesen sei, wir haben uns eine Zigarette genommen. Livia hat mir Feuer gegeben, und mir ist leichter geworden, als hätte sie mir verziehen, wir würden morgen einfach fahren, bis es uns irgendwo gefalle, und daß es auf die paar Kilometer jetzt auch nicht mehr ankomme, habe ich dann gesagt, und Livia hat mir den Aschenbecher hergehalten, ich habe die Asche hineingekippt, oder sie hat den Aschenbecher auf die Bettdecke gestellt, und ich habe meine Hand auf ihr Knie gelegt, habe es gestreichelt, es ist zart und ihr Schenkel ist voll und warm gewesen, ich habe meine Hand auf Livias heller Haut gesehen, habe meine Hand auf ihrem Schenkel liegen lassen, und wir haben geraucht. Wo man überall hinkäme, habe ich einmal gesagt und habe mich im Zimmer wie umgeschaut, Livia hat gelacht, warum, hat sie gefragt, und ich habe gezögert, vielleicht wegen der Tapeten, habe ich gesagt, es ist eine gelb gestreifte Tapete gewesen, und meine Hand hat Livias Wärme geatmet, das Weiche wieder ihrer Haut als ein Versprechen, oder wir haben die Zigaretten ausgedämpft, haben uns dann berührt, unsere Hände, unsere Arme, wir haben uns auf unsere Schenkel gestützt und um unsere Schultern gehalten, haben uns geküßt, und die Straßenkarte hat unter unseren Bewegungen geknittert, ich habe sie zur Seite geschoben, Livia hat den Aschenbecher auf den Nachttisch gegeben. Ich habe ihren Hals geküßt, und ihre Haut hat salzig geschmeckt, vom Meer, vom Wind, ich habe seinen Duft in ihren Haaren gerochen und die lange Fahrt, den Rauch und Schweiß, Livia hat leise geatmet und tief, hat ihren Arm um meine Schulter gelegt, und ich habe ihren Hals dann heftiger fast gebissen, oder wir haben uns umarmt, im Sitzen, haben geschwankt und gelacht, haben uns wieder geküßt, unsere Zungen haben um unsere Lippen gespielt, und ich habe Livia gestreichelt, ihren Nacken, ihre Achsel, ihr Schlüsselbein und ihre Brust, ihre Hüfte, habe ihr T-Shirt gehoben, über ihre Brüste, sie sind hell und voll gewesen, und ihre Brustwarzen dunkler, fast blaß. Livia hat gelächelt, ich habe meine Hände auf ihre Brüste gelegt, habe sie gestreichelt, habe mich gebeugt und meine Lippen gegen ihr weiches Gewicht gedrückt, wir haben uns hingelegt, und ich habe mit meiner Zunge Livias Brüste umkreist, die Warzen, ihren Hof, habe nur unseren Atem gehört und das Weiche von Livias Haut, meiner Lippen, ich habe ihre Brustwarzen geküßt und sanft gedreht, habe ihre Warzen härter werden gespürt, Livias Atem hat gezittert, sie hat leise gestöhnt, und ihre Brustspitzen sind dann fast steif gewesen, ich habe meine Hand unter ihren Slip geschoben, habe ihre Schamhaare berührt, da hat Livia meine Hand am Gelenk zurückgehalten, sie habe die Zeit, hat sie gesagt, und ich habe gezögert. Wir haben uns dann umarmt, uns im Bett gewälzt, und es hat gegirrt, die Straßenkarte ist auf den Boden gerutscht, und wir haben uns übereinandergedreht, haben gekämpft, ich habe beide Daumen in Livias Achselhöhlen gedrückt, Livia hat geseufzt, hat sich aufgebäumt, und ich habe den Schweiß von ihrer Haut geküßt, oder wir sind wieder nebeneinandergelegen, schwer atmend, und haben uns angeschaut, haben stumm gelacht, es ist gewesen, als stände die Zeit still und das Zimmer, Livia ist mir mit der Hand durch die Haare gefahren, ich habe ihr Gesicht gestreichelt, habe meine Hand um ihren Arm gelegt, wir haben uns in die Augen geschaut, haben in unseren Augen den nächsten Angriff vorausgesehen.

Wir sind weitergefahren, Richtung Süden, durch Kiefernwald, die Straße hat als eine lange Schneise durch den Wald geführt, begleitet von Gebüsch, Ginster oder Tamarisken, berührt vom Licht in Spitzen, Flecken, dazwischen Schatten, manchmal hat es eine Abzweigung gegeben, ein Dorf, einen Friedhof, einen schmalen Fluß, wir haben Led Zeppelin gehört, und der Motor hat mit der Musik gedröhnt, oder dann hat das Tonband wieder zu eiern begonnen, hat es den Rhythmus verzogen, und Livia hat die Stoptaste gedrückt, sie hat auf Radio umgeschaltet und den Senderwahlknopf gedreht, es ist in allem eine Gleichmäßigkeit gewesen, als hätten wir uns an das tägliche Fahren gewöhnt. Livia hat eine Art Ferienhitparade gefunden, und es ist so weitergegangen, ohne Ende, leichter, dann wieder hat eine Stimme drauflosgeredet, die würden einfach zu viel quasseln, die Franzosen, habe ich vielleicht gesagt, oder einmal sind wir abgebogen, zum Meer, bei einer Kreuzung im Wald, einer Lichtung als Kreuzung, einer schwankenden Leere, ob wir schauen, wie es dort sei, habe ich Livia gefragt und habe zurückgeschaltet, wir sind auf einer schmale Straße Richtung Meer gefahren, sind zu einem Campingplatz gekommen, seinem Zaun entlang und vorbei an einem Tor aus Kiefernstämmen, Männer in kurzen Hosen haben davor geraucht, haben geschaut, wie eins geworden mit der Ödnis, der Einfahrt, dem Sand und Staub. Die Straße ist dann angestiegen und hat auf einen kleinen Parkplatz oder Wendeplatz geführt, er ist leicht abschüssig gewesen, sandverweht, und an seinem einen Ende ist ein Paar in einem dunkelblauen Renault gesessen, ich habe am anderen Ende von dem Platz geparkt, dahinter hat es einen Bunker gegeben, von den Deutschen, habe ich gesagt, und ein Wind hat das Dünengras gekämmt, hat gegen die Autotür gedrückt, ich habe meine Jacke am Revers zusammengehalten, Livia ist um den Volkswagen herumgekommen, und das Meer hat getost, ist tosend dann vor uns gelegen, mit Schaumkronen, hat seine Wellen in den Sand geschlagen und den Sand überspült, hat geschäumt. Der Strand ist endlos gewesen, weiter noch als bei Mimizan-Plage, nur von einem Schiffswrack unterbrochen, einem halben Schiff, seinem zerborstenen Rumpf, sonst haben wir weithin nur die Wiederholung des Gleichen als Erstreckung gesehen, Dünen und Meer, die Spaziergänger wie Anführungszeichen und einen schwarzen Hund, er hat die Brandung angebellt, und der Wind hat sein Gebell heraufgetragen, Livia hat den Rücken gegen das Meer gedreht, hat die Jacke vorgehalten, sie hat sich eine Zigarette anzünden wollen, und vielleicht haben wir unsere Hände dann zu einer Höhle zusammengelegt, die Flamme hat zwischen unseren Händen gewankt. Ich habe Livia sich bücken gesehen und den Wind in ihrem Haar, es zausen, habe zuinnerst gelacht, berührt von dem Zausen, den Spitzen, am Rand vom Parkplatz sind ein paar verrostete Ölfässer im Dünengras gelegen, und ich habe dann im Rost das Signet eines Ölkonzerns wiedererkannt, es sind fünf Fässer in einer Anordnung gewesen, als gäben sie ein Verhältnis wieder, ein zufälliges, ein grundlegendes, ich habe zurück hinaus aufs Meer geschaut, habe den Wind tief eingeatmet, und Livia hat geraucht, so kenne sie das Meer nicht, hat sie gesagt, so habe sie es noch nie gesehen, ich habe genickt, wie bestätigt, oder bin ein wenig hin und her gegangen. Die Grenze zwischen Asphalt und Sand ist verwischt gewesen, und ich habe den Renault wieder gesehen, das Kubische seiner Form, das dunkle Blau, habe Livia dann gefragt, ob wir weiterfahren, da hat Livia ihre Hand an meinen Arm gelegt, sie hat mich angeschaut, hat gelächelt, und hat mich geküßt, hat mich zu sich gezogen, hat sich gestreckt und ihre Lippen auf meine gelegt, wir haben uns geküßt, ich habe Livias Zigarettenatem geatmet, habe den Geschmack vom Rauch auf ihren Lippen geschmeckt, überrascht, ihre Haare haben meine Wange gestreift, und ihre Hand hat mich gehalten, am Arm, es ist gewesen, als küßte mich Livia zum ersten Mal. Ich habe gelacht, wie aufgeweckt aus einer Versonnenheit, und wir sind eingestiegen, der Wind hat meine Tür zugeschlagen, und Livia hat an ihrer schwer gezogen, ich habe ihr geholfen, habe mich an ihrem Arm eingehängt und auch gezogen, wir sind dann die Straße zurückgefahren und am Campingplatz wieder vorbei, an den Männern vor dem Tor, sie haben wieder geschaut, mit derselben müden Neugier, oder ich habe noch einmal angehalten, nach einer Weile, ich hätte auf der Düne oben nicht pinkeln können, vor dem Meer, habe ich zu Livia gesagt, und sie hat wie ungläubig geschaut, hat gewartet. Ich bin zwischen die Kiefernstämme hineingegangen, ein Stück in den Wald, und habe neben einem Stamm in den Sand gepinkelt, der Sand ist von Nadeln durchmischt gewesen, und ich habe den Waldboden dann als Stelle gesehen, habe Livia und mich uns wälzen gesehen und ihr Blut, in den Sand sickern, es hat ihn rot gefärbt, das Rötlichblonde der Nadeln, ich habe in die Kiefernkronen geschaut, und ihre Äste haben sich ineinanderbewegt, heftig, haben gerauscht, wir sind weiter Richtung Süden gefahren, und Livia hat dann, einmal, von ihrer ersten Reise erzählt. Der Fahrtwind hat in ihren Haaren gewirbelt, und sie hat erzählt, wie sie mit einer Freundin nach Bologna gefahren sei, wie sie am Abend kein Zimmer gefunden hätten, in der Stadt, und einer Straße entlang hinausgegangen seien, sie hätten draußen im Freien übernachten wollen und seien dann von Männern angesprochen worden, ob sie mitkämen, sie hätten nein gesagt, doch die Männer hätten sie verfolgt, am Stadtrand seien sie dann zu einem Kloster gekommen und hätten dort geläutet und gefragt, ob sie im Kloster übernachten könnten, doch es sei ein Männerkloster gewesen und habe keine Frauen aufnehmen dürfen, der Pförtner sei aber trotzdem fragen gegangen, und sie hätten dann ein Zimmer und sogar zu essen bekommen. Ich habe Livia erzählen gesehen, mit einem kurzen Blick, ihre Lippen, oder habe sie gefragt, wann das gewesen sei, und habe dann erzählt, daß ich ihr und ihrer Freundin ungefähr damals einmal begegnet sei, neben dem Pub, sie seien von den Parkplätzen hinter dem Pub gekommen, und wir hätten uns sogar gegrüßt, ich sei damals mit dem Moped oft stundenlang landauf und landab gefahren, habe ich gesagt, und daß ich nicht gewußt hätte, wohin ich solle, und so sei ich eben gefahren, später ist die Sonne hoch vor uns gestanden, über der Straßenschneise, sie hat auf unsere Hände und Arme gebrannt oder hat die Kiefern gestreift, hat durch ihre äußersten Äste gestochen. Manchmal habe ich einen Schluck

Wasser genommen, von dem lauen Wasser aus der Plastikflasche, oder Livia hat dann das Batterienfach vom Kassettenrekorder geöffnet, sie hat die Batterien auf dem schmalen Sims unter der Windschutzscheibe aneinandergereiht, hat sie in die Sonne gelegt, vielleicht würden sie so noch einmal, hat sie gesagt, und ich habe mich erinnert, an die Batterien von früher, wie ich sie bei meiner Großmutter auf die Holzverkleidung vom Radiator gelegt habe, damit die Wärme sie noch einmal auflade, die Batterien meiner Taschenlampe, ich habe ihr Bordeauxrot fast vergessen gehabt und das Warten, das Beten, während sie auf dem Radiatorrost gelegen sind, ich habe es Livia erzählt.

Einmal, zu Mittag, habe ich Wachteln gegessen, die Sonne ist gedämpft von weißen Vorhängen ins Gastzimmer gefallen, und die verkohlten Köpfe von den Wachteln haben sich ruckartig bewegt, ich habe das Fleisch von ihrem Rumpf gelöst, und Livia hat kaum weiteressen können, so hat sie gelacht, sie hat Tränen in den Augen gehabt, und ich habe auch lachen müssen, wegen Livia, in Italien esse man auch Wachtel, doch ohne Kopf, hat sie gesagt und hat sich die Tränen mit der Serviette abgewischt, wir sind allein in dem Gastzimmer gesessen, manchmal habe ich zur Tür geschaut. Neben der Tür ist ein Buffet mit Terrinen und Kuchen, Käse und einem Früchtekorb gestanden, es hat eine warme Stille ausgestrahlt, sein Holz ist von den Stimmen und Düften der Jahrzehnte wie imprägniert gewesen, und unser Lachen hat etwas Verletzendes gehabt, als kratze es an der Stille, ich habe es unterdrückt oder habe wieder lachen müssen, sie dürfe nicht mehr auf meinen Teller schauen, hat Livia gesagt, und es ist ihr hemmungsloses Lachen, das ich noch höre, daß ich das Licht wieder sehe, wie es ihr

Gesicht berührt hat, sanft, Livia hat als Nachspeise dann eine Frucht und ich habe Käse bestellt. Das dunkle Kleid der Wirtin ist von einer ähnlichen Stille gewesen wie das Buffet, sie hat den Früchtekorb und die Käseplatte gebracht, und Livia hat eine Birne genommen, ich habe gezögert, ob es Käse aus der Gegend gebe, habe ich die Wirtin gefragt, und sie hat mir dann einen Ziegenkäse und einen Hartkäse aus den Pyrenäen empfohlen, hat mir von beiden abgeschnitten, und ich habe gedankt, Livia hat die Birne geschält, der Ziegenkäse ist wie zerschmolzen im Mund, hat würzig und mild in einem geschmeckt, und ich habe geschwärmt, habe nachgeschenkt, der Käse sei eine Sensation, habe ich gesagt oder habe dann erzählt, wie ich einmal in Orange nur einen Käseteller gegessen habe. Ich hätte alle Gänge ausgelassen und dann von jedem Käse auf der Platte ein Stück abgeschnitten, da sei der Chef vom Restaurant vorbeigekommen, habe meinen Teller gesehen und mich beschimpft, was für eine Unverschämtheit das sei, er habe laut die Käsestücke auf meinem Teller gezählt, und ich hätte nur gesagt, daß ich sie zahlen würde, da habe sich ein Mann vom Nebentisch eingemischt, er habe den Chef angeschrien, was ihm einfalle und ob man hier nicht essen könne, was man wolle, das ganze Lokal habe schon zu uns hergeschaut, der Mann sei ein Italiener gewesen und habe mich nach dem Essen zu einem Schnaps eingeladen. Man dürfe sich das nicht bieten lassen, habe er erklärt, und daß wir Ausländer in Frankreich zusammenhalten müßten, dem sei ich mit meinem Käseteller gerade gelegen gekommen, habe ich gesagt, und Livia hat gelacht, sie hat dann einen Espresso genommen, und wir haben eine Zigarette geraucht, ich habe die Rechnung verlangt, der Rauch hat im gedämpften Licht gespielt, hat gequalmt und ist so sonntäglich, ist der Rauch der endlosen Nachmittage gewesen, der Ziegenkäse habe ausgezeichnet geschmeckt, habe ich der Wirtin gesagt, und sie hat mir erzählt, von einem Nachbarn, der ihn einmal in der Woche von Ich-weiß-nicht-wo bringe. Ich habe das Französische gemocht, das Wörtliche der Sprache, das Scheinhafte der Noten und die Prägung der Münzen, die Art, das Geld nachlässiger in die Hand zu nehmen und einzustecken oder liegenzulassen, wir sind weitergefahren, und ich habe den Wein als helles Dösen gespürt, die Landschaft ist dann offen mit Feldern, Korn und Wiesen unter der Sonne gelegen, oder ich habe auf einer Tafel am Straßenrand den Namen von einem Schloß gelesen, aus dem 14. Jahrhundert, ob wir das Schloß anschauen, habe ich zu Livia gesagt, und daß wir bis Biarritz heute sowieso noch leicht kommen würden, Livia ist es recht gewesen, und ich habe Zeichen gegeben. Eine Batterie ist vom Sims unter der Windschutzscheibe gefallen, Livia hat sie aufgehoben und hat die Batterien zurück in den Kassettenrekorder gelegt, das Schloß hat mit Türmen und Zinnen aus den Feldern geragt, ich habe auf einem Schotterplatz davor geparkt, und wir sind ausgestiegen, es hat gezirpt, das sehe geschlossen aus, hat Livia gesagt, wir sind zum Eingangstor gegangen, über eine Holzbrücke mit Zugketten, und haben die Frontmauer hinauf und in den hitzeblauen Himmel geschaut, auf einer Tafel am Tor habe ich die Öffnungszeiten gelesen, um drei würden sie aufmachen, habe ich zu Livia gesagt und habe meine Armbanduhr aus meinem Hosensack gezogen, es ist etwas nach zwei gewesen, wir haben gezögert.

Wir haben meinen Schlafsack und den Kassettenrekorder aus dem Wagen genommen, ich habe eine

Kassette mit Renaissancemusik dabeigehabt, habe sie in den Rekorder gegeben, zum Einstimmen, habe ich gesagt und habe die Starttaste gedrückt, habe das Trommeln und den Dudelsack gehört, die Batterien haben wieder gearbeitet, und wir haben die Türscheiben einen Spalt offen gelassen, haben die Türen zugeschlagen, die Sonne hat heruntergebrannt, wir sind vom Parkplatz zu einer Hecke und der Hecke entlang gegangen, einem Feld entlang, das Korn ist hoch gestanden, oder es ist ein Acker und er ist gepflügt gewesen, wir haben wegen der Buckel und Steine im Gras geschwankt. Wir haben keine schattige Stelle gefunden, und ich habe den Schlafsack dann nahe der Hecke ausgebreitet, so hätten wir wenigstens die Köpfe im Schatten, habe ich gesagt, Livia hat wie ungläubig geschaut, sie hat den Kassettenrekorder in den Schatten gestellt, und ich habe meine Jacke dazugelegt, habe die Starttaste wieder gedrückt, wir haben uns nebeneinander auf den Schlafsack gesetzt, und Livia hat die Zigaretten aus ihrer Tasche genommen, die Erde ist rissig und die Schollen vom Acker sind trocken vor uns gelegen, nichts hat gespiegelt, wir haben geraucht, die Musik ist als ein leichtes Wippen und Singen, kopfstimmig, im Rekorder hinter uns wie festgesessen. So eine Hitze, habe ich einmal gesagt, und daß es heute morgen doch am Meer noch richtig windig gewesen sei, ich habe meine Jacke zu einem Kissen geformt und habe mich hingelegt, habe die Erdknollen und Steine unter meinem Rücken gespürt und im Liegen weitergeraucht, der Zigarettenrauch hat meinen Mund ausgetrocknet, und die Musik hat dann als ein verspieltes Herumirren die äußersten Zweige der Hecke starr scheinen lassen, hat sich auf dem Spinett wie in einem Irrgarten bewegt, ich habe den Rauch zu den Zweigen hinauf fast geblasen, die

Sonne hat durch ihre Blätter geblinkt. Oder dann habe ich die Zigarette in die Erde gedrückt, habe ich ein Aststück unter dem Schlafsack herausgezogen und Livia gesehen, ihren Rücken und das leichte Sich-Drehen, das Ausdämpfen als Schulterbewegung, sie hat sich nach einem Zögern auch hingelegt, und wir haben ein sanftes Singen gehört, mehrstimmig zum Drehgeräusch vom Rekorder, ob ihr die Musik gefalle, habe ich Livia vielleicht gefragt, und die Hitze hat sich an der Hecke gestaut, manchmal habe ich eine Fliege, ihr Kitzeln, von meinem Arm vertrieben, oder ich habe mich wieder aufgestützt, und Livia hat geblinzelt, ich habe mich über sie gebeugt, habe meine Lippen auf ihre gelegt, auf ihr Lächeln, und unsere Küsse sind rauchig gewesen, ein Tasten. Wir haben leise geatmet, leise dann erregt, und ich habe Livia am Arm gehalten, habe das Feste gespürt, ihres Armes, und das Nachgeben unter meinen Fingern oder habe ihre Schulter gestreichelt, ihre Brüste, habe ihre Warzen durch den Stoff vom T-Shirt berührt, wir haben geschwitzt, und unsere Lippen haben sich voneinander gelöst, ich habe mit meinem Handrücken den Schweiß von meiner Stirn gewischt, und wir haben gelacht, erregt, stumm, die Luft ist zum Ersticken warm gewesen, und ich habe mich aufgesetzt, habe mit meinen Fingern Livias Lippen gestreichelt, das Offene ihrer Lippen und das Feuchte ihrer Haut, ihren Hals, dann habe ich mich auf den Bauch gedreht. Ich habe meine Jacke zur Seite geschoben und meine Stirn auf meinen rechten Unterarm gelegt, meine linke Hand hat Livias Schulter berührt, es sei brutal, diese Hitze, habe ich zu Livia hin in den Schlafsack gesagt, und wir sind so nebeneinander gelegen, still dann, die Musik hat sich in Ornamenten bewegt, und ich habe sie verfolgt, ihre Verschiebungen und Schlaufen, habe mich allmählich der

Hitze überlassen, oder Livia hat sich dann aufgesetzt, sie hat sich eine Zigarette angezündet, ich habe das Zwitschen vom Feuerzeug gehört und habe mein Kinn auf meinen Unterarm gehoben, habe dem Kassettenrekorder zugeschaut. Er hat die Spulen gedreht, ist schwarz im Schatten der Hecke gestanden, und ihre Stämme haben sich hinter ihm gekreuzt, haben aufgeragt, von dürrem Geäst gequert und gebettet in Gestein und Laub, es ist vermodert, ist von der Hitze wie noch einmal aufgebauscht gewesen, und Livia hat sich wieder hingelegt, hat in den Himmel geschaut und geraucht, hat geblinzelt, hat ihre Lippen zu einem O geöffnet und den Rauch in Ringen aufsteigen lassen, ich habe gelächelt, wie ich sie so gesehen habe, mit dem Rauch spielen, dann hat es die Musik wieder verzogen, hat sich ihr Auf und Ab zu einem Ziehen verformt.

Der Schotter hat geblendet, und vor dem Schloßtor ist ein Paar auf der Holzbrücke gestanden, ich habe den Schlafsack in das Loch hinter dem Rücksitz geworfen, die Luft im Wageninneren ist dumpf vor Wärme gewesen, Livia hat mir den Kassettenrekorder hereingegeben, und ich habe ihn auf den Boden gestellt, habe die Plastikflasche aufgehoben und habe einen Schluck Wasser genommen, das sei eine Suppe, habe ich zu Livia gesagt, und ob sie auch wolle, sie hat dann getrunken, hat den Kopf ins Genick gelegt, und ich habe uns wie plötzlich in einem Abenteuer gesehen, als Fahrende ohne einen Ort außer diesem Jetzt, bin mit dem Plastikdeckel in der Hand neben Livia gestanden oder habe ihn zurück auf den Flaschenhals gedreht. Wir sind zum Schloßtor gegangen, über den Schotter, die Brücke, ich habe das Paar gegrüßt, und die Frau hat zurückgegrüßt, sie hat ein T-Shirt mit dünnen

Trägern angehabt, ihre schweren Brüste haben den Stoff gespannt, und der Mann hat auf seine Uhr geschaut, hat dann wieder die Öffnungszeiten auf der Tafel gelesen, als könnten sie sich verändert haben, die Frau hat ihm gutgläubig und gelangweilt zugeschaut, und ich habe wieder ihre Brüste gesehen oder habe mich umgedreht, habe mich auf das Brückengeländer gestützt und in den Burggraben hinuntergeschaut, das Holz vom Geländer ist heiß und der Graben ist am Rand mit Gebüsch bewachsen gewesen. Ob es da unten wohl einmal Wasser gegeben habe, habe ich Livia gefragt, sie hat sich an das Geländer gelehnt gehabt und hat über die Schulter in den Graben geschaut, vielleicht, hat sie gesagt, oder dann ist ein weißes Auto hergefahren, in einer Wolke von Staub, der Schotter hat geknackt, und das Auto ist am Parkplatzrand stehengeblieben, ein Mann ist ausgestiegen, ich habe seine Glatze über das Autodach hinweg gesehen, und er ist zur Brücke gekommen, ist gedrungen gewesen, wie kompakt, und hat mit den Armen steif geschlenkert beim Gehen, hat einen Schlüsselbund getragen, in der einen Hand, er hat gegrüßt. Er hat einen größeren Schlüssel aus dem Bund gehoben und hat eine Tür im Schloßtor aufgesperrt, das Paar ist hinter dem Mann hineingegangen, ist nahe der Tür vor einer Holzkabine stehengeblieben, und ich habe in den Hof gesehen, den weißen Kies über die Schulter der Frau hinweg, ein bleicher Streifen hat ihre gerötete Haut wie geteilt, von einem Badekleid, habe ich gedacht, und Livia hat ihre Hand an das Holz vom Tor gelegt, es sei ganz schön warm, hat sie gesagt, wir sind durch die Tür hinein und zum Schalter gekommen, der Mann hat zwei Eintrittskarten abgestempelt, *deux fois, ça fait dix francs*, hat er gesagt, so selbstverständlich, als wären auch wir ein

Paar, ich habe gezahlt. Er hat gedankt, und seine Handrücken sind dicht behaart gewesen, die Eintrittskarten zwei große Scheine mit einer Zeichnung vom Schloß, ich habe die Karten gefaltet und in die Jackentasche gesteckt, im Schloßhof hat es einen Brunnen gegeben, und eine überdachte Holzstiege hat einer Hofmauer entlang zu einer kleinen Tür hinaufgeführt, weiter oben haben Fenster die Mauer unterteilt, und wir haben vielleicht durch ein Eisengitter hinunter in den Brunnen geschaut, sind dann über die Holzstufen hinaufgestiegen, das Paar ist noch unten im Hof gestanden, in der Sonne, und der Mann hat in einem Kulturführer gelesen, hat der Frau vorgelesen, und sie hat heraufgeschaut. Unsere Blicke sind sich begegnet, kurz wie kaum, oder ich habe Livia wieder vor mir gesehen, die schmale Sehne ihrer Ferse als Verletzbarkeit, fast mädchenhaft, die Jeans ihre Sehne streifen, mit jeder Stufe, oben hat Livia die Tür geöffnet, und ich habe mich geduckt, die Hitze hat innen gedämpft geduftet vom Geruch der Möbel und Teppiche, dem Holz, dem Stein, wir sind von Raum zu Raum gegangen, die Deckenbalken sind mit farbigen Schnitzereien verziert und die Decken bemalt gewesen, mit Ornamenten, Tieren, einer Elster, an den Wänden sind Schränke und Truhen gestanden, und wir haben uns manchmal auf etwas aufmerksam gemacht. Ich habe wie benommen geschaut, habe die Dinge bewundert, ohne sie zu sehen, habe nur das Vergangene gesehen, ihres Gebrauchs, wir sind über Holzstufen in einen höheren Stock gestiegen, dort hat es ein Schlafzimmer gegeben, ein Zimmer mit einem Bettkasten und einer Kinderwiege daneben, Livia hat in einer Mauernische ein Plumpsklo entdeckt, und ich habe mich über das Loch gebückt, habe der Außenmauer vom Schloß entlang hinuntergesehen, oder wir haben dann durch die Fensterluken von einem Turmzimmer hinausgeschaut auf die blaßgoldenen Felder, auf die gepflügten Äcker oder Stoppeln, fast gleißend unter der Hitze, ich habe das Meer gesucht. Ich habe geglaubt, das Meer zu sehen, oder habe den Volkswagen gesehen, auf dem Schotter, sein Spiegeln, schau, habe ich zu Livia gesagt und habe ihr den Volkswagen gezeigt, sie hat gelacht, es ist etwas Endloses auf der Landschaft gelegen, ein Ton, kaum von Dörfern unterbrochen, kaum von Wegen gekreuzt, ein Raubvogel hat dazu Kreise gezogen, oder wir sind dann wieder neben dem Volkswagen gestanden, haben die Autotüren weit geöffnet, die Hitze hat sich im Wageninneren verdickt gehabt, und ich habe meine Jacke auf unser Gepäck geworfen, Livia hat sich eine Zigarette angezündet, wir haben gewartet, bis es im Wagen erträglicher würde, das Licht ist auf den Schotter geplatzt. Kein Halm hat sich bewegt, nur das Rauschen von der Straße her, das Zirpen als Schwingen, ich habe Livia rauchen gesehen, ihre Geduld, ihr Stehen und Schauen, es nütze nichts, habe ich nach einer Weile gesagt, und daß es vielleicht besser würde, wenn wir fahren, Livia hat die Zigarette zur Seite geworfen, leichthin wie einverstanden, und wir haben die Türscheiben ganz hinuntergedreht, sind eingestiegen und haben uns nicht zurückgelehnt, sind steif auf den heißen Plastikbezügen von den Autositzen gesessen, und ich habe das Lenkrad mit den Fingerspitzen geführt, wir sind auf dem Schotter zurück zur Straße in den Süden gefahren, es hat hinter uns gestaubt.

Livia ist still neben mir gesessen, und hat vor sich hin geschaut, hinaus, der Fahrtwind hat in ihrem Haar gewirbelt, und der Asphalt hat geblendet, manchmal habe ich überholt, oder wir sind längere Zeit hinter demselben Auto hergefahren, in einer gleichmäßigen Geschwindigkeit, einer Nachbarschaft fast, bis es abgebogen ist, bis ich sein Kennzeichen schon wie auswendig gekannt habe, einmal haben wir in einem Feld oder auf einem Schuttplatz ein Riesenplakat in Stierform gesehen, dann die Rückseite, das rostige Gestänge im Gelb der Ähren, im fahlen Gestrüpp, der Stier ist in einer losen Reihe von Plakaten gestanden, wir sind nach Bayonne gekommen. Wir sind U-förmig angelegten Siedlungsblöcken entlang gefahren, und die Leere zwischen den Blöcken ist begrünt gewesen, der Rasen versengt, auf den Spielplätzen Kinder, sie haben gespielt, bei einer Kreuzung hat es einen Supermarkt gegeben, *Supermarché* hat in geschwungener Schrift von seinem Flachdach auf in den Schein der Sonne geragt, ich habe die Ampel im Gegenlicht kaum leuchten gesehen, habe den Sonnenschutz hinaufgeklappt, ob die Ampel jetzt rot oder grün sei, habe ich Livia gefragt, und wir haben dann beide zur Ampel hinaufgeschaut, sie ist auf Grün umgesprungen, hat grün geglost, und ich habe erzählt, daß ich eine Zeitlang in so einer Vorstadt gewohnt hätte, bei einer Familie, und wie sie sich einmal ein Auto geliehen hätten. Wir seien einkaufen gefahren, zuerst Miesmuscheln und Krabben bei einem Fischer, dann zu einer Hühnerzucht, dort hätten sie etwa acht Hühner ausgewählt, man habe den Hühnern die Beine zusammengebunden, habe sie in eine Schachtel gegeben, und ich hätte im Auto aufpassen sollen, daß keines herauskomme, denn die Familie habe noch Eier gekauft, ein Huhn sei aber aus der Schachtel aufgeflogen und habe mit den Flügeln so um sich geschlagen, daß ich geflohen sei, die Hühner seien wie irr im Auto herumgeflattert, und es habe dann ausgesehen wie ein Hühnerstall, habe ich gesagt, wir haben gelacht, oder ich habe weitererzählt, daß sie die Hühner selbst geschlachtet und gerupft hätten, für sich und die Nachbarn, und wie wir beim Essen die Knochen zur Balkontür hinausgeworfen haben. Es sei dort eine gute Zeit für mich gewesen, habe ich gesagt, und wir sind in eine belebte Straße gekommen, mit Auslagen und Bars und Lautsprechermusik, über der Straße sind in einem Zickzack bunte Wimpel gehangen und an den Türstöcken ganze Schweinsschinken, manchmal eingewickelt in Silberpapier, wir sind im Schrittempo gefahren, und die Musik hat gedröhnt, hat die Straße in ein Scheppern von französischen Schlagern gehüllt, ich habe anhalten wollen, ein Fest, habe ich zu Livia gesagt, und sie hat gelacht, wegen meiner Begeisterung, die Leute haben sich auf den Gehsteigen gedrängt. Die Entgegenkommenden haben Tombolapflanzen getragen, haben Kinder mit Luftballonen neben sich hergezogen, bei einer Schranke ist ein Polizist gestanden, in beiger Polizistenkleidung, er hat den Verkehr nach links gewunken, und hinter der Schranke ist das Gedränge noch größer gewesen, habe ich Rauch aufsteigen gesehen, es hat nach Gegrilltem gerochen, ob sie es rieche, habe ich Livia gefragt, und ich habe einen Parkplatz gesucht, oder wir sind dann weiter Richtung Biarritz gefahren, über die Küste, wenn wir ein Zimmer hätten, könnten wir am Abend immer noch zu dem Fest, habe ich gesagt, später haben wir das Meer wieder gesehen. Es hat geflimmert unter der Sonne, ist ein einziges Flimmern gewesen, geriffelt, weithin, und die Küste ist steil von der Straße abgefallen, die Böschung steil angestiegen, von Rhododendren bewachsen, von Hartlaubgebüsch und Kiefern, vielleicht Zypressen, dazwischen sind Villen an den Hängen gelegen, alte Holzbauten mit Schnitzereien und Balkonen, ehemalige Sommersitze, wie von russischen Fürsten, habe ich gedacht, und Livia hat sich eine Zigarette angezündet, sie hat immer wieder hinaus aufs Meer geschaut, und ich habe beschleunigt, wie aus Übermut, um die Kurven oder dann auf eine Landzunge mit einem Leuchtturm zu, das sehe alles ziemlich reich aus, hat Livia einmal gesagt, und mir sind die vielen Villen auch nicht geheuer gewesen, ich habe wieder gezweifelt, ob wir da bleiben würden. Wir sind über eine Anhöhe zu einem Palast von einem Hotel gekommen, an dem Palast vorbei und einer Promenade, einem Strand entlang, hinter einem Bus, in einem Stadtleben am Meer, bewegt und dicht, mit Gehupe, mit Leuten in Alltagskleidung, Berufstätigen und Touristen, Livia und ich haben uns angeschaut, wie fragend, lächelnd, oder Livia hat noch einmal inhaliert, hat den Zigarettenstummel dann hinausgeworfen, und es ist über Hortensienhänge hügelan gegangen, langsam in einer Kolonne, von Motorrädern überholt, mit einem kurzen Ausschwenken und Aufheulen hinein durch ein Tunell, auf einem Felsen draußen haben wir eine Figur, eine Madonna, gesehen. Die Straße hat nach dem Tunell in eine Bucht und in einer Kurve dann um die Bucht geführt, dort habe ich den Volkswagen auf die Gegenfahrbahn und seitlich zurück zwischen zwei Autos gestellt, bin ich mit dem Hinterrad auf den Gehsteig hinaufgefahren, dann ein wenig vorwärts, über den Randstein wieder herunter, die Reifen haben hinten und vorne am Randstein geschleift, ich habe geschwitzt, der Volkswagen ist in der Kurve festgeklemmt gestanden, und wir sind ausgestiegen, Livia ist um den Volkswagen auf den Gehsteig gekommen, ich habe die Räder angeschaut, beide sind eng am Randstein angelegen, und der Randstein hat in einem Bogen von Rad zu Rad geführt. So würde ich das Auto nicht stehenlassen, habe ich gesagt und bin wieder eingestiegen, habe den Motor gestartet, das Vorderrad ist vom Randstein blockiert gewesen, und das Lenkrad hat sich kaum drehen lassen, ich habe in den Rückwärtsgang geschaltet und mit der Kupplung und dem Gas langsam Druck auf den Hinterreifen gegeben, der Motor hat gedröhnt, und ich habe die Handbremse gezogen, habe das Lenkrad gegen die Straße gedreht, es hat sich ein wenig drehen lassen, ich habe die Handbremse gelöst, und das Auto ist um eine Spur vorwärtsgerollt, dann wieder festgesessen, ich habe das Lenkrad zurück, wieder gegen den Randstein gedreht. Livia ist auf dem Gehsteig gestanden und hat mir zugeschaut, vielleicht hat sie es nicht eingesehen, daß ich mich so gequält habe, doch sie hat nichts gesagt, ein paar Fußgänger sind stehengeblieben, mit Badetaschen unter dem Arm, oder einer hat mir Anweisungen gegeben, er hat sich zum offenen Türfenster herunter geduckt, und ich habe nicht hingehört, ich habe den Volkswagen langsam aus der Kurve herausgearbeitet, bin mit dem Hinterrad dann wieder über den Randstein hinaufgekommen, auf den Gehsteig, und Livia hat mir gewunken, hat mir den Abstand zum hinteren Auto gezeigt, ich bin schweißnaß gewesen, der Schweiß hat in meinen Augen gebrannt. Ich habe ihn mit dem Handrücken aus den Augen gewischt und bin ausgestiegen, habe die Reifen angeschaut, die Schleifspuren und den Randstein, das Schwarze vom Gummi, so ein Blödsinn, habe ich gesagt, dann sind wir weitergefahren, tiefer in die Bucht, dort hat es einen Platz mit zwei Doppelreihen von geparkten Autos gegeben, habe ich in der oberen Reihe eine Lücke gefunden und geparkt, ich habe den Zündschlüssel gedreht und bin sitzengeblieben, hinter dem Lenkrad, der Schweiß ist mir über das Gesicht geronnen und hinunter über den

Hals, ich habe vor mich hin hinausgeschaut. Die Sonne hat in der Windschutzscheibe vom Auto gegenüber gespiegelt und ist dahinter auf den geschlossenen Fensterläden von einem palaisartigen Haus gelegen, ich habe den Schweiß rinnen lassen, habe ihn rinnen gespürt, dann Livia, ihre Hand, sie hat mit einem Papiertaschentuch meine Stirn abgetupft, hat den Schweiß von meinen Schläfen gewischt, von meinen Wangen und meinem Kinn, ich habe die Augen geschlossen und ihre Finger verfolgt, ihren leichten Druck durch das feuchte Papiertaschentuch, sie hat ein zweites aus ihrer Tasche genommen und ist mir damit über die Augen gefahren, wieder über die Stirn und um die Lippen, ich habe über ihre Zärtlichkeit gestaunt, habe gelächelt, habe stumm gelacht.

Wir sind ausgestiegen, wie benommen von der Fahrt, und es ist gewesen, als gingen wir dem palaisartigen Haus entlang in eine Straße, als wäre es eine Einbahnstraße und käme der Verkehr uns entgegen, als sähen wir auf der gegenüberliegenden Straßenseite ein Hotel, das HOTEL ATLANTIC, so märchenhaft, so angeschrieben, es ist ein Zwei-Stern-Hotel gewesen, mehrstöckig und mit kleinen Balkonen im ersten Stock, wir haben gezögert, oder ich habe Livia dann neben mir die Straße überqueren gesehen, ihren fast schlendernden Gang, im Erdgeschoß hat es ein Restaurant gegeben, und im Fenster rechts vom Eingang eine Karte mit den Menüs, ich habe sie gelesen, vielleicht auch die Zimmerpreise, auf einem eigenen Zettel, das sei nicht teuer, habe ich zu Livia gesagt. Wir sind hinein und durch einen Flur bis zur Rezeption gegangen, einem hohen Pult mit einer Lampe und Prospekten, die Wirtin hat uns gesehen, oder ich habe geklingelt, sie ist vom Speisesaal zur Rezeption gekommen und hat gegrüßt, was wir wünschten, hat sie gefragt, und ich habe wieder meinen Satz gesagt, von dem freien Zimmer für zwei Personen, *voyons*, hat die Wirtin gesagt und ist um uns herum und hinter das Pult gegangen, sie hat sich über eine Agenda gebeugt, hat gefragt, für wieviel Nächte es sei, ich habe Livia angeschaut, was wir sagen sollten, habe ich sie gefragt, wie lange wir bleiben würden, Livia hat gelächelt. Sie wisse es nicht, hat sie gesagt, und ich habe drei Nächte vorgeschlagen, das könnten wir schon riskieren, Livia ist einverstanden gewesen, *pour trois nuits*, habe ich dann der Wirtin gesagt, und sie hat wieder in die Agenda geschaut, ich habe ihre Schrift gesehen, in großen Schleifen die Namen der Gäste, es hat nur ein Zimmer ohne Dusche gegeben, mit Dusche und Toilette im Gang, das sei gut, habe ich gesagt und habe vielleicht auch gefragt, was das Zimmer koste, oder habe Livia den Preis übersetzt, 35 Francs, als würde sie kein Wort Französisch verstehen, Livia hat geschaut, wie abwesend, hat vielleicht genickt. Also würden wir das Zimmer 5 nehmen, hat die Wirtin dann gesagt und den Schlüssel vom Brett genommen, sie hat kleine Hände gehabt und schwere Arme, hat ein braunes Kleid getragen und ist uns vorausgegangen, durch eine Flügeltür und eine Stiege hinauf, in den ersten Stock, das Stiegenhaus ist bordeauxrot tapeziert und von einer Deckenlampe im Zwischengeschoß schwach beleuchtet gewesen, es sei vielleicht gut, wenn wir einmal ein paar Tage wo bleiben, habe ich zu Livia zurück gesagt, oben ist es um ein Eck gegangen und um ein zweites, dann hat die Wirtin das Zimmer 5 aufgesperrt. Die 5 ist als eine schwarze Schablonenfünf auf die weiße Tür gemalt gewesen und das Zimmer von zwei Türläden verdunkelt, bis auf ein mattes

Scheinen, es hat nach Stille gerochen, alt und frisch und rein, die Wirtin hat die Balkontür geöffnet, hat die Türläden aufgestoßen, und der Verkehr und das Licht sind hereingeströmt, es sei schön, das Zimmer, habe ich gesagt oder habe Livia dann gefragt, ob es ihr gefalle, bei der Balkontür hat es ein Waschbecken gegeben, an der linken Wand, und einen Tisch, zwei Stühle, rechts einen Schrank, daneben das Bett, ein französisches Bett, es sei schon recht, hat Livia gesagt. Die Wirtin hat uns dann die Toilette und die Dusche gezeigt, in einem Gang um ein nächstes Eck, sie hat ihr Haar straff zurück zu einem Knoten gebunden gehabt, hat gelächelt, hat Livia angelächelt, als wollte sie Livia gewinnen, wir haben die Dusche kaum angeschaut, sind die Stufen wieder hinuntergestiegen, unten habe ich, an der Rezeption, den Meldezettel ausgefüllt, ich habe die Paßnummer eingetragen und Livia dann Platz gemacht, habe ihr den Kugelschreiber gegeben, es würde schon genügen, hat die Wirtin gesagt, und Livia hat ihren Paß zurück in die Tasche gesteckt, es ist ein italienischer Paß gewesen. Wir sind dann zurück zum Parkplatz gegangen, der Sonne über dem Meer entgegen, da seien wir, glaubte ich, gut untergebracht, habe ich zu Livia gesagt, oder daß die Wirtinnen eine Schwäche für sie hätten, Livia hat eine Augenbraue verzogen, wie ungläubig, und wir haben unser Gepäck geholt, ich habe den Kassettenrekorder hinter dem Rücksitz versteckt, habe dann den Kofferraumverschluß geöffnet, und die Haube ist leicht aufgesprungen, sie ist zuvorderst dicht von Mückenpunkten und Insekten übersät gewesen, von Flecken mit Flügeln, und ich habe sie gehoben, habe meinen Turnsack aus dem Kofferraum genommen und Livia den Sack mit dem Zelt gezeigt, sie hat geschaut, hat gelacht, oder ich habe die Haube wieder zugeschla-

gen, das Blech hat gescheppert, hat als ein Zeichen der
Ankunft scheppernd geknallt.

Wir haben uns im Zimmer eingerichtet, ich habe mich
hinaus auf den Balkon gestellt, habe auf einen Balkon
gegenüber gesehen, er ist lang und begrünt gewesen
mit blühenden Farben, von einem Oleander und
Kakteen, ich habe mich auf das Gußeisengeländer
gestützt, habe auf die Straße und die Straße entlang
geschaut, habe über ihrem Ende das Meer gesehen,
tiefbläulich schimmernd, man sehe das Meer, habe ich
zu Livia hinein gesagt, wir hätten ein Zimmer mit
Blick aufs Meer, Livia ist herausgekommen, und ich
habe sie dann schauen gesehen, ihren Nacken, ihr
Haar, um ihren Nacken spielen, vielleicht höre man es
auch, das Meer, in der Nacht, habe ich gesagt. Livia ist
dann duschen gegangen, und ich habe noch einmal
hinuntergeschaut, zum Meer und auf die Straße, auf
das Vorbeiziehen der Autos, habe die Hände an den
Lenkrädern gesehen und auf den Schenkeln liegen,
Ellbogen aus den Türfenstern ragen oder Finger zu
einer Musik trommeln, auf ein Autodach, die Autos
sind langsam nachgerückt, vorbeigerollt, den geparkten Autos entlang, zur Bucht hinab, manchmal
hat eines gehupt, haben ein paar gehupt, hat ein
Motocyclette sich zwischen den Autos durchgeschlän-
gelt, und die Fahrerin ihre Beine auf dem schmalen
Trittbrett stehen gehabt, die gebräunten Schenkel
aneinandergelegt, die Fußgänger am Gehsteig gegenüber haben sich gekreuzt, mit langen Schatten, haben
gezögert, haben gegrüßt, ich bin zurück ins Zimmer
gegangen. Ich habe meinen Koffer auf ein Metallgestell neben der Tür gehoben gehabt, habe ihn geöffnet und frische Wäsche herausgenommen, habe sie
auf den Tisch gegeben, auf dem Tisch ist ein Aschen-

becher gestanden, dreieckig und gelb, oder er ist rund gewesen mit der Aufschrift PERNOT, blau auf dem Glas, ich habe Kafkas *Prozeß* danebengelegt, habe meinen Toilettbeutel auf den Tisch gestellt und den Plastiksack mit der Dreckwäsche neben dem Koffer an die Wand gelehnt, dann habe ich die Schuhe ausgezogen und die Socken, habe ich mich aufs Bett gesetzt, es hat nachgegeben, ein wenig, und ich habe mich hingelegt. Ich habe mich auf den Bettüberwurf gelegt und habe hinauf zur Decke geschaut, habe hinausgehört, auf den Verkehr, auf das Verlangsamen und das Anfahren, die Stimmen, die Zimmerdecke ist fast weiß gewesen, kaum vergilbt mit wenig Rissen, einer Neonlampe in der Mitte, von der Balkontür her hat sich in einem Delta Licht über das Weiß verteilt, und ich habe geschaut, als müßte die Decke sich noch bewegen, gleichzeitig bin ich angekommen, in dem Hören und Sehen, in dem fast rhythmischen Auf und Ab des Verkehrs, habe ich mich davon tragen lassen, und ein leichter Luftzug hat meine Füße gestreift, dann hat es geklopft, bin ich aufgestanden, in meine Schuhe gestiegen und zur Tür gegangen, ich habe den Türknopf gedreht. Livia hat geduftet, nach ihrer Seife, hat das feuchte Frotteetuch beim Waschbecken aufgehängt, sie hat ein frisches T-Shirt angehabt, ein rotes, wie sie dufte, habe ich zu ihr gesagt, oder daß ich noch wie ein Berserker stinke, und sie hat gelacht, ich habe das Schampon und die Seife aus meinem Toilettbeutel genommen, Livias Duft hat mich an unser Zimmer im Park erinnert, und ich habe ein Frotteetuch über den Arm gelegt, es ist fast steif gewesen, ob ich Wäsche zu waschen hätte, hat mich Livia vielleicht gefragt, vielleicht habe ich gesagt, daß ich selber einmal waschen würde, dann bin ich duschen gegangen. Das Wasser ist in mehrere Richtungen aus dem Plastikduschkopf gespritzt, und ich habe mich unter das dichteste Strahlenbündel gestellt, habe das Wasser über den Kopf und die Arme rinnen lassen, über die Schultern, und es rinnen gesehen, über den Bauch, das Geschlecht und die Schenkel hinunter, ich habe mir die Haare gewaschen, habe mich eingeseift und habe lange geduscht, habe das Wasser über meinen Rücken rinnen gespürt und bin so bei mir gewesen und habe an Livia gedacht, an unser Zimmer, zuinnerst wie erregt, das Wasser hat sich im Fußbecken gestaut, hat es dann bis an seinen Rand gefüllt, ich habe mich abgetrocknet. Ich habe die frische Wäsche vergessen gehabt und bin nackt in meine graue Hose gestiegen, bin, das T-Shirt und die Unterhose, das Schampon, die Seife und das Frotteetuch in den Händen, zurück zum Zimmer gegangen, zur Tür 5, und habe geklopft, mit der Schamponflasche an die Tür, Livia hat aufgemacht, sie hat gelacht, wie sie mich so beladen gesehen hat, ich hätte die frische Wäsche vergessen, habe ich gesagt, im Zimmer hat es nach Waschmittel gerochen und nach Zigarettenrauch, Livia hat Wäsche im Waschbecken eingeweicht gehabt, neben dem Kaltwasserhahn ist eine rosarote Waschmittelflasche gestanden. Livia hat geraucht, sie ist hinaus auf den Balkon gegangen, und ich habe die Seifenschachtel und das Schampon auf den Tisch gestellt, ich habe die Dreckwäsche in den Plastiksack geworfen und das feuchte Frotteetuch aufgehängt, habe mich umgezogen, habe meine graue Hose ausgeschüttelt, als könnte ich die lange Fahrt aus ihrem Cord schütteln, und habe Livia draußen stehen gesehen, auf das Geländer gestützt, ihren Rücken, ihre Hüften, ihre Haare mit feuchten Spitzen und den Zigarettenrauch als Rauchspur im Schatten, vor den Häusern in der Sonne gegenüber, Livia hat hinunter zum Meer geschaut.

Wir sind über eine Stahlgitterbrücke hinaus zu der Madonna auf dem Fels gegangen, das Meer hat die Wellen in die Klippen am Felsfuß geschlagen, hat sie überschwemmt und das Wasser in Fetzen von Fontänen aufgesteigen lassen, hat gerauscht, wir haben Spanien gesehen, als einen Landstreifen, einen Rand zum Horizont, dort sei Spanien, habe ich zu Livia gesagt, wie erstaunt, es dort zu sehen, wo ich es von den Karten her gekannt habe, als Ost-West-Küste, Livia hat geschaut, stumm wie aufmerksam, draußen hat ein breiter Weg um den Felsspitz geführt, ist die Madonna, von einem Reifen mit Speeren geschützt, über uns gestanden, einsamstehend in der Pose einer Hinausschauenden, Wartenden, Bezwingerin, das Meer ist eine Weitumausdehnung gewesen, ein Endlosblickraum. Es hat gespiegelt unter der tiefen Sonne, hat geschäumt in der Nähe der Strände, von vorgelagerten Felsquadern unterbrochen oder von der Landzunge mit dem Leuchtturm eingegrenzt, wir haben es wie unermüdlich gesehen, das Meer, immer wieder das Näherrollen der Wellen, das Tosen und Zurückweichen, oder sind dann Hortensien entlang, unter den Hortensien zur Strandpromenade gegangen, zur *Grande Plage*, wie der Strand auf dem Stadtplan im Prospekt geheißen hat, wir sind über die Ufermauer hinunter in den Sand gestiegen und haben die Schuhe ausgezogen, Livia ihre Mokassins, ich habe meine Socken in die Jackentasche gesteckt. Der Sand ist fein und es ist ein Wechseln vom Sehen zu einem Spüren gewesen, der Wärme, des gröberen Sands vom Muschelkies, wir haben die Hosenröhren hinaufgekrempelt, und es hat sich in unserem Gebücktstehen ein Ewiges wiederholt, noch einmal, als wäre es im Sich-Bücken seit je bewahrt, als wären wir gebückt älter als aufschauend, uns näher als im Sehen, und wir sind dann über den feuchten Sand zum Wasser gegangen, es hat unsere Zehen, unsere Fersen umspült, kühl fast, und wir haben gelacht, es hat unsere Füße überschwemmt, ist Welle um Welle in den Sand gebrochen, und hat gerauscht, ist in Zungen ausgelaufen, gegen den Strand, und versickert, ist zurückgeströmt. Wir sind, unsere Schuhe in den Händen, im seichten Wasser gestanden oder sind dann dem Meer entlang gegangen, und ich habe Livias Füße gesehen, das Fingerzarte wieder ihrer Zehen, manchmal ist das Wasser bis über unsere Knöchel gestiegen, oder wir sind mit der Rückströmung hinausgelaufen, gegen das Meer, und vor der nächsten Welle zurück, lachend wieder zum Strand, ich habe die Hosenröhren noch einmal umgeschlagen, ihre seien sowieso schon naß, hat Livia gesagt und ist wieder hinausgelaufen, ist draußen stehengeblieben, die nächste Welle hat ihre Beine umspült, und ich habe wie erschrocken fast gestaunt, wie Livia so im Wasser gestanden ist, es hat ihre Jeans bis zu den Knien durchnäßt. Wir sind weitergegangen, und ich habe dann hinaus gegen die Brandung geschaut, zu einem Felsquader und dem Leuchtturm dahinter, das rötliche Licht hat den Quader zerklüftet, hat den Turm umhüllt, und es hat den Augenblick gegeben, wo mir gewesen ist, als hätte das Meer uns um unsere Geschichte gebracht, um die Tage und Nächte unserer Fahrt, ich habe Livia angeschaut, stumm mit der Angst, es könnte so sein, vielleicht sind wir auch stehengeblieben, vor dem Hotelpalast über dem Strand, habe ich meine Schuhe in eine Hand genommen und meinen Arm um Livia gelegt, haben wir uns geküßt, hat Livia gelächelt, und habe ich dann gewußt, daß die Angst meine Besessenheit ist, wir sind umgekehrt. Wir sind am feuchten Sand zurück fast geschlendert, die gerötete Sonne hat in den Wohnblöcken entlang der

Uferpromenade gespiegelt, in ihren Fenstern und an den Felsen, manchmal sind wir anderen Strandgehern begegnet, einem Frauenpaar oder drei Männern im Gespräch, einem Hund, und wir haben gelacht, ich wieder wegen Livia, wegen ihrer nassen Hosenröhren, ich hätte gemeint, ich würde nicht recht sehen, wie sie draußen stehengeblieben sei, und ob sie glaube, daß die Hose heute noch trockne, habe ich zu Livia gesagt, wir sind dann über den Strand zurück zur Ufermauer gegangen, die Sandbuckel haben geleuchtet. Sie haben lange Schatten in die Mulden der Schrittspuren geworfen, und wir haben uns auf die Treppe in der Ufermauer gesetzt, der Sand hat an den Füßen gehaftet, wir haben ihn von den Sohlen geklopft und von den Fersen, haben ihn mit den Fingern zwischen den Zehen herausgerieben, sind so beschäftigt auf den Stufen unter der Promenade gesessen, auf dem warmen Stein, wie zufrieden, wie verspielt, oder Livia hat mich gefragt, ob wir einen Apero trinken gehen, und ich habe das Wort kaum gekannt, es ist aus einer anderen Welt gewesen, ein Apero sei mir schon recht, habe ich dann gesagt und habe die Hosenröhren hinuntergekrempelt. Wir haben uns vor eine Bar in die letzte Sonne gesetzt, haben geraucht und bestellt, haben Cynar und Pastis getrunken, es ist eine Sandwich-Bar an der Uferstraße gewesen, und wir haben dem Verkehr zugeschaut, dem Sich-Kreuzen und den Hortensien dahinter, sie haben über eine Mauer geragt, ich hätte endlos so schauen können und rauchen, und Livia hat dann erzählt, von daheim, sie hat mir manchmal in die Augen geschaut, wie offen fragend, daß es doch so sei, fast fordernd, daß ich zur Seite geschaut habe, auf ihre Hände, oder genickt habe, gesehen habe, ihren Mund, fast lächelnd vor Verachtung, man habe sie oft wie Halbkriminelle behandelt, nur weil sie nicht vom Dorf gewesen seien, hat sie gesagt, für mich hat das Dorf immer nur meinen Untergang im Sinn gehabt.

Wir sind in das Restaurant von unserem Hotel essen gegangen, es ist fast voll gewesen, und die Wirtin hat uns einen kleinen Tisch zugewiesen, hat ihn ein Stück weggerückt von einer Reihe aneinandergestellter Tische mit ein paar jungen Männern, Soldaten, sie haben durcheinandergeredet, und ich habe gedankt, die Wirtin hat uns dann die Karten gebracht, es hat drei Menüs gegeben, ich habe Livia die Vorschläge für jeden Gang übersetzt, lückenhaft, habe das Wörterbuch im Zimmer oben vergessen gehabt und habe es vielleicht geholt, das Zimmer ist still wie für sich im letzten Leuchten von draußen gelegen, und ich habe gezögert, habe eine Amsel gehört, ihr Singen, die Stille, als wäre das Zimmer ganz Ohr, ich habe das Wörterbuch vom Tisch genommen und eingesteckt. Livia hat geraucht, ich habe mich zurück ihr gegenüber gesetzt und habe geblättert, manchmal hat die Kellnerin eine Platte vorbeigetragen, habe ich ihr nachgeschaut und das Gericht dann auf der Karte gesucht, oder ich habe am Nebentisch Schüsseln voll Muscheln und Teller mit leeren Schalen gesehen, die Kellnerin hat einen dichten Busch Haare gehabt, zusammengebunden zu einem Roßschwanz, seine Fülle hat etwas Exotisches gehabt, ich würde sicher Muscheln nehmen, habe ich zu Livia gesagt, und sie hat gezögert, sie nehme das Huhn, das baskische, hat sie dann gesagt, und wir haben bestellt, haben einen offenen Weißwein bestellt und eine Paté, einen Salat, das Huhn und die Muscheln. Die Kellnerin hat gelächelt, wegen meiner Aussprache, habe ich gedacht, an den Wänden sind Fischtrophäen, ist ein hechtartiger Fisch mit einem aufgerissenen Maul gehangen, und es ist ein Geklimper von Besteck, ein Durcheinander von Stimmen und Aneinanderschlagen von Tellern gewesen, ein Weiterreichen von Krügen und Öffnen von Flaschen, da sei etwas los, habe ich zu Livia gesagt, und daß das Essen hier sicher gut sei, ich habe uns Wasser eingeschenkt, und die Kellnerin hat den Wein und das Brot gebracht, wir sind in einer Wolke von Düften und Worten gesessen, von Rufen, Blicken, haben uns dann zugeprostet und haben gelacht. Die Soldaten haben Wein nachbestellt, der Krug habe ein Loch, hat einer gesagt, und die Kellnerin hat zurückgegeben, ja, zuoberst, hat sie gesagt und hat uns die Vorspeise auf den Tisch gestellt, wir haben die Servietten auf die Knie gelegt, Livia hat ihren Salat angemacht, und wir haben gegessen, die Paté hat mild und würzig in einem geschmeckt, und Livia hat von ihrem Vater erzählt, daß sie fast jeden Sommer campieren gewesen seien, am Meer, und einmal habe ihr Vater mit einem Freund ein Lamm braten wollen, sie seien auf einen Hügel gefahren, hätten zu viel getrunken und zu spät mit dem Feuermachen begonnen, so sei es Nacht geworden. Sie seien dann mit dem halbrohen Lamm auf dem Autodach zurück zum Campingplatz gekommen, wo sie alle schon mit Hunger gewartet hätten, und man habe das Lamm dann erst noch zerteilen müssen und die Stücke braten, hat Livia gesagt, und wir haben gelacht, ich habe mir Livia als Mädchen vorgestellt, habe sie als Mädchen gesehen, das Schmale, Zarte in ihrem Gesicht, ihren Händen, das Verhaltene als Stimme und ihr Lachen, wie ausgelassen, habe wieder einen Schluck Wein genommen oder habe nachgeschenkt und Livia zugeschaut, wie sie gegessen hat und getrunken, ihre Art hat mich wie vertraut von fernher, wie von einer Schwester, die ich nicht gehabt habe, berührt. Wir haben geraucht und ich habe erzählt, daß wir in den Ferien meistens zu den Verwandten gefahren seien, in ein Dorf inmitten von Hügeln, und daß schon der Name von dem Dorf für mich wie eine Zauberformel gewesen sei, wie das Versprechen einer Freiheit, die Kellnerin hat dann die Hauptspeise auf den Tisch gestellt, mit einer wendigen Bewegung, *voilà*, hat sie gesagt, und wir haben geschaut, das Huhn ist unter einer Paprikatomatensauce gelegen, die Muscheln haben duftend vom Wein die Schüssel gefüllt, wir haben die Zigaretten ausgedämpft, haben gegessen, ob das Huhn gut sei, habe ich Livia gefragt, sie hat genickt, es gehe, ich habe Muschel um Muschel aus ihrer Schale gezwickt, habe von dem Weißweinsud geschöpft, kauend, ich könnte Muscheln bis zum Umfallen essen, habe ich einmal gesagt. Nach dem Abendessen sind wir zur Bucht gegangen, über den Parkplatz hinunter, und ich habe den Volkswagen gesehen, seine Rundung und das Flache seiner Windschutzscheibe, auf der Mauer bei der Treppe zur Bucht hinab sind ein paar Jugendliche gesessen, so alt wie wir, jünger als wir, das Meer ist dunkel ein Stück draußen gelegen, mit helleren Linien von der Brandung, es müsse Ebbe sein, habe ich zu Livia gesagt, und daß am Atlantik der Unterschied zwischen Ebbe und Flut oft ziemlich groß sei, wir sind über der Bucht weiter, der Mauer um die Bucht entlang gegangen und haben von unten Stimmen gehört und Gitarrenmusik, haben dunkle Haufen gesehen, von Schatten, aus denen sich zwei gelöst haben und über den Strand verschwunden sind, mit denen einer sich wieder verschmolzen hat. Wir sind zu einem Parkplatz gekommen, mit einem Kioskwagen am Parkplatzrand, oder weiter zu einer Brücke über Klippen, und das Meer hat gerauscht, von unter der Straße herauf, hat blaß geschäumt, und wir haben gezögert, ob wir noch bis um die Kurve gehen, habe ich Livia dann gefragt, die Straße hat als eine Kurve zwischen Felsen durch eine Ahnung von einer Öffnung dahinter gegeben, und vielleicht sind zwei Motorräder um die Kurve aufgetaucht, haben die Felsen ihr Heulen verstärkt, und es hat gehallt, die Motorräder haben uns für einen Augenblick geblendet, nach der Kurve sind wir zu einer Ufermauer gekommen. Wir haben über das Meer gesehen, weit in die Dunkelheit, die Straße hat in einem Bogen zu einer beleuchteten Bar oder Diskothek geführt, von gelblichen Lampen in ihrem Verlauf skizziert, wir haben geschaut und wieder den Sprühlichtschaum gesehen, dem Strand entlang laufen, oder Scheinwerfer kreisen, am Ende der Straße, die Wellen sind unter uns dem Mauerfuß entlang gerollt, haben in die Klippen geschlagen und gerauscht, Weile um Welle, als wären wir nah einem Puls, dem Puls der Erde, uns nah vor der dunklen Weite, manchmal ist eine Welle höher gewesen, hat es lauter fast getost, und ich habe über die Mauer hinuntergeschaut, ein leichter Wind hat geweht.

Wir sind zurückgegangen, und es hat geduftet, vom Gebüsch auf den Felsen und dem Rosmarin am Parkplatzrand, vielleicht haben wir geredet, daß wir morgen an den Strand gehen und ob wir noch etwas trinken, oder sind dann von der Bucht hinauf und zum Hotel gegangen, aus dem Speisesaal haben wir Aufräumgeräusche gehört und aus der Küche das Scheppern von Platten, im Stiegenhaus ist das Rauschen vom Meer an den Wänden wie verstummt gewesen und in unseren Worten, die hätten auch genug Arbeit, habe ich zu Livia gesagt, sie ist vor mir die Stufen hinaufgestiegen, und ich habe das Helle ihrer Sehnen gesehen, im Halbschein der Beleuchtung, oben habe ich die Zimmertür aufgesperrt. Das Straßenstreulicht ist als Lichtspuren ins Zimmer gefallen, und die Deckenlampe ist flackernd angesprungen, ihr Neonlicht hat die Dinge dann fast doppelt scheinen lassen, als deckte sich der Stuhl mit dem Stuhl in einer leichten Unschärfe, in einem zitternden Stillstand, ich habe meine Jacke über den einen Stuhl gehängt und bin auf den Abort gegangen, habe mich wie überdeutlich gehört, meine Schritte und den Schlüssel, oder habe, wieder im Zimmer, dann die Hände gewaschen und einmal gehorcht, ob ich Livia ebenso hörte, durch die angelehnte Tür, drei von ihren gewaschenen Slips sind zum Trocknen auf dem Radiator neben dem Waschbecken gelegen. Livia ist hereingekommen, ich habe die Zähne geputzt und hinausgeschaut, habe die Balkontür gegenüber gesehen, in Rillen leuchten durch die Lamellen der Läden, oder habe den Mund gespült und Wasser getrunken, das könne man hoffentlich trinken, habe ich zu Livia gesagt und zu spät gezögert, dann habe ich die Balkontürläden geschlossen, Livia hat eine Zahnpasta speziell gegen Rauchbelag gehabt, ihre Zähne sind vom Rauchen wie vergilbt gewesen, und sie hat sie geputzt, ich habe die Schuhe und Socken ausgezogen, habe die Hose über meinen Stuhl gelegt und den Bettüberwurf zurückgeschlagen, die Decke und das Leintuch, und habe mich aufs Bett gesetzt. Livias gewaschene T-Shirts sind an der Schranktür gehangen und am Balkontürknauf, sie haben etwas ihr Tiefeigenes gehabt, das Blau und das Weiß, der Halsausschnitt, die Ärmelfalten, ich habe Livia sich ins Waschbecken bücken gesehen und habe mit meinen Fingern feine Muschelsplitter und Sandkörner zwischen meinen Zehen herausgerieben, habe sie dann vom Leintuch geklopft, sie sind kaum wegzubringen

gewesen, Livia hat ihre Jeans ausgezogen und hat
gelächelt, vielleicht wegen meiner Klopferei, sie hat
sich eine Zigarette angezündet, ob ich auch eine wolle,
hat sie mich gefragt, und ich habe gelacht. Sie sei nicht
schlecht, zuerst die Zähne putzen mit einer Spezial-
zahnpaste und dann rauchen, habe ich gesagt, und
Livia hat auch lachen müssen, sie hat sich verteidigt,
es nütze trotzdem etwas und daß sie nach dem Zähne-
putzen immer noch eine Zigarette brauche, sie hat den
Aschenbecher vom Tisch geholt und hat sich aufs Bett
gesetzt, hat mir eine Zigarette und Feuer gegeben, und
wir haben geraucht, haben wieder gelacht, oder ich
habe dann meine Hand auf Livias Fuß gelegt, habe
ihren Fuß gestreichelt, und Livia hat mir zugeschaut,
hat mir den Aschenbecher hergehalten, wie sich die
Asche auf meiner Zigarette schon getürmt hat, ich
habe meinen Zeigefinger zwischen ihre Zehen geschoben. Ich habe die Sandkörner gespürt oder habe
meine Hand um Livias Ferse gelegt, um ihre Sehne,
und sie leicht gedrückt, habe ihre Wade gestreichelt,
sie ist fest und schmal gewesen und fein behaart, ich
habe geraucht und Livia gesehen, wie sie den Rauch
vor sich hin ausgeatmet hat, habe meine Hand in ihre
Kniekehle gehoben, in die warme Enge ihrer weichen
Haut, habe noch einmal die Asche abgestreift und wieder Livias Wade gestreichelt, dann ihren Schenkel,
und es ist gewesen, als würde ich unsere Erregung als
Zittern spüren, bis in Livias helle Haut, wir haben die
Zigaretten ausgedämpft. Wir haben uns geküßt, haben
unsere Lippen geöffnet, unseren Atem geatmet, haben
uns umarmt, und das Bett hat gegirrt, unter unseren
Bewegungen, unsere Zungen haben sich umeinander
gedreht, wie in einem Kampf, und wir haben wie
gelacht so geatmet, so verspielt, ich bin mit meinen
Händen unter Livias T-Shirt gefahren, habe ihre Hüfte

gestreichelt und ihren Rücken, ihre Brüste, das Volle ihrer Brust, habe Livia das T-Shirt ausgezogen, ich habe es ihr über den Kopf gezogen und Livia dann auf ihren Beinen sitzen gesehen, im Neonlicht, ihren Atem, ihr Lächeln, wie verlegen, ihr Schauen, ich habe ihren Arm gestreichelt. Ich habe Livia an den Armen gehalten, und wir haben uns wieder geküßt, lange, langsam, oder ich habe meine Hände in Livias Achselhöhlen gehoben, unser Atem hat gezittert, und ich habe Livia dann in die Höhe gedrückt, habe meine Daumen in ihre Achselhöhlen gedrückt, bis Livia sich aufgekniet hat, bis ihre Brüste meinen Mund berührt haben, ich habe das Steife ihrer Spitzen zwischen meine Lippen genommen und gestreichelt, mit meiner Zunge, ihren Hof, habe ihre Brustwarzen hart werden gespürt, habe sie gesehen, wie angeschwollen, und habe Livia atmen gehört, das Zittern in ihrem Atem, ich habe ihre Brüste umfaßt, habe sie umfaßt gehalten und wieder geküßt, dann habe ich mein T-Shirt ausgezogen. Wir haben uns aufs Bett gedreht, haben uns gewälzt auf dem Bett, und ich habe Livias Brüste an meiner Brust gespürt, warm und steif, Livia hat ihr Geschlecht an meinen Schenkel gedrückt, hat geseufzt, wir haben geschwitzt, haben uns wieder gedreht, und ich habe mit meiner Zunge Livias Achselhöhle umkreist, habe das Salz von ihrem Schweiß geschmeckt und meine Zunge tief in ihr Achselhaar geschoben, Livia hat sich gewunden, ich habe sie festgehalten oder habe meine Hand dann auf ihr Geschlecht, auf ihren feuchten Slip gelegt und habe es gerieben, im Rhythmus unseres Atems, von Livias Stöhnen, es ist wie ein Aufbrechen gewesen, als wäre das Meer in uns aufgebrochen.

Ich habe in Spuren den Verkehr gehört oder bin wieder zurückgesunken in den Schlaf, habe im Schlaf dann ein Hupen gehört, ein Rufen und wieder den Verkehr, im Zimmer, von draußen, dem Hotelzimmer, durch die Balkontür, ich habe die Lust empfunden, unerreichbar zu sein, zu liegen, von den Geräuschen der Straße wie gebettet, ihnen nahe und für mich zu sein, mit Livia, habe ihre Nähe gespürt als Gewißheit, und mein Gewicht, warm auf der Matratze, oder habe die Augen geöffnet, habe das Leintuch gesehen und die Tapete, ihre Zöpfe und Streifen, ich habe mich auf den Bauch gedreht, habe den Kopf gedreht und Livia gesehen, ihr dunkles Haar auf der Kissenrolle, das Durcheinander von Strähnen um ihren Nacken, ihre Schulter, das rote T-Shirt, ihren Arm. Ihre Haare haben etwas Wildes und Scheues gehabt, etwas Unbesänftigbares, und ich habe es berührt, habe die Spitzen ihrer Strähnen leicht verschoben, auf dem Kissen, habe mit ihren Haaren vorsichtig gespielt und meinem Spiel zugeschaut, habe mich erinnert, wie Livia mich gestreichelt hat, wie ich fast eingeschlafen bin zwischen ihren Beinen, den Kopf auf ihrem Bauch, wie sie dann aufgestanden ist und ihr T-Shirt angezogen hat, wie ich meines gesucht habe, wie sie das Licht gelöscht hat und zurückgekommen ist, zum Bett, im Fastdunkel, wie wir uns aneinandergeschmiegt haben, als hätten wir uns wiedergefunden, als wäre der Weg zum Lichtschalter schon eine Trennung gewesen. Daß es spät sein müsse, habe ich gedacht, habe die gedämpfte Helligkeit gesehen und mich aufgestützt, habe zur Balkontür geschaut, das Licht ist in blendenden Streifen zwischen den Lamellen von den Türläden gelegen, und in den Rohrleitungen an der Wand hat es gegluckert, hat es gluckernd gerauscht, es sind zwei eischalenweiß lackierte Rohre gewesen, oder dann habe ich Livias Arm gesehen, auf der Bettdecke liegen, mit kleinen Leberflecken, habe ich die dunklen Punkte wie entdeckt auf ihrer Haut, und wieder das L, ihr Arm hat sich gehoben, ein wenig, mit einem Hochziehen und Zurücksinken der Schulter, Livia hat die Augen geöffnet, sie hat sich gedreht. Ihre Augen sind klein gewesen vom Schlaf, und wir haben stumm gelacht, ich bin durch Livias Haare gefahren, mit meiner Hand, habe guten Morgen gesagt, und daß wir, glaube ich, lange geschlafen hätten, Livia hat gelächelt, wie spät es denn sei, hat sie gefragt, und ich habe es nicht gewußt, habe meine Armbanduhr auf dem Nachttisch liegen gehabt, vielleicht halb zehn, habe ich gesagt, und wir haben uns gestreckt, oder ich habe mich an den Bettrand gewälzt, habe auf die Uhr geschaut, dann bin ich zur Balkontür gegangen, habe ich die Türläden aufgestoßen, und es hat geblendet, die Sonne ist über den Dächern der Häuserreihe gegenüber gestanden. Ich habe mich hinaus auf den Balkon gestellt, habe die Wärme der Sonnenstrahlen gespürt, ihre Berührung auf meiner Haut, der Himmel ist blau, das Meer tiefblau und wie ein Gruß gewesen, in seiner Bläue, seiner Entfernung, ein Winken wie von Wellen, Livia ist zur Balkontür gekommen, hat geblinzelt, und ich habe ihr Platz gemacht oder bin dann in meine graue Hose gestiegen und habe mein T-Shirt ausgezogen, habe Livia meine Armmuskeln gezeigt, vom Schwimmen, habe ich gesagt, und wir haben gelacht, Livia hat einen von ihren gewaschenen Slips vom Radiator genommen und wieder zurück auf den Radiator gelegt, ich habe mir das Gesicht kalt gewaschen. Es ist in allem etwas Wiedergefundenes gewesen als Leichtigkeit, ein schlafnahes Sich-Bücken und Drehen und Schauen, ich habe die Rasierschaumdose geschüttelt, habe den Schaum um das Kinn, den Mund und den Hals verteilt, habe ihn mit der Klinge von der Haut gezogen und die Klinge immer wieder unter den

Warmwasserstrahl gehalten, habe den Wasserhahn immer wieder aufgedreht, Livia ist auf den Abort gegangen, und das Zimmer ist dann verlassen von ihren Schritten wie bewegungslos gelegen, das Bett in einem Durcheinander und der Überwurf fast am Boden, ich habe mich abgetrocknet, habe wieder hinaus auf den Balkon geschaut. Im Speisesaal sind die ersten paar Tische von Kaffeeschalen und Brotresten bedeckt gewesen, wie von Zeichen einer hundertjährigen Ruhe, als wären die letzten Gäste lange schon gegangen, habe ich gedacht und habe einen frisch gedeckten Tisch gesehen, mit zwei auf den Kopf gestellten Schalen aus gelblichbraunem Glas, der sei sehr wahrscheinlich für uns, habe ich zu Livia gesagt, und wir haben uns an den Tisch gesetzt, ich habe den Zimmerschlüssel an den Tischrand gelegt, und es hat gedauert, eine Weile, wir haben gewartet, als zögerte ein Märchen fortzufahren, und haben geschaut, stumm wie ratlos, dann habe ich meine Kaffeeschale umgedreht, und Livia hat gelacht, ob ich glaubte, daß das helfe, hat sie gefragt, ich habe die Schultern hochgezogen, vielleicht, habe ich gesagt, die Wirtin ist gekommen. Sie hat gelächelt, ob wir gut geschlafen hätten, hat sie eher gesagt als gefragt, und daß das die Luft sei, vor allem, wenn man die Luft nicht gewohnt sei, und was wir zum Frühstück nehmen würden, Kaffee oder Tee oder Schokolade, wir haben Kaffee bestellt und haben dann gelacht, ob sie gesehen habe, es habe geholfen, die Wirtin sei gekommen, habe ich zu Livia gesagt, oder daß es irgendwie komisch sei, so ein Speisesaal am Morgen, und Livia hat wie ungläubig geschaut, ich habe es ihr zu erklären versucht, es sei, als hätten die Dinge einen Kater, die Stühle und die Tische, auch die Wände und die Fische an den Wänden, die Trophäen, ob sie es nicht auch so sehe, habe ich Livia gefragt, und sie hat gezögert, eigentlich nicht, hat sie gesagt, und ich habe es nicht verstanden. Die Wirtin hat das Frühstück gebracht, zwei Kannen und einen Metallkorb mit Brot und Croissants, eine Untertasse mit Butter, sie hat die Konfitüre vom Nachbartisch auf unseren Tisch gestellt, und ich habe ihre Arme wieder gesehen, ihre kleinen Hände, als wären sie für die Kannen und Schälchen gemacht, wir haben gedankt, haben eingeschenkt, Livia nur Kaffee, ich Kaffee und Milch, Livia hat einen Zucker im Kaffee verrührt, und ich habe ein Croissant auseinandergerissen, habe auf seine Hälften Butter und Konfitüre geschmiert, seine Blätterteigrinde ist in Splittern auf meinem Milchkaffee geschwommen, oder Livia hat dann eine Augenbraue etwas verzogen, an den Kaffee müsse man sich gewöhnen, hat sie gesagt. Sie hat ein Stück Brot aufgebrochen, und ich habe gelacht, wegen ihrer Bestimmtheit, habe einen Schluck Kaffee genommen und mein Croissant gegessen, dann auch das zweite, ob sie es sicher nicht möge, habe ich Livia vielleicht gefragt, doch sie hat ihre Kaffeeschale am Rand gehalten, mit dem Daumen in der Schale, hat ihr Brot mit Konfitüre gegessen und dann geraucht, als könnte nichts ihre Gewohnheiten ändern, auch nicht die Schale anstatt der Espressotasse, ich habe Kaffee und Milch nachgeschenkt, ich würde mich schon aufs Meer freuen, habe ich gesagt und habe im Fenster am Saalende die Köpfe der Vorbeigehenden draußen gesehen oder wieder die Fischtrophäen, sie haben etwas Staubiges, etwas von der Zeit noch der Abenteuer gehabt. Wir sind dann hinauf ins Zimmer und ich bin auf den Abort gegangen, er ist eng und eine Fliese ist zerbrochen gewesen, meine Knie haben die Aborttür fast berührt, und die Bruchlinie hat die Fliese, leicht aus der Mitte gerückt, geteilt, leicht diagonal und dunkel vom eingesickerten Schmutz, ich habe ihren Verlauf studiert, als wäre darin ein Gesetz bewahrt, oder bin auf dem Gang dem Zimmermädchen begegnet, es hat eine Tür aufgesperrt, hat das Putzzeug neben sich stehen gehabt, in einem Kübel, und hat gelächelt, ich habe gegrüßt, habe in seinem Lächeln Livias stummes Lachen wiedererkannt, für einen Augenblick, das Schmale ihrer Lippen, das Mädchen hat den Kübel mit dem Putzzeug aufgehoben, ich habe an unsere Zimmertür geklopft. Livia hat die Tür geöffnet, sie hat ihr Badetuch als eine Rolle auf dem Tisch liegen gehabt, hat sich auf den Balkon gestellt, und ich habe die Hände gewaschen, ob ich ihr Badezeug auch in meinen Turnsack geben soll, habe ich sie durch die Balkontür hinaus gefragt, und wir haben dann einen Teil von unserem Geld in meinem Koffer und in Livias Seesack versteckt oder sind einkaufen gegangen, die Straße, unsere Straße, im Schatten hinauf, wir haben Pfirsiche gekauft und eine Flasche Wasser, die Pfirsiche haben geduftet, die Verkäuferin hat uns die Flasche und den Papiersack mit den Früchten in einen blauen Plastiksack gesteckt.

Es ist Ebbe, der Strand ist breit, ist weithin nur Sandstrand gewesen, unter einer Felsküste, das Meer hat hohe Wellen gegen den Strand gerollt, und wir haben junge Männer oder Buben mit Surf-Brettern, in Surf-Anzügen gesehen, die Bretter vor sich her stoßen, gegen die Wellen, und auf den Brettern liegen, warten, auf die richtige Welle, wir sind der Ufermauer entlang gegangen und haben immer wieder zu den Surfern hinuntergeschaut, sie haben dann gerudert mit den Armen, haben eine Welle verpaßt oder sie erwischt und versucht, auf dem Brett zu stehen, die Welle zu reiten, sind gestürzt, und die Welle hat sie überrollt, ein Brett ist fast senkrecht aus dem schäumenden Wasser gestiegen, leuchtend wie befreit, durch ein Seil mit dem Surfer verbunden. Wir sind geparkten Autos entlang gegangen, um die Halbbucht, gegen die Küste, dann der Küste entlang, unter der Ufermauer sind Steinblöcke gelegen und davor, im Sand, Badetücher, Menschen in Gruppen, zu zweit, der Wind hat stärker als am Vorabend fast geblasen, und am Ende der Straße haben wir über der Straße die beleuchtete Bar gesehen, mit einer Terrasse, dem Flattern der Sonnenschirme, eine breite Betontreppe hat zu einer Brüstung und von dort, in zwei schmalere Treppen geteilt, durch die Steinblöcke hinunter in den Sand geführt, ein paar Jugendliche sind auf den Stufen oben gesessen, oder drei junge Frauen haben sich auf der breiten Geländermauer gebräunt, nackt bis auf einen kleinen Slip. Die Treppenanlage hat etwas Bunkerhaftes gehabt, und es ist gleichzeitig vom Rauschen aufgehoben gewesen, vom Meer, von der Erwartung, den Stimmen, dem Wind, wir haben gelacht, es sei lässig, nicht, habe ich zu Livia gesagt, und wir haben von der Brüstung über den Strand geschaut, sind dann die linke Treppe hinunter und in den Sand gestiegen, haben unsere Schuhe ausgezogen, ich habe meine Halbschuhe ohne Socken als Strandschuhe getragen, wir sind vor zum Meer gegangen, dort hat es zwischen zwei Stangen mit gelben Wimpeln einen bewachten Strand gegeben, ist ein Mann mit einer weißen Mütze auf einer Art Schiedsrichterstuhl gesessen und hat hinaus auf das Auf und Ab der Wellen und Köpfe geschaut. Ein zweiter ist neben dem Stuhl gestanden, in kurzen Hosen und einem T-Shirt mit dem Signet vom kommunalen Rettungsdienst, wir haben einen der beiden manchmal pfeifen gehört, und die Trillerpfiffe dann kaum noch lauter als das Tosen der Wellen, sie sind immer wieder tosend in sich zusammengebrochen und haben schäumend das zurückströmende Wasser überschwemmt, wir sind am feuchten Sand dem Meer entlang gegangen, haben die spanische Küste vor uns gesehen, als einen diffusen Streifen Land, oder haben wieder hinaus gegen die Brandung geschaut, ob sie sich da hineintraue, ins Wasser, habe ich Livia einmal gefragt, nach einer Felsgeröllzunge ist der Strand fast menschenleer gewesen. Wir sind noch ein Stück weiter, dann über den Streifen Muschelkies und durch den trockenen Sand hinaufgestiegen, haben unsere Badetücher ausgebreitet, mit dem Wind, und haben uns ausgezogen, Livia hat einen schwarzweiß gestreiften Bikini angehabt, ich habe mich unter meinem T-Shirt umgezogen, habe Livia gesehen, sich bücken oder sich setzen, eine Zigarette nehmen, habe sie gesehen, als gehörte ihr Körper dem Zimmer, das Weiße ihrer Haut der Nacht, als dürfte die Sonne es nicht berühren, sie ist steil über der Felsküste gestanden, und ich habe mich dann neben Livia auf mein Badetuch gesetzt, es ist ein Werbegeschenk von einer Mineralwasserfirma, ist ein Mühlespiel aus Frottee gewesen. Der Wind hat uns gestreift, hat den Rauch verblasen, kaum daß Livia ihn ausgeatmet hat, es seien wirklich ziemlich hohe Wellen, hat sie einmal gesagt, und ich habe auch gezögert, doch nicht weit vor uns sind ein paar Buben immer wieder in die Wellen getaucht oder haben versucht, sich von den Wellen tragen zu lassen, ich habe den Plastikverschluß von der Wasserflasche abgerissen, habe den Deckel gedreht und einen Schluck Wasser genommen, habe die Flasche dann in den Schatten von meinem Turnsack gestellt, und Livia hat die Zigarette ausgedämpft, im Sand, wir sind hinunter ans Wasser und ins Wasser gegangen, sind stehengeblieben, haben wieder hinaus gegen die Brandung geschaut, das Tosen und Schäumen, es hat gebrodelt. Es hat meine Knie, hat Livias Schenkel umspült, und wir haben gelacht, ich habe es über meine Arme geschöpft und über meinen Bauch, und Livia hat sich ins Wasser geduckt, wir sind tiefer hineingegangen oder haben wieder gezögert, dann ist der Sandboden leicht angestiegen, komm, habe ich zu Livia gesagt und habe ihre Hand genommen, habe durch ihre Hand ihr Vertrauen gespürt und habe die Wellen gesehen, sich aufrichten, sich kräuseln, überhängend, und brechen, oder sie haben sich noch getürmt, bis die Bruchstelle sie erreicht hat, wir haben uns gegen das schäumende Strömen gestemmt. Wir haben uns fester gehalten, und die Wellen haben gegen meine Schenkel geschlagen, gegen Livias Bauch, ob sie Angst habe, habe ich Livia gefragt und habe gelacht oder habe Livia dann aufgehoben, sie hat ihre Arme um meinen Hals gelegt, sie ist leicht gewesen und warm, und ich habe sie getragen, weiter hinaus, habe mich gegen das Strömen gelehnt, Livia hat zur Brandung hin geschaut, die Wellen haben gedonnert, sind krachend vor uns zusammengebrochen, daß es gespritzt hat, nicht weiter, hat Livia dann gesagt, sie hat ihren Kopf gegen meine Schulter gedreht, und ich bin noch ein paar Schritte gegangen, die nächste Welle hat sich aufgetürmt. Ich habe gezögert, und sie hat mich umgeworfen, es hat mich überschlagen, und das Wasser hat in meiner Nase gebrannt, Livia, habe ich gedacht, mit Angst um sie, oder habe Kiesel unter meinem Rücken, dann unter meinen Händen gespürt, habe wieder Boden bekommen, ich bin aufgestanden, habe das Wasser aus meinen Augen gerieben und habe um mich geschaut, Livia hat sich nahe hinter mir die Haare aus dem Gesicht gestrichen, hat mich gesehen, und die Brandung hat getost, sie habe es gesagt, nicht weiter, hat Livia fast gerufen, das Salz hat bitter geschmeckt, im Mund und bis in den Hals, wir haben gespuckt und haben gelacht.

Wir sind wieder hinaus gegen die Brandung gegangen, Hand in Hand, und ich habe Livia wieder aufgehoben, habe ihren weichen Körper gespürt, an meinem, und wir haben uns angeschaut, lächelnd wie aus einem Einverständnis, oder haben wieder gegen die Brandung geschaut, es hat einen Rhythmus gegeben, hat jeweils zwei höhere Wellen gegeben, nach etwa einem Dutzend mäßig hohen, und ich bin immer wieder stehengeblieben, habe mich gegen das Strömen der gebrochenen Wellen gelehnt, und es hat mich bis zu den Armen, bis über Livias Rücken hinauf umspült, dann bin ich wieder ein Stück näher zur Brandung gegangen, mit dem Rückstrom zu einer Stelle, wo die Wellen gebrochen sind, wo ihre Wucht am größten gewesen ist. Ich habe gewartet, nahe der Brandung, in ihrer Gischt, habe eine höhere Welle abgewartet, habe sie kommen gesehen, draußen, und habe Livia fester gehalten, bin dann noch einmal ein paar Schritte gegangen, auf die Welle zu, Livia hat geschrien, die Welle hat sich über uns gebeugt, loslassen, habe ich gerufen und habe Livia in den Bauch der Welle geworfen, es hat gedröhnt, hat mich wieder überschlagen, hat mir die Badehosen hinuntergerissen, und ich habe die Beine gespreizt, habe einen Halt gesucht, habe Wasser geschluckt, Livia, habe ich wieder gedacht, wieder mit Angst, und habe die Kiesel gespürt, ihr Wirbeln an meiner Schulter, habe mit einem Arm den Sand gestreift, habe mich gedreht. Ich bin aufgestanden, habe die Badehose hinaufgezogen, bin im knietiefen Wasser gestanden und habe Livia wieder gesucht, ich habe sie nicht gesehen, nur das Brodeln, dann ihre dunklen

Haare im schäumenden Wasser, und Livia, wie auftauchen, leicht gebückt, sie hat sich die Haare wieder aus dem Gesicht gestrichen, hat gehustet und um sich geschaut, hat mich gesehen, die Welle hätten wir gut erwischt, habe ich zu ihr fast gerufen, und ob sie Wasser geschluckt habe oder daß ich eine Weile nicht mehr gewußt hätte, wo unten und wo oben sei, wir haben wieder gelacht. Ich habe Livia stehen gesehen, im Wasser, ihre nassen Haare in Strähnen und ihre helle Haut, als hätte das Meer sie mir wiedergegeben, als sähe ich ihre Schönheit wieder wie zum ersten Mal, ob sie sich noch einmal hinaustraue, habe ich sie dann gefragt, oder später sind wir auf unseren Badetüchern gesessen, habe ich einen Pfirsich gewaschen, mit dem Wasser aus der Plastikflasche, ich habe es vorsichtig über den Pfirsich gegossen, in den Sand, und habe den Pfirsich mit meinem Schweizermesser der Breite nach halbiert, habe die beiden Hälften in Gegenrichtung zueinander gedreht, Livia hat mir zugeschaut. Die Hälften haben sich gut trennen lassen, und ich habe den Stein dann über den Strand hinauf zu den Felsen geworfen, der Pfirsich ist reif und doch noch fest gewesen, sonst würde es so nicht gehen, habe ich gesagt, und habe die beiden Hälften gegessen, sie haben getropft, und Livia hat sich einen Pfirsich geschält, ich habe die Tropfen mit meiner Hand aufgefangen, das Pfirsichfleisch hat süß geschmeckt, hat sich süß auf den Salzgeschmack vom Meerwasser gelegt, Livia hat sich dann über den Sand gebeugt und hat in den Pfirsich wie in einen Apfel gebissen, hat seinen Saft in den Sand rinnen lassen, sie ist am Rand von ihrem Badetuch gesessen, in ihrem roten T-Shirt, und der Wind hat es sanft um ihren Rücken gelegt. Wir haben unsere Hände gewaschen, im seichten Wasser, oder ich habe dann mein Portemonnaie und Livia hat ihre Umhängetasche geholt, ich habe mein T-Shirt angezogen, ich hätte keine Lust auf einen Sonnenbrand, habe ich vielleicht gesagt, und wir sind dem Meer entlang gegangen, gegen die Sonne, sie ist steil über dem Strand gestanden und hat in den Wasserzungen gespiegelt, hat fast geblendet, wir sind im feuchten Sand gegangen, manchmal im knöcheltiefen Wasser, haben oben, zwischen den Steinen am Fuß der Felsküste, manchmal ein Badetuch oder eine Frau, einen Mann in der prallen Sonne liegen gesehen, manchmal haben wir erzählt. Wir haben uns die Gegenwart fast erzählt, ein Stück Holz oder Styropor, einen Plastikkanister, die Schnecken und Muscheln, die Algen und das Blasenwerfen im Sand oder das Fließen von einem Bach, vom Felsfuß herunter, in einem Delta ins Meer, wir sind immer wieder stehengeblieben, haben geschaut, haben uns gebückt, sind weitergegangen, durch das Bachdelta und dann zwischen vorgelagerten Felsquadern durch, dahinter hat es wieder einen bewachten Strand gegeben, der Sand ist dort bis zu einem Sattel in der Felsküste angestiegen, von Sonnenschirmen und Badetüchern oder Matten bedeckt, von einer Wassermulde gesäumt, mit Sandrillen, Badenden, sie sind bis weit hinaus in den Wellen gestanden. Wir haben die Trillerpfiffe wieder gehört, die Rufe und Schreie im Rauschen, sind zwischen Ballspielenden durch oder an Kindern in einem Sandloch vorbeigegangen, und sie haben mich an jene frühere Eintracht erinnert, an das gemeinsame Graben gegen die Gefahr, das Meer, vielleicht habe ich Livia erzählt, wie wir einmal im Sommer ans Mittelmeer gefahren seien, oder ich habe es gelassen, als läge es schon wieder zu weit zurück, bei einer Mole haben wir zu den Muschelsammlern hinausgeschaut, wie sie gestanden sind, zwischen Algen und Gestein, die Steine sind mit trichterförmigen Schneckenhäuschen stellenweise wie zugewachsen und die Algen fast schwarz gewesen, trocken, oder haben geglänzt. Livia hat eine Zigarette geraucht, ich habe ihr einen Krebs gezeigt, und das Meer hat dazu gerauscht, gleichmäßig wie endlos, ich hätte weiter gehen wollen, immer wieder schauen und sehen, und wir sind umgekehrt, sind dann zurück und zwischen den Felsblöcken durch und etwas höher über den Bach gegangen, die Sonne hat auf unsere Schultern gebrannt, Livia ist schlendernd neben mir her gegangen, und ich habe dann schon unseren Platz fast erwartet oder gesucht, die Badetücher mit dem Turnsack, zurück sei es immer weiter, habe ich einmal gesagt, und wir sind zu dem Plastikkanister gekommen, oder Livia hat die Spirale von einem Schneckenhaus aufgelesen, hat gezögert, hat hinaus aufs Meer geschaut. Ich habe ihr nach, hinaus gegen die Brandung, geschaut, fast ungeduldig, habe die Wellen gesehen, sich kräuseln, und es ist plötzlich ein Begreifen gewesen, der Möglichkeit, auch den Weg zurück zu gehen, als führte er ewig weiter, oder vielleicht habe ich mich dann gedreht, bin ich rückwärts gegangen und habe Livias Hand gesucht, ich habe mich von Livia führen lassen, habe wieder die Wasserzungen spiegeln und Spanien wieder gesehen, unter der Sonne, die Küste und unsere Spuren im Sand, vom Wasser überschwemmt, so sei das Zurückgehen leichter, habe ich zu Livia gesagt, und wir haben gelacht.

Livia ist auf ihrem Badetuch gesessen und hat geraucht, ich bin auf dem Bauch gelegen, nahe dem Sand ist es gewesen, als läge die Hitze unbewegt, und ich habe geschwitzt, habe mich aufgestützt, im Liegen halte man die Sonne kaum aus, habe ich zu Livia gesagt, und ob sie noch einmal mitkomme, ins Wasser, sie hat dann ihr Bikinioberteil unter ihrem T-Shirt angezogen, hat ihr T-Shirt ausgezogen, und wir sind durch den warmen Sand und über den Muschelkiesstreifen hinunter und ins Wasser gelaufen, es hat gespritzt, ich bin kopfvoran in eine Welle getaucht oder habe Livia dann wieder aufgehoben, sie hat ihre Arme um meinen Hals gelegt. Es ist Flut und die Wellen sind noch höher gewesen, ich habe mich wieder gegen das Strömen gestemmt, der Brandung, und habe gewartet, nahe ihrem Tosen, habe Livia wieder gegen die Stelle hin getragen, wo die Wellen gebrochen sind, Livia hat hin zur Brandung geschaut oder hat ihren Kopf wieder gegen meine Schulter gedreht, und ich habe gelacht, habe immer wieder eine hohe Welle abgewartet, und bin dann noch ein paar Schritte gegangen, der Welle entgegen, sie hat uns hoch überragt, fast lautlos oder schon brechend, wenn das nur einmal noch gut geht, habe ich immer wieder gedacht, mit Angst, und habe Livia von mir geworfen. Die Welle hat mich von den Füßen gehoben, hat mich gedreht, und ich habe mich eingerollt, habe dann wieder den Sand gestreift und bin aufgestanden, habe um mich geschaut, habe Livia gesehen, im Schäumen der Brandung, einmal sind ihre Brüste nackt gewesen, mit Gänsehaut, ihre Brustwarzen steif vom kalten Wasser, die Welle hat den einen Träger von ihrem Bikinioberteil gerissen gehabt, Livia hat das Oberteil über ihre Brüste gehoben und hat den losen Träger mit einem Knoten befestigt, er hat nicht gehalten, sie soll das Oberteil doch einfach zu den Badetüchern geben, habe ich gesagt, es sei sowieso fast niemand am Strand. Livia hat sich gescheut, hat gezögert, hat es noch einmal mit einem Knoten versucht, im Gehen, und ich habe wieder gegen die Brandung geschaut, zu den Wellen, ihrem Auftürmen und Einbrechen, dem Tosen, seiner Gewalt, oder habe Livia dann zurückkommen gesehen, ihre Brüste, das Wippen, und habe zuinnerst gelacht, wir sind den Wellen entgegen hinausgegangen, Hand in Hand, und ich habe Livia wieder auf meine Arme gehoben, habe ihre Brust an meiner gespürt, weich und warm, es ist eine ungewohnte Vertrautheit gewesen, begleitet von einer sanften Erregung, ich habe Livia fester gehalten und habe mich gegen das Strömen gestemmt, wie entschlossen, als wäre ich entschlossen, uns der höchsten Welle auszuliefern. Später sind wir dem Meer entlang zurück, zwischen dem Felsgeröll durch und zum bewachten Strand unter der Ufermauer gegangen, die Sonne ist hoch über dem Meer gestanden, und wir haben uns auf die Terrasse von der Strandbar gesetzt, Livia hat sich unter einen Sonnenschirm und ich habe mich schräg mit dem Rücken zur Sonne gesetzt, habe den einen Schuh ausgezogen und das Bein zur Seite gewinkelt auf das andere gelegt, ein paar Jugendliche sind um einen Tisch gesessen und haben geblödelt, um einen Kuß, einer hat im Sitzen, über seinen Kopf zurück, ein Mädchen gehalten, hat es zu sich heruntergezogen, und es hat sich gesträubt, hat geschrien und gelacht. Es ist zart gewesen, langbeinig, und hat seine Bluse mit einem Knoten um die spitzen Brüste geschlossen gehabt, der Kellner hat eng anliegende Jeans getragen, ein weißes Hemd, und wir haben bestellt, ein Cola und ein Tonic, durch die Terrassentür habe ich aus der Bar die Endlosmelodie eines Spielautomaten gehört, Livia hat zum Meer hinuntergeschaut, hat geraucht, das Meer ist weiter gestiegen, und die Leute haben ihre Tücher und Taschen hereingetragen, haben sie näher bei der Treppe wieder ausgebreitet und abgestellt, ich habe unsere Bücher aus dem Turnsack gezogen, habe sie auf die weiße Tischplatte gelegt, dann habe ich mir eine Zigarette genommen. Ob ich dürfe, habe ich Livia gefragt, oder der Kellner hat zwei Gläser mit Eis und Zitrone gebracht, hat die Flaschen mit einer Drehung aus dem Handgelenk an seiner Hüfte geöffnet und hat sie in den Schatten gestellt, er hat die Geldtasche hinten im Bund von seinen Jeans stecken gehabt, und wir haben eingeschenkt, haben getrunken, haben geraucht, wie selbstvergessen so benommen, von der Sonne, habe ich vielleicht gesagt oder habe auf der Ufermauer ein paar junge Frauen sitzen gesehen, tiefbraun, sie haben mit ein paar Surfern gesprochen, und ihre Bräunung ist wie ein Kleid gewesen, die Männer haben ihre Surfanzüge bis zum Bauchnabel geöffnet gehabt. Ich habe tief inhaliert, habe manchmal einen Schluck Tonic genommen oder die Zigarette dann ausgedämpft, auf dem Betonplattenboden, habe mein Taschenbuch aufgeschlagen, und die Seiten haben gelblich wie vergilbt fast geglitzert, wie von feinstem Stroh, ich habe geblättert, habe mich erinnert, an das Kreischen vom Saalende und an den Anfang des dritten Kapitels, habe mich an den Gasthof erinnert, und wie Livia noch eine Flasche Wein geholt hat, an unser erstes Zimmer, ich habe vom Buch auf zu Livia geschaut, und sie hat vielleicht gelesen oder hat sich noch eine Zigarette angezündet gehabt, hat vor sich hin geschaut. Vielleicht habe ich sie gefragt, ob ich eine Geschichte aus ihrem Buch lesen könne, habe ich *Der Drohbrief* gelesen, und Livia die Geschichte dann erzählt, sie hat sie schon gekannt, und wir haben gelacht, wegen der Verkehrung, wie plötzlich den Briefschreiber die Angst packt, auch der Mond sei gut, wie sich sein heller Schein mit der Angst verbinde, daß sie allmählich eins würden, habe ich gesagt, und die

Sonnenschirmlappen haben leise geflattert, manchmal hat ein Auto gewendet, und allmählich sind die Leute die Treppe vom Strand heraufgekommen, oder es sind Kinder über den Splitt der Straße balanciert, wir haben das letzte Trillern von der Strandwächterpfeife gehört.

Am Abend sind wir zum Hafen hinuntergegangen, auf einem Kiesweg mit Holzprügelstufen durch die Hortensien hinunter, es sind Stauden mit Kugeln von Blüten in den Farben des Himmels gewesen, rötlich, bläulich und lila, als spiegelten sie den Abendhimmel, blasser oder heftiger, scheinend im krautigen Blattwerk, der Wind hat nachgelassen gehabt, hat die Blüten leicht bewegt und hat geklimpert, unten im Hafen, an den Masten von den Booten, wir sind zwischen zwei Schuppen durch auf die Hafenstraße gekommen, zu einem länglichen Platz oder Parkplatz, vor einer Bar sind Männer gestanden. Es sind Fischer und Arbeiter gewesen, und sie haben geraucht, haben geredet, haben Mützen getragen und Pullover, Trainingsjacken, Arbeitshosen, ehemalige Sonntagshosen und ausgetretene Schuhe, wir haben als Verliebte dazugehört, als wären wir verliebt, als gingen wir Hand in Hand, und wir sind so gegangen, und ich habe vielleicht mein weißes Hemd angezogen gehabt, wir haben die Speisekarten vor den Terrassen der Hafenrestaurants gelesen oder haben dann bei einem der billigeren Restaurants einen freien Tisch gefunden, auf der fast vollen Terrasse, die Kellner haben sich aus dem Hochbetrieb einen Spaß gemacht. Sie haben einander zugerufen, und ein Kellner hat unseren Tisch abgeräumt und frisch gedeckt, am Nebentisch haben Gäste kleine Brote mit verschiedenen Aufstrichen gegessen, ob wir die probieren, habe ich Livia gefragt, es sind Tapas gewesen, und vielleicht haben wir auch gegrillte Sardinen bestellt, der Himmel hat sich ins Violette verfärbt, hat am weißen Gefieder der Möwen noch geleuchtet, oder wir haben die ersten Fledermäuse gesehen, Haken schlagen, über den Dächern, dem Hafen, und haben geraucht, haben Wein getrunken und erzählt, was für ein Glück wir hätten, und daß das Meer grandios sei, mit diesen Wellen, wir haben Hunger gehabt und haben gelacht. Wir haben dann kreuz und quer von den Tapas und den Sardinen gegessen, haben bei den Tapas geraten, was für ein Aufstrich es jeweils sei, oder ich habe die Sardinen zerlegen wollen und Livia hat mir zugeschaut, die esse man als ganze, nur den Kopf könne ich sein lassen, hat sie gesagt, und ich habe sie wieder lachen gesehen, wegen meines Mißtrauens, ich habe nach jeder Sardine ein Stück Brot und einen Schluck Wein genommen, habe Wein nachgeschenkt, und wir sind wie aufgehoben gewesen, umgeben von den Rufen der Kellner, im Duft vom Hafen, dem Wehen vom Meer, ich habe erzählt, habe vielleicht dann von den Hörsälen erzählt, wie sie oft überfüllt seien, wie ich einmal im Stehen mitgeschrieben hätte, und mir der Schweiß nur so heruntergeronnen sei. Ich sei bei einem Fenster in der Sonne gestanden, über meinen Schreibblock gebeugt, die Vorlesung habe von den Liebesgedichten des Mittelalters gehandelt, habe ich gesagt, und da sei mir wie nie klar geworden, wie meine Haltung im Widerspruch zu all jener Schönheit stehe, um die es in den Gedichten auch gegangen sei, ich hätte mich dann durch das Gedränge hinausgezwängt und hätte draußen nicht gewußt, ob ich nach links oder rechts gehen sollte, viel mehr sei nicht geschehen und doch sei es Ende gewesen, Livia hat mir zugehört, hat wenig gesagt, vielleicht, daß man das mit der Schönheit sowieso vergessen könne, und ich habe sie nicht verstanden. Wir haben die Hauptspeise bestellt, Meeresfrüchte oder Fisch, Thunfisch und noch einen halben Liter Wein, es ist Nacht geworden, und der Leuchtturm hat die Felsen hinter den Dächern mit seinem Schein gestreift, als ein schweifendes Zucken, wir haben geraucht, und ich habe das Zucken verfolgt, oder Livia hat dann erzählt, wie sie nach dem Kloster als Hilfskraft zur Bank gekommen sei, eigentlich habe sie Floristin werden wollen, doch es habe im Land keine freie Lehrstelle gegeben, hat sie gesagt, da habe sie sich bei einer Telefonistinnenschule in Chur angemeldet, ihr Vater sei aber dagegengewesen, daß sie allein nach Chur gehe, und so sei sie zur Bank gekommen. Dort habe sie einmal gefragt, ob sie nicht mit der zweiten Hilfskraft manchmal die Arbeit tauschen könne, und habe deshalb zum Personalchef müssen, der sei wütend geworden, weil sie mit verschränkten Armen vor ihm gestanden sei, sie soll sich anständig hinstellen, habe er gesagt, er habe es nicht vertragen, daß sie sich nicht schuldbewußt selber klein gemacht habe, und sie habe ihn gebeten, ihr zu zeigen, wie man anständig stehe, da sei sie schon gekündigt gewesen, und ihr Vater habe ihr dann eine Arbeit in der Fabrik verschafft, so Leute wie jenen Personalchef würde es genug geben, ich habe gelacht. Ich habe Livia wie noch einmal stehen gesehen, mit verschränkten Armen, und ihre Art ist mir nah und unerreichbar in einem erschienen, Livia hat dann weiter erzählt, von der Fabrik, daß sie in der Kontrollabteilung für Photolinsen arbeite, sie sitze dort in einem verdunkelten Zimmer und würde Linse um Linse in einen Lichtstrahl halten und schauen, ob sie eine fehlerhafte Stelle habe, das sei anstrengend für die Augen, und so gehe sie öfter eine rauchen, mit Mariza, hat Livia gesagt, und daß sie manchmal eine Schachtel Linsen auch einfach so durchlassen würden, das hat etwas Selbstgewisses gehabt, etwas von einer innersten Sicherheit, und ich habe Livia gefragt, ob sie heute noch Lust hätte, Floristin zu werden, es ist gewesen, als eroberten wir eine Welt.

Wir sind dem Kai entlang gegangen, den angebundenen Booten entlang, den Eisenringen, der Mauerkante, wir haben die blauen Netze gesehen und die orangen Bojen im Streulicht von den Uferstraßenlampen, sind auf der Hafenmauer um den Hafen gegangen, bei manchen Booten sind Leute gestanden, haben dort gewohnt, haben wie vor ihrem Haus auf der Mauer eine Zigarette geraucht, das müsse noch enger sein als ein Wohnwagen, so ein Boot, habe ich vielleicht gesagt, oder wir haben über die meerseitig höhere Mauer geschaut, und es hat geschäumt, draußen, bei ein paar Felsquadern, oder unten, im Schatten der Klippen, hat gerauscht. Die Felsquader haben als eine Inselgruppe dunkel aus der Dunkelheit des Meeres geragt, manchmal vom Schaum umhellt, machmal vom Leuchtturmlicht überflogen, sein Schein hat die Nacht bis weit hinaus durchstreift, wir sind über Stufen hinaufgestiegen, und es hat dann keinen Halt mehr gegeben, keine höhere Mauer, nur das Anschlagen und Rauschen der Wellen, ein Paar ist am Mauerrand gesessen, eng umschlungen, und Livia ist mir vorausgegangen, mir ist gewesen, als würde ich schwanken, oder ich habe geschwankt, nach einer Weile hat die Hafenmauer in einem spitzen Winkel zurück in die Bucht und als ein Vorsprung ein Stück noch hinaus ins Meer geführt. Wir haben uns auf den Vorsprung gestellt und haben geschaut, in die Dunkelheit, die sternenhelle Nacht, haben vielleicht ein Schiff gesehen, weit draußen, beleuchtet, oder haben uns umarmt, sind dann umarmt gestanden und haben dem Rauschen zugehört und der Stille dazwischen, dem stilleren Ziehen der Wellen zurück hinaus, ich habe gelacht, stumm, in das dunkle Glänzen von Livias Augen, ob sie nicht einfach nach Wien kommen wolle, habe ich sie gefragt und gezögert, es hat wieder gerauscht, und ich habe nicht weitergewußt, habe nur gewußt, daß ich etwas Verschwiegenes berührt habe, und habe wie noch einmal gezögert. Ich habe Livias Rücken gestreichelt, habe Livia lächeln gesehen, so lächeln wie verzeihen, und wir haben uns geküßt, lange dann und sanft, und das Rauschen hat uns weit hinaus versetzt, ins Meer, wir sind weit draußen in seiner Dunkelheit gestanden, umgeben von den Wellen und der Stille, der Berührung unserer Lippen, einem Flüstern, als flüsterten unsere Lippen, ich bin von meiner Frage wie befreit gewesen, als hätte ich sie nicht gestellt, als wäre sie für eine Zukunft aufgehoben, wir sind auf der Hafenmauer zurückgegangen. Wir sind den Weg durch die Hortensien hinaufgestiegen, er ist von Kugellampen beleuchtet in ihrem Schein gelegen, und es hat geduftet, kühl, warm, in Schwällen, wir sind zurück über die Anhöhe zwischen Hafen und Bucht gegangen, dort hat es ein Kriegerdenkmal gegeben, sind wir zu dem Kriegerdenkmal gekommen, es ist monumental gewesen, und ich habe an die Toten gedacht, habe an sie nur als an eine Vielzahl gedacht, oder habe dann im Halbdunkel einige Namen gelesen, habe mich gebückt und gelesen, erst als Namen sind mir die Gefallenen wie zu Verwandten geworden, habe ich sie als Menschen erkannt. Das Wahnsinnige seien die Namen, habe ich zu Livia gesagt, und daß das Denkmal sonst eher furchtbar sei, ich habe mich aufgerichtet, habe das Denkmal noch einmal angeschaut, es ist vielleicht die Darstellung von einem fallenden

Soldaten gewesen, mit Fahne und Gewehr, und wir
sind weitergegangen, haben die Madonna auf dem
Fels draußen gesehen, beleuchtet, als eine leuchtende
Figur, eigentlich müßte man nur Tafeln mit Namen
aufstellen, habe ich vielleicht noch gesagt, und die
Nacht hat sich weit über das Meer gewölbt, Livia hat
nichts gesagt oder dann, daß wenn schon überall
Tafeln stehen müßten, auch für Leute, die nicht als
Soldaten umgekommen seien. Wir sind hinunter zur
Bucht und zum Parkplatz gekommen, der Volkswagen
ist fast vereinzelt auf dem Platz gestanden und hat
einen roten Zettel unter dem Scheibenwischer klemmen gehabt, ich habe den Zettel geholt, es ist ein Werbezettel für ein chinesisch-vietnamesisches Restaurant gewesen, und ich habe Livia den Zettel vorgelesen, auf französisch, da könnten wir einmal essen
gehen, habe ich gesagt, und daß ich noch nie vietnamesisch gegessen hätte, in unserer Straße hat nur eine
Sandwichbude noch offen gehabt, zwei Männer sind
davor gestanden und haben mit dem Mann in der Bude
geredet, ich habe die Hoteltür aufgesperrt. Wir sind
durch den Flur und hinauf ins Zimmer gegangen,
oben habe ich die Stimmen der Männer als leises Gemurmel gehört, habe ich die Balkontürläden zugezogen, und wir haben uns gewaschen, haben die Zähne
geputzt, haben uns gekreuzt, im Zimmer, und stumm
gelacht oder sind dann auf dem Bett gesessen und
haben geraucht, wir haben uns geküßt, unsere rauchigen Lippen, haben manchmal die Asche abgestreift,
ich habe Livias Rücken gestreichelt und ihre Hüfte,
ihre weiche Haut, wie überrascht von ihrer Nacktheit,
dem Vollen, Hellen, als wäre meine Hand geblendet
vom Weiß ihrer Schenkel, ich habe Livias Slip gehoben
und habe ihre Hinterbacken berührt. Ich bin mit den
Fingern dem Rand des Slips entlang gefahren, entlang

der Druckspur, und habe das Leise gehört, des Streichelns, und unseren Atem, das Inhalieren und Ausatmen, wir haben noch geraucht, langsam und erregt in einem, haben uns wieder geküßt, es ist ein Spiel mit unserem Begehren gewesen, dann haben wir die Zigaretten ausgedämpft, haben wir uns auf dem Bett gewälzt, haben wir gekämpft und geflüstert, jetzt habe ich dich, habe ich zu Livia gesagt, leise, und sie auf die Matratze gedrückt, habe ihr T-Shirt über ihre Brüste hinaufgestreift, habe ihre Brüste geküßt, ihre vollere Brust, ihre feinere, heftig und sanft, ihr Zittern, fast Seufzen, wir haben uns wieder gedreht. Livia hat sich auf mich gesetzt, sie solle ihr T-Shirt ausziehen, habe ich gesagt, und sie hat es ausgezogen, hat sich über mich gebeugt, ich bin mit meinen Händen tief unter ihren Slip gefahren, und ihre Hinterbacken haben meine Hände gefüllt, fest und weich, ich habe ihr Geschlecht im Rhythmus unseres Atems gegen mein Geschlecht bewegt, Livia hat laut fast gestöhnt, wie aus einer großen Tiefe, ist eingeknickt, und ihre Brüste haben meine Brust gestreift, wir sind naß vom Schweiß gewesen, oder dann ist es wieder leise geworden, im Zimmer, habe ich Livias Stöhnen als Stille noch gehört, als Verklingen an den Wänden und in unserem Atem, wir haben gelacht, wieder, stumm, sind lachend nebeneinandergelegen. Livia hat sich eine Zigarette angezündet und hat dann geraucht, hat mich gestreichelt, hat mit meinen Haaren gespielt, und ich bin eingeschlafen, es ist ein Einschlafen wie ein Einsinken gewesen, in der Nacht habe ich geträumt, haben sich die Angstaugenblicke vor den Wellen zu einem anhaltenden Erschrecken gesammelt gehabt, vor einem Sich-Auftürmen als einer Dauer unter einem Rieseln von Gestein, die Angst hat pulsiert in diesem Erschrecken, und so bin ich aufgewacht, erschrocken und erleichtert dann, mit dem Rieseln in den Beinen, Livias Arm ist an meiner Schulter gelegen, ich habe ihren Arm als eine Ahnung ihrer Nähe an meiner Schulter liegen gespürt.

Nach dem Frühstück haben wir in der Parfumerie in unserer Straße eine Schere gekauft, unsere Straße ist eine Einkaufsstraße gewesen und die Parfumerie vielleicht auch eine Apotheke, wir sind dann in der Morgensonne die Straße zurück hinuntergegangen, zu unserem Hotel, haben lange Schatten geworfen, der Zimmerschlüssel ist nicht mehr am Brett gehangen, das Zimmermädchen hat unser Zimmer soeben gemacht gehabt, hat die Balkontürläden zugezogen und gelächelt, hat sich entschuldigt, ich habe gedankt, wie verwirrt wegen der Verwirrung des Mädchens, der braune Überwurf hat glattgestrichen das Bett bedeckt, seine Zotteln haben den Boden beinahe berührt. Ich habe die Türläden wieder geöffnet und habe mein T-Shirt ausgezogen, naß würden sich die Haare besser schneiden lassen, hat Livia gesagt und hat ihren Kamm auf den Tisch gelegt, hat die Schere angeschaut, ich habe mich über das Waschbecken gebeugt, habe kaltes und heißes Wasser in meinen Händen gemischt und mir das Wasser über die Haare geschöpft, so ein paarmal, bis meine Haare naß gewesen sind, dann habe ich mein Badezeug aufs Bett geworfen und den Stuhl zwischen Waschbecken und Bett gestellt, ich habe mich mit dem Rücken zur Balkontür gesetzt, Livia hat mich gekämmt. Das Wasser ist mir in Tropfen aus den Haaren und über den Rücken geronnen, und ich habe Livias Hand in meinen Haaren gespürt, ihre Finger, habe die Schere schneiden gehört, ich habe zur Zimmertür geschaut, und Livia hat mir die Haare geschnitten, die Zimmertür ist in zwei Felder geteilt und mattweiß gewesen, mit Schürfern an den Kanten, ich habe den ovalen Türknopf aus Porzellan gesehen und habe Livias Bewegungen verfolgt, sie ist mit ihren Fingern immer wieder in meine Haare gefahren, die abgeschnittenen Spitzen sind auf meine Achseln gefallen, auf meine Schultern, meine Hose, auf dem Tisch an der Wand sind unsere Bücher gelegen. Sie sind neben unseren Toilettbeuteln und der Plastikflasche gelegen, vor dem roten Werbezettel von dem chinesisch-vietnamesischen Restaurant, ich habe die Figur auf dem Buchdeckel von Kafkas *Prozeß* gesehen, zwischen den Strichen von Tisch und Stuhl, den Kopf auf die Arme gelegt, ein Verzweifelter, habe ich gedacht, die Plastikflasche ist innen beschlagen gewesen, Livia hat meinen Kopf leicht gesenkt, hat mich wieder gekämmt, und ich habe die Schere dann am Hals gleiten gespürt, habe auf den Boden geschaut, auf das blaßgrau und braun gesprenkelte Linoleum, vom Gang habe ich das Zimmermädchen gehört, das Abstellen des Kübels und das Anlehnen von einem Stiel, von draußen den Verkehr. Oder dann habe ich Livias Ellbogen gesehen, sich heben, leicht, immer wieder, die kleinen Leberflecken auf ihrer Haut und ihr T-Shirt, um ihren Arm und auf ihr Schlüsselbein fallen, auf ihre Brüste, in einem Berühren als Formen, meine Haare sind über meinen Bauch gerieselt, sind als Krallen und hellere Büschel auf meiner Hose gelegen, Livia hat sich geduckt, hat mich angeschaut, hat die Seiten verglichen, und ich habe gelächelt, sie hat mich gekämmt, hat noch ein paar Spitzen geschnitten, hat mir die Haare vom Hals gewischt und von den Achseln, jetzt sei es, glaube sie, gut, hat sie gesagt, und ich bin mir mit den Händen durch die Haare gefahren. Ich habe gelacht, habe mich im Spiegel angeschaut, ja, es sei gut, ziemlich kurz, habe ich gesagt, so hätte ich es wollen, und habe Livia gedankt, habe die Haare von der Hose geklopft, Livia hat sich eine Zigarette angezündet, hat vielleicht genickt, dann bin ich duschen gegangen, ich habe mir das Wasser über mein Gesicht rinnen lassen und über meine Haare, habe meinen Mund mit Wasser gefüllt und das Wasser ausgespuckt, es ist ein neues Leben gewesen, und ich bin mir wieder durch die Haare gefahren, als wäre dort sein Beginn, als hätte das neue Leben mit den kürzeren Haaren begonnen, ich habe mich abgetrocknet. Im Zimmer hat mich Livia gefragt, ob ich ihr auch die Haare schneiden würde, ich habe gezögert, wenn sie sich traue, habe ich gesagt, und sie hat gelächelt, sie hat das Waschbecken mit kaltem und heißem Wasser gefüllt, hat ihren Kopf ins Waschbecken getaucht und sich das Wasser über die Haare geschöpft, ich habe ein frisches T-Shirt angezogen, habe Livia zugeschaut, wie sie ihr nasses Haar dann mit einem Frotteetuch gerieben hat, wie sie es gekämmt hat, habe geschaut, als müßte sie auch zögern, sie hat sich auf den Stuhl gesetzt, und ich habe die Schere in der Luft geöffnet und geschlossen, habe das Schneiden so wie geübt. Livias Haare sind feucht gewesen und schwer, fast schulterlang, und haben getropft, ich habe eine Strähne zwischen meine Finger genommen, habe sie aufgehoben und die Spitzen geschnitten oder etwas mehr, etwa zwei Finger breit, ob das recht sei, habe ich Livia gefragt und habe dann Strähne um Strähne zwischen den Fingern gehalten und geschnitten, manchmal ist die Schere steckengeblieben, ist die Strähne zu dicht gewesen, oder ich habe immer wieder noch längere Strähnen aufgehoben, habe mehr als zwei Finger breit abgeschnitten, manchmal habe ich nicht gewußt, ob ich eine Strähne schon geschnitten habe, habe ich gezögert, mir ist warm geworden.

Wenn das nur etwas werde, habe ich gesagt, und mir
ist gewesen, als würde ich so, Strähne für Strähne, zu
keinem Ende kommen, ich bin dann mit der linken
Hand in Livias Haare gefahren, habe die Finger
geschlossen und die Hand ein wenig gehoben, zwischen den Fingern haben verschieden lange Haarbüschel herausgeragt, ich habe alle knapp über den
Fingerrücken abgeschnitten, habe geschwitzt und geschnitten, bin immer wieder in Livias Haare gefahren,
mit der linken Hand, oder habe mein T-Shirt ausgezogen und aufs Bett geworfen, Livia hat sich eine
Zigarette vom Tisch geholt und den Aschenbecher, ob
mir warm sei, hat sie mich gefragt, und ich habe
genickt, ja, schon, habe ich gesagt. Livia hat sich
zurück auf den Stuhl gesetzt, hat den Aschenbecher in
der linken Hand gehalten und geraucht, ich habe wei-
tergeschnitten, habe immer wieder die Haarbüschel
über meinen Fingerrücken abgeschnitten, entschlossen dann, als nähme ich Livia mit jedem Schnitt in
Besitz, manchmal habe ich mir mit dem Handrücken
den Schweiß von der Stirn gewischt, Livia hat ruhig
geraucht, ich bin von allen Seiten in ihre Haare gefahren, habe sie rundum bis auf einen guten Finger breit
zurückgeschnitten oder habe Livia den Aschenbecher
abgenommen, habe ihn auf den Tisch gestellt, dann
habe ich ihre fast borstigen Haare gekämmt, ihr T-
Shirt ist dicht von Haarbüscheln bedeckt gewesen. Ich
habe die noch längeren Spitzen am Hals und bei den
Ohren abgeschnitten, habe ein paar Haarbüschel von
Livias Schultern geklopft und die Schere auf die Ablage über dem Waschbecken gelegt, ich sei fertig, habe
ich dann zu Livia gesagt, und daß sie sich besser nicht
im Spiegel anschaue, sie hat gelacht, ich habe mir eine
Zigarette genommen, habe sie angezündet, habe mich
bei der Balkontür an den Schrank gelehnt und ge-

raucht, mein Rücken ist naß vom Schweiß am Furnier der Schrankwand geklebt, ich habe Livia zugeschaut, wie sie sich angeschaut hat, im Spiegel, habe sie im Spiegel gesehen, wie sie sich die Haare zurückgekämmt hat, mit ihren Händen, es sei nicht so schlecht, ein wenig kurz, hat sie gesagt, und ich habe gelächelt. Ich habe den Rauch vor mich hin ausgeatmet, er hat gequalmt im Sonnenlicht, und der Schweiß ist mir über das Gesicht geronnen, Livia ist dann duschen gegangen, und ich habe mich hinaus auf den Balkon gestellt, in die Sonne, habe dem Verkehr zugeschaut, dem Vorbeirollen und Überqueren, Stehenbleiben, Anfahren, daß alles egal sei, habe ich mir gesagt und habe geraucht, oder mir ist gewesen, als könnte ich Livia jetzt zärtlicher lieben, als wäre sie jetzt mehr mein, mehr Tier, habe ich gedacht, von einer dunklen Erregung bewegt, einem Griff in ihre kurzen Haare, ich bin zurück ins Zimmer gegangen, habe die Zigarette ausgedämpft, habe den Stuhl leicht gekippt und abgeklopft. Ich habe mein Schreibheft aus dem Deckelfach des Koffers genommen, habe die mittlere Doppelseite herausgerissen und unsere Haare mit der Hand zusammengewischt, zu einem Haufen, habe den Haufen auf das herausgerissene Blatt geschoben, unsere Haare sind auf dem Blatt durchmischt gelegen, als hätten wir uns in ihnen vereinigt, fast lautlos, ich habe das Blatt um den Haufen gefaltet und den Knäuel in den Plastikkorb unter dem Waschbecken geworfen, dann hat es geklopft, habe ich die Zimmertür geöffnet, Livia hat ihre Haare feucht zurückgekämmt gehabt, so seien sie gut, die kurzen Haare, habe ich gesagt und Livia angeschaut, sie hat gelächelt, sie ist schön gewesen, ihr Gesicht klarer, ihre Stirn hell über den dunklen Augenbrauen.

Wir sind essen gegangen, das chinesisch-vietnamesische Restaurant ist in der Parallelstraße zu unserer gelegen, in der Einbahnstraße, welche von der Bucht in die Stadt hinaufgeführt hat, das Restaurant ist im Plan auf der Rückseite des roten Werbezettels mit einem X eingezeichnet gewesen, wir sind um das stillgelegte Palais mit den geschlossenen Fensterläden gegangen, unter den Fenstern dem Parkplatz entlang, die Sonne ist hoch über dem Parkplatz gestanden, hat heruntergebrannt, und ein Motorrad hat gedröhnt, die Einbahnstraße hinauf, eine Autotür hat geschlagen, aus einem Fenster hat es geklappert, ist Wasser in einen Topf gestoßen, eine Grille hat hell gezirpt. Wir sind dann unter der Aufschrift LE PEKIN gestanden, in Gold auf Rot, und haben gezögert, haben vielleicht die Speisekarte gelesen, die Preise, oder haben Photos von den Tellergerichten in einer Auslage gesehen, haben uns angeschaut, gehen wir hinein, habe ich halb gesagt, halb Livia gefragt, und wir haben gelacht, stumm, wegen unseres Zögerns, meiner Frage, Livias Nicken, wir sind hineingegangen, es hat nach süßem Holz gerochen, das Restaurant ist licht, leer und von schwarzen Gittern unterteilt gewesen. Ein Vietnamese hat uns begrüßt, hat gelächelt, wir sind wie ratlos beim Eingang gestanden, und er hat uns die Tische angeboten, hat den linken Arm leicht gehoben und sich leicht verbeugt, wir haben uns an einen Tisch bei einem Holzgitter gesetzt, es ist alles leise gewesen, nur ein Ventilator hat gesummt oder etwas Musik, Livia hat die Zigaretten aus ihrer Tasche genommen, ob ich auch eine wolle, hat sie gefragt, und hat mir die fast volle Schachtel entgegengehalten, ich habe an einem Filter gezogen, habe die Zigarette nicht erwischt, und Livia hat sie herausgeklopft, hat mir dann Feuer gegeben und sich eine Zigarette angezündet, hat sie zwi-

schen ihre Lippen gegeben und den Kopf leicht
geneigt. Sie hat den Rauch neben den Tisch hin ausgeatmet, und es ist wie ein Bild gewesen, als hätte
Livia sich schon lange zurückgezogen in ihre Gesten,
ihr Rauchen und Schauen, ihr stummes Lachen, ich
habe geraucht und habe Livia gesehen, mit ihren kurzen Haaren, vielleicht haben auch sie als Veränderung
das Gleichbleibende so bildhaft gemacht, und ich habe
Livia immer wieder angeschaut, als wäre sie mir frem-
der jetzt und näher jetzt, wir haben in den Speisekarten geblättert oder haben dann bestellt, Frühlings-
rollen und eine Fastenspeise oder etwas mit Huhn,
haben mit Stäbchen gegessen und haben gelacht,
wegen unserer Unbeholfenheit, oder ich habe wieder
geschwitzt, habe zu viel von einer scharfen Sauce
unter den Reis gemischt gehabt. Sonst ist es leise
geblieben, fast feierlich, die Hitze draußen ist als
gedämpftes Blenden nahe den Fenstern gestanden,
und ich habe Livia dann gefragt, ob wir ins Kino
gehen, bis die ärgste Hitze vorbei sei, ich habe im
Biarritz-Prospekt von einem Kino gelesen gehabt, dort
würden sie den ganzen Tag Surferfilme zeigen, habe
ich gesagt und habe Livia wieder gesehen, den kleinen
Leberfleck über ihrer Oberlippe und wieder ihre
schmalen Finger, sie ist einverstanden gewesen, hat
gelächelt, und ihr Lächeln hat dann etwas Verwandel-
tes gehabt, als wäre es durch die kurzen Haare bloß-
gelegt, verletzbarer, fast nackt. Wir haben das Essen
gelobt, daß es leicht gewesen sei, und ich habe von den
Schweinsbraten erzählt und den Nachmittagen, wo
man nach so einem Braten wie ein Gezeichneter durch
die Straßen gehe, der Vietnamese hat uns zwei kleine
Schalen gebracht, *un cadeau de la maison*, hat er gesagt und hat sich leicht verbeugt, wir haben gedankt,
haben uns angeschaut, wie fragend, das sei vielleicht

ein Schnaps, hat Livia gesagt, oder wir haben aus den Schalen getrunken, es hat mild und süßlich geschmeckt, und ich habe gesagt, daß es sehr wahrscheinlich ein Pflaumenwein sei, und habe ihn ausgetrunken, habe eine nackte Frau gesehen, am Schalenboden, eine Orientalin mit einem rotbraunen Körper, ich habe gezögert, habe gestaunt. Livia hat in ihrer Schale nichts gesehen, und wir haben die Schalen getauscht, ich habe Livias Schale gegen das Licht gehalten, ihr Porzellanboden ist ohne Bild und fast durchscheinend gewesen, vielleicht hätte ich das Bild von der nackten Orientalin für mich behalten sollen, habe ich gedacht und habe geschaut, ob der Vietnamese uns sehe, dann sind wir ins Kino gegangen, sind wir um die Bucht hintereinander her gegangen, und die Luft hat wie geglüht, hat gezirpt von den Grillen und gerauscht, von der Bucht herauf, das Meer ist wie unberührt von der Hitze unter der Sonne gelegen, in der Ferne nur von einem Streifen Dunstwolken gekrönt, Livia hat sich wie geduckt, ich habe meine Jacke verwunschen. Das Kino ist ein Teil vom Meeresmuseum gewesen, einem Betonblock an der Uferstraße, es hat nach einem Reinigungsmittel gerochen, und ich habe den Geruch als fremden wiedererkannt, als den Geruch der Schulaula oder des Gemeindesaals, so eine Schinderei, habe ich zu Livia gesagt, diese Hitze, und wir haben den Eintritt für das Kino gelöst, die Frau an der Kassa hat mit jemandem im Hintergrund gesprochen, während sie uns die Karten gegeben und das Rückgeld dazugelegt hat, *à droite*, hat sie dann gesagt, das Kino ist fast leer gewesen, die Musik von Pink Floyd, auf der Leinwand Wellenreiter, wir haben uns in eine hintere Sitzreihe gesetzt. Die Wellenreiter sind die Wellenwände auf und ab gefahren, haben sich gedreht und sind über die Wellen hinaus-

gesprungen oder haben auf einer Kante wie getanzt, es
sind enorme Wellen gewesen, höher als unsere, habe
ich zu Livia gesagt, manchmal hat eine Drehung
einem Wechsel in der Musik entsprochen, hat der
Einsatz eines Instruments eine Neueinblendung
begleitet, und die Bilder von den Wellen haben sich
dann über meine Bilder zu der Musik gelegt, über das
Bild vom Regen, wie er daheim im Laub vom Apfel-
baum gezuckt hat und ins Schilf gefahren ist, daß es
gebebt hat, ich habe zu Livia geschaut und habe ihr
Gesicht gesehen, fast reglos, habe meine Hand auf ihre
Hand gelegt, Livia hat gelacht, stumm, als wäre meine
Berührung in ihr angekommen.

Wir haben unsere Badetücher ausgebreitet und sind
ins Wasser gegangen, Livia hat ihren zweiten Bikini
angehabt, er ist ihr ein wenig zu eng gewesen, wie aus
ihrer Mädchenzeit, wir sind durch die Brandung getaucht und sind dahinter, im Auf und Ab der Wellen,
geschwommen, haben uns treiben lassen, heben und
senken, auf dem Rücken, und die Wellen sind über
unsere Schultern geschwappt, oder wir sind weiter der
Brandung entlang geschwommen, und ich habe etwas
sagen wollen, habe Wasser geschluckt, habe gespuckt
und gelacht, das Wasser ist salzig gewesen und kühl,
herrlich, habe ich gesagt, von der Felsküste her sind
Möwen geflogen, ins Weite, vereinzelt über uns hinweg, äugend, ich habe mit meinen Augen ihren
Schnabel gebannt. Die Brandung hat dumpf gerauscht,
wie gedämpft, als ein rauschender Vorhang zwischen
uns und dem Strand, wir sind niemandem begegnet,
einmal drei Buben, drei Mädchen auf einer Luft-
matratze, oder wir haben ein Motorboot gesehen, weit
draußen unter der Sonne, einmal ein Flugzeug, tief-
fliegend, landeinwärts, oder es ist ein Propellerflieger

gewesen, und er hat ein flatterndes Band hinter sich her gezogen, mit einem Werbespruch, einmal haben wir uns umarmt, haben wir uns geküßt, unsere salzigen Lippen, und sind untergegangen, wir haben uns losgelassen, sind wieder aufgetaucht und haben gelacht, haben uns wieder umarmt, und ich habe Livias Körper, das Nackte ihres Körpers unter dem Wasser gespürt. Wir haben gegen das Untergehen oder dann gegeneinander gekämpft, ich habe Livia untergetaucht, oder Livia hat ihre Hände auf meine Schultern gelegt, hat sich aufgestützt und ich habe sie mit unter das Wasser gezogen, dann haben wir uns wieder umarmt, zu einer scheinbaren Versöhnung, haben wir den nächsten Angriff abgewartet oder imitiert, und sind so verliebt gewesen, haben so miteinander gespielt, oder sind nach einer Weile umgekehrt, wir sind gegen eine Strömung geschwommen, die Strömung hat uns ein Stück hinausgetragen gehabt, und ich habe gekrault, habe wieder Wasser geschluckt und zurück zu Livia geschaut, so würden wir nicht weiterkommen, habe ich gesagt. Wir sind dann gerade auf den Strand zugeschwommen, sind gegen die Strömung angeschwommen, bis zur Brandung, bis die Brandung uns gegen den Strand getragen hat, und haben gelacht, erleichtert, sind durch das knietiefe Wasser gestapft und dem Meer entlang zurück gegangen, es ist Flut gewesen, manchmal hat eine höhere Welle den noch trockenen Sand ein Stück weit überschwemmt, oder ich habe Livia neben mir gehen gesehen, ihre vollen Brüste in ihrem Mädchenbikini und ihr kurzes Haar, naß würden ihr die Haare so gut stehen, habe ich einmal gesagt, und daß sie sich vielleicht eine Pomade kaufen müsse, Livia hat wie ungläubig geschaut. Unsere Badetücher sind nahe am Wasser gelegen, und es hat niemanden mehr gegeben, weitum, wir haben unsere Sachen eingepackt und unter den Arm geklemmt, haben die Schuhe angezogen und sind zum bewachten Strand unter der Ufermauer gegangen, haben die Mauer dann schon gesehen oder sind zu einer Wasserzunge gekommen, und sie hat den Strand bis zur Felsküste überschwemmt, wir haben unsere Schuhe, die Kleider und den Turnsack in die Höhe gehalten und sind ins Wasser gestiegen, es hat Livia gegen die Hüften geschlagen, ist an einer Stelle fast als Bach gegen den Fels zu geströmt, ob es gehe, habe ich Livia gefragt, und sie hat genickt, es gehe schon, hat sie gesagt, und daß wir noch Glück hätten, wir haben das Wasser durchquert. Der bewachte Strand ist in der Nähe der Treppe dicht mit Badetüchern belegt gewesen, von Sich-Sonnenden und Familien besetzt, wir haben uns in einer Lücke dazugelegt, und ich habe dann die Stimmen und Rufe gehört, fern, nah, bin am Rücken gelegen und habe die Augen geschlossen gehabt, habe das Rauschen als Grundton gehört, wiederkehrend, und das Französische als eine mildere Sprache, eins mit der schon sanfteren Sonne, dem schmeichelnden Wind, ich habe mit meiner Hand Livias Hand gesucht, habe ihren Schenkel berührt und meine Hand an ihrem Schenkel liegen lassen, als einen Liebesbeweis, als würde ich so, umgeben von Stimmen, dem Rauschen, Livia meine Liebe erklären, in einer Unendlichkeit aus Wärme und Licht, Livia hat ihre Hand auf meine gelegt. Wir sind lange so gelegen, sind liegengeblieben, bis das Rauschen nah, bis wir die letzten fast gewesen sind am Strand, dann sind wir zur Treppe und über die Betonstufen hinaufgestiegen, haben wir uns oben zwischen die Leute, auf den warmen Beton gesetzt und haben der Flut zugeschaut, wie sie den Sand überschwemmt hat, wie sie die Steinblöcke erreicht hat und die Wellen gegen die Blöcke geschlagen haben, wie das Wasser über die seitlichen Treppen heraufgeströmt ist und über die Brüstung gespritzt hat, wir haben geschaut und gelacht, Livia hat sich eine Zigarette angezündet, ein paar Kinder haben geschrien. Sie sind immer wieder vor zur Brüstung gegangen, sind schreiend über die breite Treppe heraufgelaufen, wenn die nächste Welle angerollt ist, sich krachend in die Blöcke geworfen und die seitlichen Treppen wieder überströmt hat, das hat etwas Katastrophenhaftes gehabt und ist ein Schauspiel gewesen, als spielte die Flut mit dem Beton und die Angst mit den Kindern und umgekehrt, das sei nicht schlecht, habe ich gesagt, oder wir haben eine höhere Welle kommen gesehen, und der Wind hat dann ein Nieseln zu uns heraufgetragen, mit einem Ah und Oh, dem Schreien wieder, von den Kindern, ich habe den Sand zwischen meinen Zehen herausgerieben. Später sind wir die Uferstraße zurückgegangen, und die Wellen sind unten der Mauer entlang gerollt, die Sonne ist eine Scheibe über einem Glitzern als Meer gewesen, die Fischer haben ihre Angeln gegen die Mauer gelehnt und ihre Kübel und Taschen am Gehsteig stehen gehabt, haben Mützen aufgehabt und haben geraucht, oder einer hat gekurbelt, und die Schwimmer haben auf den Wellen getanzt, nach der Kurve durch die Felsen, bei den Klippen, der Brücke, hat es gedonnert, haben sich die Wellen donnernd in die Felsen und in die Höhlung unter der Straße geworfen, daß das Wasser in Fetzen und Spritzern aufgestiegen ist, bis über die Brückenmauer herauf, wir haben dem Ziehen und Strömen zugeschaut, seine Wucht hat als ein Echo in mir gehallt, wie vorausgehört, und ist hereingebrochen.

Wir haben bei der Rezeption gewartet, oder die Wirtin ist hinter dem hohen Pult wie in einer Grube gesessen, und ich habe ihr gesagt, daß wir noch drei Tage bleiben würden und vielleicht auch länger, wenn es gehe, die Wirtin hat gelächelt, ob wir uns ein wenig in Biarritz verliebt hätten, hat sie gefragt und hat in der Agenda nachgeschaut, ein schmaler Scheitel hat ihr zurückgestrafftes Haar geteilt, als die Spur einer Hingabe an eine alte Ordnung, ja, wir könnten in dem Zimmer bleiben, hat sie dann gesagt, und ob das Meer heute schön gewesen sei, Livia hat etwas sagen wollen, hat die Worte nicht gefunden und hat gelacht, ihr Lachen ist beinahe die Erzählung gewesen. Im Stiegenhaus ist uns ein Hotelgast begegnet, er ist die Stufen heruntergekommen, und wir haben gegrüßt, er hat etwas von einem Stammgast gehabt, so hager unter seiner schon über Jahre immer im Sommerurlaub getragenen Leinenmütze, er hat sich für den Spätnachmittagsspaziergang schöngemacht, habe ich gedacht, und wir sind uns höflich ausgewichen, oder er hat fast akkurat gewartet und hat uns vorbeigehen lassen, die Stufen hinauf, ich habe gedankt, und es ist ein Geruch wie von Pfeifentabak von ihm geblieben, im Zimmer habe ich die Balkontürläden geöffnet, das Licht hat sich hell auf das Waschbecken gelegt. Livia hat ihr Badetuch über ihren Stuhl gehängt und den Bikini, sie hat sich das Gesicht gewaschen, hat vielleicht auf dem Balkon eine Zigarette geraucht, und ich habe unsere Bücher aus dem Turnsack genommen, aus meinem Badetuch ist Sand gerieselt, ich habe es leicht geschüttelt, der Sand ist im Fleckenmuster vom Boden wie versiegt, und wir sind so alltäglich fast ein Paar gewesen, oder Livia ist dann einkaufen gegangen, sie gehe ein bißchen einkaufen, hat sie gesagt, und ich habe mich gewundert, ob ich ihr Waschmittel verwenden dürfe, habe ich sie gefragt, und sie hat genickt, ja klar, hat sie gesagt, hat ihre Tasche umgehängt und ist gegangen, ich habe meine Schmutzwäsche aus dem Plastiksack auf den Bettüberwurf gekippt. Ich habe den Kaltwasserhahn und den Warmwasserhahn aufgedreht und den Verschlußhebel von links nach rechts geschoben, habe das Waschbecken vollaufen lassen, ein wenig ratlos, und habe Livias Waschmittel dazugegeben, es ist ein rosarotes Flüssigwaschmittel gewesen und hat geschäumt, ich habe meine Unterhosen in den Schaum gedrückt, ins Wasser, habe sie eingeweicht und mich dann hinaus auf den Balkon in die Sonne gestellt, der Balkon gegenüber ist im Schatten gelegen, die Sonne ist knapp über dem palaisartigen Haus gestanden, und ich habe dem Verkehr zugeschaut, habe das Spiegeln von den Windschutzscheiben und auf den Helmen der Motorradfahrer gesehen, dann das Glitzern wieder, das Meer. Die lichtlosen Leuchttafeln haben geleuchtet, und es ist ein Allem-nah-Sein gewesen als ein In-der-Sonne-Stehen und zielloses Schauen, meine Ratlosigkeit hat sich gelegt, und ich bin wieder zurück ins Zimmer gegangen, habe meine Unterhosen durchgeknetet, habe sie zu einem Knödel zusammengedrückt und den Abfluß geöffnet, es hat gegluckert, ich habe das Waschbecken ausgeschwemmt und wieder gefüllt, habe die Unterhosen im Wasser verteilt, habe sie so gespült, ein paarmal, oder habe Unterhose für Unterhose ausgewunden und aufgehängt, am Griff von der Balkontüre, am Schrankknauf, am Verschlußrad vom Radiator, habe durch das Gußeisengeländer den Oleander vom Balkon gegenüber gesehen, vom Lichtfluß dann gestreift. Seine äußersten Blätter haben geglänzt, und ich habe zwei Unterhosen auf den Radiator gegeben, habe meine T-Shirts eingeweicht und mich aufs Bett gelegt, habe hinauf zur Decke geschaut, mit der Neonlampe und den Reflexen von den Autodächern, habe die Augen geschlossen und die rötliche Dunkelheit unter den Augenlidern gesehen, habe einem flohförmigen Faden zugeschaut, wie er gewandert ist, wie er vor dem Verschwinden zurückgezuckt ist, was Livia wohl einkaufen würde, habe ich mich gefragt und habe den Verkehr gehört und gezögert, habe fast gewartet, dann habe ich mein Buch vom Tisch geholt, habe ich mich zurück aufs Bett gelegt und gelesen, meine Augen haben gebrannt. Ich habe noch einmal den Anfang vom dritten Kapitel gelesen, und wie K. bald zur richtigen Tür kommt, wie ihm auf sein Klopfen gleich aufgemacht wird und er, ohne sich weiter nach der bekannten Frau umzusehen, wie es geheißen hat, gleich ins Nebenzimmer will, ich habe K.s schnelle Art wiedererkannt und habe weitergelesen, wie er mit der Frau spricht, sagt, daß er angeblich verhaftet worden sei, und einschiebt – ich bin nämlich verhaftet –, als willigte er ein, seine Erklärungen sind Monologe, seine Berechnungen wieder haltlos gewesen, und ich habe fast gesehen, wie der Student dann die Frau davonträgt und K. neben ihm herläuft, bereit, ihn zu fassen und, wenn es sein müßte, zu würgen. Er würde ihn nicht würgen, habe ich befürchtet, und K. hat mir fast leid getan, mit seiner Enttäuschung und seinen Phantasien, ich habe das Buch zur Seite gelegt, auf den Bettüberwurf, daß K. auf die Frau gehört hat, anstatt zu handeln, hat zu seiner Niederlage geführt, habe ich gewußt, und es ist ein trauriges Wissen gewesen, ich habe mir nicht vorstellen können, was Livia so lange einkaufen würde, habe mich aufgesetzt, habe gezögert, dann habe ich die T-Shirts durchgeknetet und gespült, ich habe drei Bügel aus dem Schrank genommen, habe die T-Shirts ausgewunden und aufgehängt, habe eines an den Balkontürgriff gehängt, zu der Unterhose, und eines an den Hebel von den Läden, für eines habe ich keinen Platz gefunden. Ich bin im Zimmer herumgegangen oder habe dann den Bügelhaken verbogen, habe das T-Shirt an die Schrankoberkante gehängt und habe mich hinaus auf den Balkon gestellt, die Sonne hat die Straßenmitte überschritten gehabt, und der Balkon gegenüber hat in ihrem Licht geglänzt, hat lange Schatten geworfen, ich habe die Straße hinaufgeschaut, habe Livia gesucht, unter den Leuten auf dem Gehsteig gegenüber, habe mich über das Geländer gebeugt und habe Livia nicht gesehen, es ist ein Fließen durch die Straße gewesen, ein fast schon abendliches Leben, und ich habe eine Amsel gehört, die Amsel, habe ich gedacht und mich an die Amsel erinnert, ich bin zurück ins Zimmer gegangen. Ich habe mich wieder aufs Bett gelegt, habe die Augen geschlossen und gewartet, habe dem Verkehr zugehört und der Amsel, dem Bremsen, Anfahren, Hupen, dem Pfeifen, Trillern und den Stimmen, es hat nach Livias Waschmittel geduftet, wie Flieder, wo Livia wohl sei, habe ich mich gefragt, nicht als Frage, eher als Schauen wieder und Warten, die Zimmerdecke ist die Zimmerdecke gewesen, ohne Antwort, vom Gang habe ich manchmal Schritte gehört und habe die Schritte verfolgt, das Drehen eines Schlüssels, eine Tür, einmal habe ich das Buch vom Bettüberwurf genommen, habe ich es aufgeschlagen, ich habe nicht gelesen.

Es hat geklopft, ich bin fast aufgesprungen und habe die Zimmertür geöffnet, es ist Livia gewesen, in einem rotrosa Kleid, mit einem Plastiksack in der Hand, ich habe gestaunt, stumm, Livia ist hereingekommen, sie hat den Plastiksack auf ihren Stuhl gelegt, ich hätte nie gedacht, daß sie sich ein Kleid kaufen würde und habe Livia wieder angeschaut, als hätte ich sie bisher nicht gekannt, bist du schön in dem Kleid, habe ich gesagt, und Livia hat gelacht, sie habe gerade einmal genug gehabt von den Jeans, hat sie gesagt, ich bin aus dem Staunen nicht herausgekommen oder habe Livia dann umarmt. Wir haben uns umarmt, und ich habe ihren Rücken gestreichelt, den fast steifen Stoff von ihrem Kleid, ihre Schultern und ihren Nacken, ich bin durch ihre kurzen Haare gefahren, habe das Borstige als Sträuben gespürt und Livias Körper an meinem, durch das Kleid, wir haben uns geküßt, Livias Lippen haben nach Zigarettenrauch geschmeckt, haben sich geöffnet, und unsere Zungen haben sich berührt, haben sich umkreist, ich habe ein paar Schritte gemacht, mit Livia zum Bett, habe sie leicht zurückgedrückt, und sie hat sich auf den Bettrand gesetzt. Wir haben uns wieder geküßt, Livias Haut hat nach Sonne gerochen, nach Wärme und Straße, nach Sand, ich habe ihre Schenkel gestreichelt, das Weiche ihrer Schenkel unter dem Kleid, habe ihre Hüfte gestreichelt und ihren Bauch, habe ihre Brüste berührt, durch den Stoff, es ist ein Kleid mit einer breiten Borte als Kragen gewesen, und ich bin mit meinen Fingern der Borte entlang und über Livias Schlüsselbein gefahren, habe den obersten Knopf geöffnet, von dem Kleid, dann den nächsten, was ich da tue, hat mich Livia gefragt, und ich habe gelacht, ich würde das neue Kleid ausprobieren, habe ich gesagt. Livia hat gelächelt, wie verlegen oder wegen meines Übermuts, ich habe das Kleid fast bis zum Gürtel geöffnet, es hat kurze Ärmel gehabt, ist weit gewesen und bei der Taille in Falten zusammengelaufen, unter einem Gürtel, ich habe fast gezittert, habe die Amsel wieder gehört und Knopf für Knopf geöffnet, habe meine Hand dann unter den Stoff geschoben und Livias Haut gespürt, ihre Brust, habe meine Hand auf ihre Brust gelegt, habe sie gehoben, sie hat meine Hand gefüllt, und wir haben uns geküßt, haben geatmet, leise, mit dem Pfeifen, fast Hämmern der Amsel, dem Knittern vom Kleid, ich habe den Stoff zur Seite geschoben, über Livias Brüste, sie haben voll und weiß aus ihrem Kleid wie geragt. Ich hätte Livia lange so sehen wollen und habe sie zurück auf das Bett gedrückt, habe Livia zwischen ihre Brüste geküßt, ihre Haut hat salzig geschmeckt von ihrem Schweiß, vom Meer, ich habe sie mit der Zunge gestreichelt, habe meine Zunge um den Ansatz ihrer Brüste bewegt, bis zum Kleid und hinauf, Livia ist mit ihren Fingern in meine Haare gefahren, und ich habe meine Lippen auf ihre blasse Brustwarze gelegt, habe meine Zunge um ihren Hof gedreht, habe sie geküßt, habe mit der Warze gespielt und sie härter werden gespürt, ich habe sie zwischen meine Finger genommen und mit meiner Zunge den weichen Hof der zweiten Brust berührt. Ich habe Livias Atem gehört, habe von draußen den Verkehr gehört und das Zetern, Singen der Amsel, habe das Kleid über Livias Schenkel hinaufgestreift, Livia hat ihre Beine über den Bettrand hinaus auf dem Boden stehen gehabt, ich habe ihre Schenkel gestreichelt, bin mit den Fingerspitzen über ihre Haut gefahren, bis zum Slip und zurück, zum Knie, habe meine Finger in ihre Kniekehle geschoben oder habe meine Hand auf ihren Slip gelegt, zwischen ihre Beine, habe ihr Geschlecht gestreichelt, habe es warm und feucht durch den Stoff gespürt, Livia hat tiefer geatmet, fast geseufzt, und ich habe den Slip leicht in ihr Geschlecht gedrückt, dann habe ich ihn hinuntergezogen, bis zu den Schamhaaren, sie sind schwarz gewesen. Livia hat mich angeschaut, ich habe sie schauen gesehen, wie fragend, es passiere nichts, sicher, habe ich gesagt, und sie hat ihre Hinterbacken gehoben, ich habe ihren Slip dann über ihre Beine hinuntergestreift, habe Livia ihre Mokassins ausgezogen und ihre Füße durch den Slip geführt, ich habe gezittert, habe das Zarte wiedergesehen, ihrer Füße, nackt auf dem Boden, wie ausgesetzt, und ihre dunkle Scham, das rotrosa Kleid, ich habe seinen Stoff über ihren Bauch gehoben, habe ihre Beine geöffnet, habe sie auseinandergedrückt und mich zwischen ihre Beine gekniet, habe ihren Bauch geküßt, ihren Nabel, habe meine Zunge in seine Mulde gelegt. Ich habe Livias Brüste mit meinen Händen leicht fast geknetet, und es ist leise gewesen, eine Stille aus Knittern und Hupen, manchmal, Singen wieder oder fast Schnattern, Livia hat leise geatmet, als wartete sie, als würde sie auf meine Bewegungen horchen, und ich habe gezögert, habe meine Hände ihre Brüste umfassen gesehen, ihre Brüste wie angeschwollen, habe sie gestreichelt, ihren steifen Hof, oder bin dann mit meiner Zunge über ihren Bauch und durch ihre Schamhaare gefahren, zu ihrem Geschlecht, habe das Salz in ihren Haaren geschmeckt, ihr Geschlecht ist naß gewesen, und ich habe es geküßt, seine nackten Lippen, habe Livia tief einatmen gehört. Ich habe meine Zunge in Livias Geschlecht geschoben, in sein warmes Fleisch, habe den kleinen Knoten zwischen ihren Lippen vorsichtig bewegt, dann heftig, Livia hat laut geatmet, ihr Atem ist ein lautes Hauchen gewesen, und sie hat mir ihr Geschlecht entgegengehoben, ich habe es mit meiner Zunge gerieben, habe Livias Brüste festgehalten, ihre Hände haben meine Arme wie umklammert, und sie hat dann gestöhnt, hat ihr Geschlecht überschwemmt, ich habe geschluckt, wie berauscht, von Livias Stöhnen, oder habe mich dann aufs Bett gelegt, habe meine Hose geöffnet und Livias Hand an mein Geschlecht geführt, sie hat es gehalten, und es hat gezuckt, mein Samen ist über Livias Hand geronnen, Livia hat ihre Hand zart um mein Geschlecht bewegt.

Wir sind nebeneinandergelegen, einander zugewandt, haben uns umarmt und haben gelacht, stumm, sind einander durch die kurzen Haare gefahren, Livia hat ihr Kleid ausgezogen gehabt, und wir haben uns gestreichelt, unsere Wangen, Schultern, Arme, das Licht hat als ein Verglimmen das Zimmer gefüllt, zusammen mit dem Duft vom Meer, vom Waschmittel, dem Rauch und dem Schweiß, dem Leisen, ich habe Livias Ohr gestreichelt, bin seinem Rand entlang gefahren und in seine Muschel, habe mit ihrem Ohr gespielt, oder habe mich aufgestützt, Livias Körper ist ein Scheinen noch gewesen als das Helle ihrer Schenkel, ihrer Hüfte, Taille, ich habe meine Hand auf ihre weiße Haut gelegt. Ich habe ihre Hüfte gestreichelt, ihre Flanke, ihre Schulter, wie selbstvergessen, ihre Brust, ihren Hals und wieder ihr Ohr, lange, habe meiner Hand zugeschaut und von draußen den Abend gehört, das Nachlassen, Stillerwerden, Rollädenschließen, die Amsel noch wie selbstverliebt, einmal habe ich mich auf den Bauch gedreht, hat Livia ihre Hand auf meinen Rücken gelegt, habe ich meine Hand zwischen ihre Schenkel geschoben und das Feuchte, Krause, Warme gespürt, von ihrer Scham, Livia hat dann ihre Finger leicht über meinen Rücken wie rieseln lassen, und es ist gewesen, als könnten wir ewig so liegen, als gäbe es kein Ende, nur das Dunklerwerden, das allmähliche, das Verstummen, die Stille. Oder einmal hat sich Livia aufgesetzt, sie hat die Zigaretten und den Aschenbecher geholt und hat sich ans Kopfende vom Bett gesetzt, hat sich eine Zigarette angezündet, ich habe das Nackte gesehen, ihres Körpers im Halbdunkel, und die Flamme, ihren Schein

Livias Gesicht streifen, ihre Brust, ihren Arm, Livia hat
dann mit meinen Haaren gespielt, und ich habe ihren
Atem gehört, das Inhalieren, Absetzen, Ausatmen, ihre
Hand an meiner Schläfe und vereinzelt Autos, die
Straße herunter, ich bin mit meiner Zunge um meine
Lippen gefahren, sie haben leicht gebrannt, mein
Mund ist voll von Livias Geschmack gewesen, und ich
habe geschluckt, er ist geblieben, ich habe meine
Hand auf Livias Fuß gelegt, stumm, als wäre aller
Verlust gutgemacht. Später hat Livia sich gewaschen,
hat die Seife auf ihrer Haut geschmatzt, habe ich das
Wasser ins Waschbecken platschen gehört, zweifach,
und den Wechsel, wenn Livia ihren Waschlappen
unter das kalte, dann das heiße Wasser gehalten hat,
ich habe an meiner Hand gerochen, habe den bitter-
süßen Duft gerochen, von Livias Geschlecht, seine
Wärme und das Feuchte ihrer Lippen, trocken, es ist
wie eine Sucht gewesen, Livia zu atmen, ihren Namen
als Geruch, oder dann habe ich das Quieken vom
einen Wasserhahn gehört, das Wasser einstimmig,
dünner werden, den zweiten Hahn und das Gurgeln,
Livias Schritte, Halbschritte, das Handtuch, das leise
Reiben, ich habe mich auf den Rücken gedreht. Ich
habe Livia gesehen, im Streulicht von draußen, sich
die Arme trocknen und die Achselhöhlen, die Scham,
die Bewegung ihrer Arme und ihren Rücken, es ist ein
Bild wie ein Beginn gewesen, von lang her, ich habe
geschaut und bin nicht aufgestanden, wie verloren in
ein endloses Sehen, Livia ist in ihren Slip gestiegen, ist
in ihr Kleid geschlüpft, und ich habe ihre erhobenen
Arme, ihre Brüste gesehen, und das Kleid, steif fast fallen, Livia hat es zugeknöpft, ich habe ihr zugeschaut,
habe gesagt, daß ich zu faul zum Aufstehen sei, und sie
hat gelacht, hat dann die Zigaretten vom Nachttisch
geholt, und ich bin aufgestanden, Livia hat sich hinaus

auf den Balkon gestellt. Ich habe mich gewaschen, mit kaltem Wasser, habe Wasser getrunken und in die Achselhöhlen geschöpft, um den Hals und ins Gesicht, ein paarmal, habe die nassen Hände an meiner Brust abgerieben, und die Feuchtigkeit hat mich gekühlt, Livia ist aufs Geländer gestützt am Balkon gestanden, im Licht der Leuchtreklamen, dem Abendlicht, hat geraucht, es ist ein Glimmen noch gewesen, in der Luft wie fein verteilt, und ich habe mich abgetrocknet, habe das Handtuch aufgehängt und mich angezogen, bin in meine Schuhe gestiegen und habe etwas Geld aus meinem Koffer genommen, dann habe ich mich hinter Livia auf den Balkon gestellt, habe ich sie bei den Hüften umfaßt und mich an sie gelehnt. Ob wir gehen, habe ich sie gefragt, und es ist ein Schwingen in allem gewesen, ein Schaukeln als eine Ewigkeit, wir sind zur Bucht hinuntergegangen, und der Himmel hat wie durchscheinend geleuchtet, kobaltdunkelblau über den schwarzen Kabeln, Drähten, dem Fledermausflug, wir sind zur Madonna auf dem Fels gegangen, Livia neben mir, ihren Pullover umgehängt, in ihrem Kleid, und ich habe gelacht, wie aus einem Ansturm von Glück, wir sind Hand in Hand und dann über die Brücke gegangen, haben es rauschen gehört und das Wasser zwischen die Felsen krachen, haben über das Brückengeländer hinunter zu den Klippen geschaut, und es ist ein Ende gewesen, als könnte das Glück nicht dauern. Ich habe Livia gesehen, ihren Arm, ihr Kleid, ihren Nacken, und wieder eine Welle, zerbersten, Livia, habe ich gesagt, hinein in das Krachen, und Livia hat geschaut, hat mich angeschaut, ihre Augen haben gefragt, was sei, es sei nichts, habe ich gesagt, ich würde nur ein bißchen spinnen, Livia hat gelächelt, und wir haben uns geküßt, haben unsere Lippen sanft aneinandergelegt, und es ist wie ein Abschiedskuß gewesen, ich bin über die Brücke hinausgelaufen, habe mich umgedreht, komm, habe ich Livia zugerufen, und ich würde wirklich spinnen, es hat in den Klippen gekracht, hat wieder gerauscht.

Wir sind am Strand gelegen, ich habe gelesen, oder Livia hat sich aufgesetzt, hat sich eine Zigarette angezündet, sie hat ihr gestreiftes Bikinioberteil zusammengeheftet gehabt, mit einer Sicherheitsnadel, hat ihre Beine angewinkelt, hat ihre Arme auf ihre Knie gelegt, ich habe gelesen, wie K. mit dem Gerichtsdiener spricht, wie dieser sagt, daß man eben immer rebelliere, dann K. einlädt, in die Kanzlei, wie K. beim Eintritt fast hingefallen wäre, ich habe geblättert, es ist heiß, fast windstill gewesen, und ich habe geschwitzt, habe weitergelesen, einmal ist Livia aufgestanden, ist sie hinunter zum Wasser gegangen, ich habe meinen Kopf gehoben und habe sie gesehen, wie schlendern, dann stehen im seichten Wasser, ich habe mich aufgesetzt. Livia hat sich gebückt, als sähe sie etwas im Wasser, oder sie hat hinausgeschaut und ist ein Stück weiter gegangen, ins Wasser, es hat um ihre Knie geschäumt, sie ist schmal vor dem Meer ein Menschenkind gewesen, ein Stehen im Wasser und Schauen, hat ihre Arme hängen lassen, dann einen Arm tiefer, hat eine Hand ins schäumende Wasser getaucht, und ich habe gezögert, habe zu Livia hinunterlaufen und sie gleichzeitig sein lassen wollen, so lebewesenhaft mit sich und dem Meer, ich habe geschaut wie geträumt, als sähe ich einen Traum, den Traum von einem Anfang als einem Geheimnis, dann habe ich wieder weitergelesen. Später ist Livia heraufgekommen durch den Sand, und es ist noch gewesen, als entstiege sie jenem Traum, als würde sie wieder nah, ob sie mir auch etwas mitbringen soll, hat sie mich gefragt, und daß sie etwas zu essen kaufe, sie habe Hunger, sie hat ihr T-Shirt angezogen, das blaue, ja, gern, habe ich gesagt, oder ob ich mitkommen solle, Livia hat ihre Tasche umgehängt, hat gelächelt, nein, das brauchte ich nicht, hat sie gesagt und ist gegangen, durch den Sand und dem Meer entlang, in ihrer Art, wie ohne Ziel zu gehen, dann durch das Felsgeröll, und ich habe gelesen, ein paar Zeilen, habe wieder aufgeschaut, dem Strand entlang, als könnte ich Livia noch sehen, habe den Strand gesehen, verteilt ein paar Leute, liegen, sitzen oder stehen, im Wasser. Es ist eine Umgebung ohne Sinn gewesen, nur die Sonne ist hoch gestanden, nur das Meer hat gerauscht, ich habe wieder gelesen, die Sätze haben eine zwingende Folgerichtigkeit gehabt, selbst die erzählenden, keine Abweichung hat auch nur den Anschein einer Lösung gegeben, und ich habe das Buch dann offen, mit dem Rücken nach oben, auf mein Badetuch gelegt und bin hinunter ans Wasser gegangen, durch den warmen Sand, den Muschelkies, den feuchten Sand, das Wasser ist kühl gewesen, ich habe mich gebückt, habe meine Hände überfluten lassen, habe hinausgeschaut aufs Meer, die Brandung hat getost, hat geschäumt, ich habe geschaut, nur geschaut, habe vielleicht auch ein paar Surfern zugeschaut. Dann bin ich zurück hinauf zu unseren Badetüchern gegangen, sie sind nebeneinander ausgebreitet gelegen, blau und gelb mit Grün, vor meinem Turnsack, ich habe einen Schluck Wasser aus der Plastikflasche genommen und habe mich auf den Bauch gelegt, auf die Ellbogen gestützt, habe wieder gelesen, der Schatten von meinem Kopf ist neben dem Buch auf dem Frottee gelegen, und ich habe gelesen, wie K. weggehen will und mit dem Gerichtsdiener fast streitet, in seiner sturen Beharrlichkeit, habe K.

dann wieder fast gesehen als eine hagere Wortfigur, seine Erwägungen anstellen, sein stummes Stehen und den Mann, den K. früher in der Ferne bemerkt hat, sich am Deckbalken einer niedrigen Tür festhalten und auf den Fußspitzen ein wenig schaukeln. Wie ein ungeduldiger Zuschauer, hat es geheißen, und die Sonne hat heruntergebrannt, ich habe sie auf meinem Rücken gespürt, stechend, habe mein T-Shirt angezogen, manchmal habe ich nur die Schrift noch gesehen, habe ich zuinnerst fast blind gelesen, das Licht ist hell auf den gelblichen Taschenbuchseiten gelegen, und die Wörter sind darin als Buchstabenkörper gestanden, in sich verschlossen, als müßte ich sie entziffern, um wieder zu sehen, um nicht nur mechanisch zu lesen, manchmal habe ich aufgeschaut, bei einem Abschnitt, beim Umblättern oder am Ende des Kapitels, habe ich über den Strand zum Felsgeröll geschaut. Ich habe mich ins Lesen verbissen, habe geschwitzt und gelesen, wie eine Lehrerin des Französischen, sie war übrigens Deutsche und hieß Montag, ein schwaches, blasses, ein wenig hinkendes Mädchen, in das Zimmer vom Fräulein Bürstner übersiedelte, ich habe das Erzählte so in der Vergangenheit gelesen, habe es nicht mehr in die Nähe übertragen, einer Gegenwart, die Gegenwart ist von einer Unruhe besetzt gewesen, fast Angst um Livia, oder dann habe ich K. verachtet, das Herablassende, Argwöhnische, Winkelzughafte seiner Art, habe ich gelesen, wie er mit Frau Grubach spricht, wie Fräulein Montag mit ihm spricht, in seiner Sprache sagt, daß selbst die kleinste Unsicherheit in der geringfügigsten Sache doch immer quälend sei, K. hat ihr entschiedener noch mißtraut.

Einmal, noch einmal, bin ich dann aufgestanden, bin ich im seichten Wasser auf und ab gegangen oder habe hinaus gegen die Brandung geschaut und das Einsinken meiner Fersen verfolgt, mit jedem Rückströmen, Sandrieseln, manchmal ist mir gewesen, als könnte es vom Meer her ein Zeichen geben, der Horizont verfließen und eine Sichtbarkeit eröffnen wie einen Klang, es hat gerauscht, tosend, schäumend, immer wieder, oder ich habe mir überlegt, Livia entgegenzugehen, und bin zurück zu unseren Badetüchern gegangen, habe mich mit dem Rücken zur Sonne quer auf mein Badetuch gesetzt und meine Füße aneinander gerieben, habe den Sand von den Füßen gerieben. Ich habe ein Bein senkrecht und eines waagrecht angewinkelt, habe das Buch auf die Wade des liegenden Beins gelegt und habe gelesen, das fünfte Kapitel, wie K. hinter einer Tür, hinter der er immer nur eine Rumpelkammer vermutet hat, Seufzer ausstoßen hört, ich habe wie aufgehorcht, habe von dem Prügler in der Kammer gelesen und den beiden Wächtern, welche geprügelt werden sollen, weil K. sich beim Untersuchungsrichter über sie beklagt habe, die Rumpelkammer ist mir als das Herz des Romans erschienen, das Buch selber als jene Rumpelkammer, die K. wie aus Gewohnheit auch am nächsten Abend öffnet, und worin alles unverändert ist, man wird nie das erwartete Dunkel erblicken, habe ich gedacht. Zwischen dem fünften und dem sechsten Kapitel habe ich kaum aufgeschaut, ich habe einen Schluck Wasser genommen und weitergelesen, der Schweiß ist mir aus den Achselhöhlen getropft, dann, nach dem ersten Absatz oder beim Umblättern, habe ich Livia gesehen, beim Felsgeröll, sie hat in ihrer rechten Hand einen Papiersack getragen und ist langsam näher gekommen, wie gebeugt, ich habe geblät-

tert, habe geschaut, wo der nächste Absatz wäre, oder
habe mich gegen das Meer gedreht und habe die Beine
gestreckt, K. würde immer tiefer in den Prozeß hinein-
gezogen, es ist wie ein Wissen, und meine Beine sind
steif vom Sitzen gewesen, woher sie denn komme,
habe ich Livia entgegen fast gerufen. Livia hat den
Papiersack auf ihr Badetuch gelegt, hat sich gesetzt,
hat fast geweint, sie sei zurück bis in die Stadt gegangen, in der Bar habe es keine Sandwiches gegeben und
bei dem Kioskwagen hätten sie auch nichts Gescheites
gehabt, hat sie gesagt, sie hat ihre Arme auf ihre Knie,
hat ihren Kopf auf die Arme gelegt, und barfuß sei
sie auch noch gewesen, habe ich sie dann in sich hinein sagen gehört und habe Livia gestreichelt, ihren
Rücken, ich hätte nicht gedacht, daß sie so aus dem
Gleichgewicht kommen könnte, gleichzeitig ist mir
leichter geworden, und das bei dieser Hitze, habe ich
wie zum Trost gesagt, und Livia hat gelacht, hat fast
geweint noch, und ich habe auch lachen müssen,
wegen Livia, wegen meines schlechten Trostes, die
Sonne hat heruntergebrannt. Livia hat sich eine Zigarette angezündet und hat mir den Papiersack herübergegeben, ich solle nur nehmen, es seien Sandwiches
mit Schinken, hat sie gesagt, und daß sie noch nichts
essen könne, ich habe mich hingelegt, habe geblinzelt,
habe die Augen mit der Hand geschützt und Livias
Rücken gesehen, ihr Sitzen und Rauchen als Rücken,
fast unbewegt, habe die Augen geschlossen und in den
roten Himmel unter den Lidern geschaut oder habe es
dann rascheln gehört, habe mich aufgestützt, Livia hat
den Papiersack geöffnet gehabt, sie hat einen Sandwich aufgeklappt und den Schinken gehoben, an der
Unterseite hat Butter geklebt, das sei meiner, hat sie
gesagt. Es ist ein Schinken von Bayonne gewesen, ein
Rohschinken in Streifen, ich habe gedankt, und wir

haben gegessen, manchmal habe ich einen ganzen Streifen Schinken mitgezogen, mit einem Biß, und habe lange gekaut, der Schinken sei gut, würzig, aber schwer abzubeißen, habe ich vielleicht einmal gesagt, wir haben gekaut und haben die Brandung draußen tosen gesehen, das Kauen und das Tosen haben einander wie gespiegelt, wie begleitet als Zermalmen, immer wieder, als ein Schäumen und ein Schlucken, oder wir haben dann die Rindenbrösel von unseren Badetüchern geschüttelt, und Livia hat sich auf den Bauch gelegt, sie hat im Liegen geraucht. Ich bin neben ihr gesessen, habe Sand über ihre Waden rieseln lassen, habe mich vorgebeugt und die Hand gefüllt und dem Rieseln zugeschaut, der Sand hat sich um Livias Waden gehäuft, zu einem Damm, ist über ihre Haut gerieselt, ist an ihren feinen Haaren hängengeblieben, hat langsam ihre Waden bis zu den Kniekehlen bedeckt, und es ist gewesen, als wäre der Sand meine verlängerten Finger, er hat Livias Beine unter sich wie unter Zärtlichkeiten begraben, später sind wir hinunter ans Meer gelaufen und ins Wasser, daß es gespritzt hat, wir sind hinaus gegen die Brandung gegangen und haben gelacht, ich habe Livia dann wieder getragen. Ich habe mich gegen das Strömen gestemmt und Livias warmen Körper wieder an meinem gespürt, die Wellen haben sich fast stürmisch an mehreren Bruchstellen überschlagen, ich habe die geeignetste Stelle gesucht, wo die höchsten Wellen gebrochen sind, habe dem Auftürmen und Zusammenbrechen zugeschaut oder bin wieder ein paar Schritte näher zur Brandung gegangen, habe Livia gesehen, wie sie in meinen Armen gelegen ist und hinausgeschaut hat, wie schutzlos, wie geschützt von meinen Armen, eine höhere Welle ist ein Stück draußen im Kommen gewesen, ich habe gezögert, bin der Welle

entgegen dann wieder fast gelaufen. Sie hat uns hoch
überragt, wir haben geschrien, und sie hat uns überrollt, ich habe einen Schlag wie von einer mächtigen
Hand auf die Schulter bekommen, und es hat mich
wieder gedreht, gegen den Strand geschwemmt, fast
geworfen, ich habe die Kiesel wirbeln gespürt und
wieder den Sand als Boden, bin aufgestanden und
habe um mich geschaut, habe Livia gesehen, aus dem
Wasser tauchen, und im Schaum neben mir ein Ohr
von einem Kaktus, ich habe es aufgehoben, habe es in
die Höhe gehoben, habe das fast tellergroße Ohr Livia
als eine Trophäe gezeigt, der habe mich an der Schulter erwischt, habe ich zu ihr fast gerufen. Wir sind
dann naß auf unseren Badetüchern gelegen und haben
uns umarmt, unsere Haut hat vom Salzwasser geklebt,
unsere Arme an unseren Hüften, unseren Schultern,
ich habe Livias Schenkel gespürt, kalt, warm, an meinen, habe mein linkes Bein zwischen ihre Schenkel
geschoben, unsere Lippen sind bläulich von der Kälte
gewesen, dem kalten Wasser, und wir haben gezittert,
ich habe Livias zitternde Lippen geküßt, habe das Salz
von ihren Lippen geküßt und bin mit meinen Fingern
durch ihre nassen Haare gefahren, wir haben uns
angeschaut, haben wieder gelacht, fast stumm, wie
vereint, zitternd unter der Sonne, haben wie von weit
draußen das Tosen der Brandung gehört.

Ich bin in der Dusche gestanden, im knöcheltiefen
Wasser, und habe mich abgetrocknet, das Frotteetuch
hat auf meinen Schultern gebrannt, die Haut ist gerötet gewesen, ich habe meinen Bauch und meinen
Rücken trockengerieben, habe das Wasser im Fußbecken langsam sinken gesehen, den Seifenschaum,
und bin mit dem Frotteetuch um mein Geschlecht
gefahren, über die Hinterbacken und die Beine hinab,

habe gewartet, bis das Wasser zuletzt noch eine kleine
Pfütze um das Abflußloch gebildet hat und versiegt ist,
dann habe ich das Fußbecken ausgespült, habe ich die
Schaumschlieren von meinen Füßen gespült und
meine Füße getrocknet, Fuß um Fuß, ich bin in meine
Schuhe gestiegen und habe das Frotteetuch um meine
Hüften gelegt. Livia hat gewaschen, hat Wäsche eingeweicht gehabt, der Waschmittelduft hat sich mit dem
Zigarettenrauch gemischt, und ich habe meine Unterhose vom Schranktürknopf genommen, sie ist trocken
gewesen und steif, unförmig, als hätte man sie an
einem Ohr in die Höhe gezogen, ich bin in die Unterhose gestiegen und habe das Frotteetuch beim Waschbecken aufgehängt, ich hätte einen leichten Sonnenbrand auf den Schultern, habe ich zu Livia gesagt, sie
hat ihre Wäsche im Wasser geknetet, hat geschaut, hat
eine Zigarette auf der Ablage unter dem Spiegel liegen
gehabt, ja, man sehe es, hat sie gesagt und hat noch
einmal inhaliert, hat dann ihr Schampon aus ihrem
Toilettbeutel genommen und die Zigarette ausgedämpft, sie ist duschen gegangen. Ich habe meine
Wäsche zusammengelegt, die T-Shirts mit der Bügel-
form und die vom Radiator gerillten Unterhosen, habe
sie in den Koffer gegeben oder habe eines der frischen
T-Shirts angezogen, habe mich hinaus auf den Balkon
gestellt, für einen Blick die Straße hinunter, aufs Meer,
die Sonne hat meine feuchten Haare gewärmt, fast
getrocknet, zusammen mit dem leichten Wind, und ich
bin geblieben, eine Weile, habe mich berühren lassen,
das Meer hat geglitzert, es ist ein Glitzern auch in der
Luft gewesen, und das Geländer hat sich warm in
meine Hände fast geschmiegt, ich habe gezögert, dann
bin ich zurück ins Zimmer gegangen. Ich habe den
Prozeß vom Tisch genommen und habe mich im
Schneidersitz aufs Bett gesetzt, bin vom Schrank, vom

Licht, vom Waschbecken und dem Tisch, einem Bild darüber und der Tür wie umgeben auf dem Bett gesessen und habe gelesen, wie der Onkel ruft: „Was habe ich gehört, Josef?", wie K. schweigt und sich zunächst einer angenehmen Mattigkeit hingibt, durch das Fenster auf die gegenüberliegende Straßenseite sieht, wie von seinem Sitz aus nur ein kleiner, dreieckiger Ausschnitt zu sehen ist, ein Stück leerer Häusermauer zwischen zwei Geschäftsauslagen, dann ist es wieder um den Prozeß gegangen, und ich habe wegen des Onkels gelacht, er hat etwas Leibhaftiges gehabt, einmal habe ich von draußen einen Lautsprecher gehört, die Straße herunter und näher kommen. Er hat gedröhnt, daß ich die Männerstimme kaum verstanden habe, sie hat ein Fest angekündigt, *ce soir*, diesen Abend, im Parc Mazon, im Hintergrund hat Musik gespielt, und der Mann hat die Attraktionen des Festes aufgezählt, dann ist die Musik lauter geworden, sie hat die Straße gefüllt, und ich habe aufgeschaut, habe das Bild über dem Tisch gesehen, die Reproduktion von einem Stich, eine Stadtansicht oder ein Blumenbild, es ist Konstantinopel oder ein Strauß Anemonen gewesen, oder ich habe die Stimme wieder gehört, unter dem Balkon vorbei und die Straße hinab, von dem Fest hat es auch Flugblätter als Ankündigung gegeben, eines ist auf dem Weg zurück vom Strand unter dem Scheibenwischer vom Volkswagen gesteckt, und ich habe es mitgenommen gehabt. Ich habe weitergelesen, und der Prozeß ist so tatsächlich wie das Verklingen der Stimme aus dem Lautsprecher und das Bild vom Bosporus oder den Blumen gewesen, vielleicht auch habe ich überlegt, ob es das Sprichwort ‚Einen solchen Prozeß haben, heißt ihn schon verloren haben' wirklich gibt, ich habe den Verkehr kaum gehört, nur manchmal ein Hupen, habe dann ohne Aufschauen oder Innehalten gelesen, und es hat auch keinen Absatz mehr gegeben, über Seiten, einmal hat es geklopft, bin ich aufgestanden, habe ich die Tür aufgemacht, Livia hat ihre Haare wieder zurückgekämmt gehabt, ist hereingekommen, und ich habe vom Lautsprecher erzählt, das müsse heute ein gröberes Fest sein, habe ich gesagt. Livia hat dann ihre Wäsche gespült, und ich habe weitergelesen, habe es klatschen und gurgeln gehört und gelesen, vom Advokaten Huld, habe mit K. gestaunt, daß der Advokat von seinem Prozeß schon weiß, oder dann hat ein Lärm aus dem Vorzimmer, wie von zerbrechendem Porzellan, alle aufhorchen lassen, habe ich gelesen, wie K. nachsehen geht, was geschehen ist, und wie ihn die Pflegerin Leni ins Arbeitszimmer des Advokaten führt, Livia hat ihre Wäsche ausgewunden, hat ihre Slips und T-Shirts aufgehängt, hat sich eine Zigarette angezündet und ist mit dem Aschenbecher zum Bett gekommen, sie hat sich ans Kopfende vom Bett gesetzt, und ich habe kaum aufgeschaut. Ich habe gelesen, wie Leni zu K. sagt, daß er zu unnachgiebig sei, so habe sie es gehört, und ihn aufgefordert, bei nächster Gelegenheit das Geständnis zu machen, wie K. ihr das Photo seiner Geliebten und Leni ihm ihren kleinen körperlichen Fehler zeigt, wie K. sich von Leni verführen läßt, wie der Onkel draußen K. mit Vorwürfen überhäuft, wie er das nur tun habe können, sich mit einem kleinen, schmutzigen Ding verkriechen und stundenlang wegbleiben, nicht einmal einen Vorwand suchen, zu ihr laufen und bei ihr bleiben, ich habe gelacht, habe den Onkel gesehen, mit dem Advokaten und dem Kanzleidirektor vergeblich auf K. warten, ich habe das Kapitel zu Ende gelesen. Es sei irgendwie gut, das Buch, habe ich dann gesagt oder habe Livia gefragt, ob sie mir eine Zigarette gebe, sie hat sich auch noch eine genommen, hat den Aschenbecher zwischen uns gestellt, und wir haben geraucht, ich habe erzählt, von K., wie er an einem Morgen verhaftet worden sei, von zwei Männern, doch nicht richtig, man habe ihm nur gesagt, daß er verhaftet sei, und so sei es auch mit dem Prozeß, ich habe gestockt, es sei schwer zu erzählen, habe ich dann gesagt und gelacht, es sei alles wirklich und doch nicht wirklich, oder man wisse nie, wie wirklich etwas sei, es gebe auch keine richtige Schuld, ich habe gezögert, Livia hat geraucht, vor sich hin, wie stumm, als würde sie überlegen, ich habe nicht weitergewußt, habe die Asche am Aschenbecher abgestreift. Wenn man mit der Schuld anfangen würde, könne man sowieso alles gleich vergessen, hat Livia nach einer Weile gesagt, denn dann würde man an kein Ende mehr kommen, sie hat mich angeschaut, wie fragend, ob es nicht so sei, ich habe tief inhaliert, habe, was sie gesagt hat, nicht auf K. beziehen können, und doch ist mir gewesen, als träfe es auch auf K. zu, als müßte er nur aufhören, sich rechtfertigen zu wollen, um frei zu sein, ich habe den Rauch über das Bett hin ausgeatmet, habe ihm zugeschaut, wie er sich im Zimmer aufgelöst hat in ein Schweben, aber es gebe doch so etwas wie Schuld, habe ich dann gefragt, eher versuchsweise oder wie verlegen, ja, aber sie bringe einen nicht weiter, habe ich Livia sagen gehört, eine Fliege ist auf dem braunen Bettüberwurf fast als ein Krabbeln nur sichtbar gewesen.

Wir sind durch die Stadt hinaufgegangen, das Licht ist sanft auf den Dächern gelegen, hat das Ziegelrot wärmer scheinen lassen, hat den Asphalt manchmal gestreift, daß er rissiger, buckliger gewesen ist, warm von der Hitze, der Sonne des Nachmittags, es sind immer wieder Autos an uns vorbei stadtaufwärts gefahren, hupend, und aus den offenen Türfenstern hat Musik gedröhnt, haben Hände gewunken, ich habe gelacht, vielleicht hätten wir auch den Volkswagen nehmen sollen, habe ich zu Livia gesagt, sie ist schräg vor mir her gegangen, in ihren Jeans, ihrem weißen T-Shirt, sie hat ihren Pullover umgehängt gehabt, wir sind zum Fest gegangen. TORO DE FUEGO ist als eine der Attraktionen auf dem Flugblatt gestanden, ich habe FUEGO mit Flucht übersetzt gehabt und geglaubt, daß vielleicht ein Stier losgelassen würde, vor dem man durch die Straßen fliehen müße, wie ich es von Spanien gehört habe, manchmal habe ich den Prospekt mit dem Stadtplan aus meiner Jackentasche gezogen, habe ich nachgeschaut, wo wir seien, oder wir sind über eine breite Straße und wieder in der Sonne gegangen, die Straße ist eine Art Boulevard gewesen, mit Villen, Gärten, Schatten, einem Flimmern, wie ausgestorben, hat Livia gesagt, dann sind wir zu dem Park gekommen, dem Parc Mazon, auf einem breiten Streifen Kies sind unter Linden oder Platanen in Reihen Tische und Bänke gestanden. Es hat links Stände gegeben, Grillstände, und rechts haben sich Leute um einen Platz gedrängt, wir haben uns dazugestellt, haben einen Ball immer wieder gegen eine hohe, fensterlose Hausmauer prallen gesehen, auf der Mauer sind Felder aufgemalt gewesen, und auf dem Platz haben Männer in weißen Hemden und schwarzen Hosen an einem Arm geflochtene Schläger getragen, fast Schöpfer, sie haben mit ihnen den Ball geschleudert oder nach ihm gelöffelt, ob ich sie auf die Schultern nehmen solle, habe ich Livia gefragt, und vielleicht habe ich mich geduckt, ist Livia dann auf meine Schultern gesessen, sie haben von der Sonne gebrannt. Ich habe mich aufgerichtet, habe Livias warme Schenkel durch die Jeans an meinem Hals gespürt, ihre Hand in meinen Haaren, habe Livia an ihren Beinen festgehalten und wieder dem Ballspiel zugeschaut, die Bewegungen der Männer haben etwas Verzögertes, Anfängliches, Gewaltsames gehabt, das hat mich angezogen, hat das Ähnliche in mir geweckt als Stehen, Tragen, Schauen, einen Stolz aus Kraft und Aufmerksamkeit, ob es gut gehe, da oben, habe ich Livia einmal gefragt, oder ich habe warm bekommen und habe Livia dann heruntergelassen, von meinen Schultern, ich habe geschwitzt, und wir haben gelacht, Livia hat sich eine Zigarette angezündet. Die Sonne ist leuchtend an den Kronen der Bäume angelegen, an ihren Blättern, daß sie geglänzt haben, ich habe die Baskenmütze der Männer unter den Bäumen gesehen, wie Bruchstriche gegen den Himmel, mehr oder minder schräg, und es ist gewesen, als wären sie unter ihren Mützen zu Hause, wie sie so am Kies beisammen gestanden sind, sie würden alle irgendwie gleich aussehen, mit ihren Mützen, habe ich zu Livia gesagt, und sie hat dann auch zu den Männern hin geschaut, zwischen den Beinen der Leute sind Kinder gestanden, an ihre Beine gelehnt, oder sind gelaufen, einander nachgelaufen über den Kies und haben geschrien, manche Frauen haben eine schwarze Tracht und um ihre Schultern fein gehäkelte Umhänge getragen. Livia hat etwas Mädchenhaftes gehabt, wie sie so am Rand von dem Gedränge um den Ballspielplatz gestanden ist und geraucht hat, sie hat mich an die Mädchen am Jahrmarkt erinnert, die Mädchen beim Autodrom, welche damals schon geraucht haben, und wir sind dann unter die Bäume und den Ständen mit den Spezialitäten entlang geschlendert, haben sie angeschaut, die Würste auf dem Grill, die Merguez, und die Hühner, wie sie sich gedreht haben, an einem Stand hat es Fischsuppe gegeben, ob wir etwas trinken, habe ich Livia gefragt, und wir haben vielleicht zwei Becher Sangria gekauft, der Park hat sich gefüllt, wir haben uns an einen Tisch gesetzt, haben Sangria getrunken und haben geraucht. Die bunten Glühlampen unter dem Blätterdach der Bäume haben kaum heller als der Himmel geleuchtet, wenig heller als sein frühabendliches Blau, wir haben von den Leuten erzählt, wie sie zufrieden seien, und manche haben schon gegessen, die gegrillten Hühner würden gut aussehen, habe ich vielleicht gesagt, oder wir haben vom Platz her Applaus und Rufe gehört und dann Musik, es hat eine Bühne gegeben, der fensterlosen Hausmauer gegenüber, dort haben zwei Männer mit einem Schlaginstrument und verschiedenen Flöten Musik gemacht, haben andere dazu getanzt, Männer ganz in Weiß, mit einem roten Tuch als Gürtel, wir sind über den Kies und den Platz zur Bühne gegangen. Die Männer haben je einen Stock geschwungen, haben den Stock unter den Beinen durch und um den Körper gedreht, oder es sind dann Männer und Frauen gewesen, und sie haben einen Reigen getanzt, die Frauen haben buntere, dunkle Kleider getragen, mit weißen Unterröcken und Stiefeln, ich habe ihre Schritte gesehen, das Sich-Drehen und die Blicke, ihr Lachen, habe gewippt, in einem fast hinkenden Takt, und Livia hat geschaut, hat mich angeschaut, die seien doch gut, habe ich gesagt, sie hat gelächelt, zögernd, als wäre ihr das Volkstümliche nicht geheuer, später sind wir zurück zu den Tischen gegangen, den Reihen entlang, haben wir an einem äußersten Tisch zwei Plätze gefunden, der Himmel hat sich ins Violette verfärbt gehabt. Ob sie auch einen Weißwein nehme, habe ich Livia gefragt und habe mich dann angestellt, bei dem Gedränge vor dem Getränkestand, habe mich schieben lassen und habe geschoben, habe immer wieder Hände gesehen, volle Becher in die Höhe halten oder Flaschen, es ist ein Rufen und Lachen gewesen, ein Sprüchemachen, ein Einschenken, Herausgeben, Öffnen und Kassieren in einem Durcheinander, ich habe eine Flasche Weißwein bestellt mit zwei Gläsern, habe das Wort für *Becher* nicht gewußt, habe dann auch die Flasche in die Höhe gehalten und mich durch das Gedränge hinausbewegt, es sei nicht schlecht, so groß zu sein, hat ein kleiner Mann mit Baskenmütze zu mir gesagt, und ich habe gelacht. Ich bin dann den Tischen entlang gegangen, und mir ist gewesen, als würde ich getragen von den Stimmen, den Rufen, der Musik, Livia hat geraucht, und ich habe ihr die Geschichte von dem kleinen Mann erzählt, habe eingeschenkt, und wir haben uns zugeprostet, haben getrunken, der Wein sei gut, ein bißchen ordinär, so möge ich ihn, habe ich gesagt und habe Livia gesehen, wie verklärt so umgeben von den Lampen, dem Himmel, den Leuten, sie haben Würste und Suppen an uns vorbeigetragen, oder ein Mann ist dann näher zu Livia hingerückt, *ça va*, ob es gehe, hat er sie gefragt, und Livia hat gelächelt, hat *oui* gesagt, er hat seiner Frau Platz gemacht, und sie hat das Essen vor ihm auf den Tisch gestellt, ein gegrilltes Huhn, Würste und Frites, ob sie glaube, daß er all das esse, hat sich der Mann wie empört und hat mich hilfesuchend angeschaut.

Der Himmel ist dann dunkel gewesen über den Glühlampenreihen, der Rauch der Grillstände ist von ihrem Streulicht beleuchtet fast senkrecht aufgestiegen, kaum zerweht von einem Wind, und ich habe zwei Suppen geholt, habe die Brotstücke in meine Jackentaschen gesteckt und die beiden Schüsseln vorsichtig zu unserem Tisch getragen, habe sie am Rand gehalten, wegen der Hitze, die Suppen haben gedampft, ich habe sie fast knieweich auf unseren Tisch gestellt, oder vielleicht hat Livia sie gebracht, habe ich in die Baumkronen geschaut, wie das Glühlampenlicht ihr unterstes Blattwerk durchwirkt hat, habe ich mich im Sitzen gedreht und Livia dann kommen gesehen, vorsichtig, gebückt, die Plastiklöffel haben aus den Schüsseln geragt. Es ist eine Art Tomatensuppe mit Fischstücken gewesen und das Brot ein halbweißes mit einer groben Rinde, wir haben es in die Suppe getunkt und haben die Fischstücke zu dem getunkten Brot gegessen, haben Wein getrunken und die Suppe gelobt, in dieser Ewigkeit unserer Worte, unserer Augen, dieses Abends, das Brot sei auch gut, hat Livia gesagt, oder dann haben wir geraucht und haben vom Platz her wieder Klatschen gehört, Livia ist aufgestanden, hat sich im Stehen gedreht, hat hinüber zur Bühne geschaut, fast neugierig, und ich habe gelacht, habe sie so nicht gekannt, ich habe den Rest vom Wein in unsere Plastikbecher geleert, und Livia hat den Pullover angezogen, sie hat sich ihre Tasche umgehängt. Wir sind mit den Bechern in der Hand und der Zigarette zwischen den Fingern zur Bühne gegangen, sie ist beleuchtet gewesen und dicht von Leuten umstanden, wir haben Stöcke sich drehen gesehen, im Scheinwerferlicht, und drei von den weißgekleideten Männern, sie haben die Stöcke gefangen, und die Leute haben geklatscht, die Männer sind nahe am Bühnenrand gestanden, haben die Stöcke dann wieder geworfen, hoch, über das Licht der Beleuchtung hinauf, die Stöcke sind gewirbelt, ins Halbdunkel, oder haben sich im Fallen gedreht, und die Männer haben sie wieder gefangen, die Leute haben wieder geklatscht, wir haben nicht klatschen können, mit den Plastikbechern in der Hand, haben noch geraucht oder haben die

Zigaretten fallen lassen, ich habe sie mit dem Schuh ausgedämpft. Es sind dann drei andere Männer zum Bühnenrand vorgetreten, sie haben die Stöcke zuerst mäßig hoch und langsam höher geworfen, hinauf in die Nacht, daß sie tief in die Dunkelheit getaucht sind, und wir haben mit den Leuten immer wieder den wirbelnden Stöcken nach hinaufgeschaut, selten, einmal, ist einer abgewichen, ist ein Stock über den Leuten zuvorderst bei der Bühne heruntergekommen, haben wir sie schreien gehört, und ich habe gesehen, wie sie die Arme über ihren Köpfen verschränkt und sich geduckt haben, dann haben sie gelacht, hat sich einer der Männer von der Bühne heruntergebeugt, er hat eine entschuldigende Gebärde gemacht, und sie haben ihm seinen Stock hinaufgereicht. Oder es sind die nächsten drei Männer vorgetreten, sie haben ihre Stöcke noch höher geworfen, und wir haben gestaunt, haben manchmal einen Schluck Wein genommen, der ganz links sei gut, habe ich einmal zu Livia gesagt und habe sie schauen gesehen, das Streulicht in ihren Augen, das Leuchten, stumm wie verliebt in dieses Leuchten, oder habe wieder den Stöcken nachgeschaut, wie sie zurück ins Scheinwerferlicht gefallen sind, sich drehend, fast langsam, dann, wie plötzlich, hat es ein Gedränge gegeben, sind die Scheinwerfer erloschen, und die Leute haben gedrängt, wir haben uns mitschieben lassen, was jetzt sei, habe ich Livia gefragt und habe ihre Hand gesucht, *el toro*, haben wir rufen gehört, haben die Leute gerufen, wir sind geflohen. Ich habe zurückgeschaut, über die Köpfe zurück, und habe Feuer spritzen gesehen, ein Feuerwerk, habe ich zu Livia gesagt, unter den Bäumen sind wir stehengeblieben, erschrocken und lachend, die Leute haben sich um den Platz verteilt, und wir haben dann eine Lücke zwischen ihnen gesucht, das Feuerwerk hat sich gegen die leere Mitte vom Platz bewegt, es ist ein gepanzerter Rücken gewesen, und aus dem Rücken sind Raketen gestiegen, unten haben zwei Beinpaare aus dem Panzer geragt, das sei der Stier, hat Livia gesagt, und da habe ich auch die Hörner gesehen und aus den Hörnern Vulkane steigen, der Stier hat sich gedreht, seine Augen haben rot gestrahlt. Es hat aus seinen Nüstern gezischt, hat geknallt, und die Leute haben sich gegen den Stier hin bewegt, haben ihm zugerufen, bis er gegen den Rand vom Platz gelaufen ist und sie wieder zurückgewichen sind, sie haben geschrien, und wir haben gelacht, der Stier hat ununterbrochen Feuer gesprüht, ist dann dem Rand vom Platz entlang auf uns zugekommen, und wir haben uns zurückgedrängt, durch die Leute, mit den Leuten, sind wieder geflohen und haben uns geduckt, ich habe mir die Jacke über den Kopf gezogen, das seien Spinner, habe ich zu Livia gerufen, im Geschrei und dem Funkenregen, wir haben wieder gelacht. Ich habe einen Schluck Wein genommen, habe den Becher leergetrunken, und der Stier ist allmählich erloschen, ist dann wieder in der Mitte vom Platz gestanden, ein paar leere Hülsen haben auf seinem Rücken noch gebrannt, und die Leute haben geklatscht, oder ein paar Mädchen und Buben sind um den ausgebrannten Stier getanzt, der sei gut gewesen, hat Livia gesagt, und ich habe den leeren Becher in die Jackentasche gesteckt und habe geklatscht, der Stier ist langsam davongetrottet, es hat nach Feuerwerk gestunken, und über dem Platz ist Qualm gelegen, später hat auf der Bühne eine Band gespielt, haben wir zur Musik gewippt, haben wir wieder geraucht. Es ist eine Art baskischer Rock gewesen und hat gehallt, als in einem Zelt, als spannte sich die Nacht weit über den Platz, und wir haben dann getanzt, ich habe Livia tanzen gesehen, den Riemen ihrer Tasche quer über ihrer Brust, sie hat die Tasche gehalten und hat sich gedreht, in kleinen Schritten, mit dem Rhythmus der Musik, er hat sich von Lied zu Lied wiederholt, und ich habe nach einer Weile auch hineingefunden, ins Tanzen, habe gestaunt, wie Livia tanzt, wie berührt, wie aufgegangen, als hätte sie eine Sicherheit verlassen, und wir haben wie dazugehört, zu den Leuten auf dem Platz, zu den Bechern am Asphalt, einmal habe ich Livia umarmt. Ich habe sie zwischen zwei Liedern an mich gedrückt, habe sie geküßt, und unsere Lippen sind dann im Dröhnen wieder der Musik aneinandergelegen, unser Kuß ist etwas Innerstes gewesen, ein leises Drehen auf dem Äußersten als Platz, später haben wir noch zwei Becher Wein geholt, habe ich bei einem Grillstand eine Merguez gekauft, ich habe Livia gefragt, ob sie nicht auch noch Hunger habe, und sie hat gelacht, hat nein gesagt, hat geraucht und mir zugeschaut, wie ich die Wurst gegessen habe, wie ich geschwärmt oder gesagt habe, daß sie doch probieren müsse, von der Wurst, manchmal sind Jugendliche in Gruppen über den Platz gegangen und den Tischen entlang, ich habe mich so unbedroht wie lange nicht gefühlt.

Wir sind durch die Stadt hinuntergegangen, Hand in Hand, der Mond ist fast als Halbmond über den Dächern gestanden, dann wieder verdeckt als ein Schein nahe einer Dachkante, wir sind in eine schmale Straße gebogen, sie ist auf der einen Seite von Lampen unter tellergroßen Metallschirmen beleuchtet gewesen, auf der anderen hat hinter einem Zaun Gebüsch geduftet, nächtlich, üppig, nach Muskat und Hitze, die Straße ist auf ein Garagentor zugelaufen, hat bei dem Garagentor in einer Kurve stadtabwärts geführt, davor hat es eine Bar gegeben, ist durch einen

Vorhang aus bunten Plastikstreifen Licht auf den zementierten Gehsteig gefallen, auf sein zartes Rautenmuster, wir sind stehengeblieben. BAR habe ich auf dem eingerollten Sonnendach über dem Eingang gelesen und habe Livia gefragt, ob wir noch auf ein Glas hineingehen, habe dann die Plastikstreifen zur Seite geschoben, die Bar ist ein fast quadratischer Raum gewesen mit einer Theke, dem Eingang gegenüber, zwei Reihen Tischen, Zweiertischen an der rechten und Vierertischen an der linken Wand, wir sind zur Theke gegangen, ein gebräunter Mann mit Glatze ist in einem hellblauen Trainingsanzug an einem Vierertisch gesessen, ein zweiter ist an der Theke gestanden, in einem gelben Sakko, am Boden davor sind Zigarettenstummel und Zuckerpapierfetzen gelegen. Der Mann an der Theke hat geredet, hat sich aufgestützt, daß es ihm sein Sakko verzogen hat, Livia hat sich neben ihn an die Theke gestellt, und ich habe ihn so im Auge gehabt, *messieurdame* hat der Wirt gesagt, wir haben gegrüßt, und der Mann neben uns ist verstummt, wie überrascht, hat genickt, der Wirt hat kaum über die Theke gesehen, ist gepflegt wie ein Schalterbeamter hinter der Theke gestanden, und wir haben bestellt, Livia hat einen Espresso und ich habe einen Pastis bestellt, der würde mir gut tun, nach der Wurst, habe ich zu Livia gesagt, und sie hat die Zigaretten aus ihrer Tasche genommen, hat sich eine Zigarette angezündet, der Mann neben uns hat dann wieder geredet. Er hat eine Bügelbrille getragen, hat nachlässig und nervös in einem geraucht und hat sich immer wieder die Haare aus der Stirn gekämmt, mit seinem kleinen Finger, *plus jamais*, nie wieder, hat er gesagt, nie wieder verbringe er seine Ferien in Spanien, der Wirt hat ihm geduldig kaum zugehört, er hat das Kaffeepulver in den Filter gedrückt und die

Kaffeemaschine in Gang gesetzt, hat den Pastis eingeschenkt, hat die Untertasse mit dem Zucker und den Pastis mit einem Plastikkrug Wasser vor uns auf die Theke gestellt, dann den Espresso auf die Untertasse, der Mann neben uns hat auch Pastis getrunken, er hat gelallt, ein wenig, noch nie habe er so schlecht gegessen wie in Spanien, hat er gesagt. Livia hat ein Zuckerstück ausgepackt, hat das Papier aufgerissen und den Zucker im Espresso verrührt, ich habe den Pastis mit Wasser verdünnt, habe beobachtet, wie die Mischung milchig geworden ist, schon beim Einschenken, der habe einen ziemlichen Haß auf Spanien, habe ich zu Livia gesagt, und sie hat gelacht, soviel hätte sie auch schon verstanden, der Mann hat den glühenden Stummel seiner Zigarette fallen lassen und hat dann eine nächste aus einer Packung Gauloises geschüttelt, der andere am Vierertisch hat sich eingemischt gehabt, er, auf jeden Fall, verbringe seine Ferien hier, seit vierzehn Jahren, in diesem Haus, hat er gesagt, jeden Sommer, und er sei noch nie enttäuscht gewesen. Der Mann neben uns hat ihn reden lassen, hat ihm kaum zugehört, er hat sich die Gauloise angezündet, das sei eine Zigarette, hat er gesagt, und daß sie dort nur Dreck rauchen würden, er hat in die Taschen von seinem gelben Sakko gegriffen und in seine Hosensäcke, hat verschiedene Packungen Zigaretten auf die Theke gelegt und hat den Haufen zu Livias Espressotasse geschoben, die seien für sie, wenn sie wolle, spanische Zigaretten, hat er gesagt, Livia hat gelacht, hat gedankt, und er hat gefragt, woher wir kämen, hat dann wieder geredet, er habe Frankreich bis zu diesem Sommer nicht verlassen, doch die Schweiz sei sauber, und daß es in Spanien die schmutzigsten Strände gebe, die er je gesehen habe. Livia hat noch einmal inhaliert, hat die Zigarette dann fallen lassen, mit einer Leichtigkeit als Würde, unbekümmert, und wir haben die spanischen Zigarettenpackungen angeschaut, sie würden mich an die ungarischen erinnern, vom Schwarzmarkt in Wien, habe ich gesagt, die seien ähnlich farblos, hätten eine ähnliche Schrift, der Mann neben uns hat drei Pastis bestellt, ob sie auch einen Pastis trinke, hat er Livia gefragt, und für den Mann am Tisch noch ein Glas Wein, jener hat abgewehrt, für ihn sei es genug, er würde sein Glas beenden und dann steige er hinauf, in sein Zimmer, hat er gesagt, er habe seine Zeit sowieso schon überschritten. Der habe es kapiert, hat ihn der Mann neben uns unterbrochen, der verbringe seine Ferien schon seit vierzehn Jahren hier, und immer in diesem Haus, der Mann am Tisch hat wie bestätigend gelacht, und der Wirt hat drei Pastis auf die Theke gestellt, wir haben den Pastis verdünnt, das sei nicht gut, hat der Mann neben uns wieder gesagt, man müsse ihn pur trinken, und wir haben angestoßen, er hat den Pastis mit einem Schluck zur Hälfte ausgetrunken, wir haben von den spanischen Zigaretten je eine genommen, Livia hat mir Feuer gegeben, die Zigarette ist stark gewesen, und ich habe das Husten unterdrückt, ob es gehe, die Zigarette, hat der Mann Livia dann gefragt, sie hat genickt, ja, nicht schlecht, hat sie ohne Begeisterung gesagt. Der Mann vom Vierertisch ist aufgestanden, er hat uns noch einen schönen Abend gewünscht und ist zwischen den Zweiertischen durch zu einer seitlichen Tür gegangen, er hat die Tür vorsichtig hinter sich zugezogen, und wir haben ihn hinaufgehen gehört, die Stiege hat hinter der Theke als ein paar Stufen aus der Wand zur Decke geführt, hat geknarrt, wir haben Pastis getrunken, haben geraucht, und der Mann neben uns hat dann stumm vor sich hin geschaut oder hat wieder eine

Zigarette aus seiner Gauloisespackung geschüttelt, er hat geschwankt, hat mit dem Feuerzeug die Zigarettenspitze und mit der Zigarette im Mund die Flamme gesucht, hat seinen Pastis ausgetrunken und hat noch drei bestellt. *Je ne bois plus rien*, hat Livia gesagt, und ich habe gestaunt, wie überrascht von ihrem französischen Satz, der Mann hat nicht nachgegeben, wir seien Freunde, hat er gesagt, und der Wirt hat gezögert, hat dann drei Gläser nebeneinandergestellt und eingeschenkt, sie solle den Pastis einfach stehen lassen, habe ich zu Livia gesagt, oder ich würde ihn schon trinken, wir haben vielleicht noch einmal angestoßen, haben die Asche auf den Boden geklopft oder haben die Zigarettenstummel dann fallen lassen, ich habe meinen mit dem Schuh ausgedämpft, habe den Pastis unverdünnt getrunken, *plus jamais*, hat der Mann dann wieder begonnen, doch vor sich hin, kaum noch zu uns, was dem in Spanien wohl zugestoßen sei, habe ich Livia gefragt, und sie hat gelacht. Vielleicht haben wir noch eine Zigarette ausprobiert, aus einer blauweißen Packung, ich habe den Rauch mit Luft gemischt, habe vorsichtig inhaliert, die Zigarette hat mir geschmeckt, es ist eine Ducado gewesen, oder ich habe gesagt, daß ich fragen würde, was da ein Zimmer koste, und Livia hat sich wieder eine Marlboro angezündet, hat die Ducado nicht zu Ende geraucht, der Mann neben uns hat sie beobachtet gehabt, ihr würden sie auch nicht schmecken, die spanischen Zigaretten, hat er schon mehr gelallt als gesagt, und ich habe den Wirt dann wegen eines Zimmers gefragt, für zwei Personen, es hat fast nur halb so viel wie jenes im Hotel gekostet. Ob es noch ein freies Zimmer gebe, habe ich dann wieder gefragt, und der Wirt hat gesagt, daß er schauen würde, der Mann neben uns hat noch drei Pastis bestellt, der Wirt ist durch eine Tür hinter der Theke in eine Küche gegangen und hat dort gesprochen, ich habe ihn sprechen und einen Fernseher gehört, oder vielleicht ist die Wirtin gekommen, sie ist auch klein gewesen und zäh, fast zart, hat gegrüßt und gefragt, wann wir das Zimmer wollten, ich habe gezögert, habe Livia angeschaut, in drei Tagen, habe ich dann gesagt, und daß es aber noch nicht ganz sicher sei, die Wirtin hat das Zimmer provisorisch reserviert, das sei kein Problem, hat sie gesagt, ich habe meinen Namen angegeben, habe ihn buchstabiert, und sie hat ihn in Großbuchstaben in eine Agenda eingetragen. Ich habe bei jedem Buchstaben überlegt, wie er auf französisch lautet, und Livia hat der Wirtin beim Schreiben zugeschaut, dann habe ich gedankt, *de rien*, hat die Wirtin gesagt, und der Mann neben uns hat seine Bestellung wiederholt, er hat noch einmal drei Pastis bestellt, und ich habe dem Wirt gesagt, daß *Mademoiselle* keinen Pastis mehr trinke, habe gelacht, stumm, wegen des *Mademoiselle*, jetzt würden wir noch umziehen, habe ich zu Livia gesagt, und sie hat wie ungläubig geschaut, der Mann neben uns hat Geldscheine aus seiner Sakkoinnentasche gezogen, in Knäueln und Bündeln, spanische und französische Noten, hat sie auf die Theke gelegt, und ich habe ein Taumeln gespürt, habe Livias Augen gesucht und Livia wieder schauen gesehen, lächelnd, es ist gewesen, als wäre sie mir so fern wie nah.

Wir sind Arm in Arm die schmale Straße hinuntergegangen, auf der Straße, dem Asphalt, ich habe leicht geschwankt, habe meine Beine kaum gehen gespürt, der Pastis sei auf einmal eingefahren, habe ich gesagt, und Livia hat gelacht, es ist ein Fließen gewesen oder hat gestockt, in einer Geranienblüte, einem Stück Flugblatt, dem überfahrenen Spitz von einem Cornettoeis, und ich habe erzählt, was für ein Glück wir hätten, daß wir hier seien, wir sind in unsere Straße gekommen, und die Auslagen haben dunkel gespiegelt, oder ich habe den Mond gesucht, wir haben die Straße überquert, und ich habe mich wieder dem Gehen überlassen, Livia hat mich geführt. Ich habe einen leichten Druck von ihrem Körper gespürt, wenn ich vom Weg abgekommen bin, als gäbe es auf dem Gehsteig einen Weg, manchmal auch hat mich Livia an sich gezogen, bin ich zu nah an den Randstein geraten und habe gelacht, ich hätte einen ziemlichen Rausch, habe ich gesagt, und so sind wir zum Hotel gekommen, ich habe die Hoteltür aufgesperrt, fast schlafwandlerisch, und der Flur hat schwach geleuchtet, von einer Lampe, bei der Flügeltür hat Livia den Lichtschalter für das Stiegenhaus gedrückt, ich bin durch die Tür fast gefallen oder bin dann schwer hinter Livia die Stufen hinaufgestiegen, mir ist gewesen, als würde mein Blick durch die Stufen brechen. Gleichzeitig habe ich Stufe um Stufe gesehen, das Abgewetzte, und Livias Ferse, das Helle wieder ihrer Sehne in einer Verwirrung aus Erregung und Rausch, oben habe ich Livia den Schlüssel gegeben, bin ich auf den Abort gegangen, die Dinge sind wie verzögert geschehen, und ich habe sie fast sorgfältig ausgeführt, das Schließen des Riegels, das Öffnen der Hose, dann das Ziehen der Spülung, die Zimmertür ist einen Spalt offengestanden, und Livia hat sich die Zähne geputzt, ich habe die Jacke und die Schuhe ausgezogen, habe die Hose ausgezogen und mich aufs Bett gesetzt, habe die Hose zur Jacke auf den Stuhl geworfen, es ist in allem ein leichtes Drehen gewesen. Livia ist auf den Abort gegangen, und ich habe mir das Gesicht kalt gewaschen, habe Wasser getrunken und habe mich abgetrocknet, ich habe den Bettüberwurf zurückgeschlagen und bin ins Bett gestiegen, unter die Decke, habe mich auf den Rücken gelegt, das Neonlicht hat geflimmert, und ich habe Livia zurückkommen gehört, heute rauche sie keine mehr, hat sie dann gesagt und hat ihre Jeans ausgezogen, ich habe ihr zugeschaut, habe gelacht, ich auch nicht, habe ich gesagt und habe ihre weißen Schenkel wieder gesehen, sie ist zum Bett gekommen und hat sich neben mich gelegt, wir haben uns geküßt. Wir haben uns umarmt und sind ganz Lippen gewesen und Hände, Arme, haben uns übereinander gewälzt, und das Bett hat gegirrt, ich habe mich wie verlangsamt bewegt, habe mich dann gedreht, habe Livias Arme auf die Matratze gedrückt und ihr T-Shirt über ihre Brüste hinaufgezogen, habe eine Brust umfangen gehalten, habe sie gehoben und geküßt, mit meiner Zunge gestreichelt, ihre Brustwarze ist steif geworden, und Livia hat sich gewunden, hat tief geatmet, wie erregt, hat sich aufgebäumt, und ich habe sie zurückgedrückt, wir haben uns angeschaut, haben stumm gelacht, ich habe meinen Schenkel zwischen Livias Beine geschoben, habe die Wärme gespürt, von ihrem Geschlecht, an meiner Haut, es ist wie ein Rausch im Rausch gewesen, ich habe mich aufgekniet. Ich habe mein T-Shirt ausgezogen, habe Livias Slip über ihre Schenkel heruntergezogen, über ihre Knie, ihre Waden, ihre Füße, habe ihre dunkle Scham gesehen als ein Delta im Weiß ihrer Haut, und es heftig schlagen gehört, mein Herz, dann habe ich meine Unterhose über mein Geschlecht gehoben und hinuntergestreift, habe ich mich auf Livia gelegt, zwischen ihre Beine, und ihre Brüste leicht geknetet, ich habe Livias Schamhaare unter meinem Geschlecht gespürt, die Wölbung ihres Hügels, und habe ihr linkes Bein gehoben, an ihrem Knie, habe es zur Seite gedrückt, fast mit Gewalt, habe mein

Geschlecht an ihres gelegt. Es ist feucht gewesen, und ich habe das Eindringen gespürt, das Warme ihrer Lippen, habe mein Geschlecht zwischen ihre feuchten Lippen geschoben, Livia hat mich angeschaut, hat geatmet, wie stumm, ich habe dann ihre Schamhaare gespürt, ihr Schambein an meinem, und habe Livia schauen gesehen, wie fragend, oder sie hat ihren Kopf ins Kissen gedreht, als wollte sie mich nicht mehr sehen, und ich habe mein Geschlecht tiefer gestoßen, Livia hat gestöhnt, hat sich gewunden, ihre Brüste haben sich unter meinen Stößen gehoben, dann habe ich mich auf Livia gelegt, habe ich ihren Körper geatmet, das Nackte, Nasse, unseren Schweiß, ihr Beben, mein Geschlecht hat gezuckt. Ich bin zurückgerutscht und habe den Samen ins Leintuch fließen lassen, Livia, habe ich leise gesagt, ich hätte mit Livia schlafen wollen, lange, mein Herz hat bis in die Schläfen geklopft, und ich habe Livias Atem gespürt, noch heftig, das Heben und Sich-Senken ihrer Brust, gleichzeitig habe ich das Stumme wieder gehört, eine Stille als Verstummen, ich habe mich auf den Rücken gedreht, und Livia ist aufgestanden, ich habe sie aufstehen gesehen, sie hat ihren Slip gesucht, ist in ihren Slip gestiegen, was sie tue, habe ich sie gefragt, sie hat die Zigaretten aus ihrer Tasche genommen und hat sich eine Zigarette angezündet, hat den Aschenbecher vom Nachttisch geholt. Es sei eine Sünde gewesen, hat sie gesagt und hat sich bei der Balkontür auf den Boden gesetzt, sie hat fast geweint, und ich habe mich aufgestützt, habe Livia mit angewinkelten Beinen an den Schrank gelehnt sitzen gesehen, ihre Schulter, ihren Arm, ihr Gesicht wie abgewandt, und den Zigarettenrauch, gegen die Balkontür steigen, komm Livia, sie soll doch ins Bett kommen, habe ich gesagt, und sie hat stumm geraucht, ich bin schwer gewesen, habe mein T-Shirt angezogen und habe mich wieder hingelegt, habe zur Zimmerdecke hinaufgeschaut, die Neonlampe hat geblendet, ich habe die Augen geschlossen, und es hat mich gedreht, leicht, ich habe den Schlaf mich einholen gespürt, Livia, habe ich dann noch einmal gesagt.

Livia hat noch geschlafen, ich habe sie am Bettrand liegen gesehen, ihre dunklen Haare, ihren Nacken, ihren Rücken, als hätte sie sich an den äußersten Bettrand gelegt, in der Nacht, und sich seither nicht bewegt, wie lange sie wohl bei der Balkontür gesessen sei, habe ich mich gefragt, oder habe mich vielleicht erinnert, daß sie erst am frühen Morgen ins Bett gekommen ist, mit der ersten Helligkeit, habe mich dumpf und genau in einem erinnert, dann an die Nacht, an Livias Blick und wie sie den Kopf ins Kissen gedreht hat, ich hätte meine Hand auf Livias Schulter oder mich näher zu ihr legen wollen, sie in meine Arme nehmen, ich habe gewartet. Ich habe den Verkehr gehört, und das Morgenlicht ist gedämpft im Zimmer gelegen, bei den Balkontürläden von den Autodachreflexen bewegt, manchmal hat jemand Wasser laufen lassen, hat es in den Leitungsrohren leise gerauscht, oder ich habe mich auf den Bauch gedreht, mein Mund ist trocken gewesen, mein Kopf warm, ich habe Livia nicht verstanden, es hat das Wissen als eine Ahnung gegeben, von einer Sünde, doch unsere Reise hat es wie außer Kraft gesetzt gehabt, unsere Nächte in den Zimmern, ich habe mich aufgestützt, habe die Handballen in meine Augenhöhlen gelegt, die Stirn in meine Hände, und habe so zu einer Geste gefunden, des Bedauerns, doch ohne Reue, es hat mir nur leid getan, betrunken gewesen zu sein. Oder dann habe ich wieder zu Livia hin geschaut, sie hat ihren linken Arm angewinkelt auf der Bettdecke liegen gehabt, ihren Rücken gekrümmt, ist still gelegen, ihr Haar, als wäre nichts geschehen, als weinte in ihm noch ihre Stimme, beides in einem, wechselnd, ich habe mich vorsichtig aufgesetzt, habe mein Unterhose gesucht, unter dem Leintuch, und habe sie am Fußende gefunden, bin aufgestanden, habe sie angezogen und bin zum Waschbecken gegangen, fast taumelnd noch, das Morgenlicht ist hell zwischen den Lamellen der Türläden gelegen, ich habe das kalte Wasser aufgedreht, habe mich im Spiegel gesehen, verschlafen wie verwahrlost, habe meine Hände mit Wasser gefüllt und das Wasser ins Gesicht geklatscht. Ich bin mit der naßkalten Hand um meinen Hals gefahren, bis zum Nacken, habe meinen Mund gespült, habe Wasser getrunken, mich ins Waschbecken gebeugt, das Bücken hat in meinem Kopf gestochen und das Aufrichten dann wieder, ich habe mich abgetrocknet, Livia hat die Augen geöffnet gehabt, sie hat vor sich hin geschaut, gegen die Wand, den Schrank, stumm, ihr rechter Ellbogen hat über den Bettrand hinausgeragt, sie hat sich nicht bewegt, ich habe das Handtuch zurück an die Halterstange beim Waschbecken gehängt, habe mich gestreckt und leise gestöhnt, habe dann guten Morgen gesagt, und Livia hat geschaut, zu mir her, ob sie auch einen schweren Kopf habe, habe ich sie gefragt. Livia hat sich aufgesetzt, es gehe, hat sie gesagt, und ich habe sie im Bett sitzen gesehen, ihre verlegten Haare und ihre schläfrigen Augen, ich hätte sie küssen oder etwas sagen wollen, wie schön sie sei oder daß ich sie gerne möge, ich habe meine Hose angezogen, der Schnaps sei eine Katastrophe gewesen, habe ich dann gesagt, und Livia hat stumm gelächelt, sie ist aufgestanden, und ich habe mich gescheut, sie zu sehen, ihre weißen

Schenkel, bin in meine Schuhe gestiegen und bin auf den Abort gegangen, im morgenhell dunklen Gang mit dem Licht durch die Ritzen, ich hätte mich entschuldigen sollen, habe ich gedacht, und gleichzeitig hat mir ein Schuldgefühl gefehlt, habe ich Livia wieder und zärtlicher lieben wollen, noch vor dem Abend, mit ihr im Zimmer liegen, und unsere Umarmungen würden sanft und heftig in einem sein. Auf dem Rückweg bin ich im Gang dem Mann mit der Ferienmütze begegnet, er hat eine Zeitung unter den Arm geklemmt gehabt, und ich habe ihn um seine Aufgeräumtheit beneidet, wir haben gegrüßt, er hat freundlich fast gelächelt, entschuldigend und knapp, als wäre es ihm nicht recht, mir auf dem Weg vom Abort begegnet zu sein, ich habe an die Zimmertür geklopft, und Livia hat aufgemacht, es würde ziehen, hat sie gesagt, sie hat die Balkontürläden geöffnet gehabt, und das Morgenlicht ist hell auf dem Boden gelegen, beim Schrank, Livia hat sich gekämmt, ist dann draußen auf dem Balkon gestanden und ist sich mit dem Kamm durch die kurzen Haare gefahren, ich habe mein T-Shirt ausgezogen, ob es wieder schön sei, habe ich zu ihr hinaus eher festgestellt als gefragt. Der Aschenbecher ist zur Hälfte mit Zigarettenstummeln gefüllt gewesen, Livia ist zurück herein gekommen, sie hat den Kamm in ihren Toilettbeutel gesteckt, und ich habe den Rasierschaum aus der Dose auf die Finger quellen lassen, Livia ist auf den Abort gegangen, ich habe den Schaum um den Hals und den Mund verteilt, habe hinausgeschaut, einen Blick lang, und den Balkon gegenüber im Schatten gesehen, den Oleander windbewegt, dann wieder den halbvollen Aschenbecher, als einen Vorwurf, eine Klage, ich würde nie wieder so viel trinken, habe ich mir gesagt, ich habe ein Geheimnis verloren gehabt, das Geheimnislose hat sich mit mir im Spiegel bewegt, hat sich leicht gebückt, hat den Rasierschaum mit der Klinge von der Haut gezogen. Im Speisesaal sind Brotreste auf den Tischen gelegen, sind die Kannen und Schalen zwischen den Resten gestanden, und wir haben uns an unseren Tisch gesetzt, haben gewartet, die Fischtrophäen sind wieder die Fischtrophäen gewesen, und draußen sind die Passanten dem Fenster entlang vorbeigegangen, der Wind hat an einem Sonnendach geflattert, in seinen Lappen, und ich habe Livia angeschaut, habe ratlos gelacht, die Wirtin habe uns vielleicht nicht gesehen, habe ich gesagt, und Livia hat eine Augenbraue verzogen, als sagte sie, was es solle, ja vielleicht, hat sie gesagt, und wir haben noch eine Weile gewartet, ich habe einer Fliege zugeschaut, am Nebentisch, oder bin dann aufgestanden, ich bin zur Küchentür gegangen. Die Wirtin hat mich gesehen, *j'arrive*, hat sie gerufen, und ich habe gezögert, einen Augenblick, als wüßte ich nicht weiter, oder habe Livia sitzen gesehen, an unserem Tisch, und sie ist mir fremd ohne Nähe gewesen, wie sie so gewartet hat, als hätte sie sich allem entzogen, sie komme, habe ich gesagt, habe mich wieder gesetzt, und die Wirtin hat dann das Frühstück gebracht, ob wir gut geschlafen hätten, hat sie gefragt und hat gesagt, daß es heute ein wenig Wind gebe, ich habe gelächelt, habe etwas sagen wollen, und es ist mir nichts eingefallen, nur plötzlich, wie mit einem schlechten Gewissen, daß ich in jener Bar ein Zimmer reserviert habe, in der Nacht, die Wirtin hat die Konfitüre vom Nebentisch auf unseren Tisch gestellt. Ich habe gedankt, habe unseren Zimmerschlüssel auf dem Tisch liegen gesehen, neben den Kannen mit der Milch und dem Kaffee, er ist wie vertraut dort gelegen, und seine Form hat etwas Treuseliges gehabt, wir haben die Kaffeeschalen umgedreht, haben eingeschenkt, ich habe gezittert oder habe mir vielleicht an den Kopf gegriffen, in die Haare, habe gesagt, daß ich ein Zimmer auch noch reserviert hätte, in meinem Rausch, und Livia hat gelacht, sie hat wegen mir wie über einen Scherz gelacht, und es ist wie das Versprechen einer Versöhnung gewesen, ich habe gelächelt, fast unsicher, habe eine Fliege vom Konfitürenschälchen verscheucht, dann habe ich ein Croissant aus dem Brotkorb genommen.

Wir sind der Ufermauer entlang gegangen, und die Sonne hat auf der Mauer gespiegelt, auf dem Gehsteig und den Autodächern, gleißend, sie ist hoch über der Straße gestanden, und der Wind hat das Gebüsch an den Hängen bewegt, zu einem Sich-Bauschen und Weichen, die Wellen haben schon weit draußen Schaumkronen getragen, wir sind hintereinander gegangen, wenn uns jemand entgegengekommen ist, ein Spaziergänger mit Hund oder eine Frau mit Sonnenhut, der Hund hat an einem Autoreifen geschnüffelt, die Frau hat unter dem Hut eine dunkle Brille getragen, hat rotlackierte Nägel gehabt, in hohen Stöckelschlapfen, Livia ist langsam vor mir her gegangen, manchmal wie zögernd, als würde sie gleich nicht mehr weitergehen. Sie würde sich umdrehen und sagen, daß sie zurück zum Hotel gehe, habe ich fast erwartet, fast befürchtet, oder wir sind wieder ein Stück nebeneinander gegangen, und ich habe gesagt, daß das Meer heute nicht schlecht sei, fast stürmisch, dann hat ein Mann ein halbschlaffes Schlauchboot aus einem Kofferraum gehoben, er hat geschwitzt, und drei Buben sind neben dem Auto auf dem Gehsteig gestanden, mit Taucherbrillen und Schaufeln, einem Buch, sie sollen den Leuten Platz machen, hat die Mutter den dreien über das Autodach her gesagt, und sie haben mich erinnert, in ihren blauweiß gestreiften T-Shirts, an eine Kindheit, die Wimpel auf den Stangen vom bewachten Strand unten haben gelb im Wind geflattert. Wir sind über die Betontreppe hinunter und hinter dem bewachten Strand vorbei und dem Meer entlang weiter gegangen, in dieser Reihenfolge der Wiederholung als einer Fast-schon-Alltäglichkeit, die Wellen haben ihre Wassermassen in den Sand geschlagen, in das zurückströmende Wasser, und haben es überschwemmt, daß es gebrodelt hat, ich habe geschwitzt, mehr von innen, mehr vom Pastis als von der Hitze, habe gezittert, wie aus dem Gleichgewicht gebracht, ob sie schon Lust habe, zum Baden, habe ich Livia einmal gefragt, und wir sind zum Felsgeröll gekommen, zu unserem Strand, er ist fast menschenleer gewesen, wir haben unsere Badetücher ausgebreitet, mit dem Wind. Livia hat ihre Jeans ausgezogen und hat sich eine Zigarette angezündet, hat sich mit dem Rücken zum Wind gedreht, ein Stück weiter haben ein paar Männer ihre Surfbretter im Sand liegen gehabt, ich habe sie stehen und sitzen gesehen, schwarz in ihren Surfanzügen neben den farbigen Brettern, habe mich umgezogen, bin unter dem T-Shirt in meine Badehose gestiegen oder habe dann hinaus aufs Meer geschaut, die Wellen sind nicht höher, nur unruhiger als am Vortag gewesen und der Himmel bleich, von einem bleichen Blau, ich bin im Sand gestanden und habe geschaut, wie dumpf und fiebrig in einem, ich habe mich auf mein Badetuch gesetzt, habe gezögert, habe wie gewartet. Ob sie mitkomme ins Wasser, habe ich Livia dann gefragt, sie hat die Zigarette ausgedämpft gehabt, hat ihr T-Shirt über den Kopf gezogen, und wir sind durch den Sand und langsam ins Wasser gegangen, ich habe Livias Hand in meine genommen, wir haben uns auf die Fußspitzen gestellt, wenn das Wasser auf uns zugerauscht ist, es ist kühler gewesen, oder ob ich es nur glaubte, habe ich Livia gefragt, als könnte ihre Hand so wieder, wie vertraut, in meiner liegen, sie wisse es nicht, hat Livia gesagt, und die Wellen haben dann gegen meine Schenkel geschlagen, haben gegen Livias Bauch geschlagen, und wir haben uns losgelassen, unsere Hände haben sich voneinander wie aus einer Übereinkunft gelöst, ich habe mich gebückt und habe Wasser in mein Gesicht geschöpft. Livia hat sich bis zu den Schultern ins Wasser geduckt, ist wieder aufgestanden, ich bin kopfüber in die nächste Welle getaucht, komm, habe ich dann zu Livia zurück fast gerufen und bin auf dem Rücken geschwommen, dem Strömen entgegen, es hat mich überspült, und ich habe mich treiben lassen, bin wieder aufgestanden, Livia hat gelächelt, ob sie nicht mit hinauskomme, habe ich sie gefragt, und sie hat gezögert, hat vielleicht nein gesagt, daß sie lieber zurück zum Strand gehe, und ich habe sie noch gesehen, ihren Rücken, ihre Hüften, ihre Körperlichkeit, habe gewußt, daß ich ihr nicht nachlaufen würde, es ist ein trauriges Wissen gewesen, und ich bin wieder kopfüber ins Wasser getaucht, es hat meinen katerwarmen Kopf abgekühlt, ein paar Buben haben draußen mit der Brandung gespielt. Sie sind vor einer Welle hergekrault und haben sich nahe der Stelle, wo sie gebrochen ist, steif in die Welle gelegt, haben sich von ihr tragen lassen, ihr Körper ist so eine Art Surfbrett gewesen, und ich habe ihnen zugeschaut, habe mich gegen das Strömen gestemmt oder bin durch die Brandung getaucht und habe dann auch gewartet, bei einer Stelle, wo die Wellen gebrochen sind, sich gekräuselt haben, habe eine höhere kommen gesehen und bin gekrault, habe sie versäumt oder bin zu weit geschwommen, und sie hat mich überrollt, hat mich unter ihrer Wucht begraben, dann, langsam, habe ich die Wellen zu nehmen gelernt, habe ich sie säuseln gehört, hat das Säuseln die Bruchstelle angekündigt, bin ich mit der richtigen Geschwindigkeit losgekrault. Ich habe mich dann steif in die brechende Welle gelegt, und sie hat mich weit getragen, gegen den Strand, ich habe gelacht, für mich, bin manchmal erst im knietiefen Wasser wieder aufgestanden und habe Livia gewunken, sie ist am Badetuch gesessen, hat geraucht, ich habe sie vielleicht lachen gesehen oder habe es mir eingebildet, komm, hätte ich ihr zurufen wollen und bin von einem Zögern wie befangen gewesen, bin dann wieder hinaus gegen die Brandung gegangen, ihr Tosen hat etwas Unverwüstliches gehabt, und es hat mich hinausgezogen, ihr brodelndes Strömen hat gegen meine Schenkel geschlagen, ich habe triumphiert.

Der Wind hat uns gestreift, fast steif, hat uns umkost, am Strand sind die Reste von einer Oststeige angeschwemmt gelegen, Algen und Holz, zerfasert, dazwischen wie verwaschen ein blauer Plastiksack, ich habe eine Muschel aufgelesen gehabt und habe mit ihrer Form gespielt, wir sind dem Meer entlang gegangen, über die Sickerzungen, sie haben wieder geblendet, manchmal sind Möwen auf dem Streifen Muschelkies gesessen oder haben sich vom Wind in die Höhe tragen lassen, mit einem Schrei, das Meer sei immer etwa das gleiche, habe ich einmal gesagt, und daß es einen vielleicht auch deshalb beruhige, in der Stadt würde ich oft keine Ruhe finden, dabei sei auch dort ein ewiges Rauschen, nur nicht so rhythmisch, ich habe gestockt, der Vergleich ist schief gewesen. Livia hat vor sich hin geschaut, in den Sand, ich habe ihren schmalen Fuß wieder gesehen, als eine Evidenz, das Barfüßige als Erscheinung, die Ruhe finde man sowieso nur bei sich, hat Livia nach einer Weile gesagt, und ich habe die Muschel zwischen meinen Fingern gedreht, wie um einen Rat, was denn *bei sich* heiße, habe ich mich gefragt, habe ich Livia dann gefragt, und sie hat gezögert, oder ich habe erzählt, daß der Abend für mich eine Art Heimat sei, da sei ich bei mir, wenn es Abend sei, und wie ich oft zum Stadtrand hinausgefahren sei, und ich habe von den Gastgärten erzählt, von ihrem Laub und dem Kies, den Tischen, dem Wein, wie ich dort oft alles vergessen hätte, auch diese ewige Pflicht, ich habe mich in eine Sehnsucht hineingeredet, nach dem Herbst und seinen Wegen, die Brandung hat getost, und ich habe es kaum gehört. Manchmal sei ich am Stadtrand so glücklich, daß ich dort nur noch sterben möchte, habe ich gesagt und habe gelacht, Livia hat geschaut, hat mich angeschaut, und ich habe ihren Blick gespürt, habe aufs Meer hinausgeschaut, als hätte ich zu einer Unendlichkeit gesprochen, habe Livia angeschaut, und sie hat wieder vor sich hin in den Sand geschaut, wir sind dann über den Bach und zu den Felsenquadern gekommen, zum bewachten Strand, der Wind hat an den Sonnenschirmen gezerrt, hat in den Zeitschriften geblättert, und die Leute haben gelesen, haben gegessen oder haben sich eingerieben, sind sich so ihrer Sachen sicher gewesen, der Plastikbehälter, der Bastmatten, der Klappstühle, der Sonnencremetuben, ein Strohhut hat einen Schweißrand gehabt, hat geschwankt. Ein Schwimmreif ist zerknäult neben dem Hut gelegen, und ein Kind hat gejauchzt, wir sind zum Eisstand hinaufgegangen, über dem Strand hat es eine Kioskhütte mit einer Eisreklamefahne gegeben, mit Getränken und Gaufres, das seien Waffeln, solche, habe ich zu Livia gesagt und auf zwei Mädchen gezeigt, sie sind bei der Hütte gestanden, im Sand gestanden und haben Waffeln gegessen, Livia hat ein Cola und ich habe ein Mineralwasser und eine Waffel bestellt, mit Zucker, vielleicht mit Aprikosenkonfitüre, der Mann in dem Holzverschlag hat aus einem Plastikkübel den flüssigen Teig geschöpft und in die Waffelform gegossen, er hat schmale, fast randlose Lippen gehabt, eine breite, leicht verbogene Nase, dichte Augenbrauen, aschblond, und helle Augen, gewelltes Haar. Er würde wie der Urs aussehen, nur älter, habe ich zu Livia gesagt, ein Urs am Meer, und sie hat gelacht, der Mann hat uns die Getränke und zwei Becher auf ein Brett als Theke gestellt, wir haben aufgepaßt, daß der Wind uns die Becher nicht davongetragen hat, und ich habe gezahlt, habe die Waffel in eine Papierserviette gewickelt bekommen, Livia hat geraucht, neben der Kioskhütte ist ein überfüllter Abfallkübel gestanden, ich habe dann gegessen und den Wespen zugeschaut, wie sie ihren Rüssel in ein Schokoladegeschmier gedrückt haben, wie ekstatisch, auf einem Eisbecherdeckel oder einer Waffelserviette, die der Wind gehoben hat, immer wieder, bis sie über den Kübelrand kippen würde, in den Sand, zu den Bechern dort, den Servietten. Zwei Männer mit festen Fersen haben im Gehen den Sand aufgewirbelt, sie sind am Abfallkübel vorbeigegangen, ich habe ihre Nacken gesehen, das Starrsinnige, und allmählich ist mir jedes Bild zuviel gewesen, gehen wir dann, habe ich Livia gefragt und habe den Rest von dem Mineralwasser eingeschenkt, habe die Waffelserviette zum Abfall gelegt und habe das Wasser ausgetrunken, Livia hat ihr Cola zur Hälfte stehen lassen, sie könne es schon noch austrinken, habe ich gesagt, doch sie hat es nicht austrinken wollen, ich habe gezögert, als wäre plötzlich alles schwierig, habe die schattenlosen Trichterspuren im Sand gesehen und hätte das Sehen gerne in ein bloßes

Schauen aufgelöst. Ich habe dann wieder die Brandung gesehen, wie besessen, zuinnerst leer, dann dumpf, dann leer, wir sind dem Meer entlang zurück zu unserem Strand gegangen, haben dort den Sand von unseren Badetüchern geschüttelt und haben uns hingelegt, Livia hat gezwinkert, hat in die Sonne geschaut, und ich habe mein T-Shirt ausgezogen, habe mein Buch aus dem Turnsack genommen und die drei A gesehen, von Franz Kafka, das dreifache A in seinem Namen, wieder gesehen, als nähme das Sehen kein Ende, dann habe ich gelesen, an einem Wintervormittag – draußen fiel Schnee im trüben Licht – saß K., und es ist wie eine Befreiung vom Sehen gewesen, jeder Satz, ich habe Satz für Satz gelesen, als wäre jeder ein erster, als wären die Sätze kaum verbunden. Später habe ich das Buch zur Seite geschoben, wie beruhigt dann oder müde, Livia hat ihren linken Unterarm über ihren Augen liegen gehabt, und ich habe meinen Kopf aufs Badetuch gelegt, seine bleichgelben und grünen Stoppeln sind nah meinen Augen als eine Millimeterwelt unter meiner Hand gelegen, mit Livias T-Shirt und ihrem Arm als Horizont, ich habe das Meer, das Aufrauschen und Abschwellen wie verfolgt, habe mein Herz an meiner Schläfe schlagen gespürt, fast stechen, und der Wind hat mich gestreichelt, langsam, dann, hat sich das Auf und Ab der Brandung auf mich übertragen, ist es ein Rauschen und Verebben in mir gewesen, und ich bin eingeschlafen, der Schlaf hat sich sanft auf meine Schläfe gelegt. Ich habe meinen Namen wie von weit her gehört, habe Livia meinen Namen fast rufen gehört, und habe ja gesagt, in den Schlaf hinein, habe dann meine Augen geöffnet und meine Hand und dahinter Livias Badetuch gesehen, den Strand, was ist, habe ich gefragt oder habe meinen Kopf gedreht, Livia hat sich aufgesetzt gehabt, wir

seien in der Sonne eingeschlafen, hat sie gesagt, ich
habe mich aufgestützt, sie ist mit angewinkelten Beinen auf ihrem Badetuch gesessen, wie verzweifelt,
über ihre Beine gebeugt, ihre Schenkel sind leicht
gerötet gewesen, und ihre Arme, ob wir ins Wasser
gehen, das würde abkühlen, habe ich benommen noch
gesagt und habe mich aufgesetzt. Das Meer ist aus
dem Schlaf zurück in die Weite gekippt, und der Horizont hat es als eine harte Linie vom Himmel getrennt,
als ein Schnitt durch mein Auge, meine Schenkel sind
auch rötlich wie gemasert gewesen, doch Livia hat
nicht mehr ins Wasser wollen, sie hat ihre Beine mit
ihrem Badetuch zugedeckt, und ich bin durch den
warmen Sand hinunter fast getaumelt, die Sonne ist
hoch noch über dem Strand gestanden, und das Wasser hat dann meine Füße kühl umspült, ich bin langsam aufgewacht und habe zurückgeschaut, habe Livia
sitzen gesehen, Livia, habe ich gedacht, als ein Ruf
noch, eine Frage, als die Frage, was denn sei, als
wollte ich es nicht wissen, nur fragen, ich habe mich
gebückt, habe Wasser in mein Gesicht geschöpft,
meine Augen haben das Meer berührt.

Livia hat ihre Jeans ausgezogen, sie hat sich aufs Bett
gelegt, durch die Balkontürläden ist in Streifen Licht
hereingesickert und hat sich herinnen wie verstäubt,
ob sie sich das Salzwasser nicht herunterduschen
wolle, habe ich Livia gefragt, sie hat zur Zimmerdecke
hinaufgeschaut, sie sei zu kaputt, hat sie gesagt, sie
müsse sich zuerst ausruhen, ich habe mein Badetuch
über die Stuhllehne gehängt, darüber meine Badehose, und habe mich dann neben Livia auf den Bettrand gesetzt, habe meine Hand auf ihren rechten
Schenkel gelegt, er hat geglüht, es habe sie ja ganz
schön erwischt, habe ich dann gesagt, und Livia hat

stumm gelächelt, ihre Haut hat meine Hand mit Wärme gefüllt. Meine Hand hat ihre Wärme geatmet, und ich habe sie wieder von Livias Schenkel gehoben und habe ins Zimmer geschaut, es hat in einer schattigen Dumpfheit gedöst, bewegt nur vielleicht von einer Fliege, einem Kreisen um die Zimmermitte, ich würde etwas zum Einreiben holen, habe ich nach einer Weile zu Livia gesagt, habe den Zimmerschlüssel mitgenommen und bin gegangen, durch das fast dunkle Stiegenhaus hinunter, die Straße hat geblendet, und ich habe sie überquert, ein Motocyclette ist die Straße herunter und vorbeigesaust, die Fahrerin hat ihre Beine eng aneinander auf dem Trittbrett stehen gehabt, umweht von ihrem Kleid, ihre Haare haben unter dem Helm herausgeflattert. Ich habe auf dem Gepäckträger ihre Badetasche gesehen, ihre Farben als ein Versprechen, und bin dann im Schatten die Straße hinaufgegangen, die Apotheke hat noch geschlossen gehabt, ist eine Scheibenfront mit heruntergelassenen Jalousien gewesen und einem Spiegel bis zum Boden, ich bin lang und verlottert in meinem T-Shirt und meiner grauen Hose vor dem Spiegel gestanden und habe gezögert, als könnte mein Bild sich verändern, oder habe dann die Öffnungszeiten der Apotheke an der Tür gelesen, es hat alles geschwiegen in der Straße, nur der Wind hat geweht, hat einen Vorhang aus einer Balkontür gezogen und hat ihn gewunden und gebläht, ich bin umgekehrt. Im Hotel hat es die Stille von draußen wie hereingeschlagen gehabt, bis ins Stiegenhaus, daß es geknarrt hat, lauter, Livia ist unbewegt auf dem Bett gelegen, die Apotheke habe noch zu, habe ich gesagt und habe mein Gesicht gewaschen, es ist vom Salzwasser wie verkrustet gewesen, dann habe ich ein Frotteetuch gefaltet und unter das kalte Wasser gehalten, das Wasser hat es durchnäßt, und ich habe es ausgewunden, habe es auf Livias rechtes Schienbein gelegt, um ihr Bein, habe das Tuch auf ihre Haut gedrückt, und Livia hat geseufzt, ob es angenehm sei, habe ich sie gefragt, sie hat gelächelt, ja, kühl, hat sie gesagt, und ich habe es eine Weile auf ihrem Schienbein liegen lassen oder habe es gewendet, habe es unter ihrem Knie auf ihre gerötete Haut gelegt und wieder gewartet. Ich habe die Fliege wieder gesehen, habe ihren Flug wie gedankenverloren verfolgt, oder sie hat sich auf meine Badehose gesetzt und hat an ihr genippt, ich habe stumm geschaut, ihr zugeschaut, aufmerksam ohne Aufmerksamkeit, habe dann meine Hand auf das feuchte Frotteetuch gelegt, und es ist warm gewesen, von Livias Wärme, ich habe es sich wieder mit kaltem Wasser vollsaugen lassen, ein paarmal, habe es ausgewunden und über dem Knie auf Livias rechten Schenkel gelegt, Livia hat wieder geseufzt, sie hat ihre Augen geschlossen gehabt, ob es gehe, habe ich sie gefragt, und sie hat genickt, hat gelacht, wie vor Schmerz, ich habe das Tuch leicht um ihren Schenkel gedrückt. Es ist wieder eine Weile vergangen, mit jedem Augenblick als einem Warten, einer Endlosigkeit, ich habe mich fast warten gehört oder habe vielleicht ein zweites Frotteetuch kalt durchnäßt und ausgewunden und auf Livias linkes Bein gelegt, habe das erste Tuch gewendet und es bei ihrem Slip leicht um ihren rechten Schenkel gedrückt, Livia hat leise gestöhnt, Tuch für Tuch ist immer wieder warm gewesen, und ich habe Livias Beine noch einmal mit frisch gekühlten Tüchern bedeckt, dann ihre Arme, fast zärtlich, vom geröteten Weiß ihrer Haut fast erregt, ihrem Stöhnen in der Stille des nachmittäglichen Verkehrs, später bin ich duschen gegangen. Ich bin unter dem Duschkopf gestanden, und die spitzesten Wasserstrahlen haben auf meinen

Schultern gestochen, auf meinem Rücken, meiner Haut, ich habe mich eingeseift und abgeduscht, habe kalt geduscht und habe an Livia gedacht, daß sie im Zimmer liege, das hat sie mir wie von lang her vertraut gemacht, sie würde auf mich warten, habe ich gewußt und habe mich gehen gesehen, am Meer, weit, oder spät zurückkommen, am Abend, in ihre Arme, sie würden voll sein und warm wie Gras, und Livia würde seufzen, während wir uns liebten, würde leise schreien, fast flüstern, ihr Flüstern würde mich tragen, und ich würde mich treiben lassen, in ihren Armen durch die Nacht, das Duschwasser hat geplätschert, hat langsam das Fußbecken gefüllt, hat sich gestaut. Der Wind habe uns schön getäuscht, habe ich, wieder im Zimmer, zu Livia gesagt, und daß ich auch ziemlich verbrannt sei, doch zum Glück nicht so stark wie sie, Livia hat gelächelt, sie ist noch unter den feuchten Tüchern gelegen, und ich habe sie von ihren Armen gehoben und aufgehängt, das Sonnenlicht hat durch die Lamellen der Türläden das Waschbecken hell gestreift, dann bin ich noch einmal zur Apotheke gegangen, die Straße wieder hinauf, in der Apotheke hat es einen eigenen Ständer mit Sonnencremen gegeben, habe ich die Tuben und Flaschen angeschaut und habe keine gekannt oder habe an das Öl gedacht, meiner Kindheit, an die fast halslose, orangerote Plastikflasche mit einem Trapper oder Tiroler darauf, der einem dieselbe Flasche entgegengehalten hat. Eine Verkäuferin hat mich angesprochen, ob sie mir helfen könne, hat sie mich gefragt, sie hat eine fast spitze Nase gehabt, einen fast schmalen Mund und fein geschwungene Augenbrauen, helle Augen und kurze Haare, fast spitzbübisch oder bubenhaft, ich würde eine Creme für danach suchen, wenn man schon einen Sonnenbrand habe, *un coup de soleil*, habe ich gesagt, und die Verkäuferin hat gelacht, danach sei zu spät, hat sie gesagt, oder ich habe ihr von dem Öl erzählt, habe die Flasche beschrieben, und sie hat mir lächelnd zugehört, auf jeden Fall gebe es dieses Öl in Frankreich nicht, hat sie gesagt und hat mir eine Sonnenmilch gezeigt, die etwas abkühlen würde, ich habe die Sonnenmilch gekauft. *Bonne chance*, hat mir die Verkäuferin beim Gehen gewünscht, und ich habe gedankt, habe gelacht, ihre Augen haben wie geblitzt, haben mich verwirrt, und ich bin dann, die Sonnenmilchschachtel in der Hand, zurück zum Hotel gegangen, noch verwirrt und wie erleichtert, es hat wieder etwas mehr Verkehr gegeben und ist ein Vorbeirauschen wieder, ein Hupen und Schattenwerfen gewesen, ich habe die Straße überquert, habe die geschlossenen Balkontürläden von unserem Zimmer gesehen, wie vertraut, oder habe sie oben dann geöffnet, und das Licht ist hereingeströmt, hat gegen das Waschbecken geschlagen und hat sich im Zimmer verteilt, es hat nach frischem Rauch gerochen, und die Plastikflasche mit dem Wasser ist neben dem Bett gestanden, ob sie Durst gehabt habe, habe ich Livia gefragt. Livia hat zur Decke geschaut, hat ja gesagt und mich angeschaut, ich habe die Sonnenmilch ausgepackt, es ist eine dicke Milch gewesen, und ich habe sie auf Livias Haut rinnen lassen, auf ihren rechten Schenkel, Livia hat wieder geseufzt, hat die Augen geschlossen, ich habe die Milch auf ihrem Schenkel verteilt, habe ihre gerötete Haut vorsichtig mit der Milch gestreichelt, dann ihr Schienbein, ihr Knie, die Milch ist weiß an ihren feinen Haaren hängengeblieben, und ich habe auch ihr linkes Bein und ihre Arme eingeschmiert, das L auf ihrem linken Arm, dann wieder die Schenkel, ihre Haut hat die Milch wie aufgesogen, Livia hat leise wieder gestöhnt.

Ich habe das Buch auf den Nachttisch gelegt, habe gegen das Dunkelwerden im Zimmer angelesen gehabt, mit der Hoffnung, daß sich eine Lösung abzeichnen würde, in K.s Prozeß, manchmal ungeduldig, manchmal der Aussichtslosigkeit überdrüssig, manchmal fast folgsam, den Sätzen entlang, es hat keinen Satz gegeben, der eine Lücke gelassen hätte, ich bin neben Livia auf dem Bett gelegen, und mein Rücken hat gebrannt, Livia hat sich zugedeckt gehabt, hat gefroren, sie ist eingerollt unter dem Leintuch und der Bettdecke gelegen und hat vor sich hin geschaut, ihre Lippen haben gezittert, ob ich sie noch einmal einreiben soll, habe ich Livia gefragt, und habe stumm, wie hilflos, gelacht. Vielleicht später, hat Livia gesagt, und ich habe zur Zimmerdecke hinaufgeschaut, habe dem Abend zugeschaut, wie er das Zimmer langsam eingedunkelt hat, und habe die Amsel gehört, das Unablässige ihres Selbstgesprächs, das Verstummen, das Wiedereinsetzen, den Verkehr, manchmal Stimmen, und Livia leise frösteln, der Gesang der Amsel hat mich als eine Botschaft zu ihr hinausgezogen oder hat dann selber etwas Verlorenes gehabt, hat mich in eine Verlassenheit versetzt, als würde ich weitab von der Welt in einem Hotelzimmer liegen, dann bin ich aufgestanden, bin ich essen gegangen, ich habe Livia etwas mitbringen wollen, eine Suppe, oder habe sie gefragt, ob ich Licht machen soll, sie hat den Kopf leicht geschüttelt, hat nein gesagt. Es ist eine Traurigkeit in allem gewesen, im Gang mit seinen Ecken, den Tapeten, im Stiegenhaus und dem Geländer, dem Widerschein am Holz, die Wirtin hat mir einen Tisch nahe der Tür zugewiesen, und ich habe mich gesetzt, habe gewartet, habe die Stuhlkante unter meinen Schenkeln brennen gespürt und wie ins Leere geschaut, in die Leere der gedeckten Tische, der Rücken und Gesichter, die Wirtin hat zwei Karten gebracht, ob Madame nicht komme, hat sie gefragt, und ich habe gesagt, daß Livia sich verbrannt habe, in der Sonne, habe erzählt, wie wir in der Sonne eingeschlafen seien, und mir ist leichter geworden, als wäre etwas Stummes aufgehoben, die Wirtin hat gelächelt. Ich solle nach dem Abendessen zur Küche kommen, hat sie gesagt, und daß sie mir etwas gebe, was Madame gut tun werde, sie hat das zweite Gedeck mitgenommen, und ich habe die Menükarte gelesen, zuversichtlich dann und hungrig, ein Paar ist an mir vorbeigekommen und hat sich an einen Tisch an der Wand schräg gegenüber gesetzt, die beiden haben sich für den Abend schöngemacht gehabt, der Mann hat gesprochen, und die Frau hat sich gedreht, im Sitzen, als hätte er sie auf etwas aufmerksam gemacht, ihre Augen haben fast fiebrig geglänzt, dunkel und irisierend, ich habe wie beiläufig zu einem Seestern über ihrem Tisch hinaufgeschaut oder habe bestellt, habe dann getrunken und gegessen und bin mit meinen Blicken allein gewesen. Ich habe meine Hände gesehen, wie sie das rohe Gemüse gesalzen und mit Öl und Essig angemacht haben, wie sie das Brot gebrochen oder den Fisch zerlegt haben, nachgeschenkt haben mit einer fast selbstauferlegten Gelassenheit oder einer allmählichen Ruhe dann, ich habe Brot gegessen, habe das Brot im Mund mit Wein getränkt und wieder zu dem Paar hinübergeschaut, der Mann hat manchmal sein linkes Augenlid berührt, hat es mit dem Zeigefinger gerieben, als würde er überlegen, als säßen seine Gedanken nahe dem Auge, die Kellnerin hat etwas fast Jägerinnenhaftes gehabt in ihrer Art, zu gehen, eine Flasche Wein zu zeigen oder eine Platte zu tragen, ich habe als Nachspeise einen Pfirsich genommen, für Livia, vielleicht würde sie einen Pfirsich essen, habe ich gedacht. Dann bin ich zwischen der Flügeltür und der Küchentür gestanden, den Pfirsich in der einen und den Zimmerschlüssel in der anderen Hand, bin ich von der Flügeltür weggetreten, wenn ich Hotelgäste kommen gesehen habe, bin ich wieder von der Küchentür zurückgetreten, wenn die Wirtin oder die Kellnerin eine Platte herausgetragen oder leere Platten in die Küche gebracht haben, *un moment*, hat die Wirtin einmal im Vorbeigehen gesagt, und aus der Küche habe ich das Scheppern von den Töpfen und das Zischen vom Anbraten gehört, einmal ist die Kellnerin zum Buffet gekommen, bei der Speisesaaltür, sie hat Brot aufgeschnitten, hat mich gesehen und gelächelt, sie hat volle Lippen und einen offenen, fast spöttischen Blick gehabt, hat das geschnittene Brot mit ein paar schnellen Griffen in einen Brotkorb gegeben. Die Wirtin ist an ihr vorbei zur Küche gekommen, und ich habe dann ihre Stimme gehört, sie hat aus der Küche einen Teller mit Tomatenscheiben gebracht, ich soll Madame die Scheiben auf die Haut legen, hat sie gesagt, und daß die Tomaten die Hitze herausziehen würden, ich habe gedankt, habe den Schlüssel und den Pfirsich in die eine und den Tomatenteller in die andere Hand genommen, die Wirtin hat mir die Flügeltür aufgehalten, und ich habe noch einmal gedankt, ob es gehe, hat sie gefragt, ich habe genickt und bin über die Stufen hinaufgegangen, meine Zuversicht hat geschwankt, und ich habe aufgepaßt, daß ich den Teller gerade halte, daß ich keine Tomatenscheibe verliere.

Livia ist im Dunkeln gelegen, im Schein vom Streulicht, seinem Widerschein im Zimmer, ich habe das Licht eingeschaltet, die Neonlampe hat flackernd aufgeleuchtet, Livia hat geblinzelt, wie es ihr gehe, habe ich sie gefragt und die Zimmertür zugedrückt, ich habe Livia die Tomatenscheiben gezeigt, die seien von der Wirtin, zum Auflegen gegen den Sonnenbrand, habe ich gesagt und habe den Pfirsich auf den Nachttisch gelegt, Livia hat nicht mehr gefröstelt, und ich habe vom Abendessen erzählt oder habe sie dann abgedeckt, habe mich neben sie auf den Bettrand gesetzt und in der linken Hand den Teller gehalten, habe mit der rechten Tomatenscheibe um Tomatenscheibe auf ihre Schenkel gelegt. Ich habe ihre Schenkel mit den Scheiben belegt und habe ihren Slip dann über die gerötete Haut hinaufgehoben, habe die Druckspur mit meinen tomatensaftfeuchten Fingern betupft, ihre weiche Haut, habe sie sanft gestreichelt, der Grenze zum Weiß ihrer Leisten entlang, bis zu den Haaren ihrer Scham, habe meine Finger immer wieder mit dem Tomatenwasser im Teller befeuchtet oder habe Livias T-Shirt dann über ihren Bauch hinaufgestreift, Livia hat geschaut, und ich habe ihr gesagt, daß sie sich nicht bewegen dürfe, habe das Helle von ihrem Bauch und in seiner Mulde ihren Nabel gesehen, wie verschlossen und zart, ich habe den Rest von dem Tomatenwasser aus dem Teller auf ihren Bauch rinnen lassen. Livia hat gezuckt, hat die Augen geschlossen, das rötliche Wasser und ein paar Kerne haben ihren Bauchnabel als eine kleine Pfütze und ihren Bauch in Tropfen bedeckt, ich habe einen Tropfen berührt, habe ihn auf ihrer Haut verteilt oder habe das Tomatenwasser dann von ihrem Bauch geküßt, habe es von ihrer Haut geschleckt, und es ist süß von der Frucht und salzig gewesen, vom Meer, Livia hat tief geatmet, als atmete sie die Berührung meiner Lippen, ich habe meine Zunge in ihren Bauchnabel gelegt und Livia leise fast seufzen gehört, habe meine Zunge tiefer in ihren Nabel gedrückt, Livia hat sich gewunden, und ich habe sie an den Hüften festgehalten, habe

meine Zunge in ihrem Nabel gedreht, dann bin ich
aufgestanden. Ich habe gezittert, habe eine spanische
Zigarette aus einer Packung am Tisch genommen,
eine Ducado, und habe das Feuerzeug von Livias
Nachttisch geholt, habe Livia liegen gesehen, ihren
nackten Bauch, und habe gelächelt, die Flamme hat
gezittert, ich habe die Zigarette angezündet und bin
hinaus auf den Balkon gegangen, habe geraucht, habe
den Rauch tief inhaliert und in die Nachtluft geblasen,
es ist ein Taumeln in mir gewesen, und ich habe mein
Herz heftig schlagen gespürt, habe hinunter auf die
Straße geschaut und die Leute gesehen, auf dem Gehsteig gegenüber oder die Straße überqueren, ich hätte
mit Livia schlafen, meinen Kopf zwischen ihre heißen
Schenkel legen wollen und ihr Geschlecht küssen, ich
habe mich auf das Geländer gestützt. Der Wind hat
nachgelassen gehabt, und die Luft hat mich lau und
frisch in einem berührt, vereinzelt sind Autos, ist ein
Motorrad die Straße heruntergekommen, haben die
Scheinwerfer das Licht der Straßenlampen gekreuzt,
das Meer ist jenseits der Bucht als eine größere
Dunkelheit gelegen, und das Rauchen hat mich beruhigt, hat als ein Wohlgefühl die Erregung dann
betäubt, gleichzeitig ist mir gewesen, als wäre alles
Heile im gelblichen Lamellenschein der Balkontürläden gegenüber, habe ich hinübergeschaut, als könnte mein Blick das Heile atmen, sich mit ihm verbinden,
ich habe die Zigarette am Geländer ausgedämpft und
bin ich zurück ins Zimmer gegangen. Das Tomatenwasser hat sich neben Livias Schenkeln als rötliche
Flecken auf dem Leintuch ausgebreitet gehabt, Livia
hat die Augen geöffnet, hat geschaut, wir haben uns
angeschaut, haben stumm gelacht, und ich habe
Tomatenscheibe um Tomatenscheibe umgedreht oder
habe die Tomatenscheiben auf Livias Schienbeine und

ihre Arme verteilt, habe einmal von der Straße herauf
zwei Männerstimmen gehört, das Auf und Ab ihrer
Stimmen, es ist ein sonantisches Murmeln, ist
Baskisch oder Katalanisch gewesen, eine Fast-nicht-
Hörbarkeit als Sprache, und Livia ist dann unter den
Tomatenscheiben wie gefangen gelegen, ich bin mit
meinen Fingern über ihren Bauch gefahren, über
seine helle Haut, und dem T-Shirt, seinem Saum entlang, ich habe gezögert. Ich habe die Balkontürläden
geschlossen, die Männer haben sich getrennt gehabt,
oder ich habe ihre Abschiedsrufe noch gehört, habe
mir die Zähne geputzt und das Gesicht gewaschen, bin
auf den Abort gegangen oder habe dann meine Schultern und Beine mit Sonnenmilch eingeschmiert, die
Milch hat meine Haut gekühlt, und ich habe Livia liegen gesehen, von den Tomaten wie belegt, sie sehe
aus wie eine Pizza, habe ich vielleicht gesagt, und wir
haben gelacht, ein paar Scheiben sind von Livias
Armen gerutscht, doch es ist selbst in unserem Lachen
ein Entsagen gewesen, und ich habe die Tomaten wieder zurück auf den Teller gegeben, sie haben die
Wärme von Livias Haut angenommen gehabt. Ob sie
glaube, daß es etwas geholfen habe, habe ich Livia
gefragt oder habe mich dann aufs Bett gelegt, und
Livia hat sich aufgestützt, sie hat eine Spur Sonnenmilch meinem Rückgrat entlang gezogen, und hat die
Milch über meinen Rücken verteilt, ihre Brüste haben
sich unter ihrem T-Shirt leicht bewegt, mit dem
Kreisen, und ich habe ihre Hand verfolgt, das Sanfte
ihrer Berührung, es ist eine Sorgfalt ohne Erregung
gewesen und hat mich erinnert, an Livias Streicheln,
an ihre geduldige Zärtlichkeit, Livia hat sich dann wieder hingelegt, und ich bin liegengeblieben, habe die
Milch einwirken lassen oder habe dann mein T-Shirt
angezogen und den *Prozeß* vom Nachttisch genom-

men, ich würde noch ein bißchen lesen, habe ich gesagt. Ich habe gelesen, wie K. mit dem Kaufmann Block spricht, wie Leni vor Block über Block spricht, wie K. dann mit dem Advokaten spricht, sagt, daß er ihm mit dem heutigen Tag die Vertretung entziehe, es ist leise gewesen, draußen und im Zimmer, oder Livia hat wieder gefröstelt, ich habe ihren Atem zittern gehört, habe das Buch von der rechten in die linke Hand gegeben und meine rechte Hand auf Livias Schulter gelegt, habe ihre Wärme durch das T-Shirt gespürt, habe das Buch gegen die Neonlampe gehalten und habe weitergelesen, ohne Anteilnahme, die Demütigung Blocks hat etwas zu Gekonntes gehabt, etwas Übertriebenes, und hat mich gelangweilt, Livia ist dann ruhig an meiner Hand gelegen, ihre Schulter hat sich gleichmäßig kaum gehoben, kaum gesenkt.

Wir haben im Zimmer unsere Sachen geholt, vielleicht würden wir trotzdem schwimmen gehen, habe ich zu Livia gesagt und unsere Badetücher in meinen Turnsack gepackt, meine Badehose und Livias Bikini, die Sonnenmilch, die Bücher und die Packung Ducados, Livias Beine sind fast geschwollen gewesen, sie hat ihr rotrosa Kleid angezogen gehabt und ist leicht gebückt gegangen, selbst der Saum vom Kleid hat beim Gehen auf ihrer Haut gebrannt, und sie hat gelacht vor Schmerz, es sei brutal, hat sie gesagt, wir haben den Parkplatz über der Bucht langsam überquert, in einer Bar an seinem Rand hat es Zigaretten gegeben, hat Livia Zigaretten gekauft. Ich habe die Ansichtskarten am Drehständer vor der Bar durchgesehen, die Blicke auf Biarritz, die Madonna auf dem Fels im Abendrot, zwischen Hortensien oder im Meeressturm, daß die Gischt hoch aufgestiegen ist, dann Karten von Wellen, vom Hafen, von Trachten, von der Bucht als Blick auf die Bucht hinunter, auf die Leute am Strand, im Schein der Alltäglichkeit als Gültigkeit, doch mir ist gewesen, als wäre die Karte nur für die Hundertstelsekunde wahr, wo ein Mann seinen einen Fuß kaum gehoben, ein anderer sich zu einem Kind fast gebeugt, eine Frau ihre Hand um Millimeter sinken hat lassen, ich habe Livia die Karte gezeigt. Schau, die Bucht, habe ich gesagt, und Livia hat geschaut, hat mich angeschaut, beinahe fragend, und hat die Zigaretten in ihre Tasche gesteckt, wir sind langsam weitergegangen, das Meer ist leicht bewegt und der Horizont in der Schwebe gewesen, wir haben Spanien kaum oder nur als Ahnung gesehen, von einem Küstenstreifen, und die Wimpel des bewachten Strands haben sich schlaff an den Stangen gedreht, am Ende der Uferstraße sind wir zur Terrasse von der Strandbar hinaufgestiegen, und oben habe ich einen Sonnenschirm verstellt, ich habe seinen Sockel gedreht, und er hat auf den Betonplatten geknirscht, Livia hat sich in den Schatten gesetzt. Ich habe mich ihr schräg gegenüber in die Sonne gesetzt, habe den Kellner kommen gesehen, er hat uns wiedererkannt, hat gelächelt, und wir haben gegrüßt, haben gezögert, was sie nehme, habe ich Livia gefragt, dann haben wir zwei Mineralwasser bestellt, habe ich aus der Bar wieder die Endlosmelodie der Spielautomaten gehört oder auch das Klicken von einem Flipperkasten, die Terrasse ist leer und es ist die Leere am Anfang eines Tages gewesen, das Bereitstehen der Sessel um die Tische, das Zurechtgeräumte als Stille, in einem Bottich ist eine Palme gestanden, mit behaartem Stamm, und ich habe den Turnsack geöffnet, habe die Bücher herausgenommen, ein Teil der spanischen Zigaretten ist zwischen dem Badezeug gelegen. Ich habe sie zurück in die Packung gesteckt, und der Kellner hat dann die Mineralwasser gebracht, er hat die Flaschen wieder mit einem leichten Druck gegen die Hüfte geöffnet, in dieser Wiederholung, wenn auch verschoben ins Morgendliche, Anfängliche, Erstmalige, wir haben eingeschenkt, haben getrunken, und ich habe gelesen, Livia hat geraucht, ich habe meine Füße gegen einen zweiten Sessel gestützt und die Hand mit dem Buch auf den Knien liegen gehabt, habe den Ellbogen auf die Tischplatte gelegt und habe K. wieder gesehen, schattenrißhaft, habe gelesen, wie er glaubt zu sehen, wie die Vermutung naheliegt, wie er es aber nicht wagt, seine Erwägungen sind von seinem Mißtrauen geleitet gewesen und haben ihn mit Wenn- und Daß- und Aber- oder Denn-Sätzen in die Enge geführt. Manchmal habe ich aufgeschaut, habe ich einen Schluck Mineralwasser genommen und habe Livia dann lesen gesehen, im Schatten, ihre kurzen Haare, ihre fast schmalen Lippen, ihr Kleid hat sich steif um ihren Hals und auf ihr Schlüsselbein gelegt, und ich habe es um diese Berührung beneidet oder habe wieder gelesen, wie der Domplatz ganz leer ist, wie es auch im Dom leer zu sein scheint oder dann so dunkel wird, daß K., als er aufblickt, in dem nahen Seitenschiff kaum eine Einzelheit unterscheiden kann, das Lesen hat eine Dunkelheit erzeugt, worin sich die Bilder entwickelt haben, und ich habe gelacht, wegen der Kirchendiener, daß sie berufsmäßige Schleicher seien, habe K. verfolgt, wie er in einer Seitenkapelle mit seiner Taschenlampe das Altarbild beleuchtet hat. Störend schwebte das ewige Licht davor, hat es geheißen, und ich habe den Ritter auf dem Bild dann genauso gesehen und zum Teil erraten, wie K. es getan hat, die Sonne hat auf die Terrasse heruntergebrannt, auf mein T-Shirt, meine Schultern, und ich habe weitergelesen, habe K. durch den Dom fast begleitet, bis zum Ruf seines Namens, doch K. hat die Gelegenheit, einfach zu gehen, wieder vertan, ich habe mich dann in den Schatten neben Livia gesetzt, am Ende des Kapitels habe ich das Buch auf den Tisch gelegt, habe ich den Rest Mineralwasser eingeschenkt und habe mir eine Zigarette angezündet, eine Ducado, der Typ von dem Buch sei nicht auszuhalten, habe ich zu Livia gesagt, und sie hat gelacht, hat geraucht, und ich habe ihr erzählt, von K., daß er immer zögere, anstatt zu gehen, zu spät oder dann zu früh gehe, seine Berechnungen würden meistens dazu führen, daß er das Richtige nicht tue. Ich habe gestockt, vielleicht gebe es das Richtige auch gar nicht, vielleicht gebe es nur die Entschiedenheit, zu gehen oder zu bleiben, habe ich dann gesagt, und das sei es, was der Typ nicht verstehe, Livia hat vor sich hin geschaut, hat gezögert, als würde sie etwas sagen wollen, hat nichts gesagt, und wir haben geraucht, das Meer ist weithin das Meer gewesen, ohne Verschiebung, Unschärfe, deckungsgleich, nur das Weithin ist geblieben als ein Glitzern, und wir haben noch einmal bestellt, Livia hat einen Espresso und ich habe ein Bier bestellt, habe die Zigarette am Betonplattenboden ausgedämpft und den Sonnenschirm wieder gedreht, ein Stück weiter, oder habe geblättert, habe geschaut, wieviel Seiten das Ende, das zehnte Kapitel, noch habe.

Überall lag der Mondschein mit seiner Natürlichkeit und Ruhe, die keinem anderen Licht gegeben ist, habe ich gelesen, und wie der eine Herr K. den Rock, die Weste und schließlich das Hemd auszieht, wie K. unwillkürlich fröstelt und der Herr ihn unter den Arm nimmt und mit ihm ein wenig auf und ab geht, während der andere Herr den Steinbruch nach irgendeiner passenden Stelle absucht, wie sie K. neben einen losgebrochenen Stein auf die Erde setzen und seinen Kopf auf den Stein betten, wie seine Haltung trotz aller Anstrengung, die sie sich geben, und trotz allem Entgegenkommen, das K. ihnen beweist, eine sehr gezwungene und unglaubwürdige bleibt, wie alles daher und aber und schließlich und dann geschieht. Ich habe aufgeschaut, habe einen Schluck Bier genommen, als könnte ich so den Lauf der Dinge unterbrechen, K.s Fügsamkeit ist erbärmlich gewesen, und ich habe weitergelesen, fast entschlossen dann, als willigte ich in das Hin- und Zurückreichen des Messers ein, in K.s Umhersehen, seine Erwägungen, seine Blicke, seine stummen Fragen, ich habe den Satz von der Logik gelesen, daß sie zwar unerschütterlich sei, aber einem Menschen, der leben will, nicht widerstehe, ich hätte bei dem Satz bleiben wollen, bei diesem Widersprechen innerhalb der Logik von Zwar und Aber oder bei den Fragen, dem Heben der Hände, dem Spreizen der Finger, als wäre das Ende abwendbar. Aber, hat es dann noch einmal geheißen, und ich habe den Schluß gelesen, habe dann aufs Meer hinausgeschaut, und die letzten Bilder haben sich wiederholt in mir, die Hände des einen Herrn an K.s Gurgel, das Messer, der Stoß tief ins Herz und die zweimalige Drehung, die Herren, Wange an Wange, und wie sie so die Entscheidung beobachteten, wie es geheißen hat, die Wirkung des Messers in K.s Augen, habe ich gedacht und „wie ein Hund!" K. noch einmal sagen gehört, ich habe nicht verstanden, warum die Scham es ist, die K. überleben sollte, welche Scham, habe ich mich gefragt und hätte das Ende ungeschehen machen wollen, gleichzeitig hat es keine Wahl mehr gegeben, hat das Meer wie geschwiegen so gerauscht, gedämpft von der Stille, den Stimmen, dem Verkehr. Livia hat gelesen, sie hat etwas Schonungsbedürftiges gehabt, wie sie so

im Schatten gesessen ist, neben mir, leicht über das
Buch gebeugt, oder wie sie dann aufgeschaut hat,
gelächelt hat, und, habe ich sie gefragt, ob es eine gute
Geschichte gewesen sei, als könnte sie mir eine andere Geschichte erzählen als die von K., es gehe, hat
Livia gesagt und hat eine frische Schachtel Marlboro
geöffnet, hat das Cellophan am Goldfaden aufgerissen
und vom Schachteldeckel entfernt, hat den Deckel aufgeklappt, hat das Silberpapier herausgezogen, und ich
habe ihre Hände gesehen, als erzählten sie jene andere Geschichte, habe eine Ducado genommen, und
wir haben geraucht, die Windstille hat das Cellophan
am Tisch kaum bewegt. Vielleicht habe ich dann von
K. erzählt, von seinem Ende, sie hätten ihn einfach
abgestochen, in einem Steinbruch am Stadtrand, habe
ich gesagt, und daß der Prozeß versteckt gelaufen sei,
doch alle hätten von ihm gewußt, und K. habe auch
mitgespielt, vom ersten Satz an, ich habe gestockt oder
habe einen Schluck Bier genommen, als wäre das
Wichtigste so gesagt, Livia hat wieder gezögert, hat
geraucht, hat auf den Tisch geschaut oder hat dann
erzählt, von der Fabrik, daß dort fast alle versteckt rauchen würden, und wenn der Chef komme, würden sie
die Zigaretten ausdämpfen, nur Mariza und sie nicht,
der Chef wisse sowieso, daß viele während der Arbeit
rauchten, hat sie gesagt, und daß das ärger als im
Kloster sei, dort hätten sie wenigstens keine andere
Möglichkeit gehabt und hätten eben deshalb versteckt
geraucht. Livias Welt ist mir fremd gewesen, gleichzeitig habe ich das mir Nahe in ihrer Art, die Dinge zu
sehen, wiedererkannt, wenn man bei uns sage, was
man denke, werde man nur hinten herum ausgerich-
tet, hat Livia nach einer Weile wieder gesagt, und ich
habe sie wieder gesehen, ihre verhaltene Heftigkeit
und wieder ihre Augen, es sei doch so, hat sie viel-

leicht gefragt, ich habe gezögert, ich wisse oft gar nicht, was ich denke, habe ich gesagt, und daß sie aber schon recht habe, mit dem Verstecken, bei uns sei auch vieles versteckt geschehen, und das Hauptproblem sei gewesen, daß nichts nach außen dringe, so haben wir aneinander vorbeigeredet, sind wir ins Reden gekommen, oder ich habe ein zweites Bier und Livia hat dann einen Campari mit Soda bestellt. Ich habe noch an das Verstecken gedacht, und daß wir einander auch kaum sagen können, was wir denken, vielleicht gebe es auch gar nichts zu sagen, habe ich mir gesagt und habe die Leute gesehen, die Stufen zum Strand hinuntergehen, mit ihren Badesachen, oder die Frauen wieder auf der Ufermauer, die Autodächer, die Surfbretter, das Blenden, vielleicht habe ich noch einmal den Sonnenschirm verstellt, ist eine Familie herauf auf die Terrasse gekommen, und die Kinder haben durcheinandergeredet, die Sonne hat gestochen, und wir sind mit den Sesseln in den Schatten gerückt, haben dann wieder geraucht und geschaut, hinaus aufs Meer, wie endlos, als gäbe es nichts mehr zu sagen, und ich habe gesagt, daß wir wie zwei Halbkranke da im Schatten sitzen würden, wir haben gelacht. Oder wir haben dann erzählt, haben uns erinnert, an unsere Herfahrt, wie wir zuerst nur auf Landstraßen gefahren seien, an Livias Leberstechen, wie ich ihr die Brause gegeben hätte, oder wie es mich gedreht habe, in der Nacht auf dem Hügel, wegen ihrer Zigaretten, habe ich zu Livia gesagt, und wir haben von der Pension erzählt, wo ich die Glastür fast eingeschlagen hätte, und wie wir einmal in der größten Hitze am Feldrand gelegen seien, ich hätte gedacht, ich müsse ihr ein Schloß zeigen, wenn sie schon zum ersten Mal in Frankreich sei, habe ich dann gesagt, und wir haben wieder gelacht, einmal ist der

Motorflieger mit dem Werbeband vorbeigeflogen, ich solle aufhören, hat Livia einmal gesagt, oder später haben wir gezahlt, dann sind wir gegangen. Ich habe den Turnsack über die Schulter gehängt und das Brennen gespürt, auf der Haut, es ist alles schwer und leicht in einem gewesen, ein Ruhen und Auffliegen in den Dingen, in einem Schuh auf der Ufermauer, einem Gebüsch über der Straße, im Horizont nahe dem Himmel, Livia ist vor mir her fast gehumpelt, und ich habe leicht geschwankt, und wir haben so fast noch einmal zueinander gehört, nur das Volkswagendach hat sich dann allein auf mein Wiedererkennen verlassen, da hat sich eine Motorradfahrerin zu ihren Stiefeln gebeugt, hat ein Bub eine Taucherflosse gebogen, haben beide so der Dachwölbung eine Entsprechung gegeben, im Zimmer habe ich mich aufs Bett gelegt. Ich bin aus den Schuhen gestiegen und habe mich fast fallen lassen, aufs Bett, es hat gegirrt, ich sei geschafft, habe ich zu Livia gesagt, und sie hat gelächelt, hat ihr Kleid ausgezogen, ist aus ihrem Kleid geschlüpft, und ich habe ihren nackten Rücken gesehen, das Nackte ihres Rückens im Sickerlicht durch die Balkontürläden, ihre hellen Schultern, ihre Arme, das Sich-Bücken und das Weiche ihrer Hüften, es ist das Bild einer Sehnsucht, ist die Unwiederbringlichkeit als Bild gewesen, und ich bin wie erschrocken stillgelegen, Livia hat sich dann ihr weißes T-Shirt über den Kopf gestreift, ich habe zur Zimmerdecke geschaut, zur lichtlosen Neonlampe hinauf, eine stumme Traurigkeit hat mich von allem entzweit.

Ich bin aufgewacht, habe den Verkehr gehört, das Draußen und die Stille herinnen, habe mich liegen gespürt, in der Hose und dem T-Shirt auf dem Bett, barfuß am Rücken und warm vom Schlaf, habe den

Zigarettenrauch gerochen, als Livias Nähe, und habe die Augen geöffnet, habe den Kopf leicht gedreht und Livia gesehen, ihre Beine, ihre geschwollenen Schenkel, sie ist am Kopfende vom Bett gesessen und hat gelesen, hat geraucht, es ist ein sachtes Licht im Zimmer gelegen, so rehscheu, als könnte es sich verflüchtigen, mit jeder zu heftigen Bewegung, hat im Zimmer als auf einer Wiese geäst, ist in einem weichen Delta ins Weiß der Decke gemündet, fast schattenlos, und ich habe gewartet. Ich habe die schon kühlere Luft um meine nackten Füße gespürt, habe die Zeit an der Art des Lichts erraten, der Geräusche, des Verkehrs, es ist ein spätnachmittägliches Hupen gewesen, ein spätnachmittägliches Gluckern in der Wasserleitung, und ich habe mich kaum bewegt, habe mich dann fast ohne Bewegung auf die Seite gedreht und wieder Livias Schenkel gesehen, ihr weißer Slip hat leicht eingeschnitten, in ihre gerötete Haut, ich hätte seine Spur nachziehen, hätte einen Finger unter den Slip schieben und die Rille spüren, ihr folgen wollen über die Hinterbacke und in die Leiste bis zu den Haaren ihrer Scham, bis zum Feuchten ihrer Lippen, ich habe mich aufgestützt. Es hat meine Cordhose vom Mich-Drehen verzogen gehabt, Livia hat von ihrem Buch aufgeschaut, jetzt hätte ich geschlafen, habe ich gesagt, und sie hat stumm gelächelt oder hat dann wieder gelesen, und ich bin duschen gegangen, wie geschlagen, als könnten wir uns nur noch immer wieder verfehlen, die Dusche ist besetzt gewesen, und ich bin umgekehrt, habe den Zimmerschlüssel dabeigehabt und die Tür geöffnet, Livia hat wie fragend geschaut, vom Bett aus, die Dusche sei besetzt, habe ich gesagt und habe mich hinaus auf den Balkon gestellt, in die Sonne, sie ist tief über der Straße gestanden, und die Straße hat gefunkelt, spätnachmittäglich oder im

Frühabendverkehr, der Schlaf ist als ein Dämmern in meinem Kopf gelegen. Ich habe mich auf das Geländer gestützt, es ist sonnenwarm, ist rauh vom Rost gewesen, und ich habe geschaut, habe dem Verkehr zugeschaut, eine Weile, ohne zu sehen, oder bin zurück ins Zimmer gegangen, eine Fliege hat sich auf mein Frotteetuch gesetzt gehabt und ist aufgeflogen, wie ich das Tuch vom Bett genommen habe, ich habe hinaus in den Gang gehorcht, auf das Duschen, habe es nicht mehr gehört, die Dusche ist frei gewesen, und der Boden in der Dusche naß, ich bin aus den Hosen zurück in die Schuhe und aus den Schuhen ins Fußbecken gestiegen, habe warm geduscht, dann kalt, und bin langsam aus mir herausgekommen, habe das Wasser über meinen Körper rinnen gespürt, kalt rieseln, über mein Gesicht und meine Haare, es hat sich im Fußbecken mit dem warmen Wasser gemischt. Ich habe mich abgetrocknet, das Frotteetuch hat auf meinem Rücken wieder gebrannt, und ich habe es vorsichtiger auf die Haut nur gedrückt, habe es um die Beine gelegt, und es hat die Berührung als eine leise Erwartung gegeben, von Zärtlichkeiten, kaum vorgestellten, eher geahnten, als wäre der Körper eine Ahnung, ich habe den Seifenschaum von meinen Füßen geduscht, habe die Füße getrocknet und bin in meine Schuhe gestiegen, habe das Frotteetuch um meine Hüften gelegt, wie getröstet, und es ist dann wieder das Zimmer gewesen, das Scheinen von draußen und das Abendliche vom Verkehr, ich habe mich mit der Sonnenmilch eingerieben, habe ein frisches T-Shirt angezogen und frische Unterhosen, habe das Frotteetuch beim Waschbecken aufgehängt. Livia hat geraucht, hat mir vielleicht zugeschaut oder hat ins Leere geschaut, ich habe mich dann zu ihr aufs Bett gesetzt, im Schneidersitz, ob sie mir eine Zigarette

gebe, habe ich sie gefragt, und sie hat die Schachtel
geöffnet, hat sie mir entgegengehalten, hat mir Feuer
gegeben, ich habe gedankt, und wir haben wie
geschwiegen, oder ich habe gesagt, daß jetzt schon fast
wieder Abend sei, habe die Tapete gesehen, das
Streifenzopfmuster, wie es sich wiederholt hat, oder
habe wieder die Amsel gehört, hell schlagen und singen, ihren Pfeifgesang und wieder die Stille, unseren
Atem, das Rauchen, leise, Livia hat den Aschenbecher
auf die Bettdecke gestellt, und ich habe gezögert, habe
die Zigarette zwischen die Finger der linken Hand
genommen, habe meine rechte Hand auf Livias Schenkel gelegt. Ich habe ihre weiche Haut wie von lang her
wiedererkannt, ob es schon besser gehe, habe ich
Livia gefragt, als hätte ich sie wegen des Sonnen-
brands berührt, nicht sehr, hat sie gesagt und hat
gelächelt oder hat ihre Zigarette ausgedämpft, und ich
habe meine Hand auf ihrem Schenkel liegen lassen,
habe geraucht und den Rauch über das Bett hin ausgeatmet, habe die Asche abgeklopft und gewartet, als
könnten wir uns noch einmal streicheln, oder habe
Livias Schenkel dann vorsichtig gestreichelt, und die
Amsel hat gesungen, in kurzen Sequenzen, immer
wieder einsetzend mit einem Flöten, fast Rufen, Livia
hat vor sich hin geschaut, als wollte sie etwas sagen,
ich habe wieder gezögert. Ich habe meine Hand auf
Livias Schenkel gesehen, ihre gerötete Haut und das
Verlorene meiner Zärtlichkeit, habe meine Hand von
Livias Schenkel genommen und habe die Zigarette
ausgedämpft, sie gehe auch noch duschen, hat Livia
dann gesagt, sie hat ihr Frotteetuch beim Waschbecken geholt, und ich habe meine Cordhose angezogen, ich bin hinaus auf den Balkon gegangen, meine
rechte Hand ist noch warm von Livias Wärme gewesen, wärmer als das Geländer und die linke kühler, ich

habe die Amsel gesucht, habe ihrem Singen nachgeschaut, bin am Balkon gestanden als am Rand einer Ratlosigkeit und habe geschaut, stumm, ich habe das Rötliche des Abends geatmet, die Mischung von Abgasen und Meer und mildem Wind.

Wir haben uns in ein Restaurant am Hafen gesetzt gehabt, an einen Tisch bei der offenen Scheibenfront, haben gegessen und manchmal habe ich mich gedreht gehabt, im Sitzen, habe ich das Abendrot gesehen, das sich gespiegelt hat in den Gläsern, das den Hafen in einen Purpurmantel aus Licht gehüllt gehabt hat, dann haben wir geraucht, hat Livia einen Espresso getrunken, und ich habe erzählt, daß ich eigentlich nicht in Wien leben würde, sondern am Matzleinsdorferplatz, das sei ein Verkehrsknotenpunkt, einer der größeren von Wien, und wenn ich nicht auf die Universität müßte, würde ich von dem Platz kaum wegkommen, habe ich gesagt, oder nur bis zum Mikado, das sei ein Kaffeehaus in der Nähe, mit einer Juke-Box. Livia hat mir zugehört, hat manchmal gelacht, stumm, manchmal ist mir gewesen, als schaue sie mir zu, beim Reden, habe ich sie gesehen, in ihrem Kleid, den Pullover umgehängt, ihre kurzen Haare, und wie sie geraucht hat, in langsamen Zügen, ihre Oberlippe mit dem Leberfleck, doch Wien sei manchmal wunderschön, habe ich dann gesagt, vor allem, wenn man nach einem Sommer zurückkomme, und daß ich einmal alles umarmen hätte können, wie ich so angekommen sei, den Abendhimmel, die Straßenbahnen, die Häuserreihen, die Wirtshaustische, es habe alles wie gesungen in mir, ich habe gestockt, habe *Largos con filtro* auf den Ducados am Tisch gelesen, fast ohne zu lesen, nur letztes Jahr hätte ich weg wollen, habe ich wie vor mich hin gesagt. Ich habe an Nelly gedacht, wie sie nach Wien gekommen ist mit ihrem Ersparten, wie wir eine Wohnung für sie gesucht haben und eine Deutsch-Professorin, wie sie sich genannt hat, uns betrogen hat, mit einem Untermietsvertrag, wie Nelly ein Jahr Miete im voraus bezahlt hat, Gesindel, habe ich fast laut gedacht und habe noch einmal inhaliert, in Wien gebe es aber auch genug von diesem Überlebensgesindel, habe ich dann zu Livia gesagt, und daß das noch vom Krieg sei, dieses Verbiesterte, Verlogene, ich habe einen Schluck Wein genommen, als könnte ich die Erinnerung hinunterspülen, oder habe die nächste Ducado angezündet, und Livia hat gelächelt, vielleicht wegen meiner Heftigkeit, wie verunsichert, ich habe wieder erzählt. Es hat eine Wut in mir gegeben, und ich habe dann von Nelly erzählt, von ihrer Wohnung, und wie uns die Deutsch-Professorin Nervenzusammenbrüche vorgetheatert habe, damit wir uns schuldig fühlten, das sei eine raffinierte Drecksau gewesen, habe ich gesagt, und daß in der Wohnung einfach nichts funktioniert habe, vom Wasser bis zu der Heizung, und überall habe es leicht süßlich gestunken, in der Nacht hätte ich oft einen Stock tiefer eine Leiter geholt, um die Abortspülung zu reparieren, der Abort sei über dem Gang gelegen und das Wasser habe endlos gerauscht, wenn jemand zu stark am Spülgriff gezogen habe, ich sei dann mit einer Kerze hinauf zum Wasserbehälter gestiegen, im Winter seien die Fenster oft zugefroren, und wir hätten die Mäntel immer anbehalten, auch im Bett, ich habe mich in ein hoffnungsloses Erinnern hineingeredet gehabt. Es sei ein einziges Elend gewesen und daß ich die Menschen eigentlich hassen würde, habe ich dann gesagt, Livia hat stumm vor sich hin auf den Tisch geschaut, als suchte sie eine Antwort auf meine Wut, und ich habe die Rechnung verlangt, es gebe immer

Leute, die nur das Geld im Sinn hätten, aber die seien von sich aus schon bestraft, hat Livia vielleicht noch gesagt, ich hätte auch etwas sagen wollen, als eine Wiedergutmachung, habe statt dessen gezahlt und die Zigaretten eingesteckt, bin statt dessen aufgestanden, bin stumm neben Livia hergegangen, und das Licht vom Leuchtturm hat wieder die Felsen gestreift, wir sind den Stufenweg durch die Hortensien hinaufgestiegen, Livia hat leicht gehinkt. Eigentlich sei es noch ziemlich warm, habe ich vielleicht einmal gesagt, oder Livia hat dann erzählt, daß sie die Leute oft auch nicht verstehe, daß die meisten Angst davor hätten, daß man ihr kleines Paradies stören könnte, und mir ist leichter geworden, ich habe Livia zugehört und sie neben mir gehen gesehen, ihr rotrosa Kleid im Streulicht der Wegbeleuchtung, habe das Entschiedene wieder gesehen, in ihrem Gesicht als Zug, als fast hohle Wange, als fast schmale Lippen, und vielleicht ist es dann noch einmal wie ein Glück gewesen, wie wir in unsere Straße hineingegangen sind und zu unserem Hotel, als gingen wir heim, als wäre unser Zimmer eine Heimat, das Hotel hat noch offen gehabt. Im Stiegenhaus ist die Stille wieder gewachsen, habe ich sie wachsen gehört als leises Knarren, als Schweigen der Tapeten und Schlüsselklimpern, ich habe die Zimmertür aufgesperrt, und wir haben uns dann gewaschen und die Zähne geputzt, sind auf den Abort gegangen, oder Livia hat sich die Beine eingerieben, und ich habe die Balkontürläden geschlossen, habe den Bettüberwurf zurückgeschlagen und mich aufs Bett gesetzt, habe Livia zugeschaut, wie sie ihr zweites Bein gegen die Bettkante gehoben hat, wie sie Sonnenmilch auf ihre Haut gegeben und die Milch verteilt hat, sie ist sich mit der Hand um den Schenkel gefahren, vom Slip bis zum Knie, über das Schienbein und um die Wade, ich habe stumm geschaut. Livia hat sich noch einmal die Hände gewaschen, und ich habe geschaut, als würde ich sie so nie wieder sehen, ihr leichtes Sich-Beugen, ihre Sorgfalt und Bestimmtheit, ihre Bewegungen fast als Gesten, verzögert wegen ihrer geschwollenen Beine, ich habe gewartet, ohne zu warten, habe meine Hände um meine Knie gelegt, habe vielleicht auch etwas zum Abendessen gesagt, oder Livia ist dann zum Bett gekommen und hat sich eine Zigarette angezündet, ob ich auch eine wolle, hat sie mich gefragt und ist vorsichtig ins Bett gestiegen, sie hat sich ans Kopfende vom Bett gesetzt und hat mir Feuer gegeben, hat den Aschenbecher zwischen uns auf die Bettdecke gestellt. Wir haben geraucht, wie vertraut, haben von draußen ein Motorrad, manchmal ein Auto unten vorbeifahren gehört, das Neonlicht hat geflimmert, und ich habe tief inhaliert, als könnte ich so die Stille in Rauch verwandeln, habe den Rauch vor mich hin über die Bettdecke geblasen, Livia hat vor sich hin geschaut oder hat gelächelt, wie zögernd, morgen fahre sie, sehr wahrscheinlich, hat sie dann, nach einer Weile, gesagt, ich habe zur Balkontür geschaut, von der Balkontür aufs Bett, ja, habe ich fast gefragt und den Bettüberwurf gesehen, die eher glatte Unterseite von dem braunen Frottee, habe inhaliert, wieder tief, sie müsse noch schauen, wegen der Züge, habe ich Livia sagen gehört, und es ist ein Augenblick wie ein Stillstand gewesen, ob sie wirklich fahren wolle, habe ich dann gefragt.

Am Morgen ist Livia zum Bahnhof gegangen, vielleicht habe ich sie begleitet, sind wir langsam durch die Stadt hinaufgegangen, auf belebteren Straßen und durch ruhigere Gassen, in der Morgensonne, im Schatten, die Luft ist frisch gewesen, hell und klar, die Geräusche und Stimmen haben etwas Anfängliches gehabt, als begänne so alltäglich ein erster Tag, mit einem Gruß oder einer Erzählung in ein paar Worten, mit dem Anfahren eines Lieferwagens, mit einem zerbrochenen Rückspiegel, in einer Gasse hat aus einer Tür eine Frau einen Kübel Wasser auf den Gehsteig geschwemmt, und das Wasser hat geglitzert, der Hausflur hat geduftet, von der Nässe, Livia ist vor mir hergegangen, durch den Streifen Wasser, und ich habe ihre Sohlenspur dann auf dem Asphalt gesehen, ich habe gezögert. Ich hätte Livia sagen wollen, daß sie doch noch bleiben soll, wäre nicht das Schwere gewesen, ihrer Schritte, und meine Angst, daß wir in unserem Zimmer wie eingesperrt Tage verbringen würden, ohne Besserung, Livias Humpeln hat mich an meine Kindheit erinnert, an die Endlosigkeit der Nachmittage, es ist das Humpeln meiner Großmutter, sind ihre Beine gewesen, und ich habe es kaum geahnt, ob es schon gehe, habe ich Livia einmal gefragt und habe auch die Ungeduld in meiner Geduld dann kaum wiedererkannt, habe nur gehofft, daß Livia bald einen Zug bekommen würde, vielleicht auch bin ich im Zimmer geblieben, ist Livia allein zum Bahnhof gegangen, es gehe schon, hat sie gesagt, und ich habe mich aufs Bett gelegt. Ich habe gelesen, wie erleichtert, habe im Anhang zu Kafkas Roman gelesen, die unvollendeten Kapitel, K.s Tod ist in ihnen wie aufgehoben gewesen, und ich bin K. wieder gefolgt, in seinen Erwägungen und auf seinen Wegen, habe gelesen, wie K. trotz der Aufforderung, sofort in die Gerichtskanzlei zu kommen, ohne zu zögern zu Elsa fährt, habe gestaunt, daß er nicht zögert, oder dann, daß ihm einfällt, plötzlich, beim Mittagessen, er wolle seine Mutter besuchen, und wie er trotz Zweifel, als wären alle diese Zweifel nicht seine eigenen, bei seinem Entschluß verbleibt, zu fahren. K. ist in den unvollendeten Kapiteln derselbe als ein anderer gewesen, hat gehaßt oder ist eine Freundschaft eingegangen, hat einen Umgang gefunden mit dem Maler Titorelli, hat sich auf dem Kanapee in seinem Büro nach der Arbeit erholt, hat im Halbschlaf phantasiert oder an Titorelli gedacht, wie er ihn umschmeichelt, wie dieser ihn fortzieht, und K.s Verwandlung dann hat ihn vom Sehen befreit, es gab keine auffallenden Einzelheiten, hat es geheißen, K. umfaßte alles mit einem Blick, machte sich von Titorelli los und ging seines Weges, sein Tod ist so unausgesprochen geblieben, nur angedeutet als ein neues langes, dunkles Kleid, als das Wissen, was mit ihm geschehen war, und das Glück darüber, ich bin dann aufgestanden, wie begeistert, fast erregt. Ich habe mich hinaus auf den Balkon gestellt, das geträumte Ende nach dem Ende, jene gestrichene Seite im Anhang hat etwas eröffnet, eine Bereitschaft als die Freiheit, sich zu überlassen, zu sterben, Livia, habe ich gedacht, als könnte diese Freiheit auch unsere sein, als könnten wir uns trennen, ohne uns zu verlieren, ich habe dem Verkehr zugeschaut, und es hat eine Bejahung in allem gespiegelt, die Sonne ist warm auf meinen Schultern und Armen gelegen, wir würden uns nicht verlieren, habe ich gewußt oder bin dann zurück ins Zimmer gegangen, es ist eine große Gewißheit gewesen, und ich habe mich im Spiegel gesehen, habe mich angeschaut, fast prüfend, Livias T-Shirt ist über der Lehne ihres Stuhls gehangen, ich habe gezögert. Ich habe es von der Lehne genommen, und es hat geduftet, von Livias Schweiß, dem Geruch ihres Körpers, dem Zigarettenrauch, ich habe seinen Duft geatmet und meine Lippen an den Stoff gelegt, Livia, habe ich wieder gedacht, und die Sehnsucht nach ihrem Körper hat mich heftiger als die Begeisterung für jene Freiheit berührt, von der ich dann kaum noch gewußt habe, worin sie bestanden hat, habe mein Gesicht in Livias T-Shirt wie vergraben, in seinem hellen Weiß, und sein Duft ist voll gewesen, warm und weich, oder dann habe ich aufgeschaut, wie erschreckt, als hätte mich jemand gesehen, habe ich zur Balkontür geschaut und habe das T-Shirt zurück über die Stuhllehne gehängt, ich bin im Zimmer hin und her gegangen. Später habe ich mich zurück aufs Bett gelegt, habe ich die Autodachreflexe gesehen, über die Zimmerdecke schweifen, und habe ihren immer ähnlichen Weg verfolgt, bis zu einem immer ähnlichen Punkt, wo sie mit einem Zucken verschwunden sind, manchmal hat ein Reflex gezögert, habe ich von draußen das Stehenbleiben als Motorgeräusch gehört und bin so wie versunken gewesen, wie niedergeworfen, von der Ohnmacht meiner Sehnsucht, es hat keinen Ausweg gegeben, nur die Wiederholung, das Schweifen und Zucken auf der Decke, dann habe ich das Buch noch einmal aufgeschlagen, habe ich gelesen, wie K. sich eines Morgens viel frischer und widerstandsfähiger fühlte als sonst, wie er an das Gericht kaum dachte. Ich bin dieser Figur namens K. doch bald müde geworden, habe gezögert, habe das Buch zurück auf das Leintuch gelegt, das Zimmermädchen hat das Bett noch nicht gemacht gehabt, und ich bin auf den Unebenheiten der Decke und des Überwurfs wie auf einem leicht faltigen, fast buckligen Boden gelegen, habe die Augen geschlossen, um nicht mehr zu sehen, und es ist nach einer Weile gewesen, als läge ich in einem Tal, von einem Wind gestreift, wie tot, nur von dem Wind noch berührt, an der Schläfe, den Lippen, in einem Glitzern wie von tausend Halmen, ich würde nie wieder aufstehen, habe ich gedacht, doch kaum gedacht, eher gehört, als hätte der Wind es mir eingesagt mit einer Stimme von draußen, einem fernen Hupen, einem Rauschen wie vom Verkehr.

Es hat geklopft, und ich bin aufgestanden, bin fast eingeschlafen gewesen, habe die Tür aufgemacht, Livia ist hereingekommen, und ich habe gelächelt, fast im Schlaf, sie hat sich aufs Bett gesetzt, wie erschöpft, hat die Mokassins ausgezogen, und, habe ich sie gefragt, wie es aussehe, ich habe mich zurück auf das Durcheinander am Bett gelegt, und Livia hat die Zigaretten aus ihrer Tasche genommen, es gebe zwei Züge, hat sie gesagt, einen über Lyon und Genf und einen über Mailand, sie hat sich eine Zigarette angezündet, und ich habe sie am Bettrand sitzen gesehen, ich hätte fast wieder geschlafen, habe ich gesagt, und sie hat gelächelt, ist in ihrem Kleid bei meinen Beinen gesessen, wie verloren und entschieden in einem, und hat geraucht. Der zweite Zug brauche fast sechs Stunden mehr, hat sie dann gesagt, sei aber billiger, und ob ich ihr ein bißchen Geld leihen könnte, ich habe mich aufgestützt, habe vielleicht ihre nackten Füße auf dem Linoleum wieder gesehen, das Mädchenhafte ihrer Füße auf dem nackten Boden, ja, das sei kein Problem, habe ich gesagt, und daß ich einfach das Zimmer zahlen würde, Livia ist um das Bett zu ihrem Nachttisch gegangen, hat im Aschenbecher dort die Asche abgestreift, und ich habe mich auf den Bauch gedreht, sie hat sich ans Kopfende vom Bett gesetzt, so viel Geld brauche sie nicht, hat sie noch im Sich-Setzen gesagt, und daß sie nur lieber den schnelleren Zug nehme, der würde heute abend fahren, und so sei sie morgen mittag in Sargans. Ich habe vielleicht gelacht, das sei aber auch kein Dreck, habe ich gesagt und habe Livias Kleid gesehen, nah seinen Stoff in Falten und Buchten, seine Farbe als Nähe, als Glück noch fast, um welche Zeit der Zug denn fahre, habe ich nach einem Zögern gegen das Rotrosa hin gefragt, nach einer Weile aus jenem Glück und der Angst es zu verlieren, um halb sechs, habe ich Livia sagen gehört, oder sie ist dann aufgestanden, und ich bin liegengeblieben, habe dann das Streifen von ihrem Kleid gehört, ihre Schritte und das Stille, den Verkehr, habe ihre Bewegungen wie geahnt so für mich gesehen, vor dem Leintuch, der Tapete, ihr Sich-Bücken und Gehen, später habe ich mich umgedreht, habe ich mich aufgesetzt, Livia hat das weiße T-Shirt angezogen gehabt. Sie hat ihr Badetuch und den Bikini in den Seesack gegeben und den Pullover zusammengelegt, hat das Kleid auf dem Bett ausgebreitet, und ich habe ihre Arme gesehen, ihre Hände, das Glattstreichen und Einschlagen, das Aufheben, es ist ein langsames Zu-Ende-Gehen gewesen, ein Beenden mit jeder Bewegung, ob sie nicht noch ein paar Tage bleiben wolle, habe ich Livia wie fast beiläufig so verzweifelt dann gefragt, sie hat mich angeschaut, wie fragend, nein, sie müsse zurück, auch wegen der Arbeit, hat sie gesagt und hat das Kleid in den Seesack gegeben, hat den Pullover obenauf gelegt, ich habe eine Ducado aus meiner Jackentasche geholt, habe sie mir angezündet, mit Livias Feuerzeug, und habe gelächelt, wie hilflos, ich bin hinaus auf den Balkon gegangen. Ich habe mich auf den Balkon gestellt, in die Sonne, das Rauschen, die Alltäglichkeit, ich hätte mit Livia bleiben wollen, wir würden weiterfahren, habe ich gedacht und habe geraucht, habe den Rauch wie berechnend ausgeatmet, als berechnete ich einen Traum, wir würden der spanischen Küste entlang fahren, würden am Abend zelten, und es würde kein Ende unserer Reise geben, wir würden uns lieben, leben von unserem Atem, das Meer hat als eine

Zusage weit und blau gespiegelt, oder dann habe ich Wasser klatschen gehört, habe ich mich umgedreht und Livia gesehen, über das Waschbecken gebeugt, ihren nackten Rücken und ihre Brust, ihr sanftes Schwanken, Livia hat sich gewaschen. Sie hat sich am Waschbecken aufgestützt und ist mit ihrem Waschlappen in ihre Achselhöhle gefahren oder hat ihren Arm gehoben, und ich habe ihr zugeschaut, habe noch einmal das Weiche gesehen ihrer vollen Brust, ihren fast bleichen Hof, habe dann zurück hinaus und die Straße hinauf geschaut, die Sonnendächer der Geschäfte sind ausgerollt gewesen, gestreift oder wie verwaschen, und die Sonne hat heruntergebrannt, eintönig, gleichbleibend, Livia würde fahren, habe ich gewußt, ich habe tief inhaliert, es hat das Unendliche nicht mehr gegeben, nur das Klatschen noch und die Stille dann, den Rauch und das Meer, es ist unter dem hellen Himmel gelegen, und der Verkehr ist die Straße hinuntergezogen, manchmal schneller, mit Intervallen, ich bin zurück ins Zimmer gegangen. Ich habe die Zigarette im Aschenbecher ausgedämpft, Livia hat ihren Toilettbeutel zuoberst zu ihrem Pullover in den Seesack gegeben, sie hat ihr blaues T-Shirt angehabt, hat den Seesack zugeschnürt, hat sich dann eine Zigarette angezündet, und ich habe noch eine Ducado geraucht, habe mich wieder aufs Bett gelegt, ob sie fertig sei, mit Packen, habe ich wie gefragt, und Livia hat sich wieder ans Kopfende gesetzt, hat ja gesagt und hat gelächelt, ich habe den Rauch gegen die Zimmerdecke steigen lassen, habe ihm zugeschaut, wie er sich aufgelöst hat vor ihrem Weiß, zuinnerst dumpf, beim Bahnhof gebe es einen Park, hat Livia vielleicht gesagt, und daß wir schon früher dort hinauf könnten oder daß ich sie auch nicht begleiten müsse, sie würde es schon alleine schaffen. Nein, ich würde sie begleiten, doch daß es mir auch recht wäre, wenn wir ein bißchen dort oben sitzen würden, habe ich zur Zimmerdecke hinauf wie in eine Lichtung zwischen den Zöpfen und Streifen der Tapeten gesagt, Livia hat sich dann noch einmal die Beine eingeschmiert, mit dem Rest von der Sonnenmilch, ist dann in ihre Jeans gestiegen und hat geseufzt, hat gelacht, hat kaum gehen können, ihre geschwollenen Beine haben die Hosenröhren fast gefüllt, und die Jeans hat auf ihrer Haut gekratzt, ob sie nicht besser das Kleid anziehe, habe ich Livia gefragt, doch sie hat nicht im Kleid reisen wollen, durch die Nacht, in Lyon müsse sie auch noch eine Stunde am Bahnhof warten, hat sie gesagt.

Wir sind in dem Park gesessen, nahe dem Bahnhof, sind auf einer Bank im Schatten gesessen, unter Linden, in einer Lindenallee, ein leichter Wind hat ihre Blätter fast nicht bewegt, ihre Schatten sind fast reglos am Kies gelegen, dazwischen die Lichtflecken, fast still, die Hitze ist hell in der Allee gestanden, fast grell vor den Linden gegenüber, ich habe Livias Seesack an die Bank gelehnt gehabt, habe geschwitzt, wir sind wie gerettet gewesen, im Schatten, haben hinaus auf den Kies geschaut, unter so einer Sonne seien wir am Strand gelegen, habe ich dann gesagt, als könnte ich es noch nicht verstehen, und daß wir dafür geschlagen gehörten, oder ich habe Livia gefragt, ob sie mir eine Zigarette gebe, ich habe die Ducados im Zimmer vergessen gehabt. Wir haben dann geraucht, haben ein paar Spatzen zugeschaut, wie sie in einer Staubmulde gebadet haben, geflattert haben, nach jeder zweiten Bank in der Allee hat es eine Laterne gegeben, die Allee ist eine doppelte gewesen, und die Laternen in der Mitte so verteilt, daß sie mit jenen am

Rand Dreiecke gebildet haben, ich habe ihre Verteilung wie selbstvergessen studiert, habe geraucht oder den angerosteten Fuß der Laterne neben unserer Bank gesehen, die Rostspur, vom Urin der Hunde, habe ich gedacht und habe wieder auf den Kies vor unserer Bank geschaut, er ist mit dürren Samenflügeln untermischt im Gesprenkel von Schatten und Licht gelegen, blaß vom Staub, von einer blassen Spärlichkeit, fast Traurigkeit, ich habe noch einmal inhaliert. Ich habe den Zigarettenstummel zur Laterne hin geworfen, mir sei es doch recht, daß sie fahre, hat Livia dann wie plötzlich in die Stille hinein gefragt, und ich habe gezögert, Livia hat vor sich hin geschaut, hat mich angeschaut, und ich habe zurück auf den Kies geschaut, ich wisse nicht, habe ich gesagt, und daß es mir auch recht wäre, wenn sie bleiben würde, ich habe mit meinem rechten Schuh Kies zur Seite geschoben oder habe dann aufgeschaut und Livia schauen gesehen, ja wirklich, habe ich gesagt und habe stumm gelacht, Livia hat wieder vor sich hin geschaut, ob sie es mir nicht glaube, habe ich sie gefragt, und sie hat eine Augenbraue verzogen, doch, schon, hat sie gesagt. Vielleicht habe ich Livia dann zum Bleiben fast überreden wollen, ist manchmal ein Auto dem Park entlang vorbeigefahren, ist ein Motocyclette ein einsames Heulen gewesen, oder habe ich durch das Heulen die Stimmen von zwei Mädchen gehört und dann wieder nur das Unken der Tauben, kaum Gezwitscher, wir haben wieder geraucht, sind später wie allmählich aus der Stille in ein Erzählen gekommen, fast leicht, als wäre etwas Verschwiegenes zwischen uns ausgesprochen, wir haben wieder das Nächste erzählt, einen Pavillon für Konzerte am Ende der Allee, oder dann hat es eine Geschichte gegeben, hat Livia erzählt, wie ein Bub, der Karl, sie einmal erschreckt habe, auf dem

Heimweg am Abend, und wie sie vor Schreck in eine Baugrube gefallen sei. Sie sei dort halb ohnmächtig gelegen, eine Weile, und der Bub sei selber so erschrocken, daß er davongelaufen sei, doch sie habe sich beim Sturz nur die Hand verstaucht, es sei aber Jahrmarkt gewesen, und sie habe an jedem Finger einen gestohlenen Ring getragen, und wie sie dann aus der Grube geklettert sei, habe sie die Ringe nicht mehr abziehen können, die Hand sei schon zu geschwollen gewesen, und so habe sie daheim wegen der gestohlenen Ringe noch zusätzlich Prügel bekommen, hat Livia gesagt und hat gelacht, ich habe sie mir kaum vorstellen können, als diebisches Mädchen, habe auch gelacht, wegen der zusätzlichen Prügel, ich hätte mich nie etwas stehlen getraut, habe ich gesagt, oder habe dann erzählt, wie mir einmal am Jahrmarkt bei dem Stand mit den Holzringen zum Werfen eine Negerin aus Ton gefallen habe. Sie sei auf einem Holzsockel gestanden, habe einen Bastrock getragen und auf einer Schulter einen Krug, ich hätte drei Ringe gekauft und geworfen, dann die nächsten, einmal hätte ich getroffen, sei ein Ring über den Krug gefallen und am Ellbogen von der Negerin hängengeblieben, ich sei mir schon sicher gewesen, daß sie jetzt mir gehörte, doch der Typ hinter dem Stand habe nur gelacht und gesagt, daß drei Ringe bis über den Holzsockel hinunterfallen müßten, dann würde sie mir gehören, da hätte ich die nächsten Ringe gekauft, nur einmal sei ich weggegangen, von dem Stand, hätte aber keine Ruhe gehabt, nichts sonst am Jahrmarkt habe mich gereizt, und so hätte ich mein ganzes Geld für Holzringe ausgegeben. Livia hat es geschüttelt vor Lachen, und ich habe dann gesagt, daß es fast zwanzig Franken gewesen seien, das Ersparte von etwa einem halben Jahr, da hat Livia noch einmal gelacht, und ihre Jeans haben dabei an ihren geschwollenen Beinen gerieben, daß sie wieder geseufzt hat, ich solle aufhören, hat sie gesagt, und ich habe wegen Livia lachen müssen, wir sind auf unserer Parkbank gesessen, als könnten wir ewig so sitzen im Schatten, haben uns wie treiben lassen von einem sanften Wehen, und es hat den Augenblick gegeben, wo ich vom Meer wie befreit nur die Blätter gehört habe, ihr leises Fächern ohne Tosen, es sei gerade einmal ein Genuß, ein Tag ohne Meer, habe ich gesagt.

Später habe ich Hunger gehabt, habe ich Livia gefragt, ob sie auch Lust auf einen Sandwich habe, und bin dann hinaus in die Hitze und durch die Stadt hintergegangen, wie schwebend, taumelnd von den Zigaretten, es hat kaum Schatten gegeben, nur Schattenränder unter den Balkonen, den Sonnendächern, und die Straßen sind wie verstummt, ihre Geräusche wie vereinzelt gewesen, doch unverloren, fast aufgehoben in einem Dösen, ich bin zurück bis in unsere Straße gegangen, dort hat ein Spezialitätengeschäft offen gehabt, hat ein Schrank von einem Mann seine Metzgerhand auf den eingespannten Schinken gelegt und das Messer durch das Fleisch gezogen, ich habe zwei Sandwiches und eine Flasche Wasser gekauft. Die Verkäuferin hat alles in einen blauen Plastiksack geben wollen, und ich habe gesagt, daß es so gehe, sie hat gelächelt, es ist ein Lächeln wie aus Seide gewesen, und ich habe den Papiersack mit den Sandwiches in die eine und die Wasserflasche in die andere Hand genommen, auf dem Rückweg hat sich die Hitze schwer auf mich gelegt, stechend, und manchmal hat mich ein Auto überholt, bin ich weit zurückgeblieben, oder ist mir ein Auto entgegengekommen, und der Fahrer hat geschaut, als wäre ich eine Erscheinung, manchmal hat die Stille gesummt von einem Ventilator, ich bin dann zum Park gekommen, und sie ist dort von Schatten wie durchwirkt gewesen, Livia hat mich nicht gesehen. Sie hat geraucht, hat die Beine weit geöffnet und sich zurückgelehnt gehabt, ist so fast gelegen im Sitzen, neben ihrer Jeansjacke, Livia, habe ich gedacht, wieder als würde ich sie rufen, als hätte ich sie gerufen, oder sie hat das Knirschen vom Kies gehört und hat hergeschaut, hat mich gesehen, die Allee überqueren und lächeln, im Schatten, sie hat gelächelt, das sei eine Expedition gewesen, habe ich gesagt und mich gesetzt, habe den Papiersack auf die Bank gelegt, ich habe den Plastikverschluß von der Wasserflasche entfernt, und Livia hat dann den Zigarettenstummel ein Stück hinaus auf den Kies geworfen, wie leichthin, sie hat sich aufgesetzt, ob ich weit gehen hätte müssen, hat sie gefragt. Ich habe Wasser getrunken, habe genickt, wieder durch die halbe Stadt hinunter, habe ich gesagt, und habe dann den Papiersack geöffnet, habe ihn Livia hingehalten, sie hat einen Sandwich genommen und hat ihn aufgeklappt, es sind beide Sandwiches beidseitig mit Butter bestrichen gewesen, ich habe vergessen gehabt, einen ohne Butter zu verlangen, es sei egal, hat Livia gesagt, und daß sie sowieso nicht so einen Hunger habe, ich habe mich geärgert, habe mit meinem Schweizermesser die Butter vom einen Sandwich weggestrichen, habe sie vom Brot und vom Schinken abgeschabt und in den anderen Sandwich geschmiert, Livia hat mir wie ungläubig zugeschaut. Jetzt müßte es gehen, habe ich dann gesagt und habe Livia den butterfreien Sandwich gegeben, sie hat gedankt, und wir haben gegessen, haben in die Baguettes gebissen, der Schinken hat sich kaum abbeißen lassen, und ich habe wieder eine Scheibe Schinken mitgezogen und lange gekaut, Livia hat nur vorsichtig abgebissen gehabt, hat gezögert, hat noch einmal einen kleinen Biß genommen, sie könne den Sandwich nicht essen, hat sie gesagt, und daß sie die Butter schmecke, auch wenn keine mehr drinnen sei, sie hat den Sandwich auf den Papiersack gelegt, und ich habe es kaum glauben können, habe noch einmal hinuntergehen wollen, in die Stadt, einen Sandwich ohne Butter holen, sie müsse doch etwas im Magen haben, für so eine lange Reise, habe ich gesagt, und Livia hat gelacht. Es sei nicht so schlimm, und vielleicht gebe es etwas am Bahnhof oder im Zug, hat sie gesagt und hat Wasser getrunken, hat sich dann eine Zigarette angezündet, und ich habe gegessen, habe gekaut und habe vor mich hin hinaus auf den Kies unter der Sonne geschaut oder habe mich wieder geärgert, das sei etwas vom ersten, was ich von ihr mitbekommen hätte, daß sie keine Butter möge, habe ich zu Livia gesagt, und daß das diese Hitze sei, die mache einen völlig blöd, Livia hat gelächelt, hat lächelnd den Rauch ausgeatmet, und ich habe wieder von meinem Sandwich abgebissen, habe auch noch die Hälfte von Livias Sandwich gegessen, meiner hat buttrig geschmeckt, Livias ist fast trocken gewesen. Allmählich ist das Licht weicher geworden, am Kies und in den Blättern, sind Parkbesucher gekommen, unter die Bäume, und habe ich die Zeit vergehen gesehen, haben die Lichtflecken sich lebhafter bewegt zwischen den Schatten, als wäre etwas Wind aufgekommen, vielleicht haben wir noch einmal fast erzählt, sind es Ansätze zum Erzählen geblieben, der Nachmittag hat seine Unendlichkeit verloren gehabt, und es ist dann gewesen, als bräuchte das Erzählen diese Unendlichkeit, als könnte es sich sonst nicht entfalten, manchmal habe ich einen Schluck Wasser genommen, oder ich habe die Armbanduhr aus meinem Hosensack gezogen, in einer halben Stunde würde Livia fahren, habe ich gewußt, wie spät es sei, hat mich Livia gefragt.

Wir sind zum Bahnhof gegangen, er ist ein schloßähnliches Gebäude mit zwei Türmen und drei Bögen als Tore gewesen, aus einer Glanzzeit der Ankünfte und Abfahrten, der Aufenthalte am Meer, wir haben den Vorplatz überquert, und Livia hat gehumpelt, hat die Jeansjacke über ihrem Arm liegen und ihre Tasche umgehängt gehabt, hat die Wasserflasche getragen, ich habe sie neben mir gehen gesehen und habe gezögert, als könnten wir noch umkehren und zurück hinuntergehen, zum Hotel, ich habe Livias Seesack zurechtgerückt, unter meinem Arm, und ein paar Tauben sind wie auf ein Zeichen aufgeflogen, haben sich in einem Bogen flatternd über den Vorplatz hinauf wie gedreht, ich habe Livia eine der Flügeltüren aufgehalten. Die Bahnhofshalle ist eher schmal und hoch gewesen, imperial, mit Holzverkleidungen und alten Fugen, dunklem Dreck, wir haben uns bei einem Schalter angestellt, es hat kaum Reisende gegeben, und vielleicht hat der Beamte Livia dann wiedererkannt, sie hat den Zug über Lyon und Genf genommen, und er hat das Billett ausgestellt, ein Kugelschreiber ist fast zierlich in seiner Eisenbahnerhand gelegen, oder ich habe einigen Spatzen zugeschaut, ihrem Hüpfen und Schwirren, als könnte ich so den Lauf der Dinge unterbrechen, und wir sind dann durch einen Gang und vorbei an Anzeigetafeln mit Werbeplakaten für einen Urlaub in den Bergen gekommen, wieder durch eine Flügeltür und ins Offene, zu einer Sperre, ein Beamter ist dort in einer Hütte gesessen und hat die Billetts entwertet. Livias Zug ist zu einem größeren Bahnhof außerhalb der Stadt gefahren, *La Négresse* hat

der Bahnhof geheißen, ob ich sie bis dort begleiten
solle, habe ich Livia gefragt, und daß ich ihr beim
Umsteigen helfen könnte, Livia hat gelächelt, es gehe
schon so, hat sie gesagt, und ich habe dann eine
Bahnsteigkarte gelöst, es ist ein kleiner Sackbahnhof
und der Zug ist auf einer Tafel angeschrieben gewesen, auf einem ewigen Provisorium von einer Tafel in
Handblockschrift, die Luft hat gezirpt, wir sind auf
dem Bahnsteig ein Stück hinausgegangen, dem Gleis
entlang im Schatten der Überdachung, in der Spätnachmittagssonne, ihr Licht ist unter das Dach gefallen und hat die Sockel der Gußeisensäulen berührt.
Ich habe Livias Seesack dann an eine Säule gelehnt,
und Livia hat ihre Jeansjacke darübergelegt, hat die
Wasserflasche auf den Boden gestellt, es ist eine mattgelbe Pflasterimitation gewesen, mit feinen Schatten
an den Kanten und Zigarettenstummeln in den Rillen,
ich habe den Papiersack mit dem halben Sandwich auf
Livias Jacke gegeben, Livia hat die Zigaretten aus
ihrer Tasche genommen, ob ich auch eine wolle, hat
sie mich gefragt, und wir haben dann wieder geraucht,
sind halb in der Sonne, halb im Schatten gestanden
und haben dem Gleis entlang hinaus über ein weites
Stück Steppe gesehen, das Gleis hat in zwei sanften
Bögen zu einem Tunell geführt, und am Rand der
Steppe hat es Siedlungsblöcke gegeben, Baustellen
und Schutt. Es hat fast laut gezirpt, und die Sonne hat
das Gras und Gebüsch wie gekämmt so durchstreift,
ein Gestänge von einer ehemaligen Reklametafel ist
rostig in ihrem Licht gestanden, und ich hätte etwas
sagen wollen, etwas Allesversöhnendes, habe den
Zigarettenrauch vor mich hin geblasen und habe
nichts gesagt oder dann, daß es jetzt doch noch Leute
gebe, von der Billettsperre her sind vereinzelt Reisende
auf den Bahnsteig gekommen, zwei Klosterfrauen, sie

haben Sonnenbrillen getragen und braune Schleier, haben sich neben uns gestellt, die eine hat auf die andere eingeredet, und beide haben dabei auf das Gleis geschaut, ich habe die Zigarette mit dem Schuh am Pflaster ausgedämpft, ob ich noch eine Weile in Biarritz bleibe, hat mich Livia vielleicht gefragt. Oder sie hat ihren Zigarettenstummel in das Schotterbett vom Gleis geworfen, und er hat dort noch gequalmt, und ich habe dann gesagt, daß ich noch eine Weile hier bleiben würde, fast als eine Rechtfertigung, als wäre die Stille nach dem Rauchen eine stumme Klage, später ist der Zug aus dem Tunell und über das Gelände der Steppe gekommen, er hat geglänzt, ist verblaßt, hat wieder geglänzt, in den zwei weiten Kurven, und wir haben uns angeschaut, Livia und ich, und haben gelächelt, fast verlegen, der Zug ist eingefahren, und die Bremsen haben hell gekreischt, ich habe den Papiersack in die eine Hand genommen, Livia hat ihre Jeansjacke angezogen, es sind Leute ausgestiegen, ist ein Rufen und Begrüßen gewesen, ein Drängen bei den Türen, wir sind zu einer Waggontür gegangen. Wir haben gewartet, hinter anderen Reisenden, Wartenden, ich würde ihr den Seesack hinaufheben, habe ich zu Livia gesagt, und habe die Einsteigenden gesehen, sich über die steilen Stufen in den Waggon hinaufquälen mit ihren Koffern und Taschen, oder wieder andere laufen, mit dem Gepäck wie geduckt, und das Französische als Hände und Küsse und Lachen, dann sind wir zur Tür gekommen, hat Livia ihren Fuß nicht auf die erste Stufe hinaufsetzen können und hat geseufzt, hat gelacht, die Jeans haben um ihren geschwollenen Schenkel gespannt, sie hat die Wasserflasche hinauf in den Waggon gestellt und hat es mit dem anderen Bein versucht, hat auch den zweiten Fuß kaum bis zur halben Stufenhöhe hinaufgebracht, ich habe ihren Seesack an mein Bein gelehnt. Ich habe den halben Sandwich auf den Seesack gelegt und habe Livia gestützt, habe sie Stufe um Stufe hinaufgehoben, ob es gehe, habe ich sie gefragt, und sie hat wieder gelacht vor Schmerz, dann ist sie oben gewesen, habe ich ihr den Seesack hinaufgegeben und gezögert, wir haben Ciao gesagt, und ich habe wie plötzlich begriffen, daß wir uns verabschieden, daß wir uns nicht verabschiedet haben, ich habe noch einmal Ciao gesagt, Livia, und sie solle es gut machen, sie hat gelächelt, hat den Seesack hinter sich hergezogen und ist um ein Eck verschwunden, ich bin dem Waggon entlang gegangen, an den Fenstern sind Leute gestanden, haben mit am Bahnsteig Stehenden geredet oder haben sich herausgelehnt, manchmal habe ich durch das Scheibenglas Livia gesehen. Sie ist den Abteilen entlang gegangen, und ich habe geschluckt, wenn Livia nur einmal noch zu einem Fenster kommt, habe ich gedacht, und habe dem Zug entlang geschaut, als könnte er schon losfahren, Livia hat dann einen Platz gefunden, hat die Wasserflasche auf den Sitz gestellt, und vielleicht hat ein junger Soldat ihren Seesack auf die Gepäcksablage gehoben, oder sie hat ihn stehen lassen, bei ihrem Sitz, und ist zum Fenster gekommen, ob es heiß sei, da drinnen, habe ich sie gefragt, zu ihr hinauf gefragt, es gehe, hat sie gesagt, und wir haben uns angeschaut, haben uns in die Augen geschaut und stumm gelacht, ich habe geschluckt, ob sie mir noch eine Zigarette gebe, habe ich Livia dann wieder gefragt. Sie hat mir die Schachtel heruntergegeben, und ich habe den Papiersack mit dem halben Sandwich in den Hosensack gesteckt, habe eine Zigarette genommen, dann das Feuerzeug, habe die Zigarette angezündet und habe es Livia zurück hinaufgereicht, sie hat sich auch eine angezündet, und wir haben geraucht, ich habe tief inhaliert, sie soll ihrem Bruder einen Gruß sagen, dem Enio und dem Urs, habe ich gesagt oder habe dann meine rechte Hand auf Livias Finger an der Metalleiste vom Fenster gelegt, da hat mir Livia ihre Hand gegeben, und ich habe sie gehalten, habe sie warm in meiner gespürt, das Zarte noch einmal ihrer Hand, wie lange nicht, wie zum ersten Mal, ein Schaffner ist dem Zug entlang gekommen. Er hat die Türen zugeschlagen, ist näher und hinter mir vorbeigekommen, ich habe Livia gesehen, rauchen, schauen, ihre Augen, das Leuchten, das stumme Lachen, hoffentlich gehe es gut, mit den geschwollenen Beinen, habe ich vielleicht noch gesagt und habe geschluckt, habe wieder inhaliert, der Schaffner hat gepfiffen, hat mit einer Kelle gewunken, und ich habe Livias Hand fester gehalten, wie verzweifelt, Livia hat gelächelt, eine schöne Zeit noch, hat sie gesagt, und ich habe genickt, den Tränen nahe, die Lokomotive hat gedröhnt, der Zug ist angeruckt, ich bin neben dem Waggon her gegangen, habe Livias Hand noch gehalten, Ciao Michl, hat Livia dann gesagt. Ich habe kaum antworten können, habe Ciao gesagt, Livia, und habe ihre Hand losgelassen, der Zug ist ins Rollen gekommen, Ciao haben wir noch einmal fast gerufen, und ich habe Livia noch gesehen, schauen und rufen und winken, dann nur noch das Winken, ich habe gewunken, habe noch gewunken, wie ich kein Winken mehr gesehen habe, vielleicht würde Livia mich noch sehen, habe ich gedacht, und der Zug hat das Stück Steppe durchquert, die Lokomotive hat geraucht, hat dann gepfiffen und ist in den Tunell verschwunden, die Waggons haben noch geglänzt, ich bin wie am ganzen Leib verstummt am Bahnsteig gestanden.

Es ist eine Leere gewesen, am Bahnsteig und in der Bahnhofshalle, eine Leere am Vorplatz, als wäre ich ohne Notwendigkeit noch hier, wie benommen, wie übriggeblieben, ich bin dem Park entlang gegangen und habe gezögert, im Gehen, habe nicht gewußt, ob ich mich noch einmal in den Park setzen soll oder wohin ich gehen könnte, bin so durch die Stadt hinuntergegangen, den Papiersack mit dem halben Sandwich in der linken Hand, ratlos und doch wie aus Gewohnheit Richtung Hotel, ich würde dort den halben Sandwich ins Zimmer geben und die Zigaretten holen, habe ich dann gedacht und bin in unsere Straße gekommen, habe sie so, als unsere, wie wiedererkannt in ihrer Alltäglichkeit, Frühabendlichkeit, das Lichtfließen und die langen Schatten. Ich bin gegangen, als müßte ich mich beeilen, bin auf dem Gehsteig ausgewichen oder habe die Straße überquert und noch auf Livia geachtet, in einem Augenblick als einer Spur, als ginge Livia noch neben mir her, dann bin ich wieder ins Zögern gekommen, nahe beim Hotel, ich würde in die Bar fragen gehen wegen des Zimmers, ob es noch frei sei, habe ich wieder gedacht und bin umgekehrt, bin unsere Straße zurück hinaufgegangen und über eine nächste in eine schmal ansteigende, ich habe mich fast nur vage an den Weg erinnert, wie vage und genau in einem, in einer Kurve, und es ist die Bar dann sonnenbeschienen am scheinbaren Ende der Straße oben gelegen, aus einem Fenster habe ich das Bei-sich-Sein einer Stimme in einem Zimmer gehört. Das Sonnendach der Bar ist ausgerollt gewesen, doch das Licht hat das Dach untertaucht, hat die Hausmauer weiß fast spiegeln lassen, und zwei Tische davor, an der Wand, ein Mann ist links vom Eingang gesessen und hat geschaut, hat geraucht, in der Kurve bei der Bar ist ein Hund gelegen, gefleckt, und Werkzeug am Boden, ein Auto ist aufgebockt in der Garage dort gestanden, der Mann vor der Bar hat etwas Seemännisches, hat zerzauste Haare und ein tieffurchiges Gesicht gehabt, er beobachtet mich wie alles, was kommt oder geht, habe ich gewußt und habe gegrüßt, er hat gebrummt, ein *Bonsoir* oder ein *Monsieur*, ich bin durch den Plastikstreifenvorhang hineingegangen. Der Garagist ist an der Theke gestanden, in einem blauen Overall, hat geredet, und der Mann mit der Glatze ist wie in jener Nacht am selben Vierertisch gesessen, hat wieder zugehört, er müßte vier Arme haben für die Arbeit, die er habe, hat der Garagist gesagt und hat seine linke Hand mit einer Zigarette zwischen den Fingern gehoben, wie empört, ich habe mich neben ihn an die Theke gestellt, habe den Papiersack mit dem halben Sandwich vor mich hin gelegt, die Wirtin hat mich wiedererkannt, ich würde wegen des Zimmers kommen, hat sie gefragt, und ich habe ja gesagt, und daß ich es morgen nehmen würde, wenn es gehe, die Wirtin hat gelächelt, daß ich es doch reserviert hätte, hat sie gesagt, doch sie werde schauen, um sicher zu sein, sie ist durch die Tür hinter der Theke in die Küche gegangen. Der Garagist hat kleine Hände gehabt, ölverschmiert und fast runzlig, heute verstehe niemand mehr etwas von einem Auto, hat er gesagt, und ich habe an Livia gedacht, habe sie im Zug sitzen gesehen oder habe um mich geschaut, als könnte sie noch neben mir stehen, die Wirtin ist zurückgekommen, mit der Agenda, hat meinen Namen französisch ausgesprochen und hat gesagt, daß ich das Zimmer auch schon heute beziehen könne und ob es für mich allein sei, ich habe genickt, habe ja gesagt und hätte der Wirtin erzählen wollen, von dem Mädchen, das an jenem Abend mit mir hier gewesen sei, daß es abgefahren sei, vor einer halben Stunde, ich habe gezögert, habe dann gesagt, daß ich morgen kommen würde, und habe gedankt, habe *au revoir* gesagt, und die Wirtin hat wieder gelächelt, *alors à demain*, hat sie gesagt. Ich habe den Papiersack mit dem halben Sandwich von der Theke genommen und bin gegangen, die Sonne hat blinzelnd in dem bunten Plastikstreifenvorhang gespielt, und ich habe meine rechte Hand zwischen die Streifen geschoben, habe sie zur Seite gehoben, draußen bin ich stehengeblieben, wie geblendet, oder habe den Hund wieder gesehen, vor der Garage, sein fast weißes Fell am Bauch, ich habe den halben Sandwich ausgepackt, habe einen Streifen Schinken herausgezogen und habe ihn dem Hund hingeworfen, er ist aufgesprungen, und hat an dem Schinken geschnuppert, hat ihn ohne zu kauen verschlungen, ich habe den restlichen Schinken stückweise in sein offenes Maul fallen lassen, dann bin ich die Straße zurück hinabgegangen. Der Hund ist mir gefolgt, es sei aus, habe ich zu ihm gesagt, *c'est fini*, er hat es nicht verstehen wollen, und ich habe ihm den leeren Sandwich gezeigt oder bin weitergegangen, der Seemann würde uns beobachten, habe ich gedacht, und der Hund hat gezögert, ist dann stehengeblieben, und ich bin unten um die Kurve verschwunden, ich habe nicht mehr zurück zum Hotel wollen, bin hinunter zur Uferstraße fast geschlendert, fast ruhig, fast ohne zu sehen, an der Uferstraßenmauer bin ich stehengeblieben, das Meer ist als ein Schimmern weithin unter der Sonne gelegen, schau, habe ich mir gesagt oder habe den Hortensienhang unter mir gesehen, die Blütenkugeln, und draußen die Madonna, ihr einsames Stehen, die Leute als Figuren und Bewegung. Es ist Flut gewesen, und ich bin zum Hafen hinuntergegangen, bin ein Stück auf der Hafenmauer hinausgegangen und habe den Wellen zugeschaut, wie sie die Felsquader draußen umspült haben, wie sie der Hafenmauer entlang gerollt und in die Klippen unter der Mauer gebrochen sind, daß es hochauf gespritzt hat, in Fetzen, ein paar Möwen sind auf der Mauer gesessen oder haben die Gischt umkreist, und ich habe sie dann mit dem halben Sandwich gefüttert, habe immer wieder etwas Brot abgerissen und es den Möwen hingeworfen, sie haben um die Brotstücke gestritten, haben gekreischt, manchmal hat eine ein Stück gleich erwischt und ist damit geflohen, manchmal habe ich mit einem ein Stück auf eine Möwe im Flug gezielt. Sie hat es erwischt oder ist dem Stück nachgetaucht, und ich bin umgekehrt, bin auf der Hafenmauer zurückgegangen, und es hat einen Augenblick als ein Verzweifeln gegeben, hell gleißend an den Masten der Boote oder zu einem Haufen gerollt als ein Seil, ich habe weggeschaut, und die Hortensien haben mich getröstet, haben blaß geleuchtet, die Strandpromenade ist fast feierabendlich bevölkert gewesen, ich habe den Papiersack von den Sandwiches in einen Abfallkübel geworfen, und bin dann mit den Spaziergängern dem Strand entlang geschlendert, als wäre ihre Gelassenheit meine, als fühlte ich mich so allein jetzt freier. Am Boden, der Promenade entlang, sind Mädchen gesessen und Buben, zu zweit, zu dritt, haben geredet und gelacht, haben die Beine über die Mauer hängen lassen, und ich bin hinter ihren Rücken entlang gegangen, bin wie nicht wirklich gewesen in meinem T-Shirt und meiner Hose, wie beliebig, und habe gezögert, als könnte ich umkehren, oder bin dann über Stufen hinunter in den Sand gestiegen, habe die Schuhe ausgezogen und bin über den Strand zum Meer gegangen, vorbei an einer Gruppe Jugendlicher, ihre Zusammengehörigkeit hat mich betrübt, und ich bin ans Wasser gekommen, habe die Hosenröhren hinaufgekrempelt, die Brandung hat gerauscht. Es ist eine Traurigkeit in allem gewesen, ich bin dem Meer entlang gegangen, durch die Wasserzungen, das Glitzern, das Versickern, bin einmal stehengeblieben und habe das Wasser meine Beine umspülen lassen, habe hinausgeschaut, in die Sonne über dem Meer, Livia, habe ich gedacht, fast gesagt, als könnte ich ihren Namen der Sonne übergeben, als könnte sie ihn aufnehmen und unvergeßlich machen in einem, ich habe den Sand und sein Rieseln gespürt, sein Nachgeben unter meinen Füßen, oder mich dann wieder gehen, weiter, ich habe mir das Gehen als eine Gewißheit eingebildet oder habe den Leuchtturm wie erkannt, so plötzlich fremd und schön, wie er sich auf der Landzunge erhoben hat, er hat sich mir als ein Sinnbild gezeigt. Doch im Abendlicht erst, auf dem Rückweg zum Hotel, habe ich das Alleinsein als einen Anfang erlebt, habe ich das Licht geatmet, und es hat eine Unermeßlichkeit angekündigt, ich würde Livia wiedersehen, habe ich gewußt, und die Sonne ist glühend untergegangen, die Madonna hat klein daneben über das Meer geragt, und ich habe sie zuinnerst gegrüßt, ich bin zurück, bin um die Bucht und dem Parkplatz entlang gegangen, habe den Volkswagen gesehen, seine Wölbung als eine Versöhnung, oder habe die Amsel wieder gehört, das Zimmer dann ist im Halbdunkel nahe ihrem Gesang gelegen, und ich habe die Balkontürläden geöffnet, habe gezögert, auf der Ablage über dem Waschbecken ist Livias rosarote Waschmittelflasche gestanden.